d

Liaty Pisani

Die rote Agenda

Der Spion und der Pate

Roman

Aus dem Italienischen von Ulrich Hartmann

Diogenes

Titel der Originalausgabe:
›La spia e il padrino‹
Umschlagillustration: Patrick Caulfield,
›Bishops‹, 2004 (Ausschnitt)
84 x 78 in / 213,4 x 198,1 cm, Acryl auf Leinwand

Foto: Prudence Cuming Associates, London
Mit freundlicher Genehmigung der
Waddington Custot Galleries,
London

Das erzählte Geschehen ist frei erfunden.
Jede Ähnlichkeit mit real existierenden Personen,
lebenden wie toten, ist rein zufällig.

www.diogenes.ch
80/12/8/1
ISBN 978 3 257 30011 6

Dieses Buch ist
den Richtern Paolo Borsellino und Giovanni Falcone
sowie allen Opfern der Mafia gewidmet.
Aber auch Richard Lancelyn Green,
dem renommierten Conan-Doyle-Forscher,
der 2004 in London getötet wurde.

Prolog

Der Mann erhielt den Anruf in seinem Zimmer des Hotels Cadogan in Knightsbridge. Nachdem er aufgelegt hatte, nahm er den Umschlag, steckte ihn in die Manteltasche und ging hinaus. An der Rezeption gab er den Schlüssel ab und instruierte den Portier, er solle Mr. Partanna, falls dieser ihn telefonisch zu erreichen versuche, seine Handynummer geben mit der Bitte, ihn anzurufen.

Dann stieg er in eines der vor dem Eingang parkenden Taxis und nannte dem Fahrer als Adresse das Auktionshaus Sommer's in Piccadilly.

Es herrschte reger Verkehr. Zum dritten Mal, seit er ins Taxi gestiegen war, sah er auf die Uhr. Endlich läutete das Handy. »Tano, ich bin's. Wo treffen wir uns?«, fragte eine Stimme, die ihm wohlbekannt war.

»Bei Sommer's. In einer halben Stunde im Ausstellungsraum des Auktionshauses vor dem Porträt eines gewissen Sir Malcolm. Sie haben einige Räume eines alten Wohnhauses von Dorset rekonstruiert, dort werde ich sein, vor dem Bild. Ich trage einen grauen Burberry.«

»Glaubst du, ich würde dich nicht erkennen?«, fragte der Mann am anderen Ende. Diesmal sprach er Italienisch, mit einem starken sizilianischen Akzent.

»Natürlich nicht, Salvatore«, antwortete Tano erleichtert.

Er war froh, bald würde er diesen Umschlag los sein und ein hübsches Sümmchen auf einer Bank auf den Cayman-Inseln liegen haben; und da Salvatore der Mann war, dem er den Umschlag übergeben sollte, war er beruhigt: Ihm konnte er vertrauen, sie standen sich näher als Brüder.

Er kam früher als vorgesehen bei Sommer's an. Dort ging er in den Ausstellungsraum und warf einen Blick auf die Gemälde an den Wänden, das Porzellan und die antiken Möbel, ohne sie eigentlich zu sehen. Dann betrat er den Raum, der mit Sir Malcolms Salonmöbeln aus dem 19. Jahrhundert eingerichtet war, und blieb vor seinem Porträt stehen.

Als Überbringer dieses zigarrenkistengroßen Päckchens zu fungieren war bis jetzt nicht schwierig gewesen. Er hatte die Anweisungen befolgt und sich mit dem Schlüssel des Schließfachs, den man zwei Tage zuvor in seinem Apartment in Soho zusammen mit einem falschen Pass und einem geklonten Handy deponiert hatte, in eine Bank in der City begeben. Dort hatte er den Umschlag an sich genommen, das Einzige, was sich in dem Schließfach befand, sich dann im Hotel Cadogan eingemietet und auf neue Anweisungen gewartet. Diese hatte er noch am gleichen Tag mit dem zweiten Anruf erhalten. Eine unbekannte Stimme hatte ihm gesagt, er solle den Ort der Übergabe selbst bestimmen und anschließend einen weiteren Anruf auf dem geklonten Handy abwarten. Erst dann würde er mit dem Mann sprechen, dem er den Umschlag übergeben sollte.

Tano war ein junger Broker, der seit Jahren in London lebte. Einige Tage zuvor hatte er eine Freundin zu einer Ausstellung antiker Möbel bei Sommer's begleitet, deshalb war seine Wahl auf das Auktionshaus als Übergabeort gefallen.

Alles war wie geplant gelaufen, dachte Tano, während er den rüstigen englischen Adligen auf dem Gemälde betrachtete. Um diese Zeit am Vormittag waren fast keine Besucher in der Ausstellung, nur eine elegante alte Dame mit rosigem Teint blieb für einen Augenblick stehen, um ein Teeservice zu bewundern.

Er hörte Schritte hinter sich und wandte sich um, überzeugt davon, Salvatore zu sehen, doch der war es nicht. Ein korpulenter Mann, ungefähr in Tanos Alter, betrat mit einem Ausstellungskatalog in der Hand den Salon. In seinem kastanienbraunen Haar hatte er eine weiße Strähne, und er wirkte eher grobschlächtig. Mit übertriebenem Interesse betrachtete der Mann einige Drucke, und Tano rückte ein Stück zur Seite, um ihn nicht hinter sich zu haben. Sie blieben ein paar Minuten so, gaben vor, die wertvollen Stücke in diesem aus der Vergangenheit ins 21. Jahrhundert katapultierten Zimmer zu bewundern. Doch Tano war nervös. Er sah auf die Uhr – noch zehn Minuten bis zur Verabredung. Er ärgerte sich darüber, dass er so früh ins Auktionshaus gekommen war. Der Mann machte keine Anstalten zu gehen, und Tano beschloss, den Raum zu verlassen und später zurückzukommen.

Er wandte sich der Tür zu, der andere tat das Gleiche, und so trafen sie am Eingang des Salons aufeinander.

»Bitte, nach Ihnen«, sagte der Mann mit einer auffordernden Geste. Sein Englisch war unauffällig, ohne besonderen Akzent, und genau das machte Tano argwöhnisch. Mit einem entschlossenen Schritt nach vorn suchte er ins Nebenzimmer zu kommen. Doch der Mann hielt ihn am Arm gepackt.

»Nicht so eilig…«

Tano spürte, wie ihm der Lauf einer Pistole in die Seite gedrückt wurde. Er entwand sich, riss sich los und verpasste dem anderen dann mit einer schnellen Bewegung einen Handkantenschlag am Hals. Der Mann war überrumpelt, doch er war ein Profi und konnte dem Schlag zum Teil ausweichen, war nur benommen, fiel aber zu Boden.

Dadurch hatte Tano einen Vorsprung von wenigen Sekunden. Bevor sein Angreifer wieder auf die Beine kam, hatte er den Raum durchquert und das Nebenzimmer erreicht, wo er einen anderen Ausgang zu finden hoffte. Es war ein kleinerer Raum mit Schaukästen aus Glas, in denen Papiere und Briefe ausgestellt waren. Hinter sich hörte er Lärm, der Mann hatte beim Aufstehen irgendetwas umgestoßen. Das war ein unerwartetes Glück, mit Sicherheit würde jemand vom Auktionshaus herbeigelaufen kommen, um sich den Schaden anzusehen, und seinen Verfolger zurückhalten.

Vor sich sah er eine weitere Tür, er öffnete sie, und als er sie wieder schloss, entdeckte er, dass der Schlüssel von innen steckte. Er drehte ihn um und fühlte sich, wenigstens für den Moment, sicher.

Erst da schaute er sich um: Er war in einen großen Raum gelangt, vielleicht ein Lager, wo alle möglichen Antiquitäten herumstanden. In der Mitte war ein Tisch, erleuchtet von einer brennenden Lampe, wo sich Akten und Hefte türmten, und auf dem Boden standen offene große und kleine Schachteln voller Papiere. Irgendjemand schien hier Inventur zu machen.

Er durchquerte das Zimmer und blieb vor dem Notausgang stehen, doch als er die Sicherheitsverriegelung öffnen wollte, hörte er Geräusche und Stimmen von draußen. Er machte auf dem Absatz kehrt und verharrte in der Mitte des Raums, unentschlossen, was er tun sollte.

Tano wusste, was seine Pflicht war: um *jeden Preis* verhindern, dass der Umschlag in andere Hände fiel. Die Anweisungen waren klar gewesen, und es war nicht empfehlenswert, sie zu missachten, sonst würde er sein Leben aufs Spiel setzen. Er trat an den Tisch und sah den Katalog der nächsten Ausstellung, bei der die Papiere von Arthur Conan Doyle versteigert werden sollten. Einem plötzlichen Impuls folgend, versteckte er den Umschlag unter einem Stapel von Dokumenten. Er würde, wenn er den Mann erst abgehängt hätte, zurückkommen und sich den Umschlag wieder holen.

Er ging eilig zum Notausgang, löste die Verriegelung und fand sich in einem schmalen, langen Gang wieder. Er folgte ihm bis zum Ende und kam in einer engen Straße heraus. Ein Lastwagen versperrte sie fast vollständig. Zwei Männer in Overalls luden Bilder aus einem Container. Unbeirrt setzte Tano seinen Weg fort und erreichte schließlich die St. James Street, war umgeben von Menschen und Verkehr.

Er sah sich suchend nach einem Taxi um, während er mit dem Handy Salvatore Partanna anrief.

»Ich bin in diesem Moment aus dem Auktionshaus gekommen«, sagte er, als der Freund sich meldete. »Ein Typ hat mich mit der Pistole bedroht, ich musste fliehen und habe deshalb die Agenda in einem Lager gelassen, zwischen den Papieren von Conan Doyle, die in den nächsten Tagen versteigert werden …«

Während er sprach, bemerkte Tano das schwarze Auto nicht, das neben ihm am Straßenrand angehalten hatte. Die

Tür öffnete sich, und irgendjemand zog ihn in den Wagen hinein. Gleich darauf fuhr das Auto wieder los, verlor sich im Verkehr, während Tanos Handy aus dem Fenster geworfen wurde.

1

Richard Lowelly Grey hatte es eilig, nach Hause zu kommen. Der Abend war frisch, und die Straßen von South Kensington waren noch nass vom nachmittäglichen Gewitter. Er hatte eine Verabredung zum Abendessen mit seinem Freund und früheren Partner Peter; sie wollten in der Nähe, in der Brasserie St. Quentin, eine Kleinigkeit essen. Doch vorher musste Richard das Päckchen verstecken, das er in der Tasche hatte, zumindest bis zum nächsten Morgen. Dann würde er es im Schließfach seiner Bank deponieren.

Als er die Tür der weißen Villa erreichte, in der er seit zwanzig Jahren wohnte, meinte er, hinter sich Schritte zu hören. Er wandte sich um, doch die Straße war still und leer. Nur Mr. Bellamy, der Antiquar, winkte ihm von der anderen Straßenseite zur Begrüßung zu, bevor er seinen Vorgarten betrat.

Richard steckte den Schlüssel ins Schloss, öffnete die Tür und machte sie hinter sich schnell wieder zu. Dann schaltete er die Alarmanlage aus. Er sah sich das Display an: Niemand war während seiner Abwesenheit ins Haus eingedrungen.

Er stieß einen erleichterten Seufzer aus. Vielleicht war seine Nervosität ja übertrieben. Die am Nachmittag auf dem Anrufbeantworter hinterlassene Nachricht konnte ein schlechter Scherz sein, den ihm ein amerikanischer Kollege gespielt hatte; oder jemand, der bloß den Akzent imitiert hatte. Sicherlich hatte es nichts mit dem zu tun, was er zwischen den Papieren bei Sommer's gefunden hatte.

Doch auf alle Fälle war es besser, vorsichtig zu sein, sagte er sich und stieg die Treppe hoch, die in den zweiten Stock seines eleganten Hauses voller Bücher, wertvoller Objekte und schöner Teppiche führte. Lowelly Grey, Spross einer einflussreichen englischen Familie, war der weltweit bedeutendste Experte für Arthur Conan Doyle und dessen Geschöpf Sherlock Holmes. Die riesige Sammlung von Büchern, Dokumenten und seltenen Objekten, die er zusammengetragen hatte, seit er ein Junge war, wurde zum großen Teil im Familiensitz in Sussex verwahrt; doch viele wertvolle Stücke befanden sich auch in Kensington. Er war nun fünfzig Jahre alt und hatte einige grundlegende Essays über das Werk Arthur Conan Doyles sowie eine unübertroffene Bibliographie veröffentlicht. Schon seit einer Weile träumte er allerdings davon, eine bahnbrechende Biographie des Schriftstellers zu verfassen, ein Werk, das den Vater des berühmtesten Detektivs aller Zeiten in ein neues Licht stellen würde. Doch dies schien wegen der verfluchten Versteigerung, die bei Sommer's stattfinden sollte, nicht mehr möglich zu sein.

Richard nahm die Agenda aus der Jackentasche. Er hatte sie am Nachmittag aus dem Auktionshaus entwendet, bei dem letzten seiner beiden Besuche, die ihm, dank seines Prestiges als Forscher, gestattet worden waren, um die Dokumente des Doyle-Archivs in Augenschein zu nehmen. Als er zwischen den Papieren einen Umschlag gefunden hatte, von dem er sicher war, ihn bei seinem letzten Besuch nicht gesehen zu haben, hatte er ihn geöffnet und die Agenda in der Hand gehalten. Nachdem er sie durchgeblättert hatte, beschloss er, sie mit nach Hause zu nehmen, und beging damit den ersten Diebstahl seines Lebens.

Er öffnete den hinter einem Gemälde in seinem Arbeitszimmer verborgenen Wandsafe, warf einen kurzen Blick darauf und schloss ihn wieder. Zu offensichtlich, sagte er sich. Er musste ein besseres Versteck finden.

Er ging ans Bücherregal, nahm einen Gedichtband von Eliot heraus, machte den Umschlag ab und legte ihn um die Agenda, die das gleiche Format wie das Buch hatte. Dann stellte er den falschen und den echten Eliot nebeneinander ins Regal. Für den Augenblick mochte das als Versteck ausreichen.

Diese Agenda hatte ihm gerade noch gefehlt. Die Versteigerung war ein Stich ins Herz gewesen. Entgegen dem testamentarischen Willen Lady Jeans, der verstorbenen Tochter des Schriftstellers, würde das wertvolle Material des Doyle-Archivs in wenigen Tagen versteigert und in Privatsammlungen überall auf der Welt zerstreut werden. Alles wegen der Intrigen ferner Verwandter und einiger skrupelloser Anwälte. Doch diese Agenda würde nicht das gleiche Schicksal erleiden.

Er wunderte sich, dass er den Mut gehabt hatte, etwas so Unkorrektes zu tun. Diebstahl blieb Diebstahl, auch wenn man es für einen guten Zweck tat. Aber war es vielleicht kein Diebstahl, was die fernen Verwandten Arthur Conan Doyles gerade ins Werk setzten und dabei den Willen der einzigen wahren Erbin missachteten?

Seit er die Agenda gefunden hatte, hatte Lowelly Grey sich gefragt, wie sie in das Archiv des Schriftstellers geraten war. Jemand musste sie nach seinem ersten Besuch zwischen den Papieren versteckt haben, dessen war er sich sicher. Aber wer?

Er ging zur Hausbar und schenkte sich einen Whisky ein. Er musste versuchen, sich zu beruhigen, doch das war nicht leicht bei all dem, was er gerade durchmachte. Wieder musste er an den immensen Schaden durch den Verlust der wertvollen Dokumente denken, und er fragte sich, wie er ohne sie eine seriöse Biographie Arthur Conan Doyles schreiben sollte.

In den Tagen nach der traurigen Nachricht hatte er versucht, den englischen Kulturbetrieb aufzurütteln, leider ohne Erfolg. Er hatte protestiert, wo immer er konnte, und unmissverständlich gesagt, das Archiv gehöre zum Erbe von Jean Doyle, deren Wunsch es gewesen sei, es der British Library zu vermachen. Doch niemand außer ihm schien daran interessiert, diese unschätzbar wertvolle Sammlung in England zu halten, die aus ungefähr dreitausend Briefen und zu achtzig Prozent noch unveröffentlichten Manuskripten bestand. Eine Goldgrube für einen Biographen.

Er sah auf die Uhr, er hatte noch ungefähr eine halbe Stunde Zeit bis zu der Verabredung mit Peter, also beschloss er, einen weiteren Versuch zu unternehmen, seinen Freund Paolo Astoni in Turin telefonisch zu erreichen. Er hatte es schon am Nachmittag aus dem Auktionshaus versucht, um mit ihm über die Agenda zu sprechen, weil er sich sicher war, dass er ihm einen Rat geben könnte. Auch wenn es nun, wie er zugeben musste, etwas spät dafür war, Rat zu erbitten.

Er wählte die Nummer und lauschte lange, wie das Telefon ins Leere klingelte. Schließlich legte er auf. Astoni hatte keinen Anrufbeantworter, und Lowelly Grey nahm sich vor, ihn später anzurufen.

Professor Paolo Astoni war Mitglied der englischen und der italienischen Sherlock-Holmes-Gesellschaft. Der angesehene, seit einigen Jahren emeritierte Professor für Philosophie an der Universität Turin war Verfasser einer ganzen Reihe von recht erfolgreichen Büchern über den Detektiv, die auch in England veröffentlicht worden waren. Richard hatte ihn vor fünf Jahren bei einem Kongress anlässlich der Jahrestagung der englischen Sherlock Holmes Society im schweizerischen Meiringen kennengelernt, und sie hatten sich gleich angefreundet. Paolo sprach ausgezeichnet Englisch, weil er als junger Mann einige Jahre in Cambridge verbracht hatte. Er und Richard telefonierten häufig miteinander und trafen sich wenigstens einmal im Jahr bei den Kongressen und Zusammenkünften der Gesellschaft. Trotz des Altersunterschieds verband sie eine wahre Freundschaft.

Häufig hatten sie sich über die furchtbaren blutigen Ereignisse in Italien unterhalten, und sie stimmten darin überein, dass das, was in diesem Land – wie übrigens auch anderswo – geschah, insgeheim nicht nur im In-, sondern auch im Ausland geplant wurde. Dass die Agenda nach so vielen Jahren in England wiederaufgetaucht war, bestätigte diese These. Nur Paolo Astoni würde ihm sagen können, wie er sich verhalten sollte, denn er war Italiener, und der Inhalt der Agenda betraf die Geschichte seines Landes.

Einen Augenblick überlegte Lowelly Grey, ob er die Verabredung mit Peter absagen sollte. Dann hatte er eine Idee: Er würde den Freund bitten, ihm einen einfachen, aber wichtigen Gefallen zu tun.

2

Paolo Astoni kam kurz nach zweiundzwanzig Uhr aus dem Restaurant zurück. Er war müde, und das Kopfweh, das ihn seit dem Nachmittag plagte, hatte auch beim Essen nicht nachgelassen. Am nächsten Morgen musste er um zehn im Palavela sein, um die Proben zur Großen Eiskunstlaufgala anzusehen, bei der auch Alberto Asnaghi, Sohn eines seiner ehemaligen Studenten, teilnehmen würde. Daher beschloss er, sofort zu Bett zu gehen.

Die Nachricht von Richards Tod traf ihn am nächsten Morgen wie ein Faustschlag in den Magen. Willington, ein Mitglied der englischen Sherlock Holmes Society, rief ihn an, als er gerade das Haus verlassen wollte, und teilte ihm mit, dass Richard tot sei. Man hatte ihn in seinem Haus in Kensington garrottiert. Astoni, der tags zuvor keine Zeitungen gelesen hatte, war wie versteinert.

»Wann ist das denn passiert?«, fragte er bestürzt.

»Vorgestern Nacht. Ein furchtbares und unerklärliches Verbrechen. Oder ein ungewöhnlicher und unerklärlicher Selbstmord. Die Zeitungen der ganzen Welt haben die Nachricht sofort verbreitet, und die Hypothesen überschlagen sich. Man vermutet, es war ein Raubüberfall, der tragisch endete. Die Wohnung ist tatsächlich auf den Kopf gestellt und das Bücherregal ausgeräumt worden, die Bücher liegen kreuz und quer auf dem Boden. Wenn es sich nicht um Selbstmord handelt«, schloss der Engländer, »hat der Mörder offensichtlich etwas gesucht.«

Nachdem er noch einige Worte mit Willington gewechselt hatte, legte Astoni erschüttert auf. Er hatte noch vor ein paar Tagen mit Richard telefoniert, und dieser war ihm vollkommen normal vorgekommen, vielleicht ein bisschen nervös wegen der Versteigerung bei Sommer's. Soweit er wusste, hatte er keinen Grund, sich umzubringen, und wenn er einen gehabt hätte, hätte er gewiss nicht eine so sonderbare und schreckliche Methode gewählt. Eine Assoziation machte ihn betroffen: Im Werk von Arthur Conan Doyle gab es einen, der mit der Garrotte umzugehen wusste: Parker, ein Verbrecher im Dienste von Colonel Moran. Er taucht kurz in *Das leere Haus* auf, bringt aber dort niemanden mit der Garrotte um.

Der Gedanke schien ihm pietätlos. Doch Richard hätte ihn gewiss nicht als einen Mangel an Respekt betrachtet.

Astoni sah auf die Uhr. In zehn Minuten hatte er eine Verabredung mit Verena Mathis am Palavela, er musste sich beeilen. In Turin herrschte um diese Zeit immer starker Verkehr, und er wollte nicht zu spät kommen.

In ebendiesem Moment verließ Verena ihr Hotel und stieg in ein Taxi, das sie zum Eispalast bringen sollte. Sie war am Abend zuvor aus Zürich angekommen, um an einem internationalen literarischen Kongress teilzunehmen. Vor ihrer Abreise hatte sie Paolo Astoni angerufen. Sie kannte ihn, seit sie ein Kind war. Paolo war ein Kommilitone ihrer Mutter gewesen, und als diese starb, hatte Verena lange Zeit bei ihm und seiner Frau in Italien gelebt. In den Jahren, die folgten, hatte sie immer ein quasi verwandtschaftliches Verhältnis mit dem kinderlosen Paar aufrechterhalten. Aber nicht einmal ihnen hatte sie ihre Beziehung mit Ogden offenbart, ihrem geliebten Geheimen oder geheimen Geliebten, wie sie ihn gern bezeichnete, wenn sie sich wieder einmal trennen mussten.

Paolo Astoni hatte ihr am Telefon stolz von einem jungen Sportler, dem Sohn eines ehemaligen Studenten, erzählt, der an der Großen Eiskunstlaufgala, die im Palavela stattfinden sollte, teilnehmen würde. Da sie sich sowieso in Turin aufhielt, hatte Verena versprochen, mit ihm zusammen dort hinzugehen.

Vor zwei Jahren, als Paolos Frau gestorben war, hatte Verena den Schmerz empfunden, den sie beim Tod ihrer Mutter so nicht gespürt hatte, da sie damals noch ein Kind gewesen war. Sie betrachtete Paolo als respektablen Ersatz für ihren enttäuschenden Vater, eine Art Onkel, als dessen Lieblingsnichte sie sich fühlte. Nun, da Paolo allein geblieben war, kam sie, wann immer sie konnte, nach Turin, um ein wenig Zeit mit ihm zu verbringen.

Als das Taxi den Parco del Valentino entlangfuhr, läutete ihr Handy. Es war Ogden.

»Wie war die Reise?«, fragte er.

»Sehr gut, danke. Ich bin unterwegs zum Eispalast, um mir die Proben für eine Eiskunstlaufgala anzusehen, an der heute Abend ein junger Mann teilnimmt, den Paolo ins Herz geschlossen hat.«

Ogden wusste von der Zuneigung, die Verena für Astoni empfand, und freute sich, dass sie ihn besuchte, denn bei ihrer Rückkehr war sie immer guter Laune.

»Schön. Dann musst du mir nachher erzählen, ob der Junge wirklich so gut ist.«

Sie wechselten noch einige zärtliche Sätze und verabredeten sich für ein Telefonat am späten Abend.

Verena kam pünktlich auf die Minute am Eispalast an. Vor dem Eingang wartete Paolo schon auf sie. Sie bemerkte sofort, dass irgendetwas nicht stimmte, auch wenn er sie mit einem Lächeln begrüßte.

3

Am Tag nach dem Tod von Lowelly Grey war Peter Ward stundenlang von der Londoner Polizei vernommen worden, und erst nachdem er nachgewiesen hatte, dass er zum Zeitpunkt von Richards Tod in Gesellschaft einiger Freunde gewesen war, hatte man ihn nach Hause gebracht und sich vielmals entschuldigt.

Endlich in seinem Apartment, stellte er das Telefon ab und ließ seinem Schmerz freien Lauf.

Er hatte Richard drei Jahre lang geliebt, sie hatten eine tiefe Beziehung gehabt, die ohne hässliche Szenen zu Ende gegangen war und sich in eine echte Freundschaft verwandelt hatte, wie es bei ehemaligen Geliebten bisweilen geschieht. Er verdankte es Richard, dass aus ihm, einem langweiligen und ungebildeten jungen Typ, der sich nur für Sport und Heavy Metal interessierte, ein Mann mit vielen Interessen geworden war. Durch ihn hatte er angefangen zu lesen, in Kunstgalerien zu gehen, andere Musik zu hören, und schließlich jene Dinge schätzen gelernt, die ihn, vor Richard, kaltgelassen hatten.

Dank des Freundes hatte er entdeckt, dass auch in ihm etwas Gutes steckte, das sich vorher nicht gezeigt hatte, weil es niemandem gelungen war, seinen Geist und seine Seele zu ermutigen. Stolz erinnerte er sich jenes Tages, als Richard zu ihm sagte, er habe gleich gespürt, dass er, Peter, nicht der übliche jugendliche Hohlkopf sei, sondern ein junger Mann, der auf seine Chance warte. Und diese, dachte Peter mit Rührung, hatte sich auf die beste Art eingestellt: durch die Liebe, die *in Gang hält Sonn und Sterne*.

Bei dieser Erinnerung wurde sein Schluchzen noch verzweifelter. Zum ersten Mal hatte er einen Menschen verloren, den er liebte, und er meinte den Schmerz nicht aushalten zu können. Zudem bedrückten ihn Schuldgefühle.

Richard war gestorben, kurz nachdem Peter ihn am Abend zuvor verlassen hatte, und nun konnte er es sich nicht verzeihen, nicht länger bei ihm geblieben zu sein. Er war sicher, dass sein Freund getötet worden war, und in den letzten Stunden hatte er sich mehr als einmal gefragt, wer ihn so sehr gehasst haben konnte. Doch er hatte keine Antwort gefunden.

Während ihres letzten Treffens war ihm aufgefallen, dass Richard angespannt und besorgt war, auch wenn er es zu verbergen suchte. Peter kannte ihn zu gut, um sich täuschen zu lassen. Als sie, nachdem sie in der Brasserie St. Quentin zu Abend gegessen hatten, zu seinem Haus in South Kensington zurückgekehrt waren, hatte der Freund ihn gebeten, im Vorgarten auf ihn zu warten.

»Bleib hier, ich gehe schnell rein, um etwas zu holen, ich bin gleich zurück …«, hatte er mit verschwörerischer Miene zu ihm gesagt.

Kurz darauf war er in der Tür wiederaufgetaucht und hatte ihn mit einer Geste aufgefordert, ihm in die dunkelste Ecke des Vorgartens zu folgen.

»Hier …«, hatte er gemurmelt und ihm etwas Flaches in

die Manteltasche geschoben. »Schick diesen Umschlag gleich morgen los, auf die sicherste und schnellste Art; welche das ist, entscheidest du. Ich bitte dich, es ist eine Sache von höchster Wichtigkeit!«, hatte er noch einmal betont und seinen Arm gepackt, um den Worten mehr Nachdruck zu verleihen.

Peter streckte sich auf der Couch aus, zündete sich eine Zigarette an und schloss die Augen. Er hatte gleich am Morgen getan, was Richard von ihm verlangt hatte. Er war zum Postamt gegangen, hatte sich nach der sichersten und schnellsten Versandmöglichkeit erkundigt und sich schließlich für DHL entschieden. Die Sendung würde am nächsten Tag beim Empfänger ankommen. Er zog den Beleg aus der Tasche seiner Jeans, las noch einmal die Adresse und den Namen des Empfängers und legte den Zettel auf den niedrigen Couchtisch.

Peter wohnte in der Erdgeschosswohnung eines eleganten Hauses in der Kings Road. Er bemerkte nicht, dass jemand in sein Apartment eingedrungen war, bis plötzlich zwei Männer im Wohnzimmer standen. Er sprang von der Couch hoch, doch einer der beiden stieß ihn zurück, so dass er schwer in die Kissen fiel.

»Ganz brav, dann tut dir keiner was!«, ermahnte ihn der Korpulentere der beiden mit drohender Miene. Er war um die dreißig und hatte eine weiße Strähne in seinem Haar, das ihm in die Stirn fiel.

»Was wollt ihr von mir?«, schrie Peter.

»Du warst doch der kleine Freund von Lowelly Grey. Wir wissen, dass er dir etwas gegeben hat, und das wollen wir.«

Peter war derart verwirrt und erschrocken, dass er überhaupt nicht an Richards Umschlag dachte.

»Aber ich habe nichts«, versicherte er.

»Hör mal, du kleine Tucke, sieh zu, dass du schnell mit der Sprache rausrückst, sonst polieren wir dir deine süße Fresse«, drohte ihm der Mann mit der Strähne, während der andere sich umsah. Dann packte er ihn am Kragen und hob ihn von der Couch hoch.

»Los, rede!«

»Aber ich habe nichts!«, wiederholte Peter, während in seinem Kopf die Erinnerung an den am Morgen verschickten Umschlag auftauchte. Erst da begriff er, dass er Richards Mörder vor sich hatte.

Dieser Gedanke hatte eine außergewöhnliche Wirkung auf ihn. Wie durch Zauberei schwand die Angst. Er starrte dem Mann, der ihn noch immer hochhielt, in die Augen, doch in seinem Blick war keinerlei Furcht mehr. Wenn Richard tatsächlich wegen dieses Umschlags gestorben war, dann würde er alles tun, um dessen Verbleib zu vertuschen.

Der Mann bemerkte die Veränderung. »Sieh mal an, das Fräulein hat ja plötzlich Mumm«, höhnte er. Dann verpasste er ihm eine Ohrfeige, die ihn zurück auf die Couch fallen ließ.

»Jetzt schlage ich dich grün und blau, und dann wollen wir mal sehen, ob du nicht redest!«

Ein weiterer Schlag traf Peter ins Gesicht, und sein Kopf knallte gegen die Rückenlehne.

»Warte, vielleicht habe ich etwas gefunden«, schaltete sich der andere Mann ein und beugte sich über den Couchtisch.

»Sieh mal, das ist der Beleg für eine mit DHL verschickte Sendung.«

Der Mann mit der Strähne packte Peter wieder am Kragen und sah ihm bedrohlich in die Augen. »Handelt es sich um das, was der Professor dir gegeben hat?«

Peter antwortete nicht, und der Mann schlug erneut zu. Jetzt war er wie betäubt, und der Kopf tat ihm entsetzlich weh.

»Ist es so?«, fragte sein Peiniger noch einmal. »Na los, rede, oder ich breche dir die Arme!«

In diesem Augenblick ging die Türklingel. Hinter der Tür hörte man die schrille Stimme von Peters Freundin Dorothy, die im Apartment gegenüber wohnte. »Mach auf, Peter! Ich weiß, dass du mit jemandem reden musst. Ich lasse dich doch in einem solchen Moment nicht allein, vergiss es...«

Peter war heilfroh über die liebevolle Zudringlichkeit Dorothys. Sie würde nicht so schnell aufgeben, sie war ihm gegenüber sehr beschützend und wusste auch über seine lange Beziehung mit Richard Bescheid. Tatsächlich fing sie jetzt auch noch an zu klopfen. »Peter, mach auf. Ich bleibe hier, bis ich sicher weiß, dass es dir gutgeht«, rief Dorothy.

Die beiden Einbrecher wechselten einen Blick, der Mann mit der Strähne lockerte seinen Griff und ließ Peter zurück auf die Couch fallen.

»Lass uns abhauen. Diese Verrückte hört nicht auf herumzuschreien, und auf der Straße ist zu viel los. Zum Schluss kommt noch die Polizei...«

Dann taxierte er Peter. »Du hast Glück gehabt. Kein Wort zu irgendjemandem über uns oder über den Umschlag, den du nach Italien geschickt hast, schon gar nicht zur Polizei. Wenn du redest, erfahren wir es, und dann kommen wir zurück und machen dich kalt. Habe ich mich klar ausgedrückt?«

Peter nickte, und die Lippen des Mannes verzogen sich zu einem zufriedenen Grinsen.

»Gehen wir«, sagte er zu seinem Komplizen. Ohne Peter eines weiteren Blickes zu würdigen, wandten sich die beiden dem Schlafzimmer zu. Erst da fiel Peter das offene Fenster ein, und ihm wurde klar, wie diese Schurken in sein Apartment eingedrungen waren.

4

Ogden war in Berlin, am Sitz des Dienstes im Nikolaiviertel. Erst wenige Monate zuvor hatten Stuart und er etwas erfahren, das ihr Leben für immer verändert hatte. Der Dienst, die mächtigste Söldnerspionageorganisation der Welt, nach dem Zweiten Weltkrieg von Casparius gegründet und nach dessen Tod von Stuart und ihm geleitet, war nicht vollständig unabhängig. Wie ein guter Teil der offiziellen und nicht offiziellen europäischen Institutionen war auch der Dienst von einer gewissen Geheimgesellschaft abhängig, der europäischen Elite, einer kleinen, aber ungemein mächtigen Gruppe, die die Finanzmärkte, die Politik und auch das organisierte Verbrechen auf der halben Welt beeinflusste, während ein ebenso erheblicher Teil in den Händen der amerikanischen Elite war, die in einem fortwährenden Konflikt mit den Europäern stand.

Von dieser unangenehmen Realität zu erfahren war für die beiden Chefs des Dienstes schockierend gewesen, doch sie konnten nichts anderes tun, als die Tatsache zu akzeptieren, weil der Dienst andernfalls zerschlagen und sie eliminiert worden wären.

Trotz allem war die Arbeit des Dienstes in den Monaten nach dieser Enthüllung wie immer vonstattengegangen, ohne Einmischung oder Beeinflussung. Seine üblichen Auftraggeber, Regierungen, Holdinggesellschaften, Parteien, gekrönte Häupter, Oligarchen und diese ganze mehr oder weniger verborgene Welt, die den Planeten regierte, hatten Leistungen des Dienstes angefordert und erhalten, ohne dass die Elite sich einmischte. Der Dienst war, wie es seinerzeit Giorgio Alimante, der Mann an der Spitze der europäischen Elite, zu verstehen gegeben hatte, »ihre Blume im Knopfloch« geworden, ein geheimer Söldnerdienst, an den sich die Mächtigen der Erde bei ihrem unaufhörlichen blutigen Schachspiel wenden konnten, ohne ihren Regierungen ganz oder halboffiziell Rechenschaft abzulegen. Ogden und Stuart wussten jedoch, dass ihre Handlungsfreiheit jederzeit zur Diskussion gestellt werden konnte – und ebenso ihr Leben.

Ogden betrat Stuarts Büro: »Gibt es Neuigkeiten?«

»Alles in Ordnung«, antwortete Stuart und hob den Blick von den Papieren, die vor ihm lagen. »Das Einsatzteam ist auf dem Rückweg von Madrid. Alles ist wie geplant gelaufen.«

»Gut.« Ogden nahm ihm gegenüber Platz. »Ein Attentat in letzter Minute zu vereiteln befriedigt einen dann doch. Wohin haben sie die Gefangenen gebracht?«

Stuart hob die Brauen. »Da fragst du mich zu viel. Wir haben sie den Engländern übergeben.«

»Man kann ja schon davon ausgehen, dass sie schuldig sind«, lautete Ogdens Kommentar.

Stuart stand vom Schreibtisch auf, trat ans Fenster und schaute hinunter auf das Wasser der Spree. »Wie sieht es mit dem Einsatz in Frankreich aus?«

»Ich habe ein Team unter Alberts Leitung hingeschickt. Kein Problem.«

»Dann läuft ja alles bestens.« Stuart klang nicht gerade so, als wäre er sehr zufrieden.

Ogden sah ihn an: »Du hast schlechte Laune.«

»Du etwa nicht?«

Ogden breitete die Arme aus. »Wir müssen uns daran gewöhnen, Stuart. Alimante könnte sich in unsere Geschäfte einmischen, aber bis jetzt hat er es nicht getan, zumindest sieht es so aus. Vor der Operation in Paris hat er mich nicht einmal kontaktiert, so als wüsste er von gar nichts, und sich darauf beschränkt, nach Abschluss der Aktion ein Glückwunschtelegramm zu schicken.«

»Ja, ich habe auch eins bekommen. Ist doch reizend«, kommentierte Stuart bissig. »Aber vergessen wir's. Die Dinge liegen jetzt nun einmal so, und ich muss zugeben, dass unsere Einnahmen schwindelerregende Höhen erreicht haben, doch da sie auch früher schon schwindelerregend hoch waren, tröstet mich das nicht.«

Ogden lächelte kühl. »Seit den Zeiten von Casparius könnten die Gewinne des Dienstes die Staatsverschuldung einiger Länder auffangen. Wenn das so weitergeht, machen wir bald der Mafia Konkurrenz.«

Stuart entfernte sich vom Fenster und setzte sich wieder an den Schreibtisch.

»Wie geht es Verena?«

»Danke, gut. Sie ist in Turin, auf einem literarischen Kongress.«

»Schöne Stadt. Wusstest du, dass sie zusammen mit Lyon und Prag zum esoterischen Dreieck gehört?«

Ogden nickte. »Vielleicht lebt Alimantes Familie deshalb seit einigen Generationen dort.«

Eines der drei Telefone auf dem Schreibtisch läutete. Stuart nahm ab, hörte still zu.

»In Ordnung, ich rufe Sie in zehn Minuten zurück«, sagte er schließlich und legte auf. Dann wandte er sich wieder Ogden zu.

»Wenn man vom Teufel spricht ...«

»Alimante?«

»Allerdings. Er hat gesagt, er müsse über eine ›heikle und persönliche‹ Angelegenheit mit uns sprechen. Er erwartet uns heute Nachmittag. Und rate mal, wo.«

Ogden zuckte die Schultern. »Wo?«

»In Turin. Du wirst Verena früher als erwartet wiedersehen.«

»Wenn Alimante von ›heiklen und persönlichen‹ Angelegenheiten spricht, riecht das nach Ärger«, sagte Ogden.

»So ist es. In die ›persönliche‹ Angelegenheit sind mindestens zwei Präsidenten, vier Premierminister und vielleicht die Königin von England verwickelt. Also los, lass uns ein Team zusammenstellen, er hat gesagt, wir sollen auch Franz mitbringen.«

5

Verena sah sich zusammen mit Paolo Astoni im Palavela die Proben zur Großen Eiskunstlaufgala an, die am Abend stattfinden sollte. Leider hatten sie den Auftritt des großen Russen, Evgenij Korolenko, genannt der Zar, knapp verpasst.

Das Eisstadion war anlässlich der Olympischen Winterspiele 2006 vollständig restauriert worden. Der Bau wies einen sechseckigen Grundriss in einem Kreis mit einem Durchmesser von einhundertfünfzig Metern auf und war eine Stahlzementkonstruktion in Form eines großen Segels, die von drei aneinandergefügten Bögen getragen wurde. Die große ovale Eisbahn glänzte im Scheinwerferlicht, und die Sportler zogen bei ihren von Musik begleiteten Vorführungen Linien in die leuchtende Fläche.

Alberto Asnaghi, der Schützling von Paolo Astoni, mit zwanzig Jahren schon italienischer Meister, bereitete sich auf die Olympischen Winterspiele in Vancouver vor; in der Zwischenzeit nahm er, nachdem er sich bei den letzten Europameisterschaften in Zagreb gut platziert hatte, an verschiedenen Eiskunstlaufgalas teil, die durch die ganze Welt tourten. Doch die Hauptattraktion würde der große, unvergleichliche Korolenko sein. Der Russe, der in den letzten Jahren alles, was man gewinnen konnte, mehr als einmal gewonnen und bei den Olympischen Spielen eine Gold- und eine Silbermedaille errungen hatte, dreimal Weltmeister und fünfmal Europameister geworden war, außerdem siebenmal russischer Meister, war Turin besonders verbunden, weil er im Palavela olympisches Gold erkämpft hatte.

Er wurde als größter Eiskunstläufer aller Zeiten betrachtet, ein herausragender Athlet, den man sogar mit Nijinsky und Nurejew verglich. Sein Können beschränkte sich nicht auf sportliche Perfektion, sondern er hatte geradezu göttliches künstlerisches und interpretatives Talent. Korolenko tanzte eher, als dass er Schlittschuh lief, baute immer große technische Schwierigkeiten ein und präsentierte Choreographien, die später legendär wurden. Seine Kür war stets reich an originellen Elementen und klug auf die Musik abgestimmt, wobei er durch die außergewöhnliche Schnelligkeit seiner Schritte das Publikum in Begeisterung versetzte. Tatsächlich kam kein anderer ihm gleich, und eine Silbermedaille in einem Wettkampf zu gewinnen, bei dem auch Korolenko antrat, wurde seit Jahren als gleichwertig mit Gold betrachtet. Deshalb hatte man schon eine spezielle »Korolenko-Medaille« vorgeschlagen, die in Zukunft Ausnahmeathleten zuerkannt werden sollte.

Verena und Astoni setzten sich in die erste Reihe, um die Proben für die Aufführung zu genießen. Bei der Gala am Abend würde jeder Eiskunstläufer zweimal auftreten, in einem Kurzprogramm und einer Kür. Für das Kurzprogramm hatte Alberto Asnaghi einen bekannten Song von Madonna ausgesucht, während er für die längere, freie Darbietung eine Arie aus *Tosca* vorgezogen hatte.

Als er Astoni sah, glitt Alberto mit kraftvoll-eleganten

Bewegungen zur Bande, um ihn zu begrüßen. Er war ein gutaussehender, sympathisch wirkender junger Mann, seine Beine vielleicht ein bisschen lang für den Eiskunstlauf. Sein kastanienbraunes Haar trug er zu einem Pagenkopf geschnitten, und seine strahlend blauen Augen hatten einen heiteren Ausdruck.

»Danke, dass du extra für mich gekommen bist«, sagte er mit einem Lächeln.

»Du scheinst in Hochform zu sein. Darf ich dir Verena Mathis vorstellen, meine Patentochter.«

Verena lächelte und gab ihm die Hand. »Ich gratuliere, Paolo hat mir von Ihrem Erfolg in Zagreb erzählt.«

»Danke, aber ich hätte besser sein können. Ich war zu aufgeregt und bin gestürzt, ein Anfängerfehler bei einem Toeloop. Zum Glück war der Zar nicht da, sonst wären wir alle auf der Medaillenliste einen Platz nach unten gerutscht. Ihr hättet ihn eben sehen sollen …«

»Wir sehen ihn ja heute Abend. Aber vergiss nicht, wir kommen wegen dir!«, sagte Astoni. »Und jetzt los, prob nur weiter, wir wollen nicht, dass du wegen uns Zeit verlierst. Heute Abend, nach der Gala, essen wir zusammen. Wir feiern im Cambio, passt dir das?«

»Aber sicher. Ich hoffe, dass ich es dann auch verdient habe!«, scherzte Alberto, verabschiedete sich von ihnen und lief zurück in die Mitte der Eisfläche.

Verena war ein wenig enttäuscht, die Proben von Korolenko verpasst zu haben, doch sie schob diesen Gedanken beiseite, um sich um Paolo Astoni zu kümmern. Der Freund hatte sie, als sie sich vor dem Palavela trafen, mit der gewohnten Herzlichkeit begrüßt, doch anschließend war er wortkarg gewesen. Er wirkte aufgewühlt, und Verena wartete auf den richtigen Augenblick, um zu fragen, was los sei.

»Es ist fast Mittag«, sagte Astoni. »Was hältst du davon, eine Kleinigkeit essen zu gehen? Hast du Zeit?«

Verena musste erst um drei Uhr in der Universität sein, also nickte sie.

»Ja, aber du bist mein Gast, wo du uns doch für heute Abend in ein so schickes Restaurant einlädst. Wohin möchtest du gehen?«

»Keine Sorge, ich kenne da ein nettes Lokal.«

Sie nahmen ein Taxi vom Palavela ins Zentrum und gingen in ein Restaurant nicht weit von der Piazza Castello. Als sie am Tisch saßen, sah Verena Astoni in die Augen.

»Paolo, ist irgendetwas passiert?«

Er sah sie traurig an. »Ich habe einen Freund verloren. Heute Morgen habe ich es erfahren, kurz bevor wir uns getroffen haben.«

»Oh, Paolo, das tut mir leid! Aber du hättest es mir gleich sagen sollen. Wir hätten uns auch ein andermal treffen können.«

Astoni schüttelte den Kopf. »Machst du Witze? Ich sehe dich inzwischen so selten ... Es ist so, dass mein Freund Richard Lowelly Grey getötet worden ist, in London. Er war ein außergewöhnlicher Mensch, ich mochte ihn sehr.«

»Getötet?«, rief Verena aus.

»Ja, garrottiert, in seinem Haus in Kensington. Eine schreckliche und unerklärliche Sache. Die Zeitungen sprechen von Selbstmord, aber ich glaube nicht daran.«

Verena streckte eine Hand über den Tisch aus. Dem betagten Professor sah man in diesem Moment alle seine Jahre an, als hätte der Schmerz über diesen Verlust ihn mit einem Mal altern lassen. Er rührte sie, und sie hätte ihn gern getröstet, doch sie wusste, dass Worte nichts nutzen, wenn der Schmerz noch so frisch ist.

»Armer Paolo«, murmelte sie nur. »Kann ich irgendetwas tun?«

»Liebes«, sagte Astoni und lächelte sie an, »dass du da bist, ist das Einzige, was mich trösten kann. Dafür bin ich dir dankbar.«

Sie aßen beinahe schweigend und stimmten sich nach dem Kaffee für den Abend ab. Nachdem sie sich verabschiedet hatten, nahm Verena ein Taxi zum Kongress, und Astoni machte sich zu Fuß auf den Nachhauseweg.

6

Stuart und Ogden kamen am Nachmittag auf dem Flughafen Torino-Caselle an. Ein Wagen erwartete sie an ihrem Jet, um sie in die Turiner Hügel zu bringen, zum Landgut der Familie Alimante.

Ogden hatte Verena nicht mitgeteilt, dass er nach Turin kommen würde, denn er wollte sie lieber überraschen. Am Telefon hatte sie ihm von ihrem literarischen Kongress und von der Eiskunstlaufgala erzählt, zu der sie am Abend mit Paolo Astoni gehen würde. Daher hatte er beschlossen, sie erst nach der Veranstaltung anzurufen, um ihre Pläne nicht durcheinanderzubringen.

Es war eine kurze Fahrt zum Landgut der Alimante, und nach wenig mehr als einer halben Stunde erreichten sie das von noch verschneiten Alpengipfeln umgebene Dorf. Nachdem sie die Häuser hinter sich gelassen hatten und etwa einen Kilometer gefahren waren, kamen sie vor einem imposanten schmiedeeisernen Tor an. Der Wachmann kontrollierte ihre Papiere, telefonierte mit dem Haus und ließ sie dann passieren. Am Ende der langen Allee, die durch einen regelrechten Park führte, hielten sie schließlich vor dem Eingang einer eindrucksvollen Villa aus dem 17. Jahrhundert an. Dort empfing sie ein Diener in Livree, der sie einließ.

Die Eingangshalle war kreisförmig, groß wie ein Tanzsaal und dominiert von einer geschwungenen Treppe aus rosa Marmor, die zu den oberen Stockwerken führte; durch die hohen, zweibogigen Buntglasfenster drang mildes Sonnenlicht; der Raum mit einem schwarzweißen Steinfußboden im Schachbrettmuster, eingerichtet mit wenigen antiquarischen Stücken und alten Porträts an den Wänden, hatte etwas Mittelalterliches, belebt nur durch die Blumensträuße, die hier und da auf den wertvollen Möbeln standen.

»Der jahrhundertealte Reichtum der Alimante in seiner ganzen Pracht«, murmelte Stuart und zwinkerte Ogden zu.

»Folgen Sie mir bitte, meine Herren«, forderte der Diener sie auf und ging ihnen zu einer Doppeltür aus massivem Holz voraus.

»Schon gut, Egidio, ich kümmere mich um die Herren«, sagte eine Stimme von oben.

Ogden und Stuart wandten sich um und sahen Alimante die Treppe herunterkommen. Er lächelte. Die Erscheinung des Italieners schien einer der zahllosen Hochglanzzeitschriften zu entspringen, die ihm seit Jahrzehnten lange Berichte widmeten und dazu beigetragen hatten, dass er zu einer der bekanntesten und am meisten bewunderten Persönlichkeiten auf der ganzen Welt geworden war. Und tatsächlich machte er auch mit über siebzig noch eine gute Figur: Groß und schlank, diskret gebräunt und mit silbernem Haar, trug er auf seine lässige Art eine sportliche, gutgeschnittene Kombination.

»Liebste Freunde, wie schön, Sie wiederzusehen!«, rief er aus und kam mit ausgestreckter Hand auf sie zu. »Danke, dass Sie so rasch auf meinen Hilferuf reagiert haben. Nehmen Sie doch bitte Platz.«

Ogden und Stuart wechselten einen einverständlichen Blick. Sie fanden es immer peinlich, dieses Theater mitmachen zu müssen, das Alimante jedoch gern jedes Mal von neuem aufführte, als könnten sich die beiden Chefs des Dienstes tatsächlich seinen Befehlen entziehen. Doch trotz allem war dieses höflich-formelle Benehmen nicht zu verachten, denn es machte ihnen ihre Pflichten ihm gegenüber weniger schwer.

»Hatten Sie eine gute Reise?«

»Sehr gut, danke«, sagte Stuart, während sie ein großes Arbeitszimmer betraten, das nüchtern und modern eingerichtet war. Die Möbel waren aus Stahl und Glas, die Sitzgruppe aus schwarzem Leder. Auf einem langen Tisch an der Wand stand eine gewaltige elektronische Anlage. Nur die großen Fenster hatten noch die alten bunten Scheiben mit faszinierenden Darstellungen von Rittern in silberglänzenden Rüstungen auf rotbraunen Pferden in einer idyllischen Hügellandschaft.

Alimante ließ sie Platz nehmen und setzte sich ihnen gegenüber hin. »Kann ich Ihnen etwas anbieten? Einen Kaffee, sonst etwas zu trinken?«

»Ein Kaffee wäre schön, danke«, sagte Ogden, und Stuart nickte.

Alimante griff zu einem Telefon und gab ihre Wünsche durch, dann wandte er seinen Blick erneut den beiden zu.

»Mein Kompliment für die Arbeit, die Sie in Frankreich und in Madrid geleistet haben.«

»Wir danken für das Telegramm«, sagte Ogden. »Das war sehr freundlich ...«

»Sie wissen ja, wie sehr ich die Professionalität des Dienstes bewundere«, sagte Alimante mit einem gewinnenden Lächeln und seinem vornehmen Akzent. »Aber nun wollen wir über den Grund sprechen, weshalb Sie hier sind, im Haus meiner Familie. Ich hätte Sie auch in meinem Büro in Turin empfangen können, doch ich wollte Ihnen den Ort in diesem wundervollen Tal zeigen, den die Alimantes seit Generationen als ihr wahres Zuhause betrachten.«

»Ein wirklich einzigartiger Ort«, bemerkte Stuart kalt, um dann schroff zu fragen: »Warum haben Sie uns hergerufen?«

Gekränkt durch diesen Mangel an Takt, sah Alimante ihn an, lächelte jedoch gleich wieder. Das war das Spiel, das sie seit Monaten spielten: Ogden tat so, als sei er der Nachgiebigere von ihnen beiden, während Stuart seinen Widerwillen hinsichtlich der abhängigen Position, in der sie sich befanden, stets offen zur Schau stellte. Es war eine Strategie, die sie nach den Ereignissen in Venedig vereinbart hatten und die darauf abzielte, Alimante glauben zu machen, dass sie über die Elite unterschiedlich dachten; und bisher schien diese Taktik erfolgreich zu sein.

Diese Entscheidung hatte sich daraus ergeben, dass Alimante ihnen gegenüber einmal etwas gesagt hatte, was für einen Mann wie ihn eher ungewöhnlich war. Der Italiener schien Stuarts Haltung als Zeichen von Ehrlichkeit und Unabhängigkeit zu betrachten, und das schätzte er, während es Ogden seinerseits gelungen war, Alimante zu überzeugen, dass er sich inzwischen mit der Situation abgefunden hatte und seine Zugehörigkeit zur Elite im Grunde zu würdigen wusste.

Alimantes Hochachtung für sie war jedenfalls aufrichtig, denn eigentlich mochte er es, dass die beiden von ihm so geschätzten Agenten sich nicht untertänig verhielten, wie alle anderen es taten.

Der Diener brachte ein Tablett mit drei Tassen Kaffee, und als er wieder gegangen war, sah Alimante die beiden ernst an.

»Vor ein paar Tagen ist Richard Lowelly Grey in London auf barbarische Art ermordet worden. Er war der weltweit wichtigste Experte für Arthur Conan Doyle und dessen Figur Sherlock Holmes. Richards Vater, seinerseits ein bedeutender Professor in Oxford, hat sich während meiner College-Jahre um meine Bildung gekümmert. Er war für mich sehr wichtig, und ich habe ihn nie vergessen.«

Alimante schwieg, und die beiden Agenten wechselten einen schnellen Blick. Sollte es möglich sein, dass der eiskalte Alimante Gefühle für irgendjemanden gehegt hatte? Es schien so, denn sein Blick war tatsächlich vor Trauer verschleiert, als er sich an Lowelly Greys Vater erinnerte.

»Ja, ich habe die Nachricht in den Zeitungen gelesen. Grey hat in seinem Haus durch eine Garrotte den Tod gefunden. Mord oder Selbstmord, das ist noch nicht klar«, bemerkte Stuart.

»Es war Mord«, sagte Alimante, ohne zu zögern. »Den irgendjemand als wahnsinnigen Selbstmord hinstellen will. Tatsächlich hat derselbe schwachsinnige Journalist geschrieben, Richard hätte wegen einer Versteigerung, bei der ein Doyle-Archiv unter den Hammer kommen würde, den Kopf verloren. Doch nicht genug damit, er unterstellt weiter, Lowelly Grey habe wie in einer berühmten Erzählung von

Arthur Conan Doyle seinen Selbstmord als Mord inszenieren wollen, um seinen Tod einem mysteriösen Amerikaner anzulasten, der ihn nach verschiedenen Zeugenaussagen in der letzten Zeit verfolgt haben soll. Natürlich wusste ich, dass Richard sich wegen der Versteigerung Sorgen machte, das hat mir seine Schwester, mit der ich telefoniert habe, bestätigt; doch das waren die Sorgen eines Wissenschaftlers, der sich von gierigen Privatleuten eines Archivs beraubt sieht, das an die British Library hätte gehen sollen. Richard hatte vom Auktionshaus Sommer's die Erlaubnis erhalten, das Archiv vor der Versteigerung zu sichten, und das hatte ihn ein wenig aufgeheitert. Seine Schwester hat mir gesagt, dass er am Nachmittag ebendes Tages, an dem er getötet wurde, zu Sommer's gegangen sei, um die Dokumente zum zweiten und letzten Mal in Augenschein zu nehmen.«

Es folgte ein kurzes Schweigen. Wenn Alimante seiner Behauptungen so sicher war, musste er einen Grund dafür haben.

»Ich habe Sie herbestellt«, fuhr der Italiener fort, »weil ich wissen will, wer ihn getötet hat und aus welchem Grund. Die Mörder haben irgendetwas gesucht, einer unserer Leute bei Scotland Yard hat mir berichtet, dass in Lowelly Greys Haus das Unterste zuoberst gekehrt worden ist. Außerdem waren sie mindestens zu zweit, bei der Tötungsmethode. Wie ich Ihnen am Telefon schon gesagt habe: Es ist eine persönliche Angelegenheit. Ich kannte Richard nicht, doch sein Vater hat viel für mich getan, und ich will den Tod seines Sohnes aufklären. Jetzt gebe ich Ihnen die Informationen, die Sie brauchen, um mit den Nachforschungen zu beginnen.«

7

Nachdem Paolo Astoni sich von Verena verabschiedet hatte, machte er sich auf den Heimweg, überquerte die Piazza Castello und ging unter den Arkaden in Richtung Via Alfieri, wo er wohnte.

Als er das Haus betrat, kam die Portiersfrau aus ihrer Loge und übergab ihm einen Umschlag.

»Professore, das ist vor kurzem angekommen, per DHL.«

Astoni nahm den Umschlag, bedankte sich und stieg in den alten schmiedeeisernen Aufzug. Nachdem er die Taste für den dritten Stock gedrückt hatte, besah er sich den Umschlag – und das Herz schlug ihm bis zum Hals, denn er erkannte Richards Handschrift und sah seinen Absender.

Auf seinem Stockwerk angekommen, steckte er mit zitternden Händen den Schlüssel ins Schloss, trat ein, legte den Mantel über einen Stuhl und eilte ins Arbeitszimmer. Dort riss er den Umschlag auf und zog eine Agenda aus rotem Leder und eine Karte heraus.

Lieber Paolo,

wenige Zeilen in Eile, denn ich bin dabei, diesen Umschlag mit einer Agenda und einer DVD *meinem Freund Peter zu übergeben, der ihn Dir morgen schicken wird. Ich habe die Agenda zwischen den Papieren des Doyle-*

Archivs bei Sommer's gefunden. Genaueres werde ich Dir mündlich erzählen, jedenfalls glaube ich, dass irgendjemand sie erst vor einigen Tagen dort versteckt hat. Ich habe versucht, Dich anzurufen, Dich aber nicht erreicht. Jetzt ist es schon spät, und ich will Dich nicht stören, doch morgen versuche ich es wieder. Ich bin sicher, Du wirst den besten Gebrauch von dieser Agenda machen, da es darin ja um die Geschichte Deines Landes geht.

Herzlich, Richard

Die Agenda aus dem Jahre 1992 war voller Notizen, Namen und Daten, doch ab Mitte Juli waren die Seiten leer. Astoni hatte noch nicht angefangen zu lesen, als eine runde Plastikhülle aus dem Einband rutschte und zu Boden fiel. Er beugte sich hinunter, um sie aufzuheben: Sie enthielt die DVD, die Richard erwähnt hatte. Er legte sie auf den Schreibtisch und studierte weiter aufmerksam die Agenda. Als ihm klarwurde, worum es sich handelte, meinte er, das Herz müsse ihm zerspringen, und sein Blick trübte sich für einen Augenblick. Das konnte nicht sein, sagte er sich aufgewühlt. Diese »rote Agenda« war gleich nach dem Attentat, bei dem man den sizilianischen Untersuchungsrichter getötet hatte, verschwunden und jahrelang vergebens gesucht worden. Und nun tauchte sie in einem Auktionshaus in London zwischen den Papieren Arthur Conan Doyles auf, und Richard, der sie gefunden hatte, war ermordet worden. Der ewige italienische Alptraum kehrte zurück.

Er stand auf, um sich etwas zu trinken einzugießen, während sich die Gedanken in seinem Kopf überschlugen. Die Agenda war ein Todesurteil für jeden, der sie las, er musste sie so schnell wie möglich loswerden, vielleicht indem er sie an eine Zeitung schickte, der er vertraute. Aber an welche? Auf jeden Fall würde er eine Fotokopie machen und sie bei einem Notar hinterlegen, als eine Art Versicherung. Oder würde nicht einmal das genügen? Die Agenda war zu brisant; unmöglich, jemandem zu vertrauen.

Astoni gelang es nicht, das Durcheinander von Gedanken zu ordnen, er war zu aufgeregt. Richard musste durch eine Verkettung von Zufällen gestorben sein: Irgendjemand hatte unerklärlicherweise die Agenda bei Sommer's versteckt, und die Mörder waren wegen Richards Anwesenheit im Auktionshaus auf ihn gekommen.

Astoni fuhr sich mit den Händen durchs Haar, starrte eine Weile zu Boden. Dann nahm er die Agenda und begann sie erneut durchzublättern.

Nach kurzer Zeit hob er den Kopf und stieß einen tiefen Seufzer aus, der fast wie eine Klage war. Die Bilder des Attentats in jener Straße von Palermo standen ihm wieder vor Augen, die zertrümmerten Autos, die erschütterten Menschen, die ohrenbetäubenden Sirenen. Das war Jahre her. Innerhalb zweier Monate waren zwei Richter und ihre Eskorten getötet worden; sie waren die letzten Opfer einer langen Serie von Mafiamorden, die über Jahrzehnte das Land mit Blut getränkt und seiner besten Männer beraubt hatten. Von diesen Verbrechen hatte Italien sich nie erholt.

Er spürte, wie die Wut in ihm aufstieg, die gleiche Wut, die er damals empfunden hatte und die sich jedes Mal wieder von neuem einstellte, wenn er daran dachte, wie sehr sich sein Land zum Schlechten hin verändert hatte. In den Jahren, die auf die Massaker folgten, war sein Ekel gegenüber einer kriminellen Realität, die beinahe alles durchdrang, immer stärker geworden – gegenüber der sogenannten Zweiten Republik, »deren Pfeiler im Blut standen«, wie ein Richter aus dem Antimafia-Pool einmal geschrieben hatte. Inzwischen glaubten viele, dass ein Schattenstaat mit einer enormen politischen und finanziellen Macht existierte, der mit der Mafia zusammenarbeitete.

Durch eine seltsame Fügung des Schicksals war die Agenda, von der sich der Richter niemals trennte, die berühmte »rote Agenda«, die alle seit Jahren suchten, in seine Hände gekommen, dabei war er nur ein alter, ängstlicher Professor. Eins war jedenfalls klar: Von diesem Augenblick an würde er niemandem mehr vertrauen können, weder in Italien noch sonst wo.

Tiefe Niedergeschlagenheit erfasste ihn. In den vergangenen Jahren hatte er alles, woran er immer geglaubt hatte, vor seinen Augen zerbröckeln sehen: Moral, Anstand, bürgerliches Engagement, Respekt vor dem Einzelnen und dem Gemeinwesen. Werte waren auf abgestandene Propaganda reduziert worden, auf Worte, die die Politiker in jedem Wahlkampf in alle vier Himmelsrichtungen ausposaunten, doch an die sie selbst nicht glaubten.

Nicht zum ersten Mal dankte er dem Himmel, dass er keine Kinder hatte. Doch Richard, der sein Sohn hätte sein können, war wegen dieser Agenda gestorben, daher hatte er nicht das Recht, sich zurückzuziehen, er musste etwas unternehmen, koste es, was es wolle.

Das Klingeln des Telefons ließ ihn zusammenfahren. Er sah den Apparat an, unsicher, ob er sich melden sollte, dann entschloss er sich, es zu tun.

»Professor Astoni?«, fragte eine männliche Stimme auf Englisch.

»Ja?«

»Guten Abend. Sie kennen mich nicht, ich bin Peter Ward, ein Freund von Richard. Ich bin es, der die Sendung per DHL an Sie geschickt hat. Haben Sie den Umschlag erhalten?«

Astoni hatte Angst, ja zu sagen, dann erinnerte er sich an Richards Begleitschreiben. Doch da er niemandem vertraute, beschloss er zu lügen.

»Ich habe nichts bekommen.«

»Kein Problem. Sie werden die Sendung bald erhalten. Doch hören Sie mir bitte zu, ich muss Sie warnen. Ich weiß nicht, was sich in diesem Umschlag befindet, doch ich bin davon überzeugt, dass Richard wegen seines Inhalts getötet wurde.«

Peter erzählte Astoni, was ihm zugestoßen war, und betonte, die beiden Männer hätten ihn erst in Frieden gelassen, nachdem ihnen die Quittung von DHL in die Hände gefallen sei.

»Herr Professor, Sie müssen sehr vorsichtig sein, denn diese Leute wissen, dass Sie der Empfänger der Sendung sind, die ich für Richard verschickt habe. Haben Sie verstanden?«, fragte Peter besorgt.

Astoni seufzte. »Natürlich.«

»Hören Sie, die beiden haben mich bedroht, sie haben gesagt, dass sie mich töten, wenn ich zur Polizei gehe, und nach dem, was geschehen ist, habe ich keinen Grund, daran zu zweifeln. Doch ich wollte Sie warnen. Sehen Sie zu, dass Sie diese Sache so schnell wie möglich loswerden, gehen Sie zur italienischen Polizei und übergeben Sie den Umschlag. Sagen Sie, dass er Ihnen von Richard geschickt worden ist, dort wird man dann das Notwendige in die Wege leiten. Ich kann sonst nichts tun, ohne mein Leben aufs Spiel zu setzen. Mit diesen Leuten ist nicht zu spaßen! Sie haben Ihre Adresse, sie werden zu Ihnen kommen.«

»Das ist zu erwarten. Ich danke Ihnen. Es war sehr freundlich von Ihnen, mich zu warnen.«

»Ich weiß, dass Richard Ihr Freund war und Sie schätzte. Und Richards Freunde sind auch meine Freunde«, sagte Peter traurig.

Nachdem er aufgelegt hatte, ging Paolo Astoni an den Computer und legte die DVD ein. Er hatte einen Mac mit einem großen Bildschirm und einer guten Wiedergabequalität. Er klickte auf den Befehl, und nach einem leisen Summen begann sich die Disc zu drehen.

Auf dem Bildschirm erschien das Panorama einer von oben aufgenommenen Stadt, man erkannte die Häuser, die Straßen, die Monumente und im Gegenlicht das glitzernde Meer in der Sonne. Die Kamera machte einen raschen Schwenk im Kreis und nahm den Ort auf, wo sich der Kameramann befand. Es schien eine große Terrasse mit Tischchen und Sonnenschirmen zu sein, umgeben von einem Park; es konnte sich um den Außenbereich eines Hotels oder um ein Restaurant im Freien handeln.

Das Bild wackelte ein wenig, weil der Kameramann im Gehen filmte und sich jener Einstellung bediente, die man im Filmjargon eine Subjektive nennt. Nach einer Unterbrechung war erneut der Park zu sehen; es folgte eine schnelle Kamerafahrt, dieses Mal von unten, die Kamera nahm die

Terrasse auf, richtete sich dann auf die Stadt in der Ferne, schwenkte wieder hektisch auf die Terrasse, um schließlich auf eine Straße mit Häusern aus den fünfziger Jahren und vielen am Straßenrand geparkten Autos zu zoomen. Mit einem Ruck kehrte die Kamera auf die Terrasse zurück, zeigte einen Mann, der an einem Tisch saß. Auch auf ihn zoomte die Kamera mehrmals, dann folgte ein Schwenk auf das Gebäude dahinter, ein kleines steinernes Schlösschen in einem uneinheitlichen Baustil.

Astoni war wie versteinert, als er unten rechts im Bild das Datum und die Uhrzeit der Entstehung des Films bemerkte. Er begriff, worum es sich handelte, und das Herz klopfte ihm bis zum Hals: Das war Palermo im Jahr, am Tag und zur Stunde des Attentats.

Die Kamera zoomte noch einmal auf den Mann auf der Terrasse, in dem Astoni einen gewissen Senator zu erkennen meinte. Er war von seinem Tischchen aufgestanden, hatte sich an die Brüstung gelehnt und schien auf die Stadt unter sich zu blicken. Die Kamera ging erneut auf die Straße, dann zurück auf den Mann, ein hektisches Hin und Her, das nur eines bedeuten konnte: Der Mann auf der Terrasse wusste, was gleich geschehen würde, und der andere, der die Aufnahmen machte, wollte dies hervorheben. Der Mann nahm etwas aus der Tasche, ein kleines Fernglas, das er auf die Stadt richtete, die von diesem Standort aus sowieso gut zu sehen war. Die Kamera wurde in die gleiche Richtung gehalten und zoomte auf die Straße. Das Bild war scharf, sehr nahe herangeholt. Man sah drei Wagen mit hoher Geschwindigkeit in die Straße einbiegen, dann vor einem Eingang anhalten. Aus dem ersten Auto sprangen bewaffnete Männer, und gleich darauf stiegen aus dem zweiten ein weiterer Mann und der Richter aus.

Astoni spürte, wie sich sein Magen zusammenzog, er konnte das Gesicht des Richters sehen, das Jackett über die Schulter geworfen, die Sonnenbrille. Astoni machte eine Geste Richtung Bildschirm, als wollte er aufhalten, was schon geschehen war. Die Kamera ging wieder hektisch hin und her, zeigte den Mann auf der Terrasse, der nun irgendetwas in der linken Hand hatte, vielleicht ein Handy, während er sich mit der Rechten immer noch das Fernglas vor die Augen hielt. Ein Ruck, und die Kamera war wieder auf die Straße gerichtet, dann erneut auf den Mann, dann wieder auf die Straße, wo sie endlich zum Stillstand kam.

Astoni, dem der Schweiß auf der Stirn stand, sah, wie der Richter den Eingang erreichte und die Hand zur Klingel ausstreckte. In diesem Moment ereignete sich die Explosion, stumm – und daher noch schrecklicher. Die Autos flogen in die Luft, manche in tausend Stücke, andere ganz, dann wurde alles in eine dichte Wolke aus schwarzem Rauch gehüllt, und mit dem Blick auf dieses Inferno blieb das Bild stehen.

Der Professor starrte noch lange auf den Bildschirm. Schließlich beendete er das Programm, entnahm die DVD, legte sie zurück in die Plastikhülle und machte den Computer aus.

Mit langsamen Bewegungen stand er vom Schreibtisch auf, ging ins Schlafzimmer, nahm eine Tasche aus dem Schrank und legte ein paar Kleider hinein, ging ins Bad, packte seinen Kulturbeutel, kehrte ins Schlafzimmer zurück und verstaute ihn in der Tasche. Mit einem raschen Blick sah er sich um, zog seinen Mantel an, steckte die Agenda und die DVD innen unter den Arm und nahm mit der anderen Hand die Tasche. Er ließ ein paar Lichter an und schaltete die Alarmanlage ein. Dann verließ er seine Wohnung.

Während er auf den Aufzug wartete, kamen ihm Zweifel. Die Agenda bei sich zu tragen war vielleicht keine gute Idee. Wenn sie ihm gestohlen würde, wäre Richards Tod umsonst gewesen. Aber er konnte sie nicht in der Wohnung lassen, vor diesen Leuten war kein Versteck sicher. Sie würden die Wohnung auseinandernehmen und sie würden die Agenda finden.

Er schaute sich um. Das Treppenhaus sah aus wie in vielen alten Wohnhäusern der Stadt, elegant, mit Stufen aus Marmor und einem Geländer aus Schmiedeeisen und Messing. Er blickte auf die Tür der Wohnung gegenüber, wo ein ehemaliger Kollege aus der Universität wohnte. Vor Jahren hatte Astoni ihm die Wohnung vermittelt, nachdem die alte Mieterin ausgezogen war. Professor Armando Cozzi war alleinstehend, um einiges jünger als er und lehrte Experimentelle Physik an der Universität. Im Augenblick hatte er ein Freisemester und hielt sich in den USA auf. Er hatte Astoni die Schlüssel seiner Wohnung gegeben und ihn gebeten, darauf zu achten, dass seine Haushaltshilfe regelmäßig die Pflanzen goss. Sie waren befreundet, und Astoni hatte ihm diesen kleinen Gefallen gern getan.

Der Aufzug kam mit einem leisen Zischen auf dem Stockwerk an, doch Astoni stieg nicht ein, sondern ging zurück in seine Wohnung. Im Vorraum zog er die Schublade der Konsole auf, nahm Cozzis Schlüssel heraus und verließ die Wohnung wieder, nicht ohne erneut die Alarmanlage eingeschaltet zu haben. Er ging über den Treppenabsatz, schloss die Tür auf und betrat die Wohnung des Freundes.

Dort machte er Licht und begann die Zimmer nach einem passenden Versteck für die Agenda und die DVD abzusuchen. Die Bibliothek war vielleicht der ideale Ort, sagte er sich. Er nahm den ersten Band des *Vocabolario della Lingua Italiana* von Treccani und steckte die DVD hinein. Die Agenda stellte er neben ähnliche Bände in ein anderes Fach des Bücherregals. Zum Glück hatte Cozzi die Angewohnheit, die Agenden vergangener Jahre aufzubewahren. Zufrieden verließ er die Wohnung, schloss die Tür wieder ab und stieg schließlich in den Aufzug.

Auf der Straße ging er schnell, schaute sich von Zeit zu Zeit um, doch niemand schien ihm zu folgen. Er lächelte über diese Vorsichtsmaßnahme, denn er hätte es wohl kaum bemerkt, wenn ihn jemand beschattete. Als er auf der Piazza Castello angekommen war, hielt er ein Taxi an und ließ sich zum Hotel Principi di Piemonte bringen.

8

Er betrat das Hotel kurz nach fünf. Astoni hatte dieses Hotel aus gutem Grund ausgesucht: Erstens wusste er, dass Verena dort wohnte, und zweitens kannte er den Direktor. Dank ihm bekam er trotz einiger Veranstaltungen, die in jener Woche in Turin stattfanden, eine der *junior suites*, die das Hotel für Notfälle frei hielt. Als er sich in seinem Zimmer eingerichtet hatte, legte er sich aufs Bett, um sich zu entspannen. Er sagte sich, dass er zu einer Entscheidung kommen müsse, was zu tun sei, doch die Müdigkeit und die Anspannung der letzten Stunden gewannen die Oberhand, und er schlief ein. Als er die Augen wieder öffnete, fürchtete er sich für die Verabredung mit Verena verspätet zu haben. Er sah auf die Uhr, es war halb acht. Er griff zum Telefonhörer und ließ sich das Zimmer seiner Patentochter geben.

Verena war eine Stunde zuvor von ihrem Kongress zurückgekommen und hatte sich einen Imbiss aufs Zimmer bringen lassen, weil sie wusste, dass sie erst nach der Eiskunstlaufgala zu Abend essen würde. Als das Telefon klingelte, meldete sie sich, weil sie dachte, es sei Ogden.

»Hallo Verena, ich bin's, Paolo. Du kannst dir nicht vorstellen, was heute Nachmittag passiert ist«, sagte der Professor und versuchte einen Ton zu treffen, der der Sache angemessen war. »Als ich nach Hause kam, erwartete mich eine böse Überraschung.«

Astoni hatte sich eine Lügengeschichte ausgedacht: Aus einem Heizkörper sei eine beträchtliche Menge Wasser ausgetreten und habe das Schlafzimmer überschwemmt. Der Verwalter des Gebäudes sei sofort gekommen und habe ihm nach Feststellung des Schadens geraten, wenigstens für ein paar Tage in ein Hotel zu ziehen und abzuwarten, bis alles wieder in Ordnung wäre.

»Und da habe ich mir gedacht, ich steige gleich in deinem Hotel ab«, schloss Astoni.

»Das tut mir sehr leid, Paolo. Ist der Schaden groß?«

»Zum Glück hat das ausgetretene Wasser nur das Schlafzimmer überschwemmt. Wenn es bis ins Arbeitszimmer geflossen wäre, wäre das eine Katastrophe gewesen. Der Verwalter hat gleich zwei Leute geschickt, die sich das angesehen haben und morgen mit den Arbeiten beginnen. Alt zu sein hat manchmal Vorteile: Sie waren ausgesprochen freundlich, und die Verwaltung kümmert sich um alles. Sie haben mich nur gebeten, für ein paar Tage das Feld zu räumen. Meine Haushälterin wird hingehen und bei den Arbeiten anwesend sein.«

»Nun, wenn alles nicht so schlimm ist, freue ich mich, dich hier zu haben. So können wir mehr Zeit miteinander verbringen«, sagte Verena.

»Danke, Verena. Du bist ein Schatz. Wir sehen uns dann in einer halben Stunde, ja?«

»Einverstanden, bis gleich.«

Verena und Astoni trafen sich in der Lobby und nahmen ein Taxi zum Palavela. Dort angekommen, wurden sie von einer reizenden jungen Frau in blauer Uniform zu ihren Plätzen gebracht. Es waren ganz besondere Plätze, in unmittelbarer Nähe der Eisfläche, wo sonst nur Presseleute und Fotografen saßen. Von dort aus würden sie die Läufer sehr gut sehen.

»Wunderbar«, sagte Astoni und versuchte so zu tun, als sei er in bester Stimmung. »Dank Alberto haben wir hervorragende Plätze.«

»Das stimmt. Habe ich dir eigentlich je erzählt, dass ich als kleines Mädchen Eiskunstläuferin werden wollte? Doch meine Mutter schickte mich ins klassische Ballett, wo ich nicht wirklich geglänzt habe. Eiskunstlauf ist immer meine geheime Passion geblieben.«

»Ja, wenn sich deine Mutter etwas in den Kopf gesetzt hatte … Ich wusste gar nicht, dass du Eiskunstlaufen so sehr liebst. Dann kannst du dich freuen. Gleich werden wir den großen Korolenko sehen. Und unseren Alberto natürlich.«

Die Vorführung begann. Da es sich um Spitzensportler handelte, boten alle bemerkenswerte Leistungen. Schließlich war die Reihe an Alberto. Zu den Klängen des Songs von Madonna zeigte er ein gut choreographiertes Programm mit einer ganzen Reihe von technischen Schwierigkeiten. Seine Schnelligkeit auf dem Eis und die rasche Schrittfolge passten perfekt zum Rhythmus der Musik. Er führte viele Sprünge aus, dazu einige originelle Pirouetten, die beim Publikum Begeisterung auslösten. Zum Schluss gab es viel Applaus, und Plüschtiere flogen aufs Eis, die von kleinen Eisläuferinnen in Ballerina-Kostümen aufgesammelt wurden. In der Pause gingen Verena und Astoni in die Bar. Sie tranken gerade ihren Kaffee, als Verenas Handy läutete. Es war Ogden.

»Hallo, du hast Glück. Ich habe vergessen, das Handy auszuschalten«, sagte Verena.

»Umso besser. Wo bist du gerade?«

»Bei der Eiskunstlaufgala. Ich hatte dir doch gesagt –«

»Das weiß ich. Ich meine, wo genau bist du?«

»In der Bar, mit Paolo. Warum fragst du?«

Dann ahnte sie, was die Frage bedeutete. »Sag nicht –«

»Erraten. Ich bin auch hier. Aber in dieser Menge ist es schwer, dich zu finden. Ich wollte dich überraschen.«

Verena freute sich. Sie wusste Aufmerksamkeiten wie diese zu schätzen. Da es zwei Bars gab, erklärte sie Ogden, wo er sie finden konnte, legte auf und wandte sich wieder Paolo Astoni zu.

»Ein lieber Freund ist auf dem Weg zu uns. Er ist in Turin, und weil er wusste, dass ich zur Gala gehen würde, wollte er mich überraschen. Ich hoffe, es ist dir recht.«

»Dein Lächeln sagt mir, dass du dich darüber freust. Da kann ich doch nichts dagegen haben.«

Verena umarmte ihn. Dann sah sie, wie Ogden durch die Menge auf sie zukam. Als er sie erreicht hatte, machte sie die beiden Männer miteinander bekannt.

»Ogden, das ist Paolo Astoni, mein Ersatzvater. Ich habe dir unzählige Male von ihm erzählt.«

Ogden gab Astoni die Hand. »Sehr erfreut, Professore. Es stimmt, ich habe schon viel von Ihnen gehört und weiß, wie gern Verena Sie hat. Ich freue mich, Sie kennenzulernen.«

Astoni erwiderte den Händedruck und betrachtete den Mann, der ihn freundlich anlächelte. Er machte einen guten

Eindruck auf ihn, ein recht attraktiver Mann mit selbstsicherem Auftreten und einem energischen Händedruck, was seiner Meinung nach auf einen starken Charakter schließen ließ. Nur sein Blick überzeugte ihn nicht: gewinnend und gleichzeitig unergründlich, schien er von seinem Lächeln geradezu losgelöst.

»Auch ich freue mich, Sie kennenzulernen«, antwortete Astoni ein wenig verlegen, denn im Gegensatz zu Ogden konnte er nicht sagen, dass Verena je von ihm erzählt hätte. Die Lautsprecherdurchsage, mit der die Fortsetzung der Gala angekündigt wurde, kam ihm zu Hilfe.

»Wir müssen unsere Plätze wieder einnehmen. Sicher finden wir auch einen Platz für Sie«, sagte er zu Ogden.

Tatsächlich gab es neben Verena einen freien Sitz für Ogden.

»Wieso Turin?«, fragte sie.

»Alimante wollte Stuart und mich sehen.«

»Ärger in Sicht?«

»Keineswegs. Normale Routine.«

»Und Stuart?«

»Ist beim Abendessen mit Franz.«

»Dann ist es also ein Einsatz?«

»Möglicherweise. Doch jetzt lass uns die Vorstellung genießen. Ich will dir ja nicht den Abend verderben.«

Sie beugte sich zu ihm hin und streifte seine Wange mit einem Kuss. »Du kannst mir nichts vormachen, mein lieber Spion«, murmelte sie.

Inzwischen hatte der zweite Teil der Gala begonnen, und ein berühmtes russisches Eiskunstläuferpaar trat zu den Klängen eines Wiener Walzers auf. Es folgten weitere Einzelläufer im Wechsel mit Paaren, und insgesamt hatten die Darbietungen höchstes Niveau. Dann, endlich, war der Zar an der Reihe: Evgenij Korolenko. Hinter ihm erschien auch der junge Geiger, der ihn oft begleitete und musikalische Arrangements spielte, die eigens für ihn erstellt wurden. Das Turiner Publikum zeigte seine Begeisterung mit nicht enden wollendem rauschenden Beifall und Bravo-Rufen.

Korolenko, ein dreiundzwanzigjähriger Mann mit goldblondem Haar, trug schwarze Hosen und ein rotes Hemd. Er glitt über das Eis und begrüßte sein Publikum, während die ersten Klänge eines Sirtaki zu hören waren und die Lichter auf dem Eis in einer suggestiven Phantasmagorie Farbe und Form wechselten.

Er zeigte sofort einen vierfachen, dreifachen und doppelten Toeloop, und das Publikum tobte vor Begeisterung. Auf diese Weise bewies er, obwohl dies nicht nötig gewesen wäre, gleich seine technische Überlegenheit, die es ihm erlaubte, in eine einfache Vorführung Schwierigkeiten einzubringen, die eines olympischen Wettbewerbs würdig waren. Mit seinem rasanten Lauf eroberte er im synkopierten Rhythmus der griechischen Musik das Eis, vollführte Sprünge und perfekte Pirouetten und interpretierte mit blitzschnellen, klaren, nie angestrengt wirkenden Schritten den Charakter der Musik. Doch was auch die Zuschauer begeisterte, die nicht in der Lage waren, die Schwierigkeit seiner Figuren einzuschätzen, war sein müheloses Tanzen auf dem Eis, seine Mimik und seine Körperbeherrschung, die er einsetzte, um harmonische Bewegung und Schnelligkeit verschmelzen zu lassen.

Korolenko war fast am Ende seines Programms, als er,

nachdem er eine Biellmann-Pirouette gezeigt hatte, zum Finale ansetzte. Er pflegte immer eine enge Beziehung zum Publikum und trat bisweilen sogar mit den Zuschauern in den ersten Reihen in Kontakt.

Jetzt näherte er sich mit einer Reihe von kurzen und raschen Schritten immer mehr der Tribüne. Mit einem Mal, als er sie fast erreicht hatte, schien irgendetwas seine Aufmerksamkeit zu erregen, das Lächeln schwand von seinen Lippen, und er erstarrte. Nach einem kurzen Zögern lief er mit zwei großen Schritten auf die Banden zu und schrie etwas, zuerst auf Russisch, dann auf Englisch.

Dem Geiger auf der anderen Seite der Eisfläche entging das alles, und er begann den Schluss des Stücks zu spielen, während Korolenko über die Banden kletterte und sich auf Astoni warf.

Ogden seinerseits folgte einem konditionierten Reflex und warf sich auf Verena. »Bleib unten!«, schrie er, während er sah, wie hinter Korolenko und Astoni, die nun auf dem Boden lagen, ein Mann floh, die Treppe hochrannte und dabei immer zwei Stufen auf einmal nahm.

Korolenko wandte sich an Ogden. »Er wollte auf ihn schießen, ich habe die Waffe gesehen.«

»Kümmere dich um Paolo«, flüsterte Ogden Verena zu und rannte dem Kerl hinterher.

Die Musik hörte auf, und ein Raunen ging durchs Publikum. Niemand verstand, was los war, doch die ganze Aufmerksamkeit des Palavela war auf die Sitze in der ersten Reihe gerichtet. Die Fernsehkameras, die die Szene aufgenommen hatten, zeigten weiter Korolenko, der Paolo Astoni festhielt.

Ogden hatte den Mann inzwischen auf einem der endlosen Gänge rund um das Stadion fast eingeholt, als der Attentäter sich umwandte und auf ihn schoss, ihn jedoch verfehlte. Der Gang machte eine Biegung, und Ogden verlor den Schützen für ein paar Sekunden aus den Augen. Er zog die Pistole aus dem Halfter, und als er seinerseits um die Ecke bog, fand er sich vor einem der Seitenausgänge wieder. Er sah den Mann auf den Vorplatz des Palavela laufen und in einen schwarzen Geländewagen springen, der mit eingeschalteten Scheinwerfern auf ihn wartete. Das Auto fuhr mit Vollgas und quietschenden Reifen davon. Ogden konnte sich gerade noch das Kennzeichen merken.

9

Im Zimmer hörte man nur das Summen der Geräte. Das Gesicht des Mannes im Bett war fast so weiß wie das Laken, das ihn bis zur Brust bedeckte. Seine Arme lagen reglos am Körper ausgestreckt, hin und wieder strichen die Finger einer Hand über die Leinendecke. Ohne die medizinischen Instrumente und den leichten chemischen Geruch, der in der Luft hing, hätte es ein Hotelzimmer sein können. Doch es war das Zimmer eines reichen Kranken in einer der teuersten Privatkliniken von Rom.

Salvatore Partanna näherte sich langsam dem Bett. Der mächtige Attilio Branca, der Mann, der hinter den Kulissen über Aufstieg und Fall vieler italienischer Politiker bestimmt und direkt oder indirekt das Leben zahlloser Menschen in der Hand hatte, stand kurz davor zu erfahren, ob die Hölle existierte oder nicht. Die Ärzte gaben ihm nur noch wenige Monate zu leben, ein Bauchspeicheldrüsenkrebs trug ihn hinüber ins Jenseits, und viele würden sich über seinen Tod freuen.

Doch zu denen gehörte Salvatore Partanna nicht. Im Schatten von Attilio Branca aufgewachsen, hatte er ihm schon als Junge gedient, den Platz des vor Jahren verstorbenen Sohns eingenommen und war sein Vertrauensmann geworden. Und nun spürte er, als er diesen alten Mann auf seinem Sterbebett sah, dass ihm Tränen in die Augen traten. Nicht nur vor Schmerz, sondern auch vor Scham. Salvatore konnte es nicht ertragen, ihm gestehen zu müssen, dass die Agenda des Richters verschwunden war, weil er verraten worden war.

Er setzte sich neben das Bett, in Erwartung, dass Branca wach würde. Es war alles schiefgegangen, das musste er zugeben. Bis Tano wenige Tage zuvor die Agenda des Richters abgeholt hatte, hatte sie jahrelang im Tresor einer englischen Bank gelegen. Attilio Branca hatte sich ihrer nie explizit bedienen müssen, es hatte genügt, denen, die es anging, zu verstehen zu geben, dass die Agenda, die alle suchten, in seinem Besitz war, um zu erreichen, was er wollte. Nicht einmal Top-Kronzeugen hatten ihn mit ihren Aussagen in Schwierigkeiten bringen können, denn niemand hätte den Diebstahl der Agenda auf den mächtigen und angesehenen Attilio Branca zurückführen können.

Salvatore erinnerte sich an jenen Sommernachmittag vor vielen Jahren, als eine Autobombe dem Leben und den Ermittlungen dieses unbequemen Richters ein Ende gemacht hatte. Im Abstand von zwei Monaten waren jene beiden Untersuchungsrichter getötet worden, die die Cosa Nostra – diese große Holding des organisierten Verbrechens, die mit den Mächtigen im In- und Ausland zusammenarbeitete – in ihrer Existenz bedroht hatten. Ihre Ermittlungen hatten zu unvorstellbaren Ergebnissen geführt, und dies zu Zeiten, da viele noch dachten oder zu glauben vorgaben, die Mafia gebe es gar nicht. Der Preis dafür war schon zu ihren Lebzeiten sehr hoch gewesen, viele Kollegen und Mitarbeiter der beiden Richter waren getötet worden. Doch sie hatten sich nicht einschüchtern lassen – bis zu jenem Sommer vor sechzehn Jahren, als auch der Richter aus dem Prokurat Marsala für immer zum Schweigen gebracht worden war.

Um ihn zu töten, hatte man nichts weiter gebraucht als ein altes Auto voller Sprengstoff, einen Fernauslöser und einen, der auf den Knopf drückte. Ein Kinderspiel, denn der Staat, dessen Aufgabe es gewesen wäre, ihn zu schützen, hatte es nicht getan.

Am Tag vor dem Attentat hatte Branca Salvatore Partanna nach Palermo geschickt und ihm gesagt, er habe Grund anzunehmen, dass am nächsten Tag etwas Wichtiges geschehen werde. Salvatore sollte sich zu einer bestimmten Zeit in einer bestimmten Straße aufhalten. »Aber nicht allzu nahe«, hatte Branca ihm eingeschärft und ihm auf dem Stadtplan den genauen Ort gezeigt, wo er sich auf die Lauer legen sollte.

»Wenn das geschieht, was ich erwarte, wird es eine heftige Explosion geben, und du musst früher als jeder andere an Ort und Stelle sein und auf dem Rücksitz des Autos des Richters nachsehen. Dort hat er normalerweise seine Tasche und darin eine Agenda. Nimm sie heraus und lege die Tasche zurück an ihren Platz, aber benutze Handschuhe. Du musst schnell machen, sehr schnell. Einfach wird es nicht sein, weil es sicher eine starke Rauchentwicklung gibt und du Mühe haben wirst, zu atmen und zu sehen, wo du deine Füße hinsetzt.«

Partanna hatte sich auch später nie gefragt, woher Branca die Information hatte, dass der Richter an jenem Tag getötet würde. Doch so war es immer, denn Branca war der Puppenspieler, der die Fäden in der Hand hielt, und wenn er sie nicht selbst in der Hand hielt, wie in diesem Fall, wusste er doch, wer die Puppen tanzen ließ.

Salvatore flog also von Rom nach Palermo und nahm am nächsten Vormittag den besagten Ort in Augenschein, ging die Straße hinunter und blieb vor dem Haus stehen, in dem die Mutter des Richters wohnte. Erstaunt sah er, dass nicht nur an beiden Seiten der Straße Autos parkten, sondern auch vor dem Haus, in das sich der Richter begeben würde. Wenn der Staat seine Leute auf diese Art schützte, musste man sich nicht wundern, dass so viele gestorben waren, dachte er voller Abscheu.

Am Nachmittag begab er sich zur vereinbarten Zeit hinter das Eckhaus der nächsten Querstraße und wartete. Als er die Explosion hörte, fürchtete er um sein Leben. Die Fensterscheiben in den Häusern zersprangen, die Mauern schienen zu beben, auch dort, wo er sich befand, und dicker schwarzer Rauch verdunkelte den Himmel. Doch er verlor keine Zeit und rannte zum Ort des Attentats. Als er dort ankam, bot sich ihm ein Bild des Schreckens, das ihn bis heute in seinen Alpträumen verfolgte. Er versuchte sich nicht umzublicken, einfach nur weiterzugehen, wie betäubt von den tausend aufheulenden Alarmanlagen, der Rauch brannte ihm im Hals und in den Augen. Die Autos waren zerborsten, Blechteile und zerbrochene Scheiben überall hingeflogen. Während er sich dem Alfa des Richters näherte – denn auch diesen hatte Branca ihm genau beschrieben –, wäre er beinahe gestolpert, und als er zu Boden schaute, sah er Teile menschlicher Glieder in Lachen von Blut. Fast hätte er sich übergeben, doch er wandte den Blick ab und ging weiter. Die Karosserie des Autos war zusammengedrückt, aber der

Innenraum war intakt. Er sah ganz in der Nähe, direkt vor dem Eingang des Hauses, die Reste eines Kleinwagens und begriff, dass es sich bei dem mit Sprengstoff vollgestopften Auto um eines derjenigen handelte, die ihm wenige Stunden zuvor aufgefallen waren, als er den Ort in Augenschein genommen hatte. Er überlegte, dass der Mann mit dem Fernauslöser sicherlich an einem Ort in Stellung gegangen war, von dem aus er jeder Bewegung des Richters zu folgen vermochte, so dass er den Knopf im richtigen Augenblick drücken konnte, nicht zu früh und nicht zu spät.

Er fand die Ledertasche auf dem Rücksitz, genau so, wie Branca es gesagt hatte. Er öffnete sie, drinnen war eine Agenda, er nahm sie und steckte sie in die Jacke, dann legte er die Tasche wieder an ihren Platz und ging eilig dorthin zurück, von wo er gekommen war.

Später hatte er Branca niemals Fragen zu diesem Auftrag gestellt, und er würde es auch niemals tun.

Der Mann im Bett bewegte sich, Salvatore ging näher heran, doch der Kranke schlief weiter seinen Morphinschlaf. Er betrachtete eine Weile das eingefallene Gesicht und die hageren Hände und setzte sich mit einem Seufzen wieder hin.

Seit er von seiner Krankheit wusste, hatte Branca sich verändert, und das nicht nur körperlich. Vielleicht hatte das Nahen des Todes auf alle Menschen diese Wirkung, dachte Salvatore. Noch ein Jahr zuvor wäre es unvorstellbar gewesen, dass er die Agenda jemand anderem anvertraut hätte.

»Ich sterbe bald, das weiß ich«, hatte Branca zu ihm gesagt, »doch vorher gebe ich die Agenda jemandem, der mächtiger ist als ich und der sie alle weiter auf glühenden Kohlen tanzen lässt, diese unersättlichen Schwätzer von Politikern und Bankern!«, hatte er zufrieden ausgerufen. »Gott hat mir geraten, das zu tun!«, hatte er hinzugefügt, doch diesmal mit dem ironischen und vielsagenden Grinsen alter Zeiten.

Salvatore hatte auch an dem Tag nicht nach Erklärungen gefragt. Wenn der Chef das so wollte, gab es nichts einzuwenden. Er hatte gehorcht und fertig.

Branca wusste immer, was er tat. Er war ein gebildeter Mann, ein studierter Jurist, ein in Italien und im Ausland respektierter Unternehmer. Sein beträchtliches Vermögen stammte aus der Familie, doch war er damit seit frühester Jugend so geschickt und skrupellos umgegangen, dass er es verzehnfacht hatte. Salvatore hatte nie verstanden, warum er gerade ihn als seinen Vertrauensmann auserwählt hatte, wo er doch immer von einer Schar hochrangiger Berater umgeben war. Aber natürlich auch von den »netten Jungs«, den weniger präsentablen Mitarbeitern, die bei Bedarf die schmutzigeren Arbeiten verrichteten.

Nun würde er ihm nicht nur mitteilen müssen, dass die Mission gescheitert war, sondern auch, dass man Tanos Leiche unter einer Themsebrücke gefunden hatte – quasi ein Zitat des Mordes an Roberto Calvi, dem Bankier Gottes. Und auch die nächtliche Expedition in die Räume von Sommer's, die Partanna noch in der Nacht von Tanos Verschwinden organisiert hatte, war ergebnislos geblieben: keine Spur von der Agenda im Lager das Auktionshauses.

Vor seinem Tod war Tano gefoltert worden, darüber hatten die Zeitungen detailliert berichtet. Doch Salvatore war sich sicher, dass der Freund nicht geredet hatte. Oder doch? Und wer war wohl der Verräter, der die Information preisgegeben hatte, dass die Agenda aus der Londoner Bank geholt würde?

Die schwache Stimme Brancas unterbrach ihn in seinen Gedanken.

»Salvatore ...«

Partanna sprang vom Stuhl auf und trat näher ans Bett heran.

»Hier bin ich.«

Der Alte sah ihn an. »Ich beobachte dich schon eine ganze Weile«, sagte er mit einem angestrengten Lächeln, »und an deinem Gesicht erkenne ich, dass etwas schiefgegangen ist.«

Salvatore errötete bis in die Haarspitzen und nickte.

»Gut, dann zieh den Stuhl nahe ans Bett und erzähl mir alles. Heute fühle ich mich viel besser. Ich kann diesen Schlag schon ertragen, mach dir keine Sorgen«, fügte er mit einem Hauch von Ironie hinzu.

Salvatore gehorchte und setzte sich neben das Bett. Flüsternd berichtete er, was in London geschehen war. Als er geendet hatte, sagte Branca eine Weile nichts, tätschelte dann jedoch die Hand Salvatores, um ihn zu beruhigen.

»Es ist nicht deine Schuld. Es gibt einen Verräter, das ist klar, doch darum werden sich die Jungs kümmern. Du mischst dich da nicht ein, für dich habe ich eine andere Aufgabe. Bereite du dich auf eine Reise vor. Und jetzt rufe Bastiani an und sage ihm, er soll sofort herkommen.«

Salvatore stand auf, zog sein Handy aus der Tasche und wählte die Nummer der namhaftesten Anwaltskanzlei in Rom.

10

Ogden machte kehrt und ging zurück zur Tribüne. Es waren nur wenige Minuten vergangen, seit Korolenko sich auf Astoni geworfen und ihm so das Leben gerettet hatte.

Er stieg die Treppe hinunter und erreichte die erste Reihe, wo Astoni, Asnaghi und der russische Eiskunstläufer mit zwei Leuten vom Sicherheitsdienst sprachen.

Ogden trat zu Verena und fragte: »Alles in Ordnung?«

»Ja, mir fehlt nichts. Wer war das denn?«

»Ich habe nicht die leiseste Ahnung«, antwortete Ogden. Dann wandet er sich Astoni zu.

»Wie geht es Ihnen, Professore?«

»Ausgezeichnet. Es gibt nicht viele, die von sich behaupten können, dass der große Korolenko sie gerettet hat«, sagte er mit einem Lächeln. Doch man sah, dass ihn der Vorfall mitgenommen hatte.

»Sind Sie der Herr, der den Verrückten verfolgt hat?«, fragte einer der Wachleute Ogden.

»Ja. Ich befürchtete, er würde auch noch in die Menge schießen. Doch er ist mir entwischt. Ich habe nur noch das Kennzeichen des Fluchtautos notieren können.«

»Sie haben sehr mutig und geistesgegenwärtig reagiert«, meinte der Wachmann und musterte ihn interessiert.

Ogden bedankte sich mit einem Nicken und verfolgte

dabei gleichzeitig das Gespräch zwischen Astoni und dem anderen Wachmann. Die Beharrlichkeit, mit der Astoni behauptete, es habe sich garantiert um einen Verrückten mit einer Spielzeugpistole gehandelt, verblüffte ihn. Zudem konnte der russische Eiskunstläufer seine Version des Geschehens nicht vermitteln, da die Unterhaltung zwischen Astoni und den Sicherheitsleuten auf Italienisch ablief. Was Verena anging, so hatte sie nichts gesehen.

Nun traf auch die Polizei ein, die wohl von einem Zuschauer alarmiert worden war. Einige Polizisten waren am Haupteingang des Palavela postiert gewesen. Sie stellten allen ein paar Fragen und kontrollierten die Papiere. Niemand konnte eine Erklärung für den Vorfall liefern, und Astoni versuchte weiterhin beharrlich herunterzuspielen, was geschehen war. Schließlich wurden sie alle für den nächsten Tag vorgeladen, damit ihre Aussagen zu Protokoll genommen werden konnten.

Die Gala war noch nicht beendet, denn Korolenko hatte seinen Auftritt, der den Abend hätte beschließen sollen, vorzeitig abbrechen müssen. Nun erklärte sich der Russe bereit, die Nummer zu Ende zu tanzen.

»Alles in Ordnung?«, fragte er Astoni, bevor er zurück aufs Eis ging.

»Ja, danke. Doch nun fort mit Ihnen, ich möchte Ihr Programm von Anfang bis Ende sehen. Und danach wäre es mir eine Ehre, Sie und Ihren Trainer als meine Gäste im Ristorante del Cambio zu begrüßen. Würden Sie kommen?«

Korolenko lächelte. »Ja natürlich, ich danke Ihnen auch im Namen von Sergej. Aber sollten Sie sich nach diesem schlimmen Vorfall nicht ausruhen?«

»Ich werde mich ausruhen, wenn ich tot bin. Nun gehen Sie, das Publikum wartet.«

Und genau so war es. Als Korolenko auf das Eis zurückkehrte, ging ein Aufschrei durch das Publikum, das sich zu Standing Ovations erhob und frenetisch applaudierte. Dann setzte die Musik wieder ein und die Vorführung ging weiter.

Verena war voller Sorge um Astoni. »Bist du sicher, dass du nicht gleich ins Hotel zurückwillst?«, fragte sie ihn.

Er lächelte und versuchte einen besänftigenden Ton anzuschlagen. »Mach dir keine Sorgen, Verena, mir geht es gut. Nun wollen wir die Vorführung genießen und dann gut essen. Du kannst ganz beruhigt sein, das war nur ein armer Irrer. Es ist nichts passiert.«

Verena wandte sich Ogden zu. »Wer kann das gewesen sein?«

»Einer, der wusste, was er wollte«, antwortete er leise. »Er hatte einen Komplizen, der am Notausgang des Palavela auf ihn gewartet hat.«

»Dann wollte er Paolo wirklich etwas antun.«

»Ich fürchte, ja. Die Pistole war echt. Er hat auch auf mich geschossen, doch er hatte einen Schalldämpfer und hat nicht genau gezielt.«

»O mein Gott!«, murmelte Verena.

»Gib acht, dass Astoni dich nicht hört. Ich habe den Eindruck, er ist viel besorgter, als er glauben machen will. Wir reden später darüber.«

Ogden lehnte sich vor, um an Verena vorbeisehen und den Professor beobachten zu können. Mit einem schwachen Lächeln auf den Lippen verfolgte Astoni die Darbietungen Korolenkos auf dem Eis. Und obwohl es ihm gelang, es sehr gut zu verbergen, war Ogden davon überzeugt, dass Astoni zu Tode erschrocken war und den Grund für den Anschlag auf sein Leben kannte.

Als die Vorführung zu Ende war, begab die Gruppe sich ins Cambio, das historische Turiner Restaurant, einst der liebste Aufenthaltsort von Conte Camillo Benso di Cavour, dem Staatsmann, der sich für die Einheit Italiens eingesetzt hatte.

Verena kannte das Restaurant, weil sie es früher oft mit den Astonis besucht hatte, doch sie genoss es jedes Mal wieder. Sie liebte diesen geschichtsträchtigen Ort, seine mit karmesinrotem Samt dekorierten Fürstensäle, reich an funkelndem Silber und barocken Spiegeln, überragt von Fresken und Intarsien aus vergoldetem Holz. Das 1757 eingeweihte Cambio war der Treffpunkt der feinen Gesellschaft Turins, wo seit mehr als einem Jahrhundert die großen Namen aus Politik, Kultur und Adel verkehrten. Giacomo Casanova und Nietzsche hatten an diesen Tischen geschrieben, und im Hauptsaal thronte noch immer jener Tisch, an dem Cavour zu sitzen pflegte.

Ogden und die anderen hatten kaum Platz genommen, als Korolenkos Trainer Sergej Tamarow zu ihnen stieß. Der Neuankömmling und Ogden gaben sich die Hand und wechselten einen einverständlichen Blick. Sie kannten sich seit Jahren, Sergej war zu Zeiten des Kalten Kriegs KGB-Agent gewesen, und zwar einer der besten. Als Olympiasieger im Eiskunstlauf hatte er dank seines internationalen Ruhms jahrelang kreuz und quer durch die Welt reisen können, ausgezeichnet getarnt, zuerst als Läufer, dann als Trainer. Später, nach dem Fall der Berliner Mauer und dem Ende der Sowjetunion, war er zumindest als Spion in den Ruhestand getreten. Doch Ogden wusste, dass der neue russische Geheimdienst FSB ihn in seinen Reihen behalten hatte, und zwar in einer hohen Funktion. Natürlich gaben Ogden und Tamarow vor, sich nicht zu kennen.

Eine weitere Überraschung wartete auf Ogden: An einem Tisch im hinteren Teil des Saals saß Alimante und speiste mit einem jungen Mann zu Abend. Auch er sah ihn und nickte ihm diskret zu.

»Da ist Alimante«, sagte Verena, die die gegenseitige Begrüßung beobachtet hatte.

»Ja.«

»Er ist ein alter Freund von Paolo. Nicht wahr, Paolo?«

Der Professor nickte. »Wir haben als junge Leute miteinander verkehrt und uns später aus den Augen verloren. In dieser Stadt kennen sich mehr oder weniger alle, zumindest in bestimmten Kreisen. Wie dem auch sei, Giorgio ist fast nie in Turin.«

»Da kommt er«, sagte Verena.

Alimante trat an ihren Tisch und setzte sein gewohntes Lächeln für gesellschaftliche Anlässe auf. »Was für eine außergewöhnliche Gesellschaft! Mein alter Freund Paolo Astoni«, sagte er und streckte die Hand aus. Astoni ergriff sie und machte alle miteinander bekannt. Als er bei Korolenko und Tamarow angelangt war, sagte Alimante ein paar Worte auf Russisch, wechselte dann ins Englische und erging sich in Komplimenten für den Eiskunstläufer und seinen Coach. Schließlich lächelte er Ogden an.

»Wir kennen uns schon. Was für eine Freude, Sie hier wiederzusehen! Und wo ist Stuart?«

»Im Hotel, nehme ich an.«

Alimante wechselte einige höfliche Worte mit Verena, über die er alles wusste, weil er sich seinerzeit ein Dossier über jeden besorgt hatte, der in Kontakt mit den beiden Chefs des Dienstes stand.

Nachdem die Höflichkeiten ausgetauscht waren, wandte er sich Ogden zu. »Ich möchte Ihnen jemanden vorstellen. Könnten Sie einen Moment an meinen Tisch kommen?«

Ogden entschuldigte sich bei den anderen, stand auf und folgte Alimante. Als sie an seinem Tisch Platz genommen hatten, sagte dieser zu seinem jungen Begleiter: »Gehst du mir bitte Zigaretten holen? Da ist ein Automat auf der Piazza.«

Es war ein Vorwand, und noch dazu ein ungeschickter, doch der junge Mann gehorchte mit einem Lächeln. Als er gegangen war, wandte Alimante sich an Ogden.

»Ich hätte Sie in Kürze angerufen. Es gibt neue Entwicklungen, was den Tod von Lowelly Grey angeht. Ich habe noch einmal mit Richards Schwester telefoniert, um mehr zu erfahren, und das war gut so. Sie hat mir verraten, dass ihr Bruder am Tage seines Todes irgendetwas von Sommer's mitgenommen hat. An diesem Punkt drängt sich der Gedanke auf, dass er deshalb getötet worden ist. Ich fürchte, er ist ohne sein Wissen in etwas hineingeraten, dem er nicht gewachsen war. Die Angelegenheit wird also komplizierter. Wir sehen uns morgen früh in meinem Büro in der Stadt. Eine wirklich bedauerliche Sache«, schloss er und schüttelte den Kopf.

»Und ein wirklich verrückter Tag heute«, sagte Ogden.

»Wieso?«

Ogden erzählte ihm, was vorgefallen war, und am Ende blickte der Italiener ihn ungläubig an.

»Jemand wollte Paolo Astoni töten? Und aus welchem Grund?«

»Fragen Sie mich das nicht. Da Sie beide seit vielen Jahren befreundet sind, ist der Professor vielleicht zu Ihnen ehrlicher. Ich bin davon überzeugt, dass er weiß, warum man ihn töten wollte. Doch ich habe der Polizei nicht gesagt, dass der fragliche Mann auf mich geschossen hat und die Pistole folglich echt war.«

»Das haben Sie sehr gut gemacht. Wir müssen zuerst verstehen, was los ist. Paolo Astoni ist kein Dummkopf, wenn er sich so verhält, wird er seine Gründe dafür haben. Er kannte Lowelly Grey und ist, wie Richard es war, Mitglied der Londoner Sherlock Holmes Society. Es muss einen Zusammenhang geben, wenn im Laufe weniger Tage der eine ermordet und der andere Ziel eines Anschlags wird.«

»Allerdings. Doch Astoni scheint trotz allem, was heute Abend geschehen ist, nicht die Absicht zu haben zuzugeben, dass man ihn töten wollte. Und das ist recht seltsam.«

»Falls nicht der Grund für den Anschlag auf sein Leben tatsächlich in Zusammenhang mit dem Tode von Lowelly Grey steht und er in irgendetwas verwickelt ist, von dem wir nichts wissen. Wie auch immer: Dies ist nicht der richtige Ort, darüber zu reden. Ich erwarte Sie und Stuart morgen Vormittag in meinem Büro. Bis dahin dürfen Sie Astoni unter keinen Umständen aus den Augen lassen.«

11

Die ganze Gesellschaft war ins Principi di Piemonte weitergezogen. Astoni schlug vor, noch etwas in der Bar zu trinken, bevor alle schlafen gehen würden. Im Hotel wohnten viele der Sportler der Gala, einschließlich Korolenko und sein Trainer. Das Hotel war anlässlich der Winterolympiade 2006 vollständig renoviert worden und wurde seitdem von vielen Sportverbänden für ihre Athleten gebucht.

Auch für Ogden, Stuart und Franz waren im Principi di Piemonte Zimmer reserviert worden. Ogden bat Verena, Astoni und die anderen in die Bar zu begleiten, und versprach bald nachzukommen. Er ging hinauf in sein Zimmer und ließ sich mit Stuart verbinden.

»Ich bin gerade zurückgekommen. Ich habe Alimante im Cambio getroffen, nach der Eislaufgala. Es gibt Neuigkeiten, er erwartet uns morgen Vormittag in seinem Büro. Um den Abend ein wenig aufregender zu gestalten, hat irgendein Typ im Palavela auf mich geschossen.«

»Was?!«, rief Stuart aus. »Und wer war das?«

Ogden berichtete von dem misslungenen Attentat auf Astoni und der ergebnislosen Verfolgung des Schützen, des Weiteren auch über Alimantes Verdacht, zwischen diesem Vorfall und der Ermordung Lowelly Greys könnte eine Verbindung bestehen.

»Wir sollten Berlin anrufen und das Kennzeichen des Wagens überprüfen lassen, mit dem der Schütze geflohen ist«, fuhr Ogden fort. »Und da wir nun wissen, dass Astoni und der Engländer sich kannten, sollten wir versuchen, mehr über ihre Beziehung zu erfahren. An diesem Punkt wäre es interessant, Alimante zuvorzukommen …«

»Und zwar wie?«

»In den Unterlagen steht, dass Lowelly Greys früherer Lebensgefährte Peter Ward der Letzte ist, der ihn gesehen hat. Lass uns einen unserer Leute in London zu ihm schicken und ihn befragen, noch heute Nacht.«

»Einverstanden, ich kümmere mich darum. Ist Astoni im Hotel?«

»Ja, er hat sich hier ein Zimmer genommen, obwohl er in der Stadt lebt. Er sagt, seine Wohnung sei überschwemmt, aber das nehme ich ihm nicht ab. Ich werde versuchen, etwas aus ihm herauszubringen. Für Verena ist er wie ein Vater. Ich muss vorsichtig vorgehen.«

»Verstehe. Richte ihr meine Grüße aus. Ich rufe sofort in Berlin und London an.«

Ogden verließ sein Zimmer und klopfte bei Franz an. Der Agent öffnete sofort.

»Halte dich bereit«, sagte Ogden zu ihm. »Vielleicht brauche ich dich.«

Franz nickte. »Okay. Was ist los?«

»Ziemlich viel. Ich erkläre es dir später.«

Ogden verließ Franz und ging wieder hinunter in die Bar. Der alte Professor schien sich von dem schlimmen Zwischenfall erholt zu haben und unterhielt sich angeregt mit Sergej Tamarow.

»Alles in Ordnung?«, fragte Verena, als Ogden sich an den Tisch setzte.

»Ja, natürlich. Stuart lässt dich grüßen.«

Der Kellner kam, und Ogden bestellte einen Drambuie. Er bemerkte, dass Astoni in kleinen Schlucken einen Kamillentee trank.

»Fühlen Sie sich besser, Herr Professor?«, fragte er ihn.

»Sehr gut, danke. Im Grunde ist es ein aufregendes Abenteuer ohne weitere Folgen gewesen. Der Kerl muss ein Psychopath sein, das habe ich auch der Polizei erklärt. Wer weiß, was in seinem Kopf vorgegangen ist.«

»Evgenij glaubt das nicht«, wandte Tamarow ein.

Ogden wollte gerade antworten, als man ein Handy läuten hörte. Astoni zögerte einen Moment und sah sich um, er war nicht sicher, ob es wirklich sein Telefon war, das klingelte. Schließlich steckte er eine Hand in die Tasche und holte das Handy heraus.

Er hatte keine Ahnung, wer ihn um diese Zeit anrufen könnte, und spürte, dass er Angst hatte. Doch dann hörte er die Stimme seiner Haushälterin.

»Professore, entschuldigen Sie, dass ich Sie um diese Zeit anrufe, aber es ist dringend. Darf ich wissen, wo Sie sich aufhalten?«

Seit seine Frau gestorben war, kam Giovanna jeden Tag zu ihm, machte ihm die Wäsche und hielt die Wohnung in Ordnung. Für Astoni gehörte sie zur Familie. Am Nachmittag hatte er sich vorgenommen, sie anzurufen, um ihr zu sagen, er sei ein paar Tage nicht in Turin, damit sie sich wegen seiner Abwesenheit keine Sorgen machte. Aber er hatte es schließlich vor lauter Aufregung vergessen.

»Ich bin im Principi di Piemonte, mit Verena«, sagte Astoni und bemerkte zu spät, dass er das nicht hätte verraten sollen. Ganz gewiss hatte er nicht das Zeug zum Spion, ging ihm durch den Kopf. Wenn jemand sein Telefon abhörte, kannte er jetzt seinen Aufenthaltsort.

»Was ist denn los?«, fragte er.

»Ein Glück, dass Sie in Turin sind, Professore! Der Verwalter hat mich angerufen. Sie wissen doch, er hat meine Nummer, für alle Fälle …«

»Ja, natürlich. Was wollte er?«

»Heute Abend hat der Mieter im Stockwerk unter Ihnen verdächtige Geräusche gehört, die aus Ihrer Wohnung kamen. Er hat versucht, Sie zu Hause anzurufen, doch Sie waren nicht da. Und weil es ja in den letzten Monaten viele Einbrüche gab, hat er die Polizei alarmiert. Danach hat er auch den Verwalter telefonisch benachrichtigt, und der hat schließlich mich angerufen. Zusammen mit meinem Mann bin ich dann zu Ihrer Wohnung gegangen.«

Giovanna unterbrach sich und schluchzte auf, sie weinte.

»Um Himmels willen, Giovanna«, brach es aus Astoni heraus. »So beruhigen Sie sich doch und erzählen Sie weiter!«

»Entschuldigen Sie, ich bin so durcheinander. Wir sind mit der Polizei nach oben gegangen, die Tür stand offen und … Oh, Professore, es tut mir so leid! Die Einbrecher haben alles durchwühlt, es ist das reinste Chaos.«

Astoni holte tief Luft und versuchte seine Unruhe und Angst zu verdrängen, indem er sich ein paar praktische Fragen stellte. Wieso hatte er das Handy nicht gehört? Sicher, die Musik und das Durcheinander im Palavela hatten das

Klingeln übertönt, da er die Lautstärke normalerweise sehr niedrig einstellte, und im Cambio, erinnerte er sich, hatte er das Handy im Mantel an der Garderobe gelassen. Doch all diese Überlegungen konnten ihn nicht beruhigen, er bekam keine Luft. Sie waren schon auf seinen Namen gekommen, und darüber musste man sich nicht wundern nach allem, was ihm Richards Freund gesagt hatte. Die Agenda und die DVD waren zum Glück in der Wohnung gegenüber in Sicherheit. Doch was würde jetzt geschehen?, fragte er sich erschrocken. Dann erinnerte er sich daran, dass seine Haushälterin wartete.

»Machen Sie sich keine Sorgen, Giovanna. Wo sind Sie jetzt? Und wo ist die Polizei?«

»Ich bin noch in Ihrer Wohnung, Professore. Die Polizei ist gegangen, weil wir Sie ja nicht finden konnten. Die Polizisten haben gesagt, dass die Einbrecher die Alarmanlage ausgeschaltet haben, dass es Profis gewesen sind. Sie rufen mich morgen an, um zu hören, ob es mir gelungen ist, Sie ausfindig zu machen. Aber Sie können beruhigt sein, es scheint nichts zu fehlen. Ich habe das Silber kontrolliert, Ihre Münzsammlung, auch die Gemälde. Sie haben nichts von Wert mitgenommen. Aber was sie angerichtet haben! Die Bücher liegen kreuz und quer durcheinander, und die Karteikästen mit den Papieren haben sie im Arbeitszimmer ausgekippt. Sie haben auch die Küche durchwühlt. Morgen werde ich früh herkommen und den ganzen Tag hierbleiben. Zum Glück ist das Schloss nicht aufgebrochen, sie haben es geöffnet, als hätten sie die Schlüssel dazu, nur ein paar Kratzer sind zu sehen. Aber wann kommen Sie denn zurück, Professore?«

»Morgen bin ich da, machen Sie sich keine Sorgen. Gehen Sie jetzt schlafen, Giovanna. Danke für alles. Und Dank auch an Ihren Mann.«

Astoni steckte das Handy wieder in die Tasche. Alle Anwesenden hatten verstanden, dass erneut etwas Schlimmes geschehen war, und sahen ihn in Erwartung von Erklärungen an.

Astoni schaute hoch und räusperte sich. »Das war meine Haushälterin«, erklärte er und versuchte, bekümmert, doch nicht erschrocken zu klingen. »Heute Abend ist in meine Wohnung eingebrochen worden. Zum Glück scheinen die Einbrecher nichts von Wert gestohlen zu haben, sie haben nur alles verwüstet.«

Dann wiederholte er für Korolenko und seinen Trainer den Satz auf Englisch, weil er nicht ahnen konnte, dass Italienisch zu den Sprachen gehörte, die der russische Spion beherrschte.

Auf die Worte des Professors folgte ein kurzes Schweigen. Es war kaum zu fassen: ein Wasserschaden, ein versuchter Anschlag auf Leib und Leben sowie ein Einbruch – und das alles an einem einzigen Tag.

Verena war es, die das Schweigen brach. »Heiliger Himmel, Paolo, das gibt's doch nicht! Soll ich dich nach Hause begleiten, um gleich zu sehen, was passiert ist?«

»Das kann ich machen«, erbot sich Alberto Asnaghi. »Ich habe kein Auto, aber wir können ein Taxi rufen.«

Astoni nahm sich Zeit, denn er wusste im Grunde nicht, was er antworten sollte. Die einzige Sache, die ihm wirklich am Herzen lag, war in Sicherheit, in der Wohnung gegenüber. Wenn nun aber Verena entdeckte, dass es gar keine Überschwemmung gab, würde ihr sofort klar sein, dass er gelogen hatte.

Er lächelte schwach und schüttelte den Kopf, doch bevor er das Angebot ablehnen konnte, stand Ogden auf.

»Ich bringe den Professor nach Hause und sehe mir die Wohnung an. Mein Mietwagen steht in der Hotelgarage. Ich bin sicher, nachher fühlt er sich besser.«

Dann wandte er sich liebevoll an Verena. »Ich weiß, dass du morgen in aller Frühe beim Kongress sein musst, deshalb ruhst du dich nun besser aus. Ich kümmere mich um Paolo, in einer Stunde sind wir zurück. Einverstanden, Herr Professor?«, fragte er Astoni mit einem Blick, der keinerlei Verhandlungsspielraum ließ.

Jeder hätte sich unter normalen Umständen sofort ein Bild von der Situation machen wollen, und alle hätten sich gewundert, wenn er im Hotel geblieben wäre, das war dem Professor klar. Deshalb lächelte er und nickte notgedrungen.

»Sie sind wirklich zu freundlich. Doch ich möchte Ihnen keine Umstände machen, es ist spät …«

»Das macht doch nichts! Ich freue mich, behilflich sein zu können. Wir wollen uns beeilen, lassen Sie uns gehen.«

Nach diesen Worten verabschiedete er sich von allen und gab Verena einen Kuss auf die Wange. Astoni blieb nur, ihm zu folgen, doch vorher umarmte er noch Alberto.

»Ich gratuliere, mein Junge, du warst wirklich hervorragend. Grüße deinen Vater von mir.«

Dann wandte er sich an die anderen. »Liebe Freunde, es tut mir leid, heute ist nicht mein Tag. Noch einmal danke, Evgenij«, sagte er zu Korolenko, der aufgestanden war, um ihm die Hand zu geben. »Sie tanzen auf dem Eis wie Nurejew auf der Bühne.« Dann klopfte er Tamarow auf die Schulter. »Zu einem Spitzensportler wird nur, wer einen großen Trainer hat.«

Der Russe verbeugte sich und drückte seine Hand. »Herr Professor, es war mir eine Ehre, Sie kennenzulernen. Sie haben mein ganzes Mitgefühl, die Schändung einer Wohnung ist wie der Angriff eines Raubvogels auf ein Nest. Evgenij und ich stehen Ihnen zur Verfügung. Wenn Sie uns brauchen, zögern Sie nicht, sich zu melden. Wir bleiben noch ein paar Tage in Turin.«

Astoni dankte ihm herzlich und umarmte schließlich Verena. »Es tut mir leid, Liebes, ich hätte mir gewünscht, dass unser Wiedersehen unbeschwerter verläuft.«

»Das muss dir nicht leidtun, Paolo. Mir tut es für dich leid! Aber sag mal, möchtest du nicht lieber morgen die Wohnung anschauen? Du bist doch sicher sehr müde!«

Als sie das sagte, sah Ogden, der hinter Astoni stand, sie an und schüttelte fast unmerklich den Kopf. Verena begriff sofort, dass er aus irgendeinem Grund noch am gleichen Abend mit Astoni in seine Wohnung gehen wollte, und machte daher einen schnellen Rückzieher.

»Na ja, Ogden hat vermutlich recht. Es ist besser, wenn du jetzt gehst, dann kannst du gleich nachsehen, ob etwas Wichtiges fehlt.«

»Ja gewiss«, räumte der Professor ein. Er winkte noch einmal in die Runde und machte sich dann mit Ogden auf den Weg.

12

Als sie in der Tiefgarage des Hotels ankamen, trafen sie dort Franz, der auf sie wartete. Ogden hatte ihn übers Handy benachrichtigt, während Astoni noch in der Bar war und sich von Tamarow und Korolenko verabschiedete.

»Das ist Franz«, stellte er ihn dem Italiener vor, ohne weitere Erklärungen hinzuzufügen. Astoni, verblüfft über diesen Neuankömmling, murmelte einen Gruß, während Franz die Türen aufhielt, um sie in den BMW steigen zu lassen.

Im Auto wechselten Ogden und Astoni nur wenige Worte. Zu dieser nächtlichen Stunde unter der Woche waren kaum Menschen unterwegs.

Der matte Schein einer Mondsichel erhellte die Nacht, im Licht der alten Straßenlaternen wirkten die barocken Fassaden wie lauter Bühnenbilder. Sie alle überragte die gigantische Kuppel der Mole Antonelliana, ein umgestürzter Kelch, dessen langer Stiel die hohe, zum Himmel gestreckte Fiale war, an deren Spitze ein Stern aus Metall versuchte, den Sternen ebenbürtig zu sein.

Nach kurzer Zeit erreichten sie die Via Alfieri. Franz parkte gegenüber vom Hauseingang, und Ogden sagte ihm, er solle warten, was bedeutete: die Straße und das Haus überwachen und ihn im Falle verdächtiger Bewegungen warnen.

Der Agent und der Professor fuhren hinauf zur Wohnung

und inspizierten gleich alle Zimmer. Auch wenn die Haushälterin versucht hatte, ein bisschen Ordnung zu schaffen, indem sie die im Arbeitszimmer verstreuten Papiere aufgesammelt und neben dem Schreibtisch zu einem Stapel getürmt hatte, wirkte die Wohnung schrecklich zugerichtet. Es war augenfällig, dass man sie von oben bis unten durchwühlt hatte.

Im Schlafzimmer bestätigte sich Ogdens Verdacht: Tatsächlich gab es keine Spur von Wasser, alles war trocken, einschließlich des Teppichbodens, mit dem das Zimmer ausgelegt war.

»Es gibt keinen Wasserschaden, das war eine Lüge«, gab Astoni zu. »Lassen Sie uns ins Arbeitszimmer gehen, vielleicht kann ich Ihnen etwas zu trinken anbieten. Vorausgesetzt, die Einbrecher haben nicht auch in der Bar gewütet«, sagte er und verließ das Schlafzimmer.

Ogden folgte ihm ohne weiteren Kommentar. Im Arbeitszimmer ging Astoni zu einer kleinen Hausbar. »Alles in Ordnung, offensichtlich waren es Abstinenzler. Ich habe einen ausgezeichneten Armagnac, möchten Sie einen?«

»Gern, danke.« Der Agent setzte sich in einen der beiden Sessel vor dem Schreibtisch. Astoni reichte ihm das Glas und nahm dann in dem Sessel neben ihm Platz. Eine Weile schwiegen beide, nippten nur an ihrem Likör. Schließlich stellte Ogden sein Glas ab und schaute den Professor an.

»Warum haben Sie gelogen?«

Der Italiener zuckte mit den Schultern. Es war ihm äußerst peinlich, den Mann anzulügen, von dem er annahm, dass Verena in ihn verliebt war. Doch die Angst war stärker. Die Mafiosi – und um solche handelte es sich mit Sicherheit – würden, da sie die Agenda nicht gefunden hatten, bestimmt zurückkehren.

»Ich wollte mehr Zeit mit Verena verbringen, deshalb habe ich diese Geschichte erfunden«, antwortete er wenig überzeugend.

Ogden zündete sich eine Zigarette an. »Herr Professor, ich bin auf dem Laufenden, was den Mord an Ihrem Freund Lowelly Grey angeht. Und heute Abend hat man im Palavela versucht, auch Sie zu töten.«

»Aber nein …«, wollte Astoni ihn unterbrechen.

»Bitte beharren Sie nicht auf dieser Geschichte mit dem Verrückten«, bat ihn Ogden. »Dieser Mann war ein Profikiller, er hat auch auf mich geschossen, als ich ihn verfolgte, und zwar mit echten Patronen. Es wäre jetzt besser, Sie würden mir sagen, worum es geht, bevor es zu spät ist. Nur so können wir Sie schützen.«

In diesem Augenblick läutete Ogdens Handy. Es war Stuart.

»Wo bist du?«

»Mit Astoni zusammen in seiner Wohnung. Irgendjemand ist hier eingebrochen und hat etwas gesucht.«

»Darauf kannst du wetten!«, stimmte Stuart ihm zu. »Russell, unser Mann in London, hat gerade Peter Ward, den Freund von Lowelly Grey, aus dem Bett geholt. Er hat ihm gut zugeredet und ihm eine beträchtliche Summe angeboten, die es ihm erlauben würde, für eine Weile zu verschwinden, wenn er ihm im Gegenzug erzählte, was vor und nach dem Tod seines Freundes geschehen sei. Nun, es scheint so, dass Lowelly Grey ihm in der Nacht, als er getötet wurde, einen Umschlag übergeben und ihn gebeten hat, diesen möglichst bald an Paolo Astoni zu schicken. Das hat Peter am nächsten Vormittag getan, noch bevor er vom Tod seines Freundes erfuhr. Doch das Interessanteste ist, dass Ward am Abend desselben Tages Besuch von zwei gefährlichen Typen bekommen hat, die ihn, wäre seine Nachbarin nicht dazwischengekommen, womöglich kaltgemacht hätten. Zufällig haben die beiden den Beleg der Sendung nach Italien gefunden und sind gegangen, haben ihm aber gedroht, ihn zu töten, wenn er irgendjemandem von ihrem Besuch erzählen sollte. Doch das ist noch nicht alles. Ausgerechnet heute Abend, wenige Stunden, bevor Russell bei ihm war, ist ein anderer mit einer Pistole bewaffneter Mann in Wards Wohnung eingedrungen und hat ihn zum Reden genötigt. Peter Ward hat ausgepackt. Der Typ ist dann gegangen, ohne ihm ein Haar zu krümmen. Als schließlich Russell auftauchte und ihm Geld anbot, damit er verschwinden kann, bis die Wogen sich geglättet haben, hat er sofort akzeptiert. Ich kann ihm keinen Vorwurf machen, der Arme steht am Rande eines Nervenzusammenbruchs. Russell, der gute Samariter, hätte ihn fast noch zum Flughafen gebracht. Jedenfalls wissen wir jetzt, dass es zwei Parteien gibt, die sich den mysteriösen Gegenstand streitig machen.«

»Ein schönes Durcheinander«, kommentierte Ogden.

»Kann man sagen. Jetzt müssen wir nur noch herausfinden, ob die eine oder die andere Partei sich des Umschlags bemächtigt hat – vielleicht heute Abend in Astonis Wohnung –, was dieser Umschlag enthält und wer Astoni im Palavela eliminieren wollte. Das ist nicht wenig. Peter Ward hat Russell eine Beschreibung der drei Männer gegeben und gemeint, die ersten beiden hätten ihn bestimmt getötet, während der Einzelgänger ihm weniger gefährlich schien.« Stuart seufzte. »Mir ist bewusst, dass es schon sehr spät ist, der alte Herr ist bestimmt erschöpft, doch wenn du ihn vor unserem morgigen Treffen mit Alimante zum Reden bringen könntest, wäre das ideal.«

»In Ordnung, ich tue mein Möglichstes. Bis später.«

Ogden steckte gerade sein Handy zurück in die Tasche, als das Festnetztelefon klingelte. Bevor er Astoni daran hindern konnte, sich zu melden, hatte dieser schon abgenommen.

»Hallo? Hallo?« Da er keine Antwort erhielt, legte er den Hörer zurück.

»Sie haben aufgelegt.«

»Sie hätten nicht rangehen dürfen«, sagte Ogden verärgert und fand, dass der Augenblick gekommen war, den Professor direkt mit der naheliegenden Frage zu konfrontieren: »Professor Astoni, wo ist der Umschlag, den Peter Ward Ihnen geschickt hat? Falls ihn die Einbrecher nicht schon an sich genommen haben …«

Erschrocken riss Astoni die Augen auf. »Mein Gott, dann sind Sie einer von denen!«, rief er aus und sprang auf.

»Beruhigen Sie sich. Sie müssen mir vertrauen, wenn Sie wollen, dass wir Sie aus diesem Schlamassel herausholen. Ich habe keine Ahnung, was der Umschlag enthält, doch wegen dieses Päckchens ist Richard Lowelly Grey getötet worden und Sie beinahe ebenso. Sagen Sie mir, ob es noch hier ist oder nicht.«

Diese Frage glaubte Ogden eigentlich selbst beantworten zu können. Als sie die Wohnung betreten hatten, schien Astoni nicht darauf zu brennen nachzusehen, ob irgendetwas fehlte. Im Gegenteil, er hatte sich recht gleichgültig gezeigt, auch hinsichtlich des Durcheinanders, das die Eindringlinge hinterlassen hatten. Und dies bedeutete, dass er den Umschlag woanders versteckt hatte.

Astoni wusste inzwischen nicht mehr, was er denken sollte. Er war vollkommen verängstigt, und das alles begann ihm körperlich und seelisch zuzusetzen. Er schüttelte den Kopf, verzweifelt und verwirrt zugleich.

»Wer sind Sie denn?«, fragte er Ogden schließlich. »Wer hat Sie eben angerufen? Und Verena? Ich will Verena sprechen!«, rief er mit immer brüchigerer Stimme aus. Ogden fürchtete, der Stress könnte ihm einen bösen Streich spielen. Der Professor schien einem Zusammenbruch nahe. Also lächelte er verständnisvoll und versuchte beruhigend auf ihn einzureden.

»Hören Sie, Herr Professor, wir fahren jetzt zurück ins Hotel, und Verena wird Ihnen erklären, wer ich bin und warum ich Ihnen helfen kann. Ihr glauben Sie doch?«

Obgleich Ogden Astoni freundlich anschaute, ließ sein Ton keinen Widerspruch zu. Astoni nickte.

»Sehr gut«, sagte Ogden erleichtert. »Dann lassen Sie uns gehen.«

13

Seit einigen Tagen fühlte sich Attilio Branca viel besser, und die Ärzte konnten ihr Erstaunen über diese unerwartete Erholung nicht verbergen. Doch obwohl der betagte Unternehmer aufgrund seiner robusten Kondition unglaublich gut auf die Medikamente der neuen Generation angesprochen hatte, würden auch diese sein Leben nicht wesentlich verlängern können. Allerdings war die Besserung so deutlich, dass der Chefarzt der Onkologie beschloss, den eindringlichen Bitten des Patienten nachzukommen, und ihm erlaubte, für ein paar Tage nach Hause zu gehen, wenn er sich streng an die Therapie hielt.

»Darum wird sich Salvatore kümmern«, sagte Branca zu dem Arzt, der lächelnd am Fuß seines Bettes stand.

Partanna nickte und versicherte dem Chefarzt, dass Branca genauso gut betreut würde wie in der Klinik. Als der Arzt gegangen war, organisierte Salvatore die Heimfahrt, und schon kurz darauf stiegen Branca und er in den Mercedes, der vor der Klinik auf sie wartete.

»Willkommen, Signore«, sagte der Chauffeur und hielt ihm die Wagentür auf.

»Danke, Carlo. Es freut mich, dich wiederzusehen.«

Partanna setzte sich neben Branca, und das Auto fuhr los. Salvatore war glücklich; den Mann, den er auf der Welt am meisten liebte, in einem so guten Zustand zu sehen, erfüllte ihn mit Freude. Er konnte immer noch nicht an diese plötzliche Besserung glauben, die erst wenige Tage zuvor eingesetzt hatte, zu ebenjenem Zeitpunkt, als er ihm vom Scheitern der Mission in London berichten musste. Und doch schien es, als hätten die schlechten Nachrichten Branca nicht etwa geschwächt, sondern ihm neue Energie geschenkt und seinen Kampfgeist, der ihn zu Beginn der Krankheit für immer verlassen zu haben schien, wieder geweckt. Ganz besonders erstaunt hatte ihn Brancas Reaktion auf einen Anruf: Der Chef war regelrecht elektrisiert. Doch Branca hatte ihm nicht gesagt, mit wem er gesprochen hatte, und Salvatore hatte sich nicht erlaubt, Fragen zu stellen.

Partanna hatte jedoch auch seine Bedenken. Es war in letzter Zeit zu viel schiefgelaufen, und er fürchtete, dass Attilio Brancas Vorhaben zu gefährlich war, besonders für einen kranken Mann.

Ein paar Tage zuvor hatte Branca ihn im Gefolge des Rechtsanwalts Bastiani, eines der renommiertesten Juristen Italiens, nach Turin geschickt. Die Anwaltskanzlei Bastiani war eine von vielen, die sich um die Angelegenheiten des Unternehmers kümmerten, wenn auch nur um solche, die der Alte als »ruhige Operationen« bezeichnete. In diesem Fall sollte Rechtsanwalt Bastiani dem großen Giorgio Alimante, einem der mächtigsten Männer Europas, eine Nachricht überbringen.

»Bastiani kennt Alimante persönlich, ich will, dass er ihn bittet, mich zu empfangen«, hatte er Salvatore erklärt. »Du begleitest ihn, um sicherzustellen, dass er genau das tut, was ich ihm befohlen habe. Ich traue diesen vornehmen Rechtsverdrehern nicht. Außerdem sollst du Alimante einen Brief von mir übergeben, von dem Bastiani nichts weiß.«

Salvatore lächelte bei der Erinnerung an diese Worte. Es erfüllte ihn mit Stolz, wenn er daran dachte, wie viel Vertrauen Branca trotz der Schlappe in London weiterhin in ihn setzte.

In Turin war alles gutgegangen, auch wenn Partanna, der aus einfachsten Verhältnissen kam, sich in Anwesenheit von Alimante unwohl gefühlt hatte – wie ein Fürst in seinem Schloss war er ihm vorgekommen. Während des gesamten Gesprächs hatte er, den Anweisungen Brancas gemäß, geschwiegen. Er wusste, dass der elegante und gebildete Industrielle zu jener elitären kleinen Gruppe gehörte, von der die Welt regiert wurde, und Präsidenten, Politiker, Bankiers und den ganzen europäischen Adel zu seinen Freunden zählte. Sogar Bastiani hatte sich bei dieser Gelegenheit außergewöhnlich ehrerbietig verhalten. Am Ende, als sie schon bei der Verabschiedung waren, hatte Salvatore den Brief hervorgeholt. Erstaunt hatte Alimante ihn gemustert, dann genickt und den Umschlag in die Jackentasche gesteckt.

Als Branca kurze Zeit darauf erfahren hatte, dass Alimante ihn empfangen würde, war er zufrieden gewesen, wenn auch nicht besonders überrascht. Von jenem Tag an hatte sich sein Gesundheitszustand rapide gebessert, zu Salvatores Erstaunen und dem der Ärzte. Jetzt waren Branca und Partanna auf dem Weg zum Flughafen, von wo aus sie in einem eigens gecharterten Flugzeug nach Turin reisen würden.

Der Mercedes schlängelte sich geschickt durch den römischen Verkehr und erreichte schließlich Fiumicino. Nach kurzer Zeit waren die beiden Männer an Bord des kleinen Jets, der Richtung Turin startete, wo sie am nächsten Vormittag Alimante treffen würden.

Kurz nach dem Start sah Salvatore seinen Chef an, unsicher, ob er ihm die Frage stellen sollte, die ihn quälte. Schließlich fasste er sich ein Herz.

»Attilio, kann ich dich etwas fragen?«

»Was du willst.«

Salvatore räusperte sich und überwand seine Verlegenheit. »Was hast du in dem Brief geschrieben, den ich Alimante übergeben habe?«

Branca setzte ein amüsiert schlaues Lächeln auf und zuckte mit den Schultern. »Eigentlich fast nichts, ich habe nur seine Neugierde angestachelt. Diese Adligen sind empfänglich fürs Melodrama, auch einer, der so eiskalt ist wie er. Ich habe ihm zu verstehen gegeben, dass ich ein Geheimnis hüte, das nicht einmal er kennt – und so ist es nun einmal: Niemand ist glaubwürdiger als ein Todgeweihter. Deshalb hat er akzeptiert, mich zu treffen.«

»Doch wir haben weder die Agenda noch die DVD!«, wandte Partanna ein.

»Was die DVD angeht, hast du recht«, gab Branca zu. »Doch wir haben eine Fotokopie der Agenda. Und wenn Alimante sieht, um was es sich handelt, bin ich sicher, dass er alles daransetzen wird, das Original wiederzufinden. Von der DVD brauchen wir ihm nichts zu sagen, ich möchte vor ihm nicht als Trottel dastehen, denn dafür würde er mich halten, sollte er erfahren, dass ich davon nie eine Kopie habe machen lassen. Glaub mir, Salvatore, wenn irgendjemand meinen Plan erfolgreich ausführen kann, dann er. Und ich möchte nicht in der Haut dieser Bastarde stecken, die uns hereingelegt haben.«

14

Zurück im Principi di Piemonte, begaben sich Ogden und Astoni in Verenas Zimmer. Sie erklärte dem Professor, dass Ogden an der Spitze des Dienstes stehe, einer mächtigen Organisation, die über beinahe unbegrenzte Mittel verfüge sowie über Agenten, die zu den besten der Welt zählten und die ihn schützen würden.

Nunmehr davon überzeugt, keine andere Wahl zu haben, erzählte Astoni, wie er die Agenda des Richters erhalten hatte und wo sie versteckt war. Er übergab Ogden die Schlüssel der Wohnung gegenüber, verschwieg jedoch die Existenz der DVD. Diese Entscheidung hatte er auf der Fahrt von seiner Wohnung zum Hotel getroffen. Er hatte sich gesagt, dass der Umstand, dass Verena – mochte er ihr auch blind vertrauen – diesen Mann liebte, keine ausreichende Garantie sei und aus ihm auch keinen sicheren Verbündeten machen könne.

Auch die DVD war ein eindeutiger Beweis und stand als solcher den Notizen in der Agenda in nichts nach. Daher hatte er auch kein Wort von dem Brief Lowelly Greys gesagt, in dem der Freund die DVD erwähnte. Niemand außer ihm wusste von ihrer Existenz, abgesehen von dem Mörder Lowelly Greys. Jedenfalls glaubte er das.

Während Verena ihm einen Kamillentee zubereitete, dachte

der Professor an den Film auf der DVD zurück. Beinahe sofort hatte er den Mann erkannt, der von der Terrasse aus jede Sekunde der Exekution des Richters verfolgt hatte. Es war ein Finanzier, der in den neunziger Jahren die politische Bühne betreten hatte und zu einem der Protagonisten der Zweiten Republik wurde. Ein noch immer mächtiger Mann, auch wenn man fast nichts mehr von ihm hörte.

Ogdens Stimme holte ihn aus seinen Gedanken.

»Es war eine ausgezeichnete Idee, die Agenda in der Wohnung gegenüber zu verstecken, mein Kompliment. Und nun, Herr Professor, trinken Sie Ihren Kamillentee und gehen Sie schlafen, es war ein anstrengender Tag für Sie.«

Astoni nickte und wandte sich Verena zu. »Du bist ein Engel, den Tee habe ich wirklich gebraucht«, sagte er und hob die Tasse.

Sie lächelte, doch ihr war klar, dass ihre Erklärungen Astoni nicht hatten beruhigen können. Natürlich machte sie ihm deshalb keine Vorwürfe. Die Welt, in der sich Ogden, Stuart und nun auch sie bewegten, musste dem alten Professor so unwirklich wie ein James-Bond-Film erscheinen. Astoni war ein »Regulärer«, wie die Agenten des Dienstes die gewöhnlichen Leute nannten, die nichts mit der Welt der Spione zu tun hatten. Auch wenn sich inzwischen niemand mehr als wirklich Außenstehender dieser verborgenen Welt betrachten konnte, da sie auf die eine oder andere Weise das Leben aller bestimmte.

Astoni hätte wohl am liebsten die Agenda den Behörden des italienischen Staates übergeben. Doch hätte er dann nicht die Gewissheit gehabt, dass Gerechtigkeit geübt würde, und dessen schien er sich traurig bewusst. Die Wahrscheinlichkeit, dass die Agenda, hätte man sie erst einmal ausgehändigt, erneut auf mysteriöse Weise verschwinden würde, war sehr hoch.

Verena schaute Astoni liebevoll an. »Paolo, du kennst mich doch von Grund auf, nicht wahr?«

Überrascht hob er den Blick. »Natürlich! Was stellst du mir denn für Fragen?«

»Gut«, fuhr Verena fort, »dann hoffe ich, du weißt, dass niemand und nicht einmal Ogden oder meine Gefühle für ihn mich blind machen könnten, vor allem in einer Situation wie dieser. Stimmst du mir zu?«

Astoni verstand genau, was Verena sagen wollte. Er kannte sie schon, als sie noch ein introvertiertes und schweigsames Mädchen war, wusste alles über sie, ihre Familie und die Wechselfälle des Lebens, die sie durchlitten hatte, auch wenn man es ihr und ihrem Auftreten nicht anmerkte. Verena war eine schöne Frau, talentiert, unabhängig, doch wenig zu Bindungen neigend. Es war tatsächlich das erste Mal, dass sie ihm einen Partner vorstellte.

Astoni lächelte sie an. »Du weißt gut, dass ich absolutes Vertrauen zu dir habe. Wenn du sagst, dass der Dienst mich aus diesem Schlamassel befreien kann, glaube ich dir das.«

»Danke, Paolo. Dann möchte ich dir jetzt noch ein paar Dinge erzählen, die dich weiter beruhigen sollten. Vor einigen Jahren, nach dem tragischen Tod meiner Schwester, haben Ogden und der Dienst ihrem Sohn Willy das Leben gerettet. Du erinnerst dich doch an Willy, nicht wahr?«

Astoni nickte erstaunt. »Natürlich. Einmal hast du ihn zu uns nach Hause mitgebracht, als er noch ein kleiner Junge war, und ein sehr aufgeweckter dazu.«

»Nun«, fuhr Verena fort, »ohne den Dienst hätte der arme Willy wie seine Mutter geendet. Es gäbe noch mehr zu erzählen, doch für heute Abend genügt es, glaube ich. Bist du jetzt beruhigt?«

Astoni nickte. »Vollkommen beruhigt. Doch jetzt gehe ich wohl besser schlafen. Ich bin völlig erledigt.«

»Das kann ich mir vorstellen«, sagte Ogden. »Ich bringe Sie zu Ihrem Zimmer.«

Verena gab dem Professor einen Kuss auf die Wange. »Gute Nacht, Paolo. Wir sehen uns morgen.«

Als sie vor Astonis Tür standen, reichte Ogden ihm die Hand. »Schlafen Sie gut, Professor. Verlassen Sie unter keinen Umständen das Hotel. Franz kommt morgen früh und weckt Sie, doch vorher gehen Sie nicht aus Ihrem Zimmer. Er wird Ihr Schutzengel sein.«

»Ich hoffe, er kann Schach spielen«, sagte Astoni.

»Franz ist ein meisterhafter Spieler, er wird Ihnen zu schaffen machen.«

Bevor er zurück in Verenas Zimmer ging, stattete Ogden Stuart einen Besuch ab.

»Alimante wird staunen«, sagte er, während er die Tür hinter sich schloss. Dann berichtete er seinem Kollegen, was Astoni ihm gesagt hatte. Stuart nickte zufrieden.

»Ausgezeichnete Arbeit. Jetzt müssen wir diese Agenda holen, und zwar sofort.«

»Ich werde mit Franz hinfahren. Mir ist es lieber, du bleibst bei Astoni und Verena im Hotel, dann bin ich beruhigter. Die Agenten zur Verstärkung kommen erst morgen früh.«

Stuart nickte. »Einverstanden. Ich habe Franz ein Mikrophon in Astonis Zimmer installieren lassen, ich kann hier das leiseste Geräusch hören.« Er zeigte auf den Computer, der auf dem Schreibtisch stand. »Das Gleiche gilt für Verenas Zimmer.«

Ogden nickte. »Sehr gut. Aber schalte Verenas Mikrophon für eine Stunde aus. Bevor wir zu Astonis Wohnung fahren, möchte ich ein bisschen Zeit mit ihr verbringen.«

Stuart lächelte. »In Ordnung. Gib mir Bescheid, wenn du gehst. Von dem Moment an, wo du und Franz das Hotel verlasst, steht ihr in ständigem Funkkontakt mit mir. Mir hat der Anruf nicht gefallen, auf den Astoni geantwortet hat, als ihr in seiner Wohnung wart.«

»Mir auch nicht. Ich gehe jetzt. Sag Franz, dass er sich bereithalten soll.«

Ogden kehrte in Verenas Zimmer zurück und ging zur Minibar.

»Möchtest du etwas trinken?«

»Ja, danke, einen Cointreau. Mit Eis bitte«, sagte Verena.

Ogden servierte ihr den Likör und goss sich selbst auch einen ein. »Der arme alte Mann, er ist erschöpft«, stellte er fest.

»Ja, er ist wirklich erledigt. Aber er ist stark und steht das durch. Unglaublich, diese Geschichte, die ihm passiert ist, nur weil er ein Freund dieses armen Toten in London war.«

»Allerdings. Die Agenda des Richters ist ein gefährliches Dokument. Alimante hatte uns den Auftrag gegeben, die Mörder Lowelly Greys zu finden, ohne all das Übrige zu wissen. Jetzt, da wir den Grund für seine Ermordung kennen, können wir uns auch vorstellen, mit wem wir es zu tun haben. Und das wird ihm nicht gefallen.«

»Was das angeht, dürfte es auch dir nicht gefallen, mit der Mafia zu tun zu haben. Und sei es nur deshalb, weil es für sie ein Heimspiel ist.«

Ogden zuckte mit den Schultern. »Wir haben immer mit irgendeiner Art von Mafia zu tun, mal ist sie mehr, mal weniger elegant, je nachdem, ob es sich um die Saubermänner handelt, die die Strippen ziehen, oder um die unfeine Sorte. Sicher, in Italien befinden sich die operativen Zentren besonders skrupelloser Krimineller, doch die Mafia ist international. Die Söhne und Enkel jener Hirten, die zwar nicht lesen und schreiben konnten, sich aber selbst Recht verschafften, sich eine Coppola aufsetzten und ein Gewehr mit abgesägtem Lauf schulterten, haben renommierte Universitäten besucht, sprechen Fremdsprachen und sind in der Politik und der Finanzbranche tätig.«

Ogden stellte sein Glas ab und nahm Verena in die Arme. »Wollen wir nicht aufhören, über diese netten Dinge zu reden, und uns lieber um uns beide kümmern?«

Verena setzte gerade zu einer Antwort an, als er sie mit einem Kuss zum Schweigen brachte. Er nahm sie in die Arme, hob sie hoch und legte sie aufs Bett. »Heute Nacht schlafe ich hier. In Ordnung?«

»Es ist ja schon fast Morgen. Aber ich würde dich nicht einmal gehen lassen, wenn es Feueralarm gäbe.«

Ogden lachte. Dann fragte er: »Was wolltest du Paolo denn noch erzählen, um ihn zu überzeugen, dass er mir vertrauen kann?«

»Na ja, da Stuart der Vater meines Neffen Willy ist, dachte ich, dass meine Familie – oder was von ihr bleibt – sich als verschwägert mit dem Dienst betrachten könnte. Und da ja

Paolo wie ein Vater für mich ist …« Verena unterbrach sich und lachte. »Lassen wir es sein …«

»Das ist besser«, stimmte Ogden ihr zu und streichelte sie. »Stuart fände das wohl nicht sehr witzig.«

Später, als er sicher war, dass Verena schlief, verließ Ogden leise das Zimmer.

15

Während die Nacht dem Morgengrauen wich, bedeckten schwere Wolken den Mond, in der Ferne rollte ein Donner, und dicke Regentropfen begannen auf die Windschutzscheibe des BMW zu fallen.

Franz parkte den Wagen in der Via Alfieri, vor dem Haus, wo Astoni wohnte, und die beiden Männer gingen hinein. In der schwachbeleuchteten Halle wachte eine opulente Venus von Milo am Eingang. Ogden gab Franz ein Zeichen, nicht den Aufzug zu nehmen, und sie stiegen durch das noch im Schlaf versunkene Haus leise die Marmortreppe hinauf.

Im dritten Stock angekommen, kontrollierten sie zunächst, ob die Tür zu Astonis Wohnung noch verschlossen war, und betraten dann die Wohnung gegenüber.

»Es wäre besser gewesen, in der Wohnung des Professors Wanzen zu installieren, doch es war keine Zeit dafür«, murmelte Ogden.

»Glaubst du, dass sie in der Zwischenzeit zurückgekommen sind?«

»Vielleicht. Die Wohnung ist die einzige Verbindung, die sie zu Astoni haben. Wahrscheinlich haben sie bei ihrem Besuch das Telefon verwanzt.«

Ogden schlug sich die Hand vor die Stirn. »Verdammt!«

»Was ist los?«, fragte Franz.

Ogden gab ihm ein Zeichen, still zu sein. Doch er war wütend auf sich selbst, weil er ein wichtiges Detail übersehen hatte. Astonis Haushälterin hatte den Professor am Abend aus der Wohnung angerufen. Wenn die unbekannten Besucher, wie zu vermuten war, sein Telefon verwanzt hatten, wussten sie jetzt, dass er sich im Hotel Principi di Piemonte aufhielt.

Ogden folgte Astonis Angaben und fand ohne Probleme die im Bücherregal versteckte Agenda. Er schob sie in die Tasche, und sie verließen eilig die Wohnung. Die Operation hatte nur wenige Minuten gedauert.

Als sie im Auto waren, rief Ogden Stuart an.

»Alles in Ordnung im Hotel?«, fragte er.

»Ja, alles bestens. Hast du die Agenda?«

»Ja. Aber wir haben ein Problem.« Ogden berichtete Stuart von dem Telefonat, bei dem der Professor den Namen des Hotels genannt hatte.

»Wir müssen das Hotel so bald wie möglich verlassen«, fuhr er fort. »Es wäre günstig, wenn wir ein *safe house* hätten, wo wir auch den Professor und Verena unterbringen können.«

»Ja, das denke ich auch«, stimmte Stuart ihm zu. »Alimante kümmert sich sicher darum, da wird es keine Probleme geben. Jedenfalls kommen in wenigen Stunden unsere Agenten aus Berlin, dann können wir besser für die Sicherheit der beiden sorgen.«

»Gut. Wenn die Einbrecher bisher nicht aufgetaucht sind, zweifle ich daran, dass sie heute Morgen noch herkommen, inzwischen wird es Tag. Auf jeden Fall sind Franz und ich in Kürze zurück.«

»Das war jetzt aber auch wirklich genug Aufregung für eine einzige Nacht. Astoni und der arme Lowelly Grey haben ein ganz schönes Durcheinander angerichtet.«

»Das kannst du laut sagen.«

16

Kurz vor acht Uhr morgens organisierte Ogden den Umzug in ein anderes Hotel, das Golden Palace. Als Verena nach Erklärungen dafür fragte, konnte er nicht anders, als ihr seine Befürchtungen, zumindest zum Teil, zu gestehen.

»Es wäre besser, wenn du heute Vormittag nicht zum Kongress gehen und bei Franz und Paolo bleiben würdest. Könntest du mir diesen Gefallen tun? Der Professor würde sich wohler fühlen, wenn du auch da bist.«

Verena sah ihn mit skeptischer Miene an. »Sicher geht es nicht nur darum, Paolo Gesellschaft zu leisten. Wir sind in Gefahr, stimmt's?«

Ogden erzählte ihr von dem Telefonat, das die Haushälterin aus Astonis Wohnung geführt hatte.

»Wenn sie das Gespräch abgehört haben, könnten sie jederzeit hier auftauchen. Auf jeden Fall werden Franz und die Männer, die aus Berlin kommen, sich um eure Sicherheit kümmern, während wir bei Alimante sind. Doch das ist nicht alles«, fügte er nach einem Augenblick des Zögerns hinzu. »Ich möchte, dass du so bald wie möglich nach Zürich zurückkehrst und vielleicht Paolo gleich mitnimmst. Natürlich würdet ihr zu eurem Schutz von einem Agenten begleitet.«

Verena seufzte. »Was den Kongress angeht, einverstanden. Zum Glück steht für heute Morgen kein Beitrag von mir auf der Tagesordnung. Ich werde die Organisatoren anrufen und eine Entschuldigung vorbringen, die meine Abwesenheit für den Rest des Kongresses rechtfertigt, da ich ja wohl definitiv nicht mehr daran teilnehmen kann. Richtig?«

Ogden nickte. »Ich wusste, dass du mich verstehen würdest. Glaub mir, es tut mir leid.«

»Was tut dir leid?«, fragte sie und lächelte. »Dass du mich vor grausamen Mördern schützen willst? Ausnahmsweise hat ja der Dienst nichts mit der Sache zu tun; wenn ich richtig verstanden habe, sind wir wegen der Freundschaft Paolos mit Lowelly Grey in Schwierigkeiten. Ihr könnt beruhigt sein, ich lade ihn gern zu mir nach Zürich ein. Sobald wir in dem neuen Hotel sind, schlage ich ihm die Reise vor.«

Ogden gab ihr einen Kuss auf die Wange. »Danke. Ich rufe dich später an.«

Gegen neun Uhr, als die beiden Agenten gerade ins Auto steigen wollten, erhielten sie einen Anruf von Alimante, der sie bat, ihr Treffen zu verschieben. Er werde sich in einer Stunde wieder bei ihnen melden.

Der Italiener saß unterdessen in seinem Turiner Büro mit Attilio Branca und Salvatore Partanna zusammen.

Unter normalen Umständen hätte Alimante Branca niemals empfangen. Er wusste, dass der betagte sizilianische Unternehmer und Anwalt, Spross einer alten aristokratischen Familie aus Agrigent, in seinem langen und zweifelhaften Leben sein Vermögen mit gesetzwidrigen Mitteln vervielfacht hatte. Das hatte ihn nicht daran gehindert, auf der Insel wichtige politische Ämter zu bekleiden, wodurch seine Geschäfte erst recht wie geschmiert liefen. Für Alimante gehörte Attilio Branca zu jener Vielzahl von mehr oder weniger wichtigen Personen, deren sich die internationale Elite bediente, mit denen die Persönlichkeiten an der Spitze wie Alimante jedoch niemals in Kontakt kamen.

Attilio Branca bewegte sich in Bereichen von Politik und Finanzwirtschaft, die sich schon seit einer Weile mit dem organisierten Verbrechen vermischt hatten und nun eine Art zweiten, parallelen und verborgenen Staat bildeten, der dazu beitrug, den Traum einiger Ökonomen der Post-Reagan-Ära umzusetzen, nämlich jene Art des verheerenden Freihandels, der cleveres Leuten und Kriminellen aller Art überall auf der Welt zu maßlosem Reichtum verhalf.

Als Rechtsanwalt Bastiani sich als Vermittler dieses Treffens angeboten hatte, waren von Alimante sofort Nachforschungen über den Sizilianer angeordnet worden, und bereits wenige Stunden später hatte er die wichtigsten Informationen vorliegen. Schon als sehr junger Mann am Anfang seiner Karriere hatte Attilio Branca enge Geschäftsbeziehungen zur palermitanischen Mafia geknüpft – bis zu dem Tag Anfang der achtziger Jahre, als der zweite Mafia-Krieg ausgebrochen war, in dem die alteingesessenen palermitanischen Familien die Macht an die corleonesischen verloren. In dem Krieg wurden Ströme von Blut vergossen, und die wenigen Überlebenden waren gezwungen, in die Vereinigten Staaten zu fliehen, während die Corleonesen, die in der Zwischenzeit neue politische Allianzen geschlossen hatten, lange Zeit damit fortfuhren, abscheuliche Blutbäder anzurichten, und jeden eliminierten, der sich ihnen in den

Weg stellte, darunter einige Politiker der alten Mehrheit, viele Richter, die begonnen hatten, in den inneren Zirkeln der Finanzwelt zu ermitteln, eine große Anzahl von Vertretern des Staates und natürlich die Verwandten der reuigen Mafia-Aussteiger, die zu jener Zeit angefangen hatten, mit der Justiz zusammenzuarbeiten.

Branca war es gelungen, dem Massaker zu entkommen, ohne dass die Umwälzungen seine Geschäfte tangiert hätten, doch er hatte dafür einen sehr hohen Preis gezahlt. Als er schon sicher gewesen war, die neuen Paten von seinem guten Willen zur Zusammenarbeit überzeugt zu haben, töteten die Corleonesen seinen einzigen Sohn. Seine Leiche wurde nie gefunden, die Untersuchung ergab lediglich, dass er bei einer Einzelregatta auf der Höhe von Monte Carlo verschollen war. Und als ob das noch nicht gereicht hätte, zwang man Branca auch noch dazu, diese Version hinzunehmen und dafür zu sorgen, dass die Ermittlungen versandeten. Andernfalls würde man auch ihn töten.

Es erstaunte Alimante nicht, dass ein angesehener Anwalt wie Bastiani mit Branca zu tun hatte. Wer die Geheimnisse jener Welt nicht kannte, für den war der Sizilianer einfach ein erfolgreicher Unternehmer, der sich in der Vergangenheit in der Politik versucht hatte, wenn auch nur auf regionaler Ebene. Als er Rechtsanwalt Bastiani und Brancas getreuen *picciotto* Salvatore Partanna vor ein paar Tagen empfangen hatte, hatte Bastiani praktisch nichts gesagt, außer dass der arme Branca, dem Ende nahe, wünsche, ihn zu treffen, um mit ihm über Dinge höchster Wichtigkeit zu sprechen. Doch das Ausschlaggebende, was ihn dazu gebracht hatte, den Alten zu empfangen, waren nicht die vagen Worte des

Anwalts gewesen, sondern der Brief, den Partanna ihm übergeben hatte, bevor die beiden gingen.

Nachdem er diese Botschaft gelesen hatte, war Alimantes Neugierde, wie Branca es vorhergesehen hatte, geweckt worden. Was konnte der Mafioso wissen, das er nicht wusste, hatte er sich verärgert gefragt. Schließlich hatte er beschlossen, ihn zu treffen, denn im Grunde war nichts Schlimmes daran, diesen todgeweihten Mann zu empfangen, der im Urteil der Öffentlichkeit ein höchst achtbarer Unternehmer war.

So hatte Alimante an diesem Vormittag um Punkt neun, nachdem er Ogden und Stuart mitgeteilt hatte, dass es später werde, die beiden Sizilianer empfangen.

Der Alte und sein junger Begleiter bildeten ein recht seltsames Paar. Branca legte eine ausgesuchte Höflichkeit an den Tag und beglückwünschte Alimante zu jedem Objekt, auf das sein Blick fiel. Partanna hingegen beschränkte sich darauf, Alimante die Hand zu geben, wobei er eine fast militärische Verbeugung andeutete, um dann über seinen Paten zu wachen wie ein Adler über das Nest.

Branca betrachtete mit außergewöhnlichem Interesse die Gemälde an den Wänden, wobei Salvatore ihm folgte, als könnte plötzlich irgendetwas Gefährliches aus diesen Leinwänden herausspringen.

»Ihr habt wunderbare Gemälde, Don Giorgio. Ich darf Euch doch so nennen, nicht wahr?«, fragte der Alte und sprach ihn auf typisch sizilianische Art mit Ihr an.

Alimante nickte lächelnd und erwiderte: »Ich bitte Euch darum, Don Attilio!«

»Wisst Ihr, ich besitze auch einen Rothko«, fuhr der Alte

fort, »doch nur wenige auf dieser unglückseligen Insel, wo ich zu meinem Missgeschick geboren wurde, sind in der Lage, ihn zu schätzen. Es ist ein helleres Bild als Eures, in Rottönen. Es erinnert mich an die Sonnenuntergänge in Palermo, rot wie unsere Orangen und wie das Blut«, fügte er sibyllinisch und theatralisch hinzu und sah seinem Gesprächspartner fest in die Augen.

Alimante lächelte bei sich darüber, wie Branca sein Interesse an Kultur äußerte, und betrachtete ihn mit mehr Aufmerksamkeit. Branca war die normannische Herkunft noch anzusehen, er war großgewachsen und hatte rotblondes Haar und blaue Augen, die so wenig dazu passten, wie der Rest der Welt sich einen typischen Sizilianer vorstellt. Er war sehr elegant, wenn auch der Anzug, wahrscheinlich wegen der Krankheit, ein wenig weit wirkte. Alimante musste zugeben, dass Branca jene unverwechselbare Vornehmheit des alten Adels im Süden hatte – und das obwohl er sich schwerer Verbrechen schuldig gemacht hatte, nicht zuletzt des Auftragsmordes.

Nachdem sie Kaffee getrunken und sich dabei über dies und jenes unterhalten hatten, kam Alimante zur Sache. »Sagt mir, Don Attilio, welchem Umstand verdanke ich Euren geschätzten Besuch?«

»Habt Ihr meinen Brief gelesen?«

»Natürlich. Und ich verhehle nicht, dass er mich neugierig gemacht hat. Wenn ein solches Schreiben von irgendeinem anderen gekommen wäre, hätte ich dem keinerlei Gewicht gegeben. Doch da Ihr es mir geschickt habt, liegen die Dinge anders.«

Branca schien es zu schätzen, dass Alimante ihm schmeichelte und sich diesem Austausch übertriebener Höflichkeiten nicht widersetzte. Es war eine freundliche Art, dafür zu sorgen, dass sein Gast sich wohl fühlte, und Branca interpretierte es ganz richtig als Bekundung, dass Alimante nicht am Wert seiner Enthüllungen zweifelte.

»Wie Rechtsanwalt Bastiani Euch schon gesagt hat, Don Giorgio, werde ich diese Welt bald verlassen. Die Ärzte geben mir nur noch wenige Monate. Als ich dies erfuhr, beauftragte ich meinen treuen Salvatore, ein Dokument für mich zu holen, das sich seit vielen Jahren in meinem Besitz befand und das ich in einer Londoner Bank aufbewahrte. Salvatore ging wie immer umsichtig und schnell vor. Aber jemand war geschickter und listiger als wir. Die Verräter liegen immer im Hinterhalt... Um es kurz zu machen: Die Person, die damit beauftragt war, das Dokument aus der Bank zu holen und es Salvatore zu übergeben, wurde abgefangen, des Dokuments beraubt und barbarisch getötet. Leider haben wir es nicht nur mit Verbrechern, sondern mit Mördern zu tun«, fügte er finster hinzu.

Es folgten einige Augenblicke des Schweigens, in denen es so schien, als sei Branca noch erschüttert über das tragische Schicksal des Mannes in London. Aber als er Alimante erneut ansah, leuchtete in seinem Blick pure Grausamkeit auf, was er jedoch sofort wieder mit einem betrübten Ausdruck verbarg.

Alimante hütete sich, Bemerkungen zu machen, und Branca fuhr fort.

»Als ich von meiner Krankheit erfuhr, beschloss ich sofort, Euch dieses Dokument zu übergeben, weil ich sicher war, dass nur Ihr den besten Gebrauch davon machen könntet. Leider wird mein Wunsch nicht in Erfüllung gehen, jedenfalls nicht wie geplant. Ich kenne Euch als einen gerechten Mann, Don Giorgio, und ich bin hier, um Euch, in Erwartung meines baldigen Todes, um einen Akt der Gerechtigkeit zu bitten. Die Fotokopie des Dokuments, das ich Euch übergeben werde, enthält außergewöhnlich wichtige Enthüllungen für unser Land, und wenn ich sie bisher für mich behalten habe, dann nur aus Mangel an Vertrauen in die Institutionen.«

Branca seufzte und starrte ins Leere, in seinen Augen stand Enttäuschung geschrieben. »In diesen langen Jahren habe ich vergebens darauf gewartet, dass im öffentlichen Leben Italiens eine vertrauenswürdige Persönlichkeit hervortreten würde. Doch die Einzigen, denen ich hätte vertrauen können, waren jene armen Richter, die man ermordet hat.«

Alimante tat, als entginge es ihm, wie unverfroren es war, dass ein Mann, der jahrzehntelang mit der Mafia zusammengearbeitet hatte, so etwas sagte. Und was für Enthüllungen dieses phantastische Dokument auch immer enthielt, Branca hatte sie mit Sicherheit benutzt, um zu erpressen, zu spekulieren und jede Art von Vorteil daraus zu ziehen, und nicht etwa auf ehrbare Richter gewartet, denen er vertrauen könnte – und an denen es im Übrigen nicht mangelte.

Alimante sah Branca mit der gleichgültigen Großmut eines Königs für seinen Bastard an. Dank dem Dossier wusste er alles über ihn. Seit mehr als einem halben Jahrhundert war er einer der gewieftesten Manipulatoren nicht nur der sizilianischen, sondern der ganzen italienischen Geschichte gewesen. Auch jetzt, wo er dem Ende nahe war, schien er die Welt mit dem Hochmut dessen zu betrachten, der weiß, durch Vermögen, Intelligenz, Erziehung und Bildung all jenen überlegen zu sein, die ihn umgeben und ihm gedient hatten. Durch seinen Umgang mit hochgestellten Persönlichkeiten hatte er jederzeit in sizilianische Angelegenheiten eingreifen können. Er war eine Art Gattopardo, der angesichts seines baldigen Todes beschlossen hatte, seinen Feinden, die nicht nur seinen Sohn getötet, sondern ihn auch gezwungen hatten, es still zu ertragen, den letzten, tödlichen Prankenhieb zu versetzen. Seit der Nachkriegszeit hatte es kein Ereignis in der sizilianischen Politik und Wirtschaft gegeben, in das Branca nicht auf die eine oder andere Weise verwickelt war und aus dem er keinen Gewinn gezogen hätte. Jahrzehntelang hatte dieser Mann das unzerstörbare Scharnier dargestellt, das in Sizilien legale und illegale Macht verbindet, und hatte es dabei immer geschafft, nicht in Erscheinung zu treten und nicht in den Schmutz gezogen zu werden. Er war einer jener mächtigen Männer, die davon überzeugt sind, für ihr Handeln niemandem Rechenschaft ablegen zu müssen, am allerwenigsten dem Staat, auch wenn sie Verbindungen mit der Mafia eingehen.

Zu seinem Status des Unantastbaren hatte die Rolle beigetragen, die sein Vater während des Kriegs gespielt hatte. Am 3. September 1943 befand sich Vito Branca im sizilianischen Cassibile, zusammen mit General Castellano, dem Mann, den der König und Marschall Badoglio geschickt hatten, um mit den Alliierten über die Kapitulation Italiens zu verhandeln. Aus welchem Grund, mit welchen Aufgaben und in wessen Auftrag Vito Branca, ein einfacher Offizier auf Zeit des *Servizio automobilistico*, sich im Gefolge der italienischen Kommission dort aufhielt, fragte sich bis heute niemand.

Alimante wusste es natürlich. Die Antwort konnte man in Washington nachlesen, in einem Dokument des State Department vom 27. November 1944, abgefasst von Alfredo T. Wester, dem amerikanischen Generalkonsul in Palermo, der es an den Secretary of State geschickt hatte, mit dem bezeichnenden Titel: »Bildung einer die Autonomie Siziliens favorisierenden Gruppe unter Führung der Mafia.« In der Anlage Nr. 1 berichtet Wester, wie die Frage des Separatismus Siziliens am grünen Tisch erörtert worden sei, als die hohen amerikanischen Offiziere mit den wichtigsten Persönlichkeiten der Insel, darunter der damalige Mafiaboss sowie Vito Branca, zusammenkamen. Dabei wurde der sizilianische Mafiaboss vom alliierten Geheimdienst beauftragt, hinter dem Rücken der deutsch-italienischen Truppen die Landung in Sizilien zu organisieren. Welche Verbindung zwischen dem Boss und Vito Branca bestand, ist leicht zu erahnen. Später, in der Nachkriegszeit, kam dann Attilio in den Genuss der von seinem Vater bei dieser Gelegenheit erhaltenen Vergünstigungen. Doch er erwies sich gleich als skrupelloser als sein Vater, außerdem als einer, der mit der Zeit Schritt hielt.

Branca gab Salvatore, der immer noch schweigend neben seinem Sessel ausharrte, einen fast unmerklichen Wink, und Partanna zog einen Umschlag aus der Innentasche seiner Jacke und reichte ihn Branca.

»Dies sind die Fotokopien des Dokuments, von dem ich gesprochen habe«, sagte der Sizilianer und gab den Umschlag an Alimante weiter. »Das Original ist, wie gesagt, in London gestohlen worden. Ihr werdet schon auf der ersten Seite erkennen, worum es sich handelt.«

Alimante riss den Umschlag auf, nahm die gebundenen Seiten heraus und begann sie durchzublättern. Tatsächlich wusste er sofort, was er in Händen hielt.

»Eine echte Zeitbombe«, lautete sein Kommentar, als er den Blick wieder hob.

Der Alte lächelte zufrieden. »Da habt Ihr recht, Don Giorgio, da habt Ihr recht… Das ist mein Erbe für Euch.« Dann fügte er mit außergewöhnlich zerknirschter Miene hinzu: »Ihr müsst mir verzeihen, dass ich Euch nicht das Original gebracht habe.«

Alimante schenkte ihm ein ebenso verständnisvolles wie falsches Lächeln, doch jetzt hatte er allmählich genug von den Förmlichkeiten.

»Don Attilio, Ihr wollt, dass ich Gerechtigkeit übe. Doch ich bin weder der italienische Staat noch Interpol, noch die CIA.«

Mit einem sanften Ausdruck auf dem Gesicht neigte Branca seinen Kopf ein ganz klein wenig zur Seite und starrte ein paar Sekunden lang aus seinen kalten blauen Augen in die ebenso eisigen Augen Alimantes. Als er sprach, hatte sein immer noch ehrerbietiger Ton einen harten Beiklang.

»Ihr seid viel mehr, Don Giorgio, viel mehr«, verkündete er feierlich. »Deshalb mache ich Euch diese Papiere zum Geschenk. Ihr werdet entscheiden, was damit zu tun ist. Ein Letztes noch – ich bin sicher, das wird Euch interessieren. Der arme Tano war mit Salvatore im Auktionshaus Sommer's für die Übergabe verabredet. Nun gut, in dem letzten Telefonat mit Salvatore konnte Tano, bevor er entführt wurde, gerade noch sagen, dass er die Agenda ebendort, bei Sommer's, versteckt habe, an einem Ort, wo Dokumente des

Schriftstellers Arthur Conan Doyle aufbewahrt wurden. Kurz darauf wurde der Sherlock-Holmes-Experte Richard Lowelly Grey getötet. Die Mörder stellten sein Haus auf den Kopf, haben aber nichts gestohlen. Ganz offensichtlich suchten sie etwas. Was meint Ihr?«

Alimante fixierte seinen Gesprächspartner. »Fahrt fort, Don Attilio, ich höre …«

Branca zuckte die Achseln. »Ich bin zu alt und zu krank, um zu kämpfen, Don Giorgio, doch vor allem habe ich nicht die Zeit. Ich weiß, dass der getötete englische Gelehrte der Sohn eines teuren Freundes von Euch war.«

Bei diesen Worten erstarrte Alimante, und zwischen seinen Augenbrauen grub sich eine feine Falte ein. Für seinen Geschmack wusste dieser alte Mafioso zu viel.

Branca beeilte sich, ihn zu beruhigen: »Der Zufall, Don Giorgio! Nur der Zufall wollte es, dass ich Kenntnis davon erhielt. Ein Freund, der so alt ist wie ich und den Ihr sicher vom Hörensagen kennt, der bedeutende Professor Roversi, Inhaber des Lehrstuhls für englische Literatur an der Universität Mailand, ist Mitglied derselben englischen Gesellschaft, der auch Lowelly Grey angehörte. Als wir nun über den schrecklichen Vorfall sprachen, erzählte er mir von dem berühmten Schüler, den Lowelly Greys Vater in Oxford hatte. Also von Euch, Don Giorgio.«

Alimantes Blick wurde noch aufmerksamer. Doch Branca verzog keine Miene und erwiderte den Blick, begleitet von einem bedeutungsvollen Lächeln.

»Und jetzt?«, fragte Alimante.

Branca machte Anstalten, sich aus dem Sessel zu erheben, und Salvatore Partanna war ihm behilflich. Als er aufgestanden war, reichte der Alte Alimante, der sich seinerseits erhoben hatte, die Hand.

»Ihr müsst mir verzeihen, Don Giorgio, wenn ich so vermessen war zu denken, dass auch Ihr den Wunsch haben könntet, Richard Lowelly Grey zu rächen, wie ich den Tod des armen Tano am liebsten rächen würde. Doch für diese Dinge bin ich zu alt und zu krank. Wie dem auch sei, ich möchte Eure Freundlichkeit nicht länger in Anspruch nehmen. Ich danke Euch dafür, mir diese Begegnung gewährt zu haben, und wünsche Euch alles Gute. Lebt wohl, Don Giorgio, ich glaube nicht, dass wir uns wiedersehen.«

17

Matteo Trapani alias Lorenzo Malacrida betrachtete sich im Spiegel. Er war ein attraktiver Mann von fünfundvierzig Jahren, groß und schlank, gutaussehend, mit graumeliertem Haar und tiefliegenden dunklen Augen. Man hatte ihm einmal gesagt, er habe Ähnlichkeit mit Richard Gere, und das hatte ihm gefallen. Wie immer trug er einen italienischen Maßanzug, am Handgelenk eine Rolex Cellini Prince in Platin mit Krokodillederband, eine sehr viel elegantere Uhr als die massive Daytona in Gold, Statussymbol erfolgreicher Mafiosi. Und so passend, schließlich nannte man auch ihn il Principe – den Fürsten.

Wie immer an diesem schicksalsträchtigen Datum wurde er von Erinnerungen überwältigt. Es hatte einen anderen Fürsten gegeben, vor ihm, an der Spitze der palermitanischen Mafia, die auch die gemäßigte Mafia genannt wurde. Heute war sein Geburtstag, und Matteo Trapani würde ihn feiern, wie er es jedes Jahr tat. Bald würden die Gäste zu einem verschwenderischen Frühstück im Freien bei der herrlichen Villa Malacrida im Turiner Hügelland eintreffen. Keiner der Gäste wusste jedoch, dass in Wirklichkeit nicht der Hausherr, sondern ein Mann gefeiert wurde, der vor dreißig Jahren gestorben war.

Der Fürst von Villalba, wie Stefano Montano genannt

wurde, war derjenige, dessen Matteo Trapani gedachte. Der Beiname rührte daher, dass er, anders als die meisten Mafiosi, gebildet und feinsinnig war, vor allem aber der letzte Pate, der diesen Namen verdiente. Bis zuletzt hatte Montano auf dem Unterschied zwischen seiner und der damals aufsteigenden Mafia der Corleonesen bestanden, die er für nichts anderes als gemeine Verbrecher hielt.

Und doch, die Corleonesen – die vulgären *viddani* – hatten zum Schluss gesiegt und den Fürsten barbarisch getötet. Nach seinem Tod war alles anders geworden, und erst heute, dreißig Jahre später, schien es so weit zu sein, dass man wieder zu einer Norm finden konnte – einer Mafianorm natürlich, bei der die Vendetta mit eingeschlossen war.

Lange Zeit hatte Matteo Trapani auf diesen Moment gewartet, doch er hielt sich, wie auch Stefano Montano es getan hätte, an die Mafiaregel, nach der man zur richtigen Zeit Rache nehmen muss, ohne Eile, wenn der Gegner nicht mehr darauf gefasst ist.

Als blutjunger *picciotto* von Stefano Montano hatte Matteo mit eigenen Augen gesehen, wie sich die Situation zuspitzte und zu jenen dramatischen Ereignissen führte, die schließlich die Cosa Nostra in ganz Italien erschütterten. Zu jener Zeit hatte der Fürst alles darangesetzt, in der Mafia eine Strategie der »institutionellen Klugheit« beizubehalten – im Gegensatz zu den skrupellosen Corleonesen, die durch ihre Verbrechen und Bluttaten eine heftige Reaktion der Zivilgesellschaft auslösten und sogar die Freunde der Organisation im Staatsapparat dazu zwangen, auf Distanz zu gehen.

Montano war der Auffassung gewesen, dass ohne ein Durchdringen des sozialen Gefüges und das daraus folgende – mehr oder weniger bewusste – Einverständnis seitens der staatlichen Institutionen ein Mafiaboss niemals ein echter Pate sein könne, sondern das bleiben würde, was er schon immer war: ein einfacher Krimineller.

Als Sohn eines wichtigen Paten aus einer alten Familie von Großgrundbesitzern hatte Stefano Montano bald gelernt, die Zügel der Beziehungen zwischen der Cosa Nostra und den höheren Kreisen der Macht fest in der Hand zu halten und dabei stets genau die Verhaltensregeln zu beachten, die den Umgang mit der anderen Seite bestimmten. Doch nachdem die Corleonesen die Macht übernommen hatten, war das immer schwieriger geworden, und die *viddani*, inzwischen durch den Drogenhandel steinreich, hatten sich in jeder Hinsicht am Verhandlungstisch durchgesetzt und viele Mafiafamilien auf ihre Seite gezogen.

Der Fehler des Fürsten war es gewesen, nicht zu erkennen, dass es kein Zurück mehr gab und dass die Corleonesen, obwohl sie alle Ehrenregeln der Mafia missachteten, auch innerhalb der Institutionen an Boden gewannen. Die Corleonesen wurden erbitterte Feinde nicht nur des Staates, sondern auch der gemäßigten Mafia, deren unbestrittener Boss der Fürst war. Viele Aussteiger erzählten den Richtern später, dass Stefano Montano am liebsten Totò ò zoppo, diese Bestie an der Spitze der *viddani*, mit eigenen Händen erwürgt hätte. Doch dazu war es zu spät, auch wenn der Fürst sich weiterhin der Illusion hingab, den Feind für seine Zwecke benutzen und gleichzeitig Geschäfte mit ihm machen zu können.

Auf die Verbrechen und Attentate der *viddani* musste die Staatsmacht schließlich reagieren. Dadurch wurde es auch für Montano ungemütlich. Er konnte nicht zulassen, dass man allzu gründliche Nachforschungen betrieb, und forderte von seinen Verbindungsleuten in der Politik, die Ermittlungen einzuschränken, was ihnen aber nicht ausreichend gelang. Daher beschloss er, seine Macht als Pate zu demonstrieren: Er ließ einen wichtigen sizilianischen Politiker töten. Als ein Vertreter der größten Partei des Landes – die ein paar Jahre später genauso hinweggefegt werden sollte wie die gemäßigte Mafia – nach Sizilien kam, um Rechenschaft für dieses Verbrechen zu verlangen, lautete Stefano Montanos schroffe Antwort: »In Sizilien befehlen wir, und wenn ihr nicht wollt, dass eure Partei vollständig ausgelöscht wird, dann tut, was wir sagen. Sonst nehmen wir euch nicht nur die Stimmen aus Sizilien weg, sondern auch die aus Kalabrien und aus ganz Süditalien. Dann bleiben euch nur die Stimmen aus dem Norden, wo alle links wählen. Ohne unsere Stimmen seid ihr nichts …«

Doch auch das nutzte nicht viel, weil die Corleonesen dank einiger Verbindungsmänner in den staatlichen Institutionen in immer mehr Bereiche vordrangen.

Die Lage verschlechterte sich weiter, bis schließlich der zweite Mafiakrieg ausbrach. Der Fürst, der über eine starke Position in der bedeutendsten Partei des Landes verfügte und einigen mächtigen korrupten Freimaurerlogen angehörte, gab sich der Illusion hin, auf die Hilfe einflussreicher Wirtschaftsbosse und die sizilianisch-amerikanischen Familien zählen zu können. Diese naive Einstellung ließ ihn zu Unrecht und bis zuletzt hoffen, sein Charisma könnte die Corleonesen abhalten, ihm nach Leib und Leben zu trachten.

Am Ende stand Montano ganz allein da. Selbst diejenigen, die ihn zuvor in ihren vornehmen Salons respektvoll empfangen hatten, kehrten ihm den Rücken, jene feine palermitanische Gesellschaft, die, wie ein sizilianischer Autor einmal zutreffend geschrieben hatte, finster und skrupellos, fast gänzlich korrupt und immer korrumpierbar sowie schamlos in ihrer Verschwiegenheit war.

In jenen dramatischen Jahren wurden die alten Mafiastrukturen und die alten Parteien hinweggefegt. Das grausame Auftreten der Corleonesen veränderte die Beziehungen, die jahrzehntelang zwischen Mafia, Politik und Institutionen bestanden hatten und auf gleichberechtigter Zusammenarbeit und gegenseitigem Respekt beruhten. Der Boss der Corleonesen, Totò ò zoppo – wegen einer Gehbehinderung so genannt –, gab gleich zu verstehen, dass für ihn die Politiker nur Vasallen waren. Er verfügte über unbeschränkte finanzielle und militärische Mittel und erpresste mit blutigen Anschlägen den Staat.

In dieser Übergangszeit voller Gewalt blieben viele Männer dem Fürsten treu und bezahlten dafür mit ihrem Leben oder gingen ins Exil; andere hingegen verrieten ihn.

Zum Schluss fiel auch Montano. Als er in einer Mainacht, nach der Feier seines zweiundvierzigsten Geburtstages, mit einem Alfa Romeo 2000 bei heftigem Gewitter auf einer Landstraße unterwegs war, geriet er in einen Hinterhalt. Seine Leiche, durchsiebt von Kalaschnikowschüssen, wurde am nächsten Morgen gefunden. Er saß in einer Blutlache, und als Geste höchster Verachtung hatte man sein Gesicht mit Schüssen aus einer P38 zerfetzt.

Jahre später, als er schon für Totò ò zoppo arbeitete, hatte

Trapani von ihm erfahren, dass der Pate selbst es gewesen war, der Montano entstellt hatte, eine barbarische Art, um seine Überlegenheit und den Sieg über seinen Feind kundzutun.

Trapani setzte ein kaltes Lächeln auf. Inzwischen waren jene, die den Fürsten verraten hatten, fast alle tot oder im Gefängnis, und viele hatte er im Laufe der Jahre, in denen er mächtiger und mächtiger wurde, persönlich eliminiert.

Nach Stefano Montanos Tod hatte Totò ò zoppo Matteo Trapani bei sich aufgenommen. Der Corleonese wusste nicht, dass der Fürst für Matteo mehr als ein Vater gewesen war.

Für seine neue Identität hatte Trapani als Geburtsdatum den Tag im Mai gewählt, an dem sein Wahlvater geboren und gestorben war. Das war zwar ein Detail, doch durch solche kleinen Dinge fühlte er sich bis heute dem Mann nahe, den er am meisten bewundert hatte und dem gegenüber er noch immer ein hartnäckiges Schuldgefühl empfand, weil er ihm bis zum Ende hätte nahe bleiben wollen, vielleicht um den Preis seines eigenen Lebens. Doch es war Stefano Montano selbst gewesen, der den siebzehnjährigen Matteo gezwungen hatte, die Insel zu verlassen.

Er berührte das schmale Goldarmband, das er am Handgelenk trug. Ein Geschenk, das er nach einer Partie Tennis beim Landhaus der Montanos vom Fürsten erhalten hatte. Als sie sich über dem Netz die Hand gereicht hatten, hatte er das Armband abgestreift und es Matteo gegeben.

»Du hast es dir verdient. Bewahre es sorgfältig auf, mir hat es immer Glück gebracht.«

Zu jener Zeit gehörte Matteo bereits zum Mafiaclan der Montanos, und oft war er anwesend, wenn der kleine Kreis jener Getreuen zusammenkam, denen der Fürst in enger Freundschaft verbunden war.

Bei einem dieser Treffen sagte der Fürst mit einem Lachen zu seinen Leuten: »Dieser *picciriddu* hier lernt das Handwerk von der Pike auf, aber macht euch nicht allzu sehr über ihn lustig, er muss studieren. Vergiss nicht, Matteo, Bildung ist alles. Wenn du zu wenig weißt, können sie mit dir machen, was sie wollen.«

Bevor Matteos Vater als junger Mann einem Herzinfarkt erlag, hatte er als Aufseher im Landhaus des Paten gearbeitet. Matteo, durch den frühen Tod der Mutter bereits Halbwaise, war auf dem riesigen Besitz großgeworden, zwischen Orangenhainen und Feigenkakteen. Nach dem Tod seines Vaters war er einem Onkel anvertraut worden, der den Vater auch als Aufseher ersetzt hatte. Im Sommer kam die Familie Montano aufs Land, um der Hitze in Palermo zu entfliehen, und Matteo konnte mit Stefanos Töchtern spielen, für die er wie ein Bruder war. Er hatte sich immer als Teil der Familie gefühlt und nicht nur als Teil der Mafiafamilie, denn der Pate hatte sich um ihn gekümmert wie um einen Sohn.

Als alles langsam zusammenbrach, wollte der Fürst, wenige Monate, bevor er getötet wurde, mit ihm allein sprechen. An jenem Tag peitschte der Scirocco die Palmen und brachte den roten Sand aus Afrika mit sich. Matteo sah in dieser Erinnerung den Grund seiner tiefen Abneigung gegen Wind.

»Komm, Matteo, ich muss dir etwas sagen.« Stefano hatte ihn in den Festsaal gebracht, wo die Diwane und Möbel mit gespenstischen weißen Tüchern abgedeckt waren.

»Setz dich hin und hör mir gut zu.« Montano zerzauste

ihm die dunklen Haare, die in seine Stirn fielen. »Die Dinge entwickeln sich zum Schlechten, und du musst mir versprechen zu tun, was ich für dich entschieden habe.«

Der Fürst sagte, dass er schon alles geregelt habe, um ihn aus Palermo wegzubringen. Matteo würde auf ein Internat im Norden gehen, um dort seine Schulzeit abzuschließen. Als er zu protestieren versuchte, sah Montano ihm streng in die Augen.

»Es geht darum, dich zu retten, da gibt es nichts zu diskutieren. Früher oder später werden sie mich umbringen. Um mich herum ist es leer geworden, alle haben mich verraten; und die es nicht getan haben, sind getötet worden oder mussten fliehen, wie Tommaso, Leonardo und viele andere. Du bist groß genug, diese Dinge zu verstehen. Hier auf der Insel betrachtet dich mancher schon als einen *picciotto* der Montanos, und wir müssen sie vom Gegenteil überzeugen. Versprich mir, dass du tust, was ich dir sage.«

Natürlich hatte er gehorcht und wenige Tage darauf Sizilien verlassen, um auf ein Jesuitenkolleg im Norden zu gehen. Als man ihm dann später die schrecklichen Fotos der Leiche des Fürsten zeigte, schwor er sich, dass er ihn rächen würde.

Mit zweiundzwanzig Jahren war Matteo nach Abschluss eines wirtschaftswissenschaftlichen Studiums nach Sizilien zurückgekehrt, obwohl die Familie Montano ihn inständig bat, es nicht zu tun. Die Corleonesen hatten sich seit geraumer Zeit der Insel bemächtigt, doch niemand schien sich an ihn zu erinnern. Matteo wusste jedoch, dass das Gedächtnis der Mafiosi gut ist, und tat deshalb alles, das Vertrauen der *viddani* zu gewinnen, um nicht das Ende so vieler *picciotti* zu nehmen, doch vor allem, weil er eine Vendetta plante. Er brauchte Zeit und List dafür, doch schließlich wurde er der rechte Arm von Totò ò zoppo. Der Corleonese schätzte ihn wegen der Grausamkeit, die Matteo an den Tag legte, doch vor allem wegen der Geschicklichkeit, die er bei Geschäften bewies, und weil er studiert hatte. Totò ò zoppo war eine Bestie, doch kein Dummkopf, und er hatte verstanden, dass Matteo mit hochgestellten Geschäftspartnern auf Augenhöhe verhandeln konnte.

Nachdem das Kassationsgericht in der Berufung die Urteile des Maxi-Prozesses, der Jahre zuvor eine große Zahl von Mafiosi ins Gefängnis gebracht hatte und in dem – wenn auch in Abwesenheit – sowohl Totò ò zoppo als auch il Vecchio, sein erster Kommandant, zu lebenslänglichen Haftstrafen verurteilt worden waren, bestätigt hatte, stieg die Anzahl der Verbrechen exponentiell und gipfelte in den Morden an den beiden Richtern und einer Serie von Terroranschlägen in italienischen Großstädten. Die Corleonesen hatten dem Staat den Krieg erklärt, und der Staat hatte reagiert.

Um der Festnahme zu entgehen, tauchte Matteo unter und nahm nach der Verhaftung von Totò ò zoppo eine immer wichtigere Position innerhalb der Cosa Nostra ein. Er und il Vecchio, der ebenfalls untergetaucht war, lenkten die Cosa Nostra und ihre Geschäfte.

Über Jahre wuchs Trapanis Macht weiter – und zusammen mit ihr sein Rachedurst. Totò ò zoppo wurde zwar schließlich festgenommen, doch es blieben die anderen, die hochgestellten Männer in den Institutionen und der Finanzwelt, die sich mit den *viddani* verbündet und Montanos Tod verfügt hatten und so an sein Vermögen gekommen waren.

Matteo Trapani wusste sehr wohl, welches Ende das riesige Vermögen des Fürsten, in den fernen siebziger Jahren auf mehr als tausend Milliarden Lire geschätzt, genommen hatte. Es war bei den Finanzleuten im Norden verschwunden, bei jenen Männern, mit denen Trapani jeden Tag Geschäfte machte und die er mit unendlicher Geduld eingekreist hatte.

Er, der Palermitaner, der im Schoß der alten Mafia aufgewachsen war, der bevorzugte *picciotto* des Fürsten von Villalba, nun zum geheimen Boss der Cosa Nostra aufgestiegen, würde sich endlich rächen können. Wenn sein Plan aufginge, würden die Besiegten von gestern zurückkehren, die Nachkommen der palermitanischen Familien, die man in der Zeit der großen Massaker vertrieben hatte – und nach einem Vierteljahrhundert würde die Geschichte dort wiederaufgenommen werden, wo sie unterbrochen worden war, nicht mehr in Corleone, sondern in Palermo. Alles musste sich verändern, damit sich nichts veränderte. Das wollte Matteo, und nur deshalb hatte er jahrelang die Nähe von Männern ertragen, die er am liebsten mit eigenen Händen getötet hätte.

Er trat noch einmal an den Spiegel und betrachtete sein Gesicht aus der Nähe. Er war mit seinem Aussehen zufrieden, doch nach dem gesichtschirurgischen Eingriff hatte er stets ein unangenehmes Gefühl der Fremdheit empfunden, wenn er sich ansah. Trapani war seit mehr als sechzehn Jahren, seit die beiden Richter getötet worden waren, auf der Flucht – wenn man es so nennen konnte, dieses goldene Exil in einer Stadt im Norden, unter falschem Namen, mit einer unauffälligen Tarnung und hohem Ansehen.

Auch wenn die Ermittler ihn erst jetzt zu verdächtigen begannen, war Trapani seit geraumer Zeit der unumstrittene

Boss der Cosa Nostra, derjenige, der die Schäden, die durch die Blutbäder der neunziger Jahre angerichtet worden waren, behoben und die Beziehungen zwischen der sizilianischen Mafia, der Politik und der Finanzwelt wiederhergestellt hatte. Er war der erste Schattenpate der Mafiageschichte, der Mann, den seit dem Tag seines Verschwindens niemand außer ein paar Vertraute gesehen hatte, derjenige, der der ganzen Organisation vorstand, ohne je in Erscheinung zu treten, ein Mann mit einer so allumfassenden Macht, wie es in der Vergangenheit noch keinen gegeben hatte.

Manchmal geschah es ihm, dass er an sich selbst wie an eine Art Gespenst der Mafia dachte, dessen Befehlsgewalt alle Mafiafamilien, die diesen Namen verdienten, unterstanden. Eine unnatürliche Situation, Ergebnis des von den Corleonesen vollendeten Niedergangs, von dem er profitiert hatte; ein Zustand, der nicht andauern konnte und von dem er nicht wollte, dass er andauerte. Wenn seine Rache erst einmal vollendet wäre und die palermitanischen Familien den Platz, der ihnen von Rechts wegen zustand, wiedereingenommen hätten, würde Matteo Trapani abtreten, dieses Mal für immer; doch vorher würde er seinen Nachfolger einsetzen und einem wirklichen Ehrenmann die Aufgabe hinterlassen, den Mafiastaat zu regieren.

Trapani war es jahrelang gelungen, die Ermittler irrezuführen und glauben zu machen, il Vecchio sei der absolute Boss der Cosa Nostra. Diese Strategie war für seine Tarnung sehr nützlich gewesen, bis sich das Machtverhältnis zu seinen Gunsten verschoben hatte, weshalb er zu dem Schluss kam, dass er auf diesen Schutz verzichten konnte, ja musste. Deshalb hatte er die Fahnder wissen lassen, wo sich il Vecchio versteckte. Es war eine jämmerliche Festnahme gewesen: Die Polizisten der zentralen Operationseinheit SCO und des Einsatzdienstes hatten sich einem alten Männlein gegenübergesehen, in einem Haus voller Bibeln, Andachtsbilder und lächerlicher kleinen Zettel, mit denen er Botschaften an jene schickte, die er immer noch für »seine« Männer hielt, einschließlich Matteo Trapani. Die Bilder des Verstecks in einem verlassenen Dorf im Inneren der Insel waren um die Welt gegangen, und die Welt hatte geglaubt, il Vecchio hätte die Cosa Nostra von diesem Loch aus befehligt. Lächerlich.

Doch das war Vergangenheit. Tage zuvor, als er aus seinem Informationsnetz die Nachricht erhalten hatte, der erkrankte Attilio Branca schicke sich an, die berühmte Agenda aus der Londoner Bank zu holen, hatte Trapani sofort begriffen, dass dies eine Chance war, die er nicht verpassen durfte. Nach dem erfolglosen Versuch, Branca zu überreden, ihm die wiederbeschaffte Agenda zu überlassen, hatte er rasch eine Aktion in London organisiert. Doch seine Männer hatten nur noch mit ansehen können, wie der arme Tano Terlizzi mitten auf der St. James Street entführt wurde. Offensichtlich hatte Branca einen Maulwurf unter seinen Leuten. Trapani konnte sich ungefähr vorstellen, wer den Hinterhalt organisiert hatte: Diverse Politiker kamen in Frage, denn würde diese Agenda allgemein bekannt, dann würden viele Köpfe rollen.

Aus Ärger über die Weigerung des alten Branca hatte Matteo im ersten Moment daran gedacht, ihn töten zu lassen, sich dann aber eines anderen besonnen. Im Grunde hatte er Branca nichts vorzuwerfen, früher war er ein treuer Verbündeter des Fürsten gewesen. Aus Respekt vor einem Ehrenmann seines Alters teilte er ihm sogar mit, dass er mit dem Mord an Tano Terlizzi absolut nichts zu tun habe. Der Alte glaubte ihm und ließ ihm eine wesentliche Information zukommen: Bevor er entführt wurde, hatte Tano die Agenda im Auktionshaus Sommer's zwischen den Dokumenten eines Arthur-Conan-Doyle-Archivs versteckt. Trapani war schnell auf Lowelly Grey gekommen, doch als seine Leute ihm gerade einen Besuch abstatten wollten, war der Doyle-Experte schon tot. Eine Sache, die ihn zutiefst empörte, nicht nur, weil er von Lowelly Grey nichts mehr hatte erfahren können, sondern auch, weil er Sherlock Holmes verehrte.

Weitere Nachforschungen hatten ihn zu Peter Ward geführt, den ehemaligen Partner Lowelly Greys. Bedroht von einer Pistole, hatte er sich nicht nur entlocken lassen, dass er die Agenda an Professor Astoni geschickt hatte, sondern auch von den beiden Kerlen berichtet, die in seine Wohnung eingedrungen waren und den Beleg für die Sendung gefunden hatten. Leider waren seine Männer auch in Astonis Wohnung zu spät gekommen: Irgendjemand hatte sie schon durchsucht, und von der Agenda gab es ebenso wenig eine Spur wie vom Professor.

Durch Nachforschungen hatte er dann herausgefunden, dass die Mörder von Tano und Lowelly Grey, jene, die Peter Ward zu Tode erschreckt hatten, keine *picciotti* waren, sondern Killer, die weder mit der sizilianischen Cosa Nostra noch mit der kalabrischen 'Ndrangheta oder der Camorra etwas zu tun hatten, folglich Auftragsmörder von außen sein mussten.

Trapani konnte sich schon denken, wer hinter alldem

steckte. Er wusste, wie die Dinge vor sechzehn Jahren abgelaufen waren und wer Totò ò zoppo den Auftrag zur Ermordung der beiden Richter gegeben hatte. Er wusste, was in der Agenda stand, doch wenn er sie erst in Händen hätte, würde sie das bevorzugte Instrument seiner Rache werden. Etwas jedoch wusste er nicht mit Gewissheit: ob die Agenda schon in den Händen des Mannes war, der den Einbruch in Auftrag gegeben hatte. Das Verschwinden von Paolo Astoni gab ihm zu denken, denn wenn es den beiden Killern gelungen wäre, die Agenda zu finden, hätten sie den Professor mit Sicherheit getötet, ohne sich darum zu kümmern, die Leiche zu beseitigen. Doch so hatte es sich nicht abgespielt, und deshalb stimmte da etwas nicht.

Noch in Gedanken versunken, verließ Trapani sein Schlafzimmer, um seine Gäste zu begrüßen. Er lächelte amüsiert bei der Vorstellung, dass einige der wichtigsten Mitglieder der feinen Gesellschaft Turins zur großen Villa auf dem Hügel heraufkommen würden, um zwei Mafiosi zu feiern, einer tot, der andere, Gott sei Dank, noch bei bester Gesundheit. Das Lächeln lag noch auf seinen Lippen, als er auf dem Gang auf seine Frau stieß. Er betrachtete sie und bewunderte das Kleid, das sie für diese Gelegenheit gewählt hatte.

»Schatz, warum lächelst du? Steht mir das Kleid nicht?«, fragte Betta unsicher.

»Im Gegenteil, es steht dir ausgezeichnet«, antwortete er und streifte ihre Wange mit einem Kuss. »Eine sehr geschmackvolle Toilette, perfekt für ein *déjeuner sur l'herbe*«, fügte er ironisch hinzu. Er hakte sie unter, und gemeinsam gingen sie die breite Treppe hinab, die ins Erdgeschoss führte.

Durch das Fenster zum Park sah Matteo, wie einige Wagen die Allee zur Villa hinauffuhren. Weiße Gartenpavillons aus Leinen standen auf dem Rasen vor dem Laubengang und schützten das Büfett, um das herum eine Schar von Kellnern beschäftigt war, vor der Sonne. Das Catering war vom besten Restaurant der Stadt besorgt worden, und ein kleines Streichorchester stimmte die Instrumente. Matteo erkannte den Sohn eines Industriellen, seit kurzem Geschäftsführer der väterlichen Firma, mit seiner jungen Frau, gefolgt von einer berühmten französischen Schauspielerin, die gerade aus Cannes kam, in Begleitung ihres Mannes, eines Produzenten. Es mochten um die hundert Gäste sein, und wenn das Wetter sich verschlechterte, was leider zu befürchten war, würde man das Fest in die Säle im Erdgeschoss verlegen, die schon dafür hergerichtet waren.

Matteo und Betta gingen hinaus in den Park und auf einen der Pavillons zu, wo man Aperitifs servierte.

»Lass mich die Gäste begrüßen«, sagte Betta, löste sich von seinem Arm und ging auf eine kleine Gruppe zu.

Matteo sah ihr nach. Sie war schlank, hatte lange Beine und den drahtigen Körper eines jungen Mädchens. Auf ihrem blonden Haar lag ein feiner Kupferschimmer, durch den ihre Augen betont wurden, die so blau wie holländisches Porzellan waren. Ihre Haut war sehr hell, gesprenkelt mit Sommersprossen, die sie verabscheute, weshalb sie nie, nicht einmal im Sommer, ärmellose Kleider trug. Elisabetta, Betta für ihre Freunde, war zehn Jahre jünger als er. Seit fünf Jahren waren sie verheiratet, doch sie hatten keine Kinder und wollten auch beide keine.

Matteo, der nie jemanden geliebt hatte, mochte seine Frau jedoch sehr gern. Er schätzte ihren schlanken Körper, der es ihr erlaubte, jedes Kleid mit Eleganz zu tragen, und empfand Zärtlichkeit für ihr hübsches Gesicht, aus dem eine starke, gebogene Nase hervorsprang. Die leicht gewölbte Stirn ließ sie Maria José, der letzten Königin Italiens, ähneln, gab ihrem Aussehen jedoch gleichzeitig etwas Kindliches, das ihre Züge sanfter machte. Betta war in den besten europäischen Internaten erzogen worden, sprach mehrere Sprachen und zählte zwei Päpste und einen berühmten General zu ihren Vorfahren; doch als Matteo sie kennengelernt hatte, nagte ihre Familie buchstäblich am Hungertuch. Vielleicht hatten die wählerischen Bramantes ihn deshalb so bereitwillig akzeptiert, ohne sich allzu viele Fragen über diesen gutaussehenden und steinreichen Unbekannten zu stellen, der in der feinen piemontesischen Gesellschaft nach oben geschossen war wie ein Pilz nach dem Regen. Sie hatten ihm ihre Tochter mit Freude zur Frau gegeben, fast so, als wäre er die beste Partie auf der Welt. Was Matteo für sie ja wirklich war, da er sie vor dem Bankrott bewahrte.

Matteo hatte seine Frau mit Umsicht gewählt. Sie war perfekt für die Bedürfnisse eines Mannes, wie er einer war: ein Pate, der sich hinter dem falschen Namen Lorenzo Malacrida verbarg, ein ehrgeiziger Finanzier, Eigentümer eines Stahlindustriekonzerns sowie Gesellschafter vieler Firmen, geachtet und beneidet. Mit seiner Frau jedoch war er über jeden Verdacht erhaben.

18

Als Ogden und Stuart von der Sekretärin in Alimantes Büro in Turin geführt wurden, saß der Italiener, versunken in die Lektüre einiger Papiere, an seinem Schreibtisch. Lächelnd sah er hoch und zeigte auf die Sessel ihm gegenüber.

»Entschuldigen Sie, dass ich unser Treffen verschoben habe, doch ich musste einen Mafioso empfangen.« Er betonte das zweitletzte Wort absichtlich, neugierig darauf, ob die Bezeichnung bei den Chefs des Dienstes irgendeine Reaktion auslöste.

Doch dem war nicht so, auch wenn Ogden und Stuart, bevor sie sich setzten, Blicke tauschten. Stuart ergriff das Wort.

»Was kann so jemand von Ihnen wollen?«

Alimante zuckte die Schultern. »*Wir* wissen, dass er ein Mafioso ist; außerdem noch ein kleiner Kreis von Personen, der jedoch so tut, als wüsste er es nicht. Für alle anderen dagegen ist Attilio Branca ein reicher, über jeden Verdacht erhabener Unternehmer. Der arme Kerl wird bald sterben«, fuhr er fort und hob mit einem Ausdruck absoluter Gleichgültigkeit die Augenbrauen, »und er hat sich in den Kopf gesetzt, dass ich ihm einen Wunsch erfüllen könnte. Den letzten, nehme ich an …«

»Und, können Sie es?«, fragte Ogden provozierend.

»Es gibt wirklich wenige Dinge, die wir nicht tun können, das sollten Sie wissen«, antwortete Alimante kühl. »Aber lassen wir das. Jetzt erzählt mir bitte, was meinem Freund Paolo tatsächlich passiert ist. Ich hatte recht, eine Verbindung zwischen dem Anschlag im Palavela und Lowelly Greys Tod anzunehmen, nicht wahr?«

»Ja, absolut«, räumte Ogden ein. »Lowelly Grey hat vor seinem Tod ein Päckchen an Astoni geschickt. Es handelte sich, wie seine Schwester in dem Telefonat mit Ihnen schon vermutet hat, um etwas, das er am Tage seines Todes aus dem Auktionshaus Sommer's mitgenommen hatte. Doch wenn es Ihnen nichts ausmacht, möchte ich, bevor ich fortfahre, gern wissen, welchen Wunsch Sie Attilio Branca erfüllen sollen.«

Alimante schaute ihn überrascht an. »Wie Sie wollen, ich hätte es Ihnen sowieso gleich gesagt, denn die Sache ist äußerst brisant.«

Der Italiener hob die vor ihm liegenden Papiere hoch und erklärte, worum es sich handelte. Dann berichtete er detailliert über das Gespräch, das er mit Attilio Branca geführt hatte.

Am Ende machte er eine Pause, um zu sehen, wie die beiden Agenten reagierten, doch da sie sich wieder nichts anmerken ließen, fuhr er fort.

»Zufällig trifft mein Wunsch, in Sachen Lowelly Grey Gerechtigkeit walten zu lassen, mit der Durchführung einiger Aktionen zusammen, die die Elite schon lange plant. So können wir zwei Fliegen mit einer Klappe schlagen, wie man so sagt. Ich denke, Sie wissen, wie hochexplosiv das Dokument ist, das wir in Händen halten«, fügte er hinzu und zeigte auf die Kopie der Agenda.

»Und was gedenken Sie damit zu tun?«

Alimante lächelte kalt. »Das, worum mich Branca gebeten hat, doch auf meine Art, versteht sich. Der Augenblick ist gekommen, dieses Land zu säubern, und die Agenda des Richters wird diesem Zweck dienen. Diese Mafiosi haben die Grenzen überschritten. Es ist unsere Schuld, wir haben zugelassen, dass sie allzu reich und allzu mächtig geworden sind. Von der Arroganz vieler White-Collar-Krimineller, die den Verfall von Politik und Unternehmertum in Italien widerspiegelt, ganz zu schweigen. Solche Leute werden in jedem anderen Land schlicht als Verbrecher betrachtet.«

Stuart nickte mit einem Ausdruck ironischer Verachtung. »Es scheint so, dass einige Leute nicht nur zugeben, Mafiosi zu kennen, sondern auch kein Problem darin sehen, Umgang mit ihnen zu haben. Das ist nicht nur kriminell, sondern auch dumm. Und doch, Ihnen sind sie auch nützlich gewesen«, fügte er herausfordernd hinzu.

Alimante durchbohrte ihn mit einem Blick. »Was soll das heißen? Auch Killer sind nützlich. Das bedeutet nicht, dass wir der Mafia die Regierung eines Staats überlassen oder ihr erlauben, zu viel Macht über die nationale beziehungsweise internationale Wirtschaft auszuüben. Wir waren unaufmerksam, haben uns um das Allgemeine gekümmert und das Besondere vernachlässigt, wobei das ›Besondere‹ in diesem Fall der Schlamassel in Italien ist.«

Ogden nickte. »Das kann man wohl sagen. Und jetzt hat es keinen Sinn, sich darüber zu wundern, wie stark diese Leute geworden sind; sie stehen zwar auf der niedrigsten Stufe der Macht, gehören aber doch dazu, ob es Ihnen gefällt oder nicht. Die Leute, mit denen Sie die Schlüsselpositionen der italienischen Politik und Finanzwelt besetzt haben, diese Leute haben, von ihrer Gier getrieben, zugelassen, dass alles zugrunde ging und ihre Mafiakumpane davon profitierten. Man denke nur an die zur Rettung hochgestellter Angeklagter gemachten Gesetze und an den Personalabbau bei den Spezialeinheiten der Polizei, der Carabinieri und der Zoll- und Finanzbehörde, ausgerechnet in den Landesteilen, wo sich die schlimmste Kriminalität eingenistet hat. Oder an die Delegitimierung der für die Ermittlungen unersetzlichen Kronzeugen, die Schließung der Hochsicherheitsgefängnisse auf Pianosa und Asinara, abgesehen davon, dass die verschärften Haftbedingungen immer mehr aufgeweicht werden. Die sogenannten Handlanger sind heute übermächtig geworden. Ich glaube, die europäische Elite muss so schnell wie möglich in ihren mittleren und unteren Etagen in Italien aufräumen.«

Alimante sah Ogden aufmerksam an. »Ich sehe, Sie sind über die italienischen Angelegenheiten gut informiert.«

»Schon lange sind es nicht mehr nur italienische Angelegenheiten.«

»Lassen Sie uns offen miteinander reden«, schaltete sich Stuart ein. »Die europäische Elite und die amerikanische Elite haben zugelassen, dass diese neue Mafia jahrelang ungestört agieren konnte, bekämpft nur von einigen Richtern und Polizisten, die fast alle ihren Einsatz mit dem Leben bezahlten. Sie sind wohl doch nicht so fähig und weitsichtig, wenn Sie nichts dagegen unternommen haben, dass sich solche Banditen eines Landes bemächtigen. *Ihres* Landes, Alimante.«

Der Italiener warf ihm einen entrüsteten Blick zu. »Ich

nehme an, Sie können nicht anders, als weiterhin so von der Elite zu sprechen, als ginge Sie die Elite nichts an. Der Dienst gehört dazu, haben Sie das vergessen?«

Ogden beschloss sich einzuschalten, um die Wogen zu glätten. »Wie könnten wir das vergessen?«, sagte er mit einem gezwungenen Lächeln. »Doch die Tatsache, dass der Dienst zur Elite gehört, bedeutet nicht, dass die Dinge anders liegen, als Stuart sie beschrieben hat.«

»Nur allzu wahr«, gab Alimante widerwillig zu. »Daher ist der Moment gekommen, Ordnung zu schaffen. Auch wenn es nur Fotokopien der Agenda sind, finden sich auf diesen Seiten doch Namen und höchst detaillierte Angaben, mit denen man viele Leute festnageln und dieser Mafia den Kopf zurechtrücken kann.«

»Heißt das, Sie wollen einen politischen Wechsel provozieren?«

»Natürlich. Eine solche Situation ist nicht in unserem Sinne, weder in Italien noch anderswo. Dieser massive Verfall der Glaubwürdigkeit kann, zusammen mit der verheerenden Wirtschaftskrise, bei der Bevölkerung nur Empörung hervorrufen. Diese politische Klasse ist jedoch so erpressbar, dass sie den Kurs selbst dann nicht ändern könnte, wenn sie es wollte. Unsere Beobachter sagen Aufruhr und Blutvergießen voraus, denn die Mittelschicht verarmt, die Bürgerrechte sind ausgehöhlt, und dieser schleichende Faschismus stößt zum Schluss auch jene ab, die stark nach rechts tendieren. Die Leute sind nicht so dumm, wie die Politiker gern glauben. Wenn sie mit dem Rücken zur Wand stehen, werden sie reagieren. Damit sich wirklich etwas verändert, muss die Unruhe richtig dosiert werden.«

Alimante unterbrach sich und machte mit einem angewiderten Gesichtsausdruck eine Geste, als wollte er ein lästiges Insekt verjagen. »Wir haben schon mal eine politische Klasse davongejagt, und das werden wir wieder tun.«

Ogden räusperte sich. »Sicher, aber auch damals waren Sie nicht sehr vorausschauend, denn Sie haben dabei zugesehen, wie die gemäßigte Mafia von diesen Corleonesen zerschlagen wurde, nachdem sie schon Beziehungen mit den neuen Machthabern in der Politik geknüpft hatten, die durch die Eliminierung der alten aufgestiegen sind. Sie haben zugelassen, dass die Mafia terroristische Anschläge eingesetzt hat, um vom Staat Zugeständnisse zu erreichen, und dass alle Antimafia-Instrumente, erkämpft von so vielen mutigen Männern, die mit ihrem Leben bezahlt haben, zurückgezogen, geschwächt oder sogar abgeschafft wurden. Ein schwerer Einschätzungsfehler, sehe ich das richtig?«

»Leider ausgesprochen richtig. Aber ich würde kein Drama daraus machen. Was wir geschaffen haben, können wir auch vernichten. Wenigstens haben die Sizilianer nie Genozide begangen, im Gegensatz zu vielen anderen sogenannten demokratischen Nationen.«

Stuart riss die Augen auf. »Sagen Sie mir nicht, dass Sie die Italiener verteidigen! Ich kann es nicht glauben, Alimante, ist das ein patriotischer Schub?«

Alimante lachte, doch er war verärgert. »Reden Sie keinen Unsinn. Ich bin Italiener, wie Sie Japaner sind. Leute wie wir stehen Gott sei Dank über den Nationen. Und was mich angeht, habe ich mir immer die Worte von Samuel Johnson zu eigen gemacht: ›Patriotismus ist die letzte Zuflucht eines Schurken.‹ Doch wenn wir es wirklich auf den

Punkt bringen wollen: In keinem anderen Teil der Welt sind so viele Richter, Polizisten und aufrechte Staatsmänner getötet worden wie in Italien; praktisch jeder, der seine Pflicht tat. Wenn es also stimmt, dass Italien das Land der Mafia ist, dann ist es auch das Land, das die meisten Helden hervorgebracht hat, die sie bekämpfen. Die beiden Richter beispielsweise haben zum ersten Mal schwarz auf weiß die Verflechtungen von Mafia, Politik und Finanzwelt belegt, indem sie die Verwicklung von Ministern, Staatssekretären, Abgeordneten, Bürgermeistern, Unternehmern und vielen anderen mehr aufgezeigt haben, obwohl sie sich bewusst waren, dass man sie, wenn sie nicht aufgäben, töten würde – was ja dann tatsächlich geschehen ist. Seither hat sich die Lage nur noch verschlechtert: Weil nun allen klar ist, dass das Opfer dieser beiden Untersuchungsrichter umsonst war, exponiert sich niemand mehr. Und warum sollte das auch irgendjemand tun, wo doch der Staat niemanden beschützt? Aber einmal abgesehen von all diesen Erwägungen: Es liegt nicht im Interesse der europäischen Elite, dass dieses Durcheinander noch länger anhält. Bald finden in Amerika Wahlen statt, die eine grundlegende Wachablösung herbeiführen werden. Wir wissen mit Sicherheit, dass auch der amerikanischen Elite und damit dem künftigen Bewohner des Weißen Hauses diese so ›folkloristische‹ italienische Regierung nicht gefällt. Bevor sie beschließen einzugreifen, was zwischen den beiden Eliten zu weiteren Spannungen führen würde, müssen wir Europäer das Problem lösen. Und last but not least gibt der Tod von Lowelly Grey, soweit es mich betrifft, dieser Operation etwas Persönliches, worüber ich nicht böse bin.«

»Dann wird es Sie freuen, das hier zu bekommen«, sagte Stuart und zog den Umschlag mit der Agenda aus der Tasche. »Ogden hat sie gestern Abend sichergestellt.«

Alimante machte den Umschlag auf, zog die Agenda heraus und begann darin zu blättern. Als er wieder hochschaute, leuchteten seine Augen vor Zufriedenheit.

»Ich habe immer gesagt, dass ihr die Besten seid! Ihr habt mich wirklich ausgetrickst.«

»Deshalb werden wir ja so gut bezahlt«, kommentierte Stuart.

»Wo habt ihr die Agenda bloß gefunden?«, fragte Alimante, während er weiter darin blätterte.

Stuart lächelte, zufrieden über diesen *coup de théâtre*: »Erkläre du es, Ogden. Du kannst es besser zusammenfassen als ich.«

Ogden berichtete Alimante, wie sie an die Agenda gekommen waren, und setzte ihn über den Ablauf der Ereignisse ins Bild.

»Doch da ist noch etwas«, fuhr er fort. »Die beiden Männer, die Peter Ward einen Besuch abgestattet haben, sind mit Sicherheit dieselben, die Brancas Mann und Richard Lowelly Grey getötet haben. Doch dieser andere Mann, der kurz danach Ward aufgesucht hat, das ist ein Neuling. Daraus folgt, dass sich zwei Gruppen die Agenda streitig machen. Leider kennen wir die Auftraggeber nicht. Vielleicht könnte Branca uns aufklären.«

Alimante stand von seinem Schreibtisch auf, trat ans Fenster und sagte eine Weile nichts. Dann wandte er sich wieder den beiden Agenten zu. »Einer der in der Agenda erwähnten Politiker könnte die ersten beiden Killer geschickt haben, ich meine jene, die Brancas Mann und Lowelly Grey getötet und Peter Ward bedroht und ihm den DHL-Beleg abgenommen haben. Wahrscheinlich ist auch der Anschlag auf das Leben von Paolo Astoni im Palavela und der Einbruch in seine Wohnung ihr Werk. Der zweite Besucher von Ward macht mich dagegen ratlos. Das ist ein anderer Stil, sonst wäre auch der junge Mann tot. Insgesamt ist nicht klar, wer was gemacht hat. Doch wir werden es herausfinden, vielleicht tatsächlich mit Brancas Hilfe.«

»Ja, ich glaube, der Mafioso könnte uns nützlich sein. Er weiß, wie seine Kumpane beschaffen sind«, räumte Stuart ein. »Doch jetzt sollten wir zuerst ein *safe house* organisieren. Es ist nicht ratsam, von einem Hotel zum anderen zu ziehen.«

Alimante entfernte sich vom Fenster und setzte sich wieder hin. »Kein Problem, ich habe schon daran gedacht. Bis heute Abend sind Sie in einem für den Zweck eingerichteten Haus. Ich werde gleich noch mal versuchen, mich mit Branca in Verbindung zu setzen. Der Alte hat sich bei unserem Treffen heute Morgen sehr geschickt verhalten und sich nicht aus dem Konzept bringen lassen, doch ich werde schon aus ihm herausbekommen, was ich wissen will. Warten Sie meinen Anruf ab, ich teile Ihnen so bald wie möglich Ihre neue Adresse mit.«

Stuart stand auf, gefolgt von Ogden. »Ich möchte Sie bitten, das *safe house* auch mit der nötigen Technologie auszustatten. Wir haben wenig Ausrüstung mitgebracht, weil wir anfangs nicht davon ausgingen, länger hierzubleiben.«

»Die Ereignisse haben sich in der Tat überstürzt«, gab Alimante zu. »Machen Sie sich keine Sorgen, Sie bekommen das Beste.«

19

Paolo Astoni und Verena betraten in Begleitung von Franz das neue Hotel, das Golden Palace. Die Verstärkung aus Berlin war noch nicht da; die vier Agenten waren durch einen falschen Bombenalarm auf dem Flughafen Tegel aufgehalten worden.

Verena und den Professor hatte man in einer Suite untergebracht und weitere Zimmer für Ogden, Stuart und die in Kürze eintreffenden Agenten gebucht. Mit einem beachtlichen Trinkgeld für den Portier hatten sie erreicht, dass die Zimmer alle auf demselben Stockwerk lagen.

Nachdem Franz das Gepäck ins Zimmer gebracht hatte, klopfte er an der Tür von Verenas Suite.

»Alles in Ordnung?«, fragte er, als er eintrat.

Sie schüttelte den Kopf. »Paolo hat starke Schmerzen in der Brust gehabt. Ich habe dafür gesorgt, dass er sich hinlegt. Jetzt scheint es ihm besserzugehen, aber wir sollten einen Arzt rufen.«

Der Agent nickte. »Ist er herzkrank?«

»Er hat manchmal Anfälle von Angina pectoris, doch die Diagnose ist nicht eindeutig. Aber nach all dem, was passiert ist…«

»Als Erstes kontrollieren wir den Blutdruck, ich habe ein Messgerät in meinem Zimmer. Dann sehen wir weiter.«

Als Franz zurück war, ging Verena mit ihm in das Zimmer des Professors. Astoni lag auf dem Bett und lächelte verlegen, als er sie eintreten sah.

»Es ist nichts, ich bin nur müde. Verena macht sich zu viele Sorgen.«

»Gewiss, Herr Professor, aber wir wollen doch einmal den Blutdruck messen. Wenn Sie bitte den Ärmel hochziehen…«

Astoni sah ihn erstaunt an. »Sie sind wirklich gut ausgerüstet.«

»Ich habe auch eine medizinische Grundausbildung. Das ist für Agenten im Einsatz oft unerlässlich. Ich habe sogar eine Urkunde, die es bescheinigt. Wollen Sie sie sehen?«

»Nicht doch!«, protestierte Astoni. »Wenn Sie es sagen, glaube ich es auch so.«

Franz legte den elektronischen Blutdruckmesser an, kontrollierte das Display und packte das Gerät, als er fertig war, wieder weg. »Alles in Ordnung, Herr Professor. Haben Sie häufig solche Anfälle?«

»Häufiger, als mir lieb ist. Doch jetzt geht es mir gut, das versichere ich Ihnen.«

»Was sagt denn Ihr Kardiologe?«

»Jedes Mal, wenn ich ein EKG oder eine Ultraschalluntersuchung machen lasse, ist das Ergebnis tadellos. Doktor Ronchi kennt mich seit dreißig Jahren und meint, es handelt sich um sporadische Anfälle von Angina pectoris, für die ein bestimmtes Medikament ausreicht. Leider habe ich die Tabletten nicht dabei.«

Franz nickte. »Auf alle Fälle rate ich Ihnen zu häufigeren Kontrollen.«

»Ja, aber das ist im Augenblick wohl eher schwierig«, wandte Astoni ein.

In diesem Moment klingelte es an der Tür. Franz gab Verena ein Zeichen. »Nicht bewegen.«

Er verließ das Schlafzimmer, durchquerte den Wohnbereich und ging zur Tür, die Pistole in der Hand. »Ja?«, fragte er und schaute durch den Türspion.

Draußen stand ein Mann in Livree mit einem Blumenstrauß in der Hand.

»Ein Blumengruß für die Signora von der Direktion«, rief er.

»Legen Sie den Strauß vor die Tür!«

Empört hob der Mann eine Augenbraue. »Aber Signore, ich soll die Blumen doch in eine Vase stellen!«

»Verschwinde!«, forderte Franz ihn auf.

Der Mann ließ sich das nicht zweimal sagen und entfernte sich, nicht ohne einen letzten beleidigten Blick in Richtung Tür geworfen zu haben. Franz telefonierte mit dem Empfang, und als sie ihm bestätigten, dass die Blumen vom Hotel geschickt worden seien, öffnete er die Tür und hob sie auf. In diesem Augenblick rief Verena mit aufgeregter Stimme nach ihm. Der Agent warf die Blumen in einen Sessel und rannte zum Schlafzimmer.

»Es geht ihm wieder schlecht«, sagte Verena beunruhigt.

Franz beugte sich über den Professor, der keuchend atmete. »Das ist gleich vorbei ...«, murmelte er.

»Ich rufe bei der Rezeption an. Sie sollen einen Arzt holen lassen«, sagte Verena und ging zur Tür.

»Einverstanden.« Franz zog ein Röhrchen mit Tabletten aus der Tasche und gab Astoni eine davon. »Zerkauen Sie diese Pille und behalten Sie sie unter der Zunge, bis sie sich vollkommen aufgelöst hat. Es ist Trinitrin, der Schmerz wird bald nachlassen.«

Verena kam ins Zimmer zurück. »Der Notarzt sollte in wenigen Minuten hier sein.«

Inzwischen schien sich der Professor zu erholen. »Es geht mir schon viel besser«, sagte er und sah zuerst Verena und dann den Agenten an. »Ich danke Ihnen, Franz.«

»Keine Ursache, Herr Professor. Ich muss doch noch die Partie Schach von gestern wettmachen. Es darf Ihnen nichts geschehen, bis ich meine Revanche gehabt habe. Und danach natürlich auch nicht«, schloss er mit einem Lächeln und verließ das Zimmer.

Im Nebenraum nahm er das Handy und rief Ogden an. Es klingelte ein paarmal, bis sich sein Chef meldete.

»Astoni hat einen Angina-pectoris-Anfall gehabt, ich habe ihm Trinitrin gegeben, und jetzt geht es ihm besser. Verena hat vom Hotel den Notarzt rufen lassen. Das heißt, dass mehrere Leute kommen werden, womöglich auch die Ambulanz, falls man den Professor ins Krankenhaus bringen müsste. Wie soll ich mich verhalten?«

»Wenn Astoni weiter stabil ist, musst du Verena und ihn überzeugen, das Hotel nicht zu verlassen, egal was der Arzt sagt. Hier in Turin können wir dank Alimante notfalls über ein ganzes Krankenhaus verfügen, ohne überflüssige Risiken einzugehen. Also bleibt im Hotel, bis wir zurück sind. Wenn die Ärzte der Ambulanz es für nötig halten, Astoni einzuweisen, und ihr das nicht wollt, werden sie ihn ein Papier unterzeichnen lassen, das sie von jeder Verantwortung befreit. Das muss er unterschreiben.«

»In Ordnung. Soll ich Ihnen noch Verena geben?«

»Ja, aber sieh zuerst nach, wie es Astoni geht. Ich bleibe am Apparat.«

Franz gehorchte. Als er das Schlafzimmer betrat, sah er, dass der Professor sich aufgesetzt hatte und dass seine Gesichtsfarbe entschieden besser war.

Astoni schaute Franz an und bemühte sich, eine beruhigende Miene aufzusetzen. »Es geht mir gut, die Schmerzen sind vollkommen weg. Richten Sie das Ogden aus, ich nehme doch an, dass er am Telefon ist. Oder besser: Geben Sie ihn mir bitte.«

Franz reichte ihm das Handy.

»Es geht mir gut, Ogden, Sie brauchen sich keine Sorgen zu machen«, sagte er und versuchte einen lebhaften Ton anzuschlagen. »Ich werde Verena jetzt bitten, den Notarzt abzubestellen.«

»Umso besser, Herr Professor. Auf jeden Fall können Sie unbesorgt sein. Bald werden wir Sie in eine Wohnung bringen, und dann können Sie, wenn es nötig ist, über die besten Ärzte in Turin verfügen. Versuchen Sie sich jetzt auszuruhen. Ist Verena bei Ihnen?«

»Ja, gewiss. Ich gebe sie Ihnen sofort. Und danke, Ihr Franz ist wirklich Gold wert!«

Verena nahm das Handy. »Hallo. Kommt ihr sehr viel später?«

»Nein, wir verlassen gerade Alimantes Büro. Ab heute Abend wird uns ein *safe house* zur Verfügung stehen. Du musst wegen Paolo keine Angst haben, ich habe es ihm schon gesagt: Er kann mit der besten medizinischen Versorgung rechnen. Jetzt ruf sofort bei der Rezeption an und sag ihnen, dass ihr keinen Arzt braucht. Niemand darf sich dir und Paolo nähern, es sei denn, er gehört zum Dienst oder zu Alimantes Leuten. Alles klar?«

»Sonnenklar, Chef!«, antwortete sie ironisch.

»Entschuldige meinen barschen Ton. Doch wir haben es mit Mördern zu tun, die vor nichts zurückschrecken. Sie wissen, dass Paolo die Agenda gelesen hat, und wollen ihn für immer zum Schweigen bringen.«

»Das ist mir bewusst. Ich bestelle den Arzt gleich ab. Aber ihr beeilt euch herzukommen, ja?«

Ogden lächelte, und seine Stimme wurde sanfter. »Wir sind unterwegs, aber auf den Straßen herrscht starker Verkehr. Ich küsse dich.«

»Ich dich auch«, sagte Verena. Dann klappte sie das Handy zu und gab es Franz zurück.

In diesem Augenblick klingelte es an der Suite. Franz zog die Pistole aus dem Halfter und ging zur Tür.

20

Attilio Branca klappte das Handy zu und lächelte. Dann winkte er dem Kellner, der eilig an ihren Tisch kam.

»Noch ein Wasser, eiskalt bitte.«

Als der Kellner das private Nebenzimmer des Restaurants verlassen hatte, warf Branca Salvatore Partanna einen zufriedenen Blick zu. Partanna hatte das Telefonat mit angehört, ohne jedoch viel zu verstehen, denn Branca hatte die Angewohnheit, in den Apparat zu flüstern, wenig zu sagen und viel zuzuhören. Auf jeden Fall war der Ausdruck auf dem abgehärmten Gesicht des Alten beruhigend: Don Attilio ging es entschieden besser, und in Aktion zu treten ermüdete ihn nicht etwa, sondern schien wirksamer als jedes Medikament.

»Der große Alimante braucht unsere Hilfe, und er wird sie bekommen. Aber wohldosiert...«, fügte er sibyllinisch hinzu. »Er wird mir heute Abend die Ehre geben. Zum Glück, lieber Salvatore, hast du mich davon abgehalten, gleich nach Rom zurückzukehren. Und jetzt ruf sofort die Jungs an und frage nach, wie weit sie mit dem Verhör dieses Schurken sind. Um diese Zeit müsste er eigentlich nicht nur die Wahrheit, sondern auch seine Seele ausgespuckt haben.«

In diesem Moment begann Partannas Handy zu vibrieren, als hätten die Jungs ihren Herrn gehört. Partanna wollte aufstehen, doch Branca befahl ihm mit einer knappen Geste dazubleiben.

Salvatore gehorchte, blieb am Tisch sitzen und meldete sich. Er imitierte seinen Mentor, hörte sich ohne Kommentar an, was ihm berichtet wurde, und nickte von Zeit zu Zeit. Zum Schluss gab er einige Anweisungen und legte auf.

»Er hat geredet«, sagte er und steckte das Handy zurück in die Tasche. »Ihr Verdacht war richtig. Dieser Idiot hat die Information tatsächlich verkauft, genau an den Mann, den Sie in Verdacht hatten. Für eine schöne Stange Geld, doch er wird nichts davon haben, bald ist er Fischfutter.«

»Gut, dann haben wir Don Giorgio, aber auch Matteo Trapani etwas sehr Konkretes anzubieten. Um nichts in der Welt möchte ich dem Paten gegenüber unhöflich sein, das läge mir fern …«

Salvatore nickte. Doch er war besorgt. Attilio Branca hatte gut reden, denn er würde sowieso bald sterben. Doch er selbst würde weiterleben. Und ihm gefiel die Vorstellung nicht, sich einen, nein zwei Männer dieses Kalibers zu Feinden zu machen.

Wie immer schien Branca die Gedanken seines Schützlings lesen zu können. »Gräm dich nicht. Alimante steht über allem, er wird sich nicht um dich scheren, dazu hätte er keinen Grund. Er hat bisher nie direkt mit Matteo Trapani zu tun gehabt, obwohl ja der Boss der Cosa Nostra auch einen – wenn auch unerheblichen – Posten in jener Hierarchie besetzt, an deren Spitze Alimante und die wenigen Auserwählten stehen. Natürlich würde keine dieser illustren Persönlichkeiten je zugeben, von den dubiosen Geschäften der Mafia zu profitieren, und manche tun es auch in gutem Glauben«, fügte er hinzu und grinste hämisch. »Giorgio Alimante trägt sich, unabhängig von der Vergeltung für Lowelly Greys Tod, mit einem explosiven politischen Plan, während Matteo Trapani eine Vendetta betreibt. Jedenfalls musst du dir auch wegen des Paten keine Sorgen machen, in Zukunft…«

Brancas Blick verlor sich für ein paar Augenblicke in der Ferne, richtete sich dann wieder auf Partanna.

»Sieh mal, Salvatore, Trapani hat wie ich das Massaker an den palermitanischen Familien überlebt. Matteo war das Patenkind des großen Stefano Montano, des Fürsten, der ihn aufs Festland schickte, um ihn zu retten. Als Matteo Jahre später nach Sizilien zurückkehrte, tat er alles, um die Gunst von Totò ò zoppo zu gewinnen, und er hat es geschafft. Er wurde zu einem seiner grausamsten Killer und stieg Jahr um Jahr immer höher in der Hierarchie der Cosa Nostra auf. Viele hielten Matteos Karriere für den wer weiß wievielten Verrat, doch ich nicht…«

Der Alte unterbrach sich, und seine Miene wurde erneut traurig, als er seinen Erinnerungen nachhing. »Als man meinen Sohn getötet hatte, schrieb Trapani mir einen Brief, den ich noch heute verwahre. Ich wusste, dass er nichts mit dem Tod meines Jungen zu tun hatte, doch dieser Brief bestätigte es mir. Es schien eine gewöhnliche Beileidsbekundung, doch in Wirklichkeit war es etwas ganz anderes, denn dieses Schreiben enthielt einige Worte, die nur die engsten Vertrauten von Stefano Montano, und das waren wir gewesen, als die seinen erkennen konnten. Er benutzte eine Art Code, verstehst du? Mit diesen Sätzen, die nur wir dechiffrieren konnten, gab er mir zu verstehen, dass er deshalb zu den Corleonesen übergelaufen war, weil er nur so, wie das berühmte Trojanische Pferd, Zerstörung unter sie bringen könnte.«

Bestürzt riss Salvatore die Augen auf. »Das ist ja Wahnsinn! Und niemand hat je Verdacht geschöpft?«

Branca lächelte. »Niemand! Dies war und ist noch immer das Meisterstück des Matteo Trapani, des wahren und einzigen Erben der Paten von einst. Als er nach der Ermordung der beiden Richter und den Anschlägen in Mailand, Florenz und Turin gezwungen war unterzutauchen, war er schon die rechte Hand von Totò ò zoppo. Und als auch Totò festgenommen wurde, stieg er zum mächtigsten Mann der Cosa Nostra auf, obwohl alle glaubten, das sei il Vecchio. Seit Jahren hat niemand Matteo Trapani mehr gesehen, und niemand weiß, wo er sich aufhält. Wenn er mich kontaktiert, wie er es vor wenigen Tagen gemacht hat, dann immer nur telefonisch, natürlich mit einem Telefon, das man nicht orten kann. Auch er will die Agenda, das Original, meine ich, um sich gezielt und ohne überflüssiges Blutvergießen zu rächen. Nun wird es seine und Alimantes Aufgabe sein, sie zu finden. Ich werde ihnen dabei helfen, schneller ihre jeweiligen Wünsche zu erfüllen, und auf diese Weise arbeiten die beiden gleichzeitig für mich. So werde ich, ohne selbst etwas zu unternehmen oder dich irgendeiner Vergeltung auszusetzen, den Tod meines Sohnes rächen. Du wirst mit mir übereinstimmen, dass dies angesichts der Situation mehr ist, als ich je erwarten konnte.«

»Was genau gedenken Sie zu tun, wenn ich fragen darf?«

»Nicht mehr als das, was ich gesagt habe. Ich gebe Alimante den Namen, den der Verräter unseren Jungs gestanden hat, und das ist nicht weniger als der Name des Mannes, der seinerzeit Totò ò zoppo mit der Ermordung der beiden Richter beauftragt hat und der heute verzweifelt versucht, die Agenda in die Hand zu bekommen. Wir sind kein Gericht, wir brauchen keine Beweise und Gegenbeweise, Verhandlungen und Urteile. Dank dem Geständnis des Schurken sind wir ganz sicher. Die Agenda liefert viele Beweise gegen den Mann, der den Tod der beiden Richter angeordnet hat, doch auch gegen einige seiner Komplizen, die heute einflussreiche Männer sind. Wenn der Staat reagiert, umso besser, dann wird es lange Prozesse geben, mit allen Ungewissheiten, die solche Verfahren mit sich bringen, bevor man zu einem Urteil kommt. Aber sowohl Trapani als auch Alimante können, sobald sie diesen Namen haben«, Branca unterbrach sich und suchte die richtigen Worte, »wie soll ich sagen?, schneller handeln!«

Er legte eine effektvolle Pause ein und sah Salvatore zufrieden an. Partanna hörte ihm voller Bewunderung zu. Er hatte die Agenda nie gelesen, doch er ahnte, was darin stand. Jedenfalls hatte Attilio Branca alles phänomenal eingefädelt.

Der Alte seufzte, bevor er fortfuhr. »Alimante findet diesen Namen sowieso früher oder später heraus, doch durch uns spart er Zeit. Was Trapani angeht, so weiß er, wie die Dinge gelaufen sind, weil er zur Zeit der Anschläge schon ein Mann von Totò ò zoppo war, doch er war nicht in die Ermordung der beiden Richter verwickelt und kennt deshalb die Identität des fraglichen Politikers nicht. Niemand innerhalb der Cosa Nostra war über die Vereinbarung, die Totò ò zoppo mit dem Vertreter des Staates getroffen hat, auf dem Laufenden. Jetzt, da Trapani der unumstrittene Boss der Cosa Nostra ist, vor dem sich auch die ’Ndrangheta und die Camorra verneigen, könnte er diesen Namen leicht herausfinden, doch ich werde ihn ihm gleich stecken, und dadurch wird er sich gegenüber mir verpflichtet fühlen. Dann werde ich ihm dich empfehlen, und Trapani wird als echter Pate verpflichtet sein, dich zu beschützen. Deshalb hast du nichts zu befürchten.«

Der Alte seufzte erneut. »Nun endlich gehen mächtige Leute, die keine Vergebung kennen, gegen diese Schurken vor, und ich bitte Gott, dass ich das noch miterleben darf. Erst dann kann ich in Frieden sterben.«

21

Als Ogden und Stuart im Golden Palace angekommen und zur Suite hochgefahren waren, bot sich ihnen ein Bild, das ihnen das Blut in den Adern gefrieren ließ. Franz lag bewusstlos auf dem Boden, und in den Zimmern gab es keine Spur von Verena und Paolo Astoni.

Ogden beugte sich über Franz, der eine schlimme Verletzung an der Stirn hatte, jedoch nicht blutete. Er versicherte sich, dass Franz am Leben war, holte dann ein Kissen und schob es ihm unter den Kopf. Der Agent schlug die Augen auf.

»Haben sie alle beide mitgenommen?«, fragte er und versuchte aufzustehen.

»Ja, aber jetzt bleib liegen«, sagte Stuart, der sich ebenfalls über ihn gebeugt hatte, um zu sehen, wie es ihm ging. »Wie fühlst du dich?«

»Sie haben mir einen heftigen Schlag auf den Kopf versetzt. Doch vorher habe ich es geschafft, auf einen von ihnen zu schießen.«

In diesem Moment läutete das Telefon, und Ogden meldete sich.

»Hier ist der Direktor. Spreche ich mit Mr. Ogden? Entschuldigen Sie, dass ich Sie nicht sofort benachrichtigt habe, doch als Sie ins Hotel zurückgekommen sind, war ich im

Büro beschäftigt. Ich wollte Ihnen mitteilen, dass Signora Mathis Professor Astoni ins Krankenhaus begleitet hat. Er hat sich kurz nach seiner Ankunft im Hotel schlecht gefühlt, und wir haben den Notarzt gerufen. Der Krankenwagen hat beide vor ungefähr einer halben Stunde ins San Giovanni gebracht.«

Ogden dankte dem Direktor und legte auf. Er wandte sich Stuart und Franz zu, der sich in der Zwischenzeit in einen Sessel gesetzt hatte.

»Wie viele waren es?«, fragte er ihn.

Der Agent, der sich schuldig fühlte, weil es ihm nicht gelungen war, die Entführung zu vereiteln, sah ihn betrübt an. »Als an der Tür geklingelt wurde, habe ich geglaubt, es wäre der Notarzt. Ich bin hingegangen und habe durch den Türspion geschaut. Es schien alles in Ordnung: ein Arzt mit Tasche und zwei Sanitäter mit einer Trage. Natürlich habe ich nicht aufgemacht, sondern ihnen durch die Tür gesagt, dass wir sie nicht mehr bräuchten, weil der Kranke sich erholt habe. Sie haben so getan, als gingen sie weg, doch als ich mich von der Tür entfernt habe, kamen sie in die Suite gestürzt. Sie haben mich von hinten überrascht, offensichtlich hatten sie einen Hauptschlüssel. Ich habe auf einen von ihnen geschossen, doch die anderen waren schon über mich hergefallen. Wenn unsere Leute da gewesen wären, hätte das nicht passieren können. Es tut mir leid, Ogden.«

Ogden ging zu Franz und klopfte ihm auf die Schulter. »Du hast getan, was du konntest, du darfst dir keine Vorwürfe machen. Wie geht es deinem Kopf?«

»Er tut verdammt weh, aber das geht schon vorbei.«

Stuart hatte in der Zwischenzeit das Handy genommen,

um Alimante anzurufen. Als er ihn auf den neuesten Stand gebracht hatte, fluchte der Italiener.

»Diese verdammten Kerle sind überall. Bleibt, wo ihr seid, ich schicke euch ein Team, das euch zum *safe house* bringt. Sind eure Leute aus Berlin schon angekommen?«

»Noch nicht«, sagte Stuart, »doch sie müssten jeden Moment hier sein.«

»Wie hat Ogden es aufgenommen?«

»Schlecht, glaube ich. Aber er weint sich nicht an meiner Schulter aus.«

»Sagen Sie ihm, dass es mir unendlich leidtut. Doch wir werden Verena Mathis und Paolo Astoni aus dieser misslichen Lage befreien. Das verspreche ich.«

»Sicher. Inzwischen möchte ich Sie bitten, einen Arzt ins *safe house* zu schicken. Franz ist am Kopf verletzt worden.«

»Natürlich. Bis später.«

»Darf ich Sie um einen letzten Gefallen bitten?«, sagte Stuart noch. »Schicken Sie bitte einen Mann in Astonis Wohnung, um festzustellen, ob das Telefon verwanzt ist. Wir möchten wissen, wie uns die Entführer hier ausfindig gemacht haben. Eine Möglichkeit ist, dass sie das Telefongespräch zwischen Astoni und seiner Haushälterin abgehört und uns seitdem vom Principi di Piemonte bis ins neue Hotel beschattet haben.«

»In Ordnung. Ich rufe euch an, wenn ihr im *safe house* seid. Inzwischen nehme ich mit Branca Kontakt auf. Es wird Zeit, dass wir diesen grobschlächtigen Dummköpfen die Hölle heißmachen«, zischte er.

Stuart steckte das Handy zurück in die Tasche. »Wir verlassen das Hotel in Kürze. Alimante schickt uns eines seiner Teams, das uns ins *safe house* eskortiert.«

»Kannst du die Typen beschreiben?«, fragte Ogden Franz.

Der Agent nickte. »Drei Profis, wahrscheinlich aus dem Osten, Alter um die dreißig, einer hat braunes Haar mit einer weißen Strähne. Ich an seiner Stelle würde nicht mit einem so auffälligen Kennzeichen herumlaufen. Egal, er ist ziemlich korpulent, und ich denke, er ist der Chef des Kommandos. Die beiden anderen sind blond, einer ungefähr einsachtzig groß, mager; der andere kleiner – das ist der, auf den ich geschossen habe. Ich bin nicht sicher, ob ich ihn getroffen habe, denn gleich darauf haben sie mir den Schlag auf den Kopf verpasst, und ich habe das Bewusstsein verloren.«

In diesem Augenblick wurde an der Tür geklingelt. Es waren die Agenten des Dienstes: John, Bruno, Caspar und Alan. Stuart erklärte ihnen die Situation, gab dann Anweisung, alle persönlichen Dinge Verenas und Astonis zusammenzupacken, um sie ins *safe house* zu bringen.

Während die Agenten beschäftigt waren, wählte Ogden Verenas Handynummer. Wie er befürchtet hatte, hörten sie es im Schlafzimmer läuten. Dort lag das Handy in einem Sessel.

»Das war zu erwarten.«

Sie machten den gleichen Versuch mit Astonis Handy – es klingelte im Zimmer des Professors.

Entmutigt schüttelte Ogden den Kopf. »Wir hätten Verena einen Mikrochip implantieren sollen, dann hätten wir jetzt keine Probleme. Doch noch viel besser wäre es gewesen, sie hätte mich nie kennengelernt«, fügte er bitter hinzu.

Er empfand einen dumpfen Schmerz und fühlte sich entsetzlich schuldig; außerdem fiel es ihm zum ersten Mal schwer, Ruhe zu bewahren. Er wusste, ein solcher Gemütszustand blockierte ihn; und nicht nur das, er war außerordentlich schädlich, weil er ihn daran hinderte, bei seinem weiteren Vorgehen einen klaren Kopf zu behalten. Deshalb verdrängte er diese angstvolle, quälende Unruhe. Sie mussten Verena und Astoni retten, es blieb keine Zeit, Vergangenem nachzutrauern, und auch keine Zeit zu jammern.

»Ogden...« Stuarts Stimme riss ihn aus seinen Gedanken.

»Was gibt's?«

»Verena ist ein Mikrochip implantiert worden, ohne dass wir es ihr oder dir gesagt haben. Und zwar vor einem halben Jahr, bevor sie die Reise nach Asien unternommen hat. Wir haben eine Tetanusschutzimpfung dazu genutzt. Eine Auffrischung, um genau zu sein...«

Ogden sah ihn fassungslos an, unschlüssig, ob er ihn schlagen oder umarmen sollte. Stuart bemerkte es und lächelte.

»Dann können wir sie also orten!«, rief Ogden aus.

»Allerdings. Doch ich möchte dein Ehrenwort, dass du nicht auf mich losgehst, wenn diese Geschichte zu Ende ist«, sagte Stuart.

»Das sehen wir dann. Jetzt zählt, dass wir sie, wenn wir im *safe house* sind, lokalisieren können. Für den Augenblick kommst du also davon...«

Kurz darauf trafen Alimantes Leute ein und brachten die Männer des Dienstes in ein unauffälliges kleines Haus in einem Wohnviertel von Turin, nahe dem Corso Vittorio Emanuele. Das Haus war innen geräumiger, als man von der Straße her gedacht hätte, doch vor allem verfügte es über einen für ihre Bedürfnisse perfekt mit Elektronik und für Satellitenempfang ausgerüsteten Raum, einschließlich jener Instrumente, mit denen man das Signal des Mikrochips empfangen konnte.

Sie wurden von zwei Ärzten erwartet, dem Chefarzt der Neurochirurgie des wichtigsten Krankenhauses der Stadt und seinem Assistenten. Der Arzt untersuchte Franz, stellte aber lediglich ein Hämatom fest, zum Glück äußerlich. Zur Sicherheit machten sie noch eine Kernspintomographie mit einem tragbaren Gerät, das noch nicht im Handel war und das nicht einmal Ogden und Stuart je gesehen hatten. Zum Schluss lautete die Diagnose, dass Franz zwar einen schweren Schlag auf den Kopf bekommen habe, dieser jedoch ohne Folgen bleiben werde.

Nach Abschluss der Untersuchung wurden der Arzt und sein Assistent, die die ganze Zeit kein Wort gesprochen hatten, das nicht mit der Gesundheit des Patienten zu tun hatte, von Alimantes Männern hinausgebracht.

»Weißt du, wer das war?«, fragte Stuart. Ogden schüttelte den Kopf.

»Einer der wichtigsten Neurochirurgen Europas. Sie kommen aus der ganzen Welt, um sich von ihm untersuchen zu lassen, und es ist nicht leicht, einen Termin zu erhalten. Ah, unser Alimante!«, rief er aus.

»Ja sicher. Dank ›unserem Alimante‹ und seinen Mafiosi sind Verena und Astoni in Lebensgefahr. Vielleicht töten sie den Professor sogar sofort, da er ja den Inhalt der Agenda kennt. Ich wage nicht, daran zu denken, was sie Verena antun könnten …«

»Ich wäre nicht so pessimistisch. John wird sicher bald das

Signal des Mikrochips orten. Und was die Entführer angeht, so werden sie sich demnächst melden. Vermutlich denken sie, dass die Agenda in unseren Händen ist, und werden mit Sicherheit einen Austausch vorschlagen. Wozu sonst die Entführung?«

Ogden nickte. »Gewiss. Aber glaubst du, dass sich diese Leute an eine Vereinbarung halten? Sie haben schon zwei Menschen getötet, und Peter Ward hätte das gleiche Schicksal ereilt, wenn seine Nachbarin nicht aufgetaucht wäre. Sie wollen die Agenda, aber sie wollen uns auch in eine Falle locken und ausschalten, sie wollen alle eliminieren, die möglicherweise die Nase hineingesteckt haben. Uns als Allererste.«

Stuart nickte. Ogden hatte recht, doch er verzichtete lieber auf einen Kommentar und sprach über praktische Dinge.

»Da wir nicht mehr im Hotel sind, werden sie, um mit uns Kontakt aufzunehmen, auf Verenas Handy oder dem von Astoni anrufen, weil sie davon ausgehen, dass wir die Telefone haben«, sagte er. »Ich hoffe, sie nehmen das von Verena, dann würden wir in kurzer Zeit den Anrufer orten und damit die Lokalisierung des Mikrochips bestätigen können. Auch wenn sie sicher nicht so naiv sind, von dort aus anzurufen, wo sie die beiden gefangen halten«, fügte Stuart hinzu.

»Genau.«

Ogden begann, im Zimmer auf und ab zu gehen und eine Zigarette nach der anderen zu rauchen.

Dann klingelte Stuarts Handy. Es war Alimante.

»Habt ihr euch eingerichtet?«, fragte er.

»Ja, das Haus ist perfekt, die Ausrüstung ebenfalls. Wir haben aber noch keine Nachricht von den Entführern.«

»Wahrscheinlich suchen sie euch zuerst im Hotel. Ich habe veranlasst, dass die Anrufe vom Hotel zum Telefon des *safe house* umgeleitet werden. Sie werden denken, dass ihr noch im Golden Palace seid, und wir versuchen, sie auch von dort aus zu lokalisieren.«

»Wie haben Sie das gemacht?«

»Das Hotel gehört mir, das war also keine große Sache. Bei einer eventuellen Polizeikontrolle wird sich ergeben, dass ihr nie einen Fuß in das Golden Palace gesetzt habt, in den Büchern gibt es keine Spur mehr von euch. Vor wenigen Minuten sind übrigens ein Arzt und ein Sanitäter gefesselt und geknebelt in einem Müllcontainer nicht weit vom Hotel gefunden worden. Zum Glück lebend. Der Krankenwagen stand verlassen einen Kilometer davon entfernt. Wie dem auch sei, nicht einmal der Anruf beim Notarzt wird auf einen Teilnehmer im Hotel zurückgeführt werden können.«

»Das heißt aber auch, dass es in Ihrem Hotel einen Maulwurf gibt«, sagte Stuart mit einer gewissen Befriedigung. »Irgendjemand hat den Entführern mitgeteilt, dass man aus der Suite den Notarzt gerufen hat. Außerdem sind sie mit einem Hauptschlüssel hereingekommen.«

»Ich weiß, wir führen schon Vernehmungen durch. Das Ergebnis bleibt in der Familie, keine Polizei. In Kürze treffe ich mich mit Branca, ich vertraue darauf, von ihm nützliche Informationen zu erhalten. Ruft mich auf diesem Telefon an, sobald die Entführer sich melden. Wie geht es Ogden?«

»Voll leistungsfähig, wie immer.«

»Daran hatte ich keinen Zweifel«, sagte Alimante. »Bis später.«

Stuart wandte sich Ogden zu. Der Agent schaute aus dem Fenster in den Vorgarten des Hauses. Sein Gesichtsausdruck ließ seine Gefühle nicht erkennen. Stuart trat näher und wollte ihm gerade erklären, warum er Alimante nichts von Verenas Mikrochip gesagt hatte, als Bruno ins Zimmer stürzte.

»Sie rufen an.«

Die beiden Chefs des Dienstes liefen eilig in den Technikraum. Das an die Ortungsinstrumente angeschlossene Telefon klingelte.

Ogden nahm ab.

»Wir haben die Signora und Professor Astoni«, sagte eine Stimme ohne einen besonderen Akzent. »Wir wollen die Agenda. Wenn ihr sie uns übergebt, bekommt ihr die beiden lebend zurück.«

»Ich will mit Signora Mathis sprechen«, sagte Ogden.

Nach kurzer Stille und einigen undefinierbaren Geräuschen, die ihn in Unruhe versetzten, hörte er Verenas Stimme.

»Hallo?«, sagte sie zögernd.

»Wie geht es Ihnen, Frau Mathis? Hat man Ihnen etwas getan?«, sprach Ogden sie in einem besorgten, aber förmlichen Ton an.

Verena war einen Moment unsicher, fasste sich aber gleich. »Nein nein. Mir geht es gut. Und auch Professor Astoni.«

Ogden wollte gerade weitersprechen, doch der Mann hatte das Telefon erneut übernommen.

»Das reicht. Wir rufen wieder an, um Abmachungen zu treffen.«

Das Telefon blieb stumm, und Ogden legte den Hörer auf.

»Können wir feststellen, woher der Anruf kam?«, fragte er.

Stuart, der vor einem Schaltpult mit einer auf einem Display reproduzierten Karte stand, schüttelte den Kopf.

»Ich glaube nicht, ich fürchte, sie haben das übliche Relais-System benutzt.« Er zeigte auf das Display, auf dem das Straßennetz der Stadt zu sehen war. »Tatsächlich! Seht nur, wie viele Sektoren gleichzeitig aufblinken. Vom Hotel aus wird es ihnen auch nicht gelingen, da etwas herauszuholen.«

»Nichts zu machen«, sagte Alan von seinem Platz am Computer aus. »Sie sind gut ausgerüstet, das Signal springt von einem Viertel zum anderen, unmöglich, die genaue Herkunft festzustellen.«

Ogden wandte sich an John, der an der anderen Konsole arbeitete. »Wie sieht es aus?«

Das junge Informatikgenie, das erst seit kurzem für den Dienst arbeitete, nickte.

»Wir müssten es gleich haben.«

»Na los, gib dir Mühe«, sagte Ogden und klopfte ihm auf die Schulter.

Stuart trat zu ihm. »Gut gemacht, diese Komödie mit Verena. Es wäre schlimm, wenn die Entführer auch nur eine freundschaftliche Beziehung zwischen euch vermuten würden. Jedenfalls rühren sie die beiden im Augenblick nicht an. Sie wollen die Agenda, und die haben wir«, sagte er und versuchte überzeugend zu klingen.

Aber er glaubte nicht daran. Das waren Leute der übelsten Art. Lowelly Grey war garrottiert worden, und was Attilio Brancas Mann anging, so wagte er nicht daran zu denken, welche Misshandlungen er vor seinem Tod erlitten hatte. Die Mafia tötete grausam, und ihre abscheuliche Brutalität zur Schau zu stellen war Teil ihrer Strategie.

»Sie wissen nicht, was sie erwartet …«

Ogden sprach so leise, dass Stuart ihn fast nicht hören konnte. Er sah ihn an: Pure Grausamkeit stand ihm ins Gesicht geschrieben. Unangenehm berührt, schaute er weg und begegnete dabei Franz' Blick. Sie verstanden sich sofort: Die Entführer würden, egal wie diese Geschichte ausging, nicht mit ihrem Leben davonkommen.

22

Elisabetta Malacrida war glücklich. Der Empfang zur Feier des dreiundvierzigsten Geburtstags ihres Mannes entwickelte sich zu einem vollen Erfolg. Die Gäste amüsierten sich, die Sonne schien, der Service war tadellos und die Speisen waren hervorragend. Man war inzwischen beim Dessert angelangt, und die Gäste an den Tischen im Garten unterhielten sich angeregt, während das Orchester ein Stück von Grieg spielte. Betta hatte persönlich die klassischen Musikstücke ausgewählt, heitere und romantische, die zu einem freudigen Anlass wie diesem passten.

Sie schaute sich auf der Suche nach ihrem Mann um und sah, dass er mit Professor Reina sprach, einem Schönheitschirurgen, der allen ihren Freundinnen Augenlider, Busen und vieles mehr gerichtet hatte. Am selben Tisch saßen ein Stadtrat und ein Textilindustrieller mit ihren jeweiligen Gattinnen.

Elisabetta freute es immer zu sehen, wie beliebt Lorenzo in der geschlossenen und elitären Oberschicht Turins geworden war. Sie war sich sicher, dass der Anklang, den er fand, nicht allein mit seinem geschäftlichen Erfolg und Reichtum zu tun hatte, sondern eher mit dem gewinnenden Wesen und seinem Charme, dem alle auf die eine oder andere Weise zu erliegen schienen.

Wenn sie ihn wie in diesem Moment beobachtete, ohne dass er es bemerkte, konnte sie nicht anders, als sich zu fragen, wieso ein solcher Mann gerade sie gewählt hatte. Sie wusste, dass sie nicht schön und auch nicht besonders klug war, während auf Lorenzo beides zutraf. Auch wenn sie, wie ihre Mutter oft sagte, eine angeborene Eleganz hatte und sich in Gesellschaft auf die richtige Art zu bewegen wusste, so hielt Betta diese mutmaßlichen Gaben nicht für ausreichend; außerdem hatten sie mit ihrer Herkunft zu tun und waren nicht ihr Verdienst. Gewiss, sie sprach mehr Sprachen als Lorenzo, dessen Kenntnisse sich auf Französisch und Englisch beschränkten, doch was die Ausbildung anging, so hatte sie nur ein Jahr an der Fakultät für Kommunikationswissenschaften absolviert und konnte sich nicht als Intellektuelle bezeichnen.

Lorenzo dagegen hatte mit Auszeichnung in Wirtschaftswissenschaften promoviert. Er las viel und – als wäre das noch nicht genug – liebte die Kunst, von der sie nichts verstand. Doch was ihr anhaltendes Minderwertigkeitsgefühl verstärkte, war das Bewusstsein, dass sie, da sie in ihrem Leben nie gearbeitet hatte, nicht gewusst hätte, wie sie sich ohne ihren Mann hätte durchbringen können.

Zum Glück würde sich dieses Problem nie stellen. Großzügig hatte Lorenzo ihr im letzten Jahr ein elegantes Wohnhaus mit sieben Stockwerken im Zentrum von Turin überschrieben, außerdem eine Villa in Sardinien und eine in Cortina sowie ein ansehnliches Aktienportefeuille. Wenn er sie verlassen würde, könnte Betta ihren Lebensstandard halten, ohne beweisen zu müssen, dass sie über irgendwelche Fähigkeiten verfügte. Sie bräuchte lediglich ein paar Immobilien zu verkaufen und ihr Kapital zu verwalten.

Doch es war nicht das materielle Überleben, das sie beunruhigte. Allein die Vorstellung, Lorenzo könnte sie für eine andere Frau verlassen, vielleicht eine schönere, jüngere und intelligentere, war ihr unerträglich.

Und so verscheuchte sie einen solchen Gedanken, wenn er in ihren Kopf geriet, schnell in das Labyrinth ihrer unsicheren Psyche, auch wenn sie sich dadurch gezwungen sah, gleich zu Lorenzo zu laufen, um eine sofortige Bestätigung seiner Liebe zu erbitten.

Betta sah, dass Lorenzo vom Tisch aufstand und sich dem Park zuwandte. Er telefonierte, ging langsam, nickte von Zeit zu Zeit, während er sich von den Tischen entfernte. Sie fragte sich, mit wem er sprach, unsicher, ob sie zu ihm hingehen sollte oder nicht. Da hakte ihre Freundin Carla sie unter und befreite sie aus der Verlegenheit.

»Betta, du kannst doch nicht hierbleiben, so ganz allein«, tadelte sie die Gastgeberin mit einem Lächeln. »Was für ein herrliches Fest! Komm, Rosa und Annette wollen dich etwas fragen.«

Carla zog sie zum Tisch der beiden Freundinnen, die sie herzlich begrüßten. Bevor sie sich setzte, wandte Betta sich um und schaute noch einmal nach Lorenzo, der sich inzwischen weit entfernt hatte.

Matteo Trapani war am Telefon mit Attilio Branca. Das Gespräch wurde nach undurchsichtigen Regeln geführt, wie sie nur zwei Sizilianer verstehen. Wenn jemand gelauscht hätte, er hätte nur gehört, wie die beiden Männer sich verabredeten, und ihm wäre aufgefallen, dass der Ältere einen triftigen Grund hatte, auf das Treffen zu drängen.

»Ich würde mich wirklich freuen, dich nach so langer Zeit zu sehen«, sagte Branca. »Es geht mir nicht so gut, ich bin nach Turin gekommen, um einen Arzt aufzusuchen, und werde noch ein paar Tage bleiben. Ich bin ja jetzt ein alter Mann«, fuhr er mit einem Anflug von Koketterie und einem leisen Lachen fort, als wollte er die traurige Wahrheit entdramatisieren. »Man weiß nie: Es könnte das letzte Mal sein, dass wir uns sehen. Du weißt ja, dein Vater und ich, wir standen uns sehr nah ...«

Natürlich hatte Attilio Branca Matteo Trapanis Vater, den Aufseher der Villa der Montanos, nicht gekannt; ein Mann seiner gesellschaftlichen Stellung hatte nichts mit einem Hausmeister gemein, auch wenn dieser im Dienst der mächtigsten Familie Palermos stand.

Trapani verstand die Anspielung auf Stefano Montano sofort. Vielleicht, dachte er, hatte Branca seine Einstellung bezüglich der Agenda des Richters geändert.

»Don Attilio, ich möchte Euch unbedingt noch sehen«, sagte er in ehrerbietigem Ton. »Wenn ich gewusst hätte, dass Ihr in Turin seid, hätte ich Euch für heute eingeladen, denn ich habe Geburtstag und feiere ein Fest«, führte er absichtlich sehr genau aus. »In meiner Villa sind im Augenblick viele Gäste, ich bin sicher, Ihr hättet Euch amüsiert. Aber sagt mir, wann soll ich kommen und Euch meine Reverenz erweisen? Ich stehe vollkommen zu Eurer Verfügung.«

Branca verstand die Botschaft und lächelte. Heute war der Geburtstag von Stefano Montano – und auch sein Todestag. Trapani war dem Fürsten treu geblieben und gedachte ihm so. Also hatte er sich bei der Interpretation des vor vielen Jahren erhaltenen Briefs nicht getäuscht.

Sie vereinbarten, sich am gleichen Abend in Brancas Hotel zu treffen, doch der Alte gab acht, dass die Verabredung nicht mit dem Besuch Alimantes kollidierte. Er würde den Paten als Zweiten empfangen, zuerst wollte er mit dem Turiner reden.

23

Verena bereitete mit dem Wasserkocher, der sich in ihrem Gefängnis befand, einen Tee für Paolo Astoni. Der Raum, in den man sie eingeschlossen hatte, verfügte über den Komfort eines drittklassigen Hotels: ein enges Zimmer, zwei Betten, ein Bad mit Badewanne, eine Kochecke mit Elektroherd, ein kleiner Kühlschrank und ein paar Vorräte auf einem Formicatisch: Kekse und Kräcker. Im Kühlschrank Mineralwasser und eine Tüte Milch.

Alles war so schnell gegangen, dass Verena keine Zeit gehabt hatte, Angst zu bekommen. Nachdem sie Franz niedergeschlagen hatten, hatten die drei falschen Mediziner sie gezwungen, das Hotel zu verlassen und vor dem Hotelpersonal ihre Rollen zu spielen. Man hatte sie und Paolo – ihn auf einer Trage – in den vor dem Hotel wartenden Krankenwagen verfrachtet, der sofort mit heulenden Sirenen losfuhr. Einer der Männer hatte ihnen die Augen verbunden und sie geknebelt, und nach einer Fahrt von zwanzig Minuten waren sie in ihrem Gefängnis angekommen.

Die drei Männer des Kommandos, die untereinander eine ihr unbekannte, wahrscheinlich slawische Sprache sprachen, hatten sie nicht misshandelt und sich darauf beschränkt, sie in dieses Zimmer einzusperren.

Paolo Astoni schien es, trotz allem, besserzugehen. Der Adrenalinstoß tat seine Wirkung, und als Verena ihm die Tasse Tee reichte, lächelte er sie mit funkelnden Augen an.

»Wie geht es dir, Paolo?«

»Sehr gut. Es ist seltsam, doch ich habe das Gefühl, als würde ich dadurch, dass ich ein Gefangener dieser Leute bin, von dem befreit, was ich zu Recht oder zu Unrecht als mein Duckmäusertum betrachte – die fatalistische Billigung des Systems, das mein Land korrumpiert hat. Was habe ich unternommen, im Gegensatz zu all den Menschen, die sich aufgeopfert haben? Ich habe mich in der Universität verkrochen und dann, als Emeritus, in die Sicherheit meiner Bücher geflüchtet, um mich selbst zu bemitleiden. Erbärmlich! Jetzt aber stehe ich Auge in Auge diesem Gesindel gegenüber, und dadurch fühle ich mich wieder lebendig. Nur etwas tut mir schrecklich leid: Ich fühle mich dir gegenüber furchtbar schuldig, weil ich dich in diese Sache mit hineingezogen habe.«

Verena betrachtete diesen alten Mann, dem sie herzlich zugetan war. Sie verstand, was seine ein wenig überdrehte Erregung ausgelöst hatte, und sie verstand auch die tiefe Bedeutung seiner Worte. Paolo fürchtete sich nicht zu sterben, denn sein Tod hätte auf gewisse Weise die Schuld getilgt, die er gegenüber jenen empfand, die sich der Mafia entgegengestellt hatten und zu ihren Opfern geworden waren.

»Du wirst nicht sterben, und ich auch nicht«, sagte sie und streichelte ihm über die Wange. Doch sie glaubte ihre eigenen Worte nicht, sie wollte ihm nur ein wenig Mut machen.

»Und außerdem«, fügte sie in einem etwas allzu übermütigen Ton hinzu, »musst du wissen, dass ich nicht zum ersten Mal in Lebensgefahr bin, seit ich Ogden kenne. Also musst du kein Schuldgefühl haben, es ist Schicksal, dass sich unser aller Wege gekreuzt haben. Und dagegen kann man nichts tun.«

Astoni schüttelte den Kopf. »Ich habe nie ans Schicksal geglaubt, auch wenn ich, mit zunehmendem Alter, die Möglichkeit, dass es so etwas gibt, doch eher gelten lasse. Wir sollten uns aber fragen, wie all dies geschehen ist. Warum hat Richard Lowelly Grey die Agenda aus den Papieren von Arthur Conan Doyle herausgenommen und an mich geschickt, und damit etwas getan, das überhaupt nicht zu seinem Charakter passte? Ich verstehe immer noch nicht, warum er nicht einfach zur Polizei gegangen ist; dann wäre die Angelegenheit erledigt gewesen. Stattdessen hat sein Verhalten all die Ereignisse ausgelöst, die uns hierhergeführt haben. Und nicht nur das. Ogden hätte auch den nächsten Tag abwarten können, um dich zu treffen. Wenn er nicht in den Palavela gekommen wäre, dann wärst du jetzt vielleicht nicht hier, und ich wäre mit Sicherheit Richard ins Jenseits gefolgt.«

Was Paolo sagte, mochte wahr sein, dachte Verena, auch wenn diese Überlegungen ihre Situation um keinen Deut veränderten und keinerlei Ausweg aufzeigten.

Besonders pessimistisch aber war sie, weil sie wusste, dass die Entführer im Sold der Mafia standen. Wer erst einmal in der Hand dieser Leute war, der nahm normalerweise ein schlimmes Ende.

Während sie nach ein paar beruhigenden Worten für Paolo suchte, öffnete sich die Zimmertür, und der Mann mit der weißen Strähne kam herein. Er trat näher und hielt ihr ein Handy hin. Verena nahm es, begierig darauf, mit Ogden zu sprechen.

»Wie geht es Ihnen, Frau Mathis?«, fragte er, besorgt, aber förmlich.

Verena, die schon verstanden hatte, warum er sie, wie bereits beim vorigen Telefongespräch, siezte, antwortete ihm entsprechend.

»Sie haben mich in diese Schwierigkeiten gebracht, jetzt müssen Sie mich auch daraus befreien!«, fuhr sie ihn wütend an. »Ich weiß nicht einmal, warum ich mit Paolo Astoni entführt worden bin. Meine Anwälte werden Sie in Stücke reißen, darauf können Sie sich verlassen, Sie Idiot!«

Der Mann lachte und nahm ihr das Handy weg. »Die Signora hat nicht viel Sympathie für Sie«, sagte er zu Ogden, während er sich entfernte. Mehr konnte Verena nicht hören, denn er ging hinaus und schloss die Tür hinter sich.

Der Mann erklärte Ogden den Plan für die Übergabe der Agenda am nächsten Tag, dann legte er auf.

Stuart, der die ganze Unterhaltung mit angehört hatte, nahm den Kopfhörer ab. »In Kürze wird John den Mikrochip geortet haben, dann haben wir sie. Vielleicht haben sie ja wirklich die Absicht, die Geiseln im Tausch gegen die Agenda freizulassen.«

»Bestimmt nicht«, widersprach ihm Ogden brüsk. »Die Verhandlung ist nur eine Falle. Sie wollen uns zusammen mit Verena und Paolo ausschalten, um alle aus dem Weg zu räumen, die den Inhalt der Agenda kennen. Wir müssen heute Nacht handeln. Gelobt sei dein Mikrochip.«

24

Hat nicht Byron einmal von Sizilien als ›dieser afrikanischen Insel‹ gesprochen?«, sagte Alimante mehr zu sich selbst als zu Branca.

Sie befanden sich in der Suite des Hotels in Turin, wo der Sizilianer sich mit ihm für den Abend verabredet hatte.

Der Alte lächelte geduldig. »Ihr habt recht, Don Giorgio, wir Sizilianer sind vielleicht verrückt, nur so kann man einige unserer barbarischen Gebräuche erklären. Doch es ist eine Verrücktheit, die nunmehr meine Insel mit dem Rest der Welt vereint. Gewiss, einst waren wir fast exotisch, doch das ist Vergangenheit, faktisch verhält sich heute alle Welt wie früher nur die Mafia. Auch Eure hochgestellten Freunde jagen nur dem Besitz nach, der *roba*, wie Pirandello dazu sagte, und der Profit ist die einzige Religion, die mit aufrichtigem Glauben praktiziert wird. Da verwundert es nicht, wenn in ihrem Namen furchtbare Frevel begangen werden. Die Mächtigen der Welt unterscheiden sich nicht mehr von den Corleonesen, sie missachten jedes moralische Gebot – oder wie wir sagen würden: die Ehre. Auf gewisse Weise haben wir euch kolonialisiert.«

Bei Alimante regte sich etwas wie Missmut. Dieser Mafioso erlaubte sich, ihn mit seinesgleichen auf eine Stufe zu stellen. Doch er unterdrückte seine Wut.

»Ihr holt zu weit aus, Don Attilio, auch wenn Ihr recht haben könntet. Lassen wir das doch, diese Art von Überlegungen führt uns von der Sache weg. Ich suche Euch auf, weil ich nach unserer letzten Unterhaltung sicher bin, dass Ihr mir bei einer sehr delikaten Angelegenheit helfen könnt.«

»Sagt nur, worum es geht, Don Giorgio, es ist mir eine Ehre, Euch nützlich zu sein.«

Die geschwollene Art des Sizilianers ging Alimante auf die Nerven, doch er wusste, er musste sich damit abfinden, wenn er etwas erreichen wollte. Daher lächelte er seinerseits und nahm sich Zeit.

»Entschuldigt, ich wollte Euch mit dem Zitat von Byron nicht beleidigen. Ich bin angespannt und befinde mich in einer sehr heiklen Lage.«

Der Sizilianer machte eine gleichmütige Geste und sah ihn mit Sympathie an. »Seid unbesorgt, es gab einige Augenblicke in meinem langen Leben, in denen ich hoffte, der Ätna würde wieder ausbrechen und mich und die ganze Insel unter sich begraben. Nur ein Sizilianer kann gleichzeitig und mit derselben Intensität seine Insel lieben und hassen, weil er weiß, dass dort das Schlechteste, doch auch das Beste unseres unglückseligen Landes zu finden ist. Fürchtet daher nicht, Ihr hättet mich beleidigt, und sagt mir den Grund, weshalb Ihr mich noch einmal sehen wolltet. Mir ist bewusst, dass auch Ihr wie alle Italiener aus dem Norden die Lobreden, mit denen wir Sizilianer jedes Gespräch ausschmücken, nicht schätzt, daher wollen wir direkt zur Sache kommen. Das Problem, das Euch quält – betrifft es vielleicht die Agenda?«

»Natürlich«, sagte Alimante nur.

Branca nickte, in Erwartung, dass der andere fortfahren würde. Als Antwort nahm Alimante den Mantel, den er auf den Sessel neben sich gelegt hatte, und zog die Agenda aus der Tasche.

»Hier ist Eure Agenda«, sagte er und hielt sie hoch.

Alimante erreichte die erhoffte Wirkung. Auf dem Gesicht des Alten und dem Partannas, der wie immer wachsam hinter seinem Chef stand, zeichnete sich zuerst ein Ausdruck ungläubigen Staunens ab, der dann in grenzenlose Bewunderung überging. Branca schüttelte den Kopf, lächelte und erhob sich, von Salvatore gestützt, mühsam aus seinem Sessel. Er ging auf Alimante zu.

»Don Giorgio, meine schon immer hohe Wertschätzung für Euch kennt nun keine Grenzen mehr! Erlaubt mir, Euch zu umarmen.«

Alimante, vollkommen unvorbereitet auf eine solche Reaktion, ertrug regungslos und peinlich berührt die bewegte Umarmung des Sizilianers.

Salvatore brachte den Alten zurück zu seinem Sessel und half ihm dabei, sich zu setzen. »Ich war mir sicher, dass Ihr die Agenda finden würdet«, sagte er, »aber nicht so schnell! Ich bin sprachlos.«

Alimante räusperte sich, noch verärgert über den körperlichen Kontakt, den er hatte erdulden müssen.

»Wegen dieser Agenda sind zwei Menschen, die mir sehr lieb sind, in Lebensgefahr. Sie sind entführt worden und werden als Geiseln festgehalten, deshalb müsst Ihr mir alles sagen, was Ihr wisst, Don Attilio, und nichts zurückhalten.«

Es folgten einige Augenblicke des Schweigens. Dann gab Branca Partanna ein Zeichen, und dieser trat an die Hausbar.

»Kann ich Euch etwas zu trinken anbieten?«, fragte Salvatore.

Alimante nickte. »Einen Gin Tonic, danke.«

Während Partanna einen Wermut für Branca und den Gin Tonic bereitete, steckte der Alte sich eine Zigarette an.

»Die Ärzte haben mir verboten zu rauchen. Lächerlich, in ein paar Monaten bin ich tot.«

Er nahm mit sichtlichem Vergnügen einen tiefen Zug, sah dann Alimante in die Augen.

»Ihr seid mir um ein weniges zuvorgekommen, Don Giorgio. Ich wollte mich gerade wieder selbst mit Euch in Verbindung setzen. Nach unserer Begegnung habe ich erfahren, wer den Befehl gegeben hat, die Agenda zu stehlen und alle zu töten, die ihren Inhalt kennen, wie den armen englischen Gelehrten. Also denke ich mir, dass dieser Mann hinter der Entführung Eurer Freunde steckt.«

»Und wer wäre das?«

Branca nannte den Namen des Senators, und das Gesicht Alimantes verzog sich zu einer angeekelten Grimasse. »Seid Ihr sicher?«, fragte er.

»Ja, absolut. Meine Jungs haben den Verräter zum Sprechen gebracht, der den Senator darüber informiert hat, dass die Agenda aus der Londoner Bank geholt werden sollte. Wir haben erfahren, dass die Mörder Auftragskiller sind, wahrscheinlich Slawen. Eigentlich völlig logisch, dass der Senator dahintersteckt. Er geht unter strenger Geheimhaltung vor, wie damals, als er beschlossen hat, die beiden Richter in die Luft zu jagen. Auch wenn es viele waren, die davon profitiert haben.«

»Ich danke Euch«, sagte Alimante. »Das ist eine wertvolle Information, sie wird uns erlauben, schneller zu handeln.«

»Das war nur meine Pflicht, Don Giorgio. Darf ich Euch nun fragen, wie Ihr vorgehen wollt, um Eure Freunde zu retten? Ich nehme an, Ihr übergebt den Entführern die Agenda. Zwei Leben sind ein unschätzbares Gut.«

Partanna reichte den Herren die Drinks, Alimante bedachte ihn mit einem kühlen Lächeln, das ihn schaudern machte.

»Ihr könnt beruhigt sein, Don Attilio. Alle werden bekommen, was sie verdienen, zuvorderst der Senator. Ganz gewiss«, versicherte er ihm.

Branca nickte zufrieden. »Daran hatte ich keinen Zweifel. Doch vielleicht ist da noch etwas, was ich für Euch tun kann. Ich möchte Euch, wenn es Euch gelegen ist, einen Mann vorstellen, der Eure Absichten hinsichtlich des Senators und seines Gesindels teilt und Euch von außergewöhnlichem Nutzen sein könnte, von viel größerem Nutzen als der alte Attilio Branca.«

»Und wer wäre das?«

»Lorenzo Malacrida. Der Name ist Euch sicher nicht unbekannt. Er ist ein wichtiger Unternehmer.«

Alimante nickte. »Ja, ich muss ihn in irgendeinem Salon kennengelernt haben. Ich weiß, dass er die Burma-Stahlwerke gekauft hat und über ein Vermögen recht dunkler Herkunft verfügt.«

Branca nickte. »So ist es.«

»Und wie könnte mir unter solchen Umständen ein Unternehmer nützlich sein?«

Branca lächelte sibyllinisch. »Glaubt mir, er könnte Euch

sehr nützlich sein. Erlaubt, dass ich Euch von ihm erzähle und Euch einige notwendige Informationen gebe, dann könnt Ihr entscheiden, ob ich recht habe oder nicht. Ich kannte ihn schon, als er noch ein Junge war, und ich kann Euch sagen, doch dies bleibt unter uns, dass die Kreise, die Euch interessieren, für ihn keine Geheimnisse bergen …«

25

Matteo Trapani gab seiner Frau einen Kuss auf die Wange. »Es war ein wunderbares Fest. Danke!«

Betta lächelte zufrieden. »Ich bin froh, dass alles gutgegangen ist. Hast du dich amüsiert?«

»Sehr, und morgen feiern du und ich, nur wir beide. Doch heute Abend, Schatz, bitte ich dich, mich zu entschuldigen. Ich muss noch einmal weg und einen alten Freund treffen, den ich seit Jahren nicht gesehen habe. Er hat mich heute angerufen, er ist hier in Turin, reist aber morgen ab. Ich hoffe, es macht dir nichts aus.«

Natürlich machte es ihr etwas aus, doch sie lächelte trotzdem. »Wie schade! Nach diesem festlichen Durcheinander hatte ich gehofft, den Abend allein mit dir zu verbringen. Doch es spielt keine Rolle, ich beuge mich der Staatsräson«, fügte sie in einem scherzhaften Ton hinzu.

In Wirklichkeit hatte die Mitteilung sie zutiefst verunsichert. Wollte ihr Mann womöglich den Rest seines Geburtstags mit einer anderen Frau verbringen? Doch wie immer gelang es ihr, ihren Gemütszustand zu verbergen.

Matteo Trapani wusste, wie eifersüchtig seine Frau sein konnte. Deshalb hatte er kurz nach der Hochzeit gleich klären wollen, worin für ihn das Fundament einer Ehe bestand.

Die Gelegenheit bot sich anlässlich einer dummen Eifersuchtsszene von Betta. Unmissverständlich sagte er damals zu ihr: »Schatz, merk dir ein für alle Mal: Ich werde dich nie betrügen. Wenn ich es eines Tages doch tun sollte, wärst du die Erste, die es erfährt, denn es würde bedeuten, dass ich dich nicht mehr liebe. In diesem Fall würden wir uns scheiden lassen.«

Matteo hatte sanft, doch mit Bestimmtheit gesprochen, wie immer, wenn es um heikle Themen ging, und sie hatte ihm geglaubt. Doch auch diese Treueerklärung hatte ihren Ängsten nicht abhelfen können, im Gegenteil. Sie musste zwar keinen Betrug fürchten, doch nichts würde sie davor bewahren, verlassen zu werden. Paradoxerweise beruhigten die Worte ihres Mannes sie nicht, sie machten sie nur noch labiler, weil sie nun in der ständigen Angst lebte, er könnte sich in eine andere verlieben und sie – wenn auch mit anerkennenswerter Ehrlichkeit – von heute auf morgen verlassen.

Während ihr Mann sich den Mantel anzog, beschloss Betta, sich jemanden zu suchen, mit dem sie den Abend verbringen könnte, und vielleicht ins Kino zu gehen. Sie dachte an Paola, eine Frau, die sie vor kurzem beim Yoga kennengelernt hatte und die bei der Feier am Nachmittag nicht dabei gewesen war. Es wäre ihr zu peinlich gewesen, sich an eine engere Freundin zu wenden, die sich bestimmt gefragt hätte, wieso ihr Mann sie an einem Abend wie diesem allein ließ.

Matteo verabschiedete sich von seiner Frau und verließ das Haus. Der Chauffeur hatte den Mercedes schon vorgefahren und wartete hinter dem Steuer auf ihn. Betta beobachtete die Abfahrt, und ihr Herz krampfte sich zusammen.

Trapani war schnell an seinem Ziel, denn der Verkehr war

flüssig. Nach weniger als einer halben Stunde erreichte der Mercedes Brancas Hotel.

Es passte zum Stil des Alten, dass er in einem klassischen Hotel wie dem Turin Palace logierte, das schon im 19. Jahrhundert das Beste der Stadt gewesen war. Trapani fragte an der Rezeption nach Branca, und man bat ihn zu warten. Kurz darauf holte ihn Salvatore Partanna in der Halle ab.

»Guten Abend, Dottor Branca erwartet Sie. Bitte folgen Sie mir.«

Im Aufzug sah sich Trapani Salvatore aus den Augenwinkeln an. Mehr oder weniger gleichaltrig, zeigte Partanna alle Merkmale des *picciotto*, wenn auch verfeinert. Er trug einen hervorragend geschnittenen anthrazitfarbenen Zweireiher, den sicherlich ein renommierter Schneider angefertigt hatte, dazu ein blaues Hemd und eine schlichte Krawatte. Seine schwarzen Schuhe waren von Church, das obligatorische Schuhwerk für Manager der Spitzenklasse. Und doch, trotz dieser Eleganz schien er dem Set der *Sopranos* entsprungen.

Als Partanna auf die Taste der Etage drückte, bemerkte Trapani, dass er am kleinen Finger einen Brillantring trug, und konnte sich ein Lächeln nicht verkneifen. Dies war das untrügliche Kennzeichen des arrivierten Mafioso, auf das nur die jüngeren inzwischen verzichteten.

Oben angekommen, betraten sie nach dem Vorzimmer einen großen Salon, eingerichtet mit echten Möbeln aus dem 19. Jahrhundert. Der Raum war mit einem dichten blauen Wollteppichboden ausgelegt, der die Farbe der Diwane und Vorhänge wiederaufnahm. Diese Suite, die einzige des Hotels, war berühmt und begehrt, besonders bei Prominenten, die sich verpflichtet fühlten, wenigstens einmal dort übernachtet zu haben. Auch die mit Trapani befreundete Schauspielerin setzte alles daran, sie zu bekommen, wenn sie sich in Turin trafen. Diesmal hatte sie offensichtlich den Kürzeren gezogen.

Als er ihn sah, machte Branca Anstalten, aus seinem Sessel aufzustehen, doch Trapani gebot ihm mit einer Geste Einhalt.

»Ich bitte Euch, Don Attilio, bemüht Euch nicht!«, rief er aus, ging zu ihm hin und beugte sich zu ihm hinunter, um ihn zu küssen.

Der Alte lächelte. »Lass dich anschauen«, sagte er, als Matteo sich wieder aufrichtete. »Du siehst gut aus, sehr gut«, murmelte er liebevoll und musterte sein neues Gesicht. »Du bist immer noch ein attraktiver junger Mann. Komm, ich will dich einer sehr wichtigen Persönlichkeit vorstellen.«

Matteo war die Anwesenheit des distinguierten Herrn mit dem schlohweißen Haar, der in einem Sessel saß, nicht entgangen.

»Lieber Lorenzo«, sagte Branca mit einem leichten Augenzwinkern. »Du hast Giorgio Alimante sicher erkannt. Don Giorgio, das ist Lorenzo Malacrida, von dem ich Euch erzählt habe.«

Die beiden gaben sich die Hand, und Matteo setzte sich auf den Diwan, wobei ihm auffiel, dass Salvatore Partanna inzwischen verschwunden war.

Trapani hatte nicht erwartet, jemanden bei Branca vorzufinden, schon gar nicht eine Persönlichkeit vom Rang eines Giorgio Alimante. Besorgt fragte er sich, was dessen Anwesenheit bedeutete.

Auch Alimante, wiewohl er zugestimmt hatte, diesem Mann zu begegnen, fühlte sich ein wenig unbehaglich. Er war es nicht gewohnt, sich zu einem Treffen einzufinden, ohne vorher ein erschöpfendes Dossier über die Teilnehmer konsultiert zu haben. Er wusste viel zu wenig über diesen Lorenzo Malacrida.

Trapani war gleich klar, dass die Anwesenheit Alimantes in Verbindung mit der Agenda des Richters stand. Doch was konnte der große Mann mit derart offensichtlichen Mafia-Angelegenheiten zu tun haben?

Dann begriff er: Don Attilio wollte mit einem Meisterstück zum letzten Mal der Puppenspieler sein, der die Fäden in der Hand hält. Er empfand ehrliche Bewunderung für den Alten, und er dachte, dass man es nicht als unehrenhaft betrachten konnte, mit einem der mächtigsten Männer des Planeten von Gleich zu Gleich zu verkehren. Also entspannte er sich und wartete Brancas Vorgehen ab. Er wusste, er konnte ihm vertrauen, denn obwohl er seine wahre Identität kannte, hatte Branca ihn nie verraten, und es gab keinen Grund dafür, dass er es jetzt, wo er bald sterben würde, tun sollte.

»Mein lieber Lorenzo, wie geht es deiner Frau?« Branca wandte sich Alimante zu. »Lorenzo hat eine Frau aus bester Familie geheiratet, die reizende Elisabetta Bramante. Ich hätte sie gern gesehen, doch Arbeitsgespräche sind so langweilig für Frauen. Vielleicht ein andermal…«

Alimante wurde langsam nervös. Er brannte darauf, sich mit Ogden und Stuart über das weitere Vorgehen zu beraten, auch im Licht der Enthüllungen Brancas. Der Sizilianer ahnte seine Gedanken und versuchte ihn zufriedenzustellen.

»Lieber Lorenzo, wir sind wegen einer Angelegenheit von höchster Wichtigkeit in Gesellschaft von Don Giorgio, der uns die Ehre erwiesen hat, uns zu treffen. Man hat mir, wie du weißt, in London einen wertvollen Gegenstand gestohlen. Nun, Don Giorgio hat ihn wiedergefunden.«

Trapani wäre fast aus seinem Sessel aufgesprungen. Doch er bewahrte Gleichmut, wie Branca es auch von ihm erwartete.

»Nun«, fuhr der Alte fort, »brauchen wir aus diesem Grund jede mögliche Hilfe.« Er sah Alimante vielsagend an. »Don Giorgio, darf ich Lorenzo erklären, wie die Dinge stehen?«, fragte er förmlich.

In diesem Augenblick begriff Matteo Trapani, dass Branca dem Turiner schon einige wesentliche Informationen über ihn gegeben hatte. Daher beschloss er, bevor Alimante antworten konnte, die Karten auf den Tisch zu legen.

»Ich kann mir vorstellen, Don Attilio, dass Ihr mit Don Giorgio schon über mich gesprochen habt, oder irre ich mich?«

Der Alte sah ihn bedeutungsvoll an und verzog seine blutleeren Lippen zu einem zufriedenen Lächeln. Kein Zweifel, dachte er, Matteo Trapani war der würdige Nachfolger des Fürsten. Vielleicht stellte ihn seine Kaltblütigkeit sogar noch über den großen Stefano Montano. Die ungeduldige Stimme Alimantes riss Branca unsanft aus seinen Gedanken.

»Meine Herren, bitte, wollen wir zum Kern der Sache kommen?«

Doch Branca hielt weiter seinen Blick auf Trapani gerichtet, bis dieser nickte.

»Ich bitte Euch, Don Attilio, verfügt nach Gutdünken über mich«, sagte er schließlich und neigte den Kopf.

Der Alte schien der Rührung nahe. Er bedeckte die Augen mit seinen hageren runzligen Händen und blieb einen Moment regungslos. Dann nahm er mit einem Seufzen seine Hände wieder vom Gesicht und sah Alimante an.

»Don Giorgio, nun werden wir Lorenzo erklären, was geschehen ist. Dann wird er Euch, wenn er es für angebracht hält, einige Dinge anvertrauen. Wenn Ihr gegenseitiges Vertrauen gefasst habt, Don Giorgio, könnt Ihr nicht nur auf Eure immense Macht, sondern auch auf unsere Hilfe zählen, die angesichts der Umstände von nicht geringem Wert ist. Wir haben es mit äußerst grausamen und verschlagenen Leuten zu tun, also müssen wir handeln, doch vor allen Dingen denken wie sie. Und damit uns das gelingt, müssen wir Sizilianer sein.«

26

Als John, der Techniker des Dienstes, das Versteck ortete, wo Verena und Astoni festgehalten wurden, hatte Alimante noch nichts von sich hören lassen.

»Das macht nichts, er erfährt es, wenn die Sache erledigt ist«, sagte Ogden zu Stuart.

An die Männer gewandt, fuhr er fort: »John, du bleibst mit Alan hier, in ständigem Funkkontakt mit uns. Franz, Bruno und Caspar begleiten Stuart und mich. Lasst uns das Notwendige vorbereiten und uns beeilen.«

Wenige Minuten später verließen die Agenten das *safe house* und stiegen in zwei Wagen: Franz, Stuart und Ogden in den BMW, Bruno und Caspar in einen Mercedes Minibus, den ihnen Alimante zur Verfügung gestellt hatte.

Der über Satellit geortete Unterschlupf der Entführer lag seltsamerweise in der Nähe des Viale Regina Margherita, mitten im Zentrum. Sie parkten nicht weit von der Hausnummer, die das Instrument ihnen angezeigt hatte.

Der Palazzo aus dem 19. Jahrhundert war zwar nicht gerade baufällig, doch in einem ausgesprochen schlechten Zustand. An der Fassade war ein Gerüst angebracht, aber auch das schien außer Gebrauch, als hätte man die Restaurierung schon vor einer Weile aufgegeben.

Das Tor aus morschem Holz gab beinahe augenblicklich

nach, als Caspar, der mit einem Bolzenschneider ausgerüstet war, die Kette durchtrennte, von denen die beiden Flügel zusammengehalten wurden. Sie kamen in einen von einer schmutzigen Deckenlampe schwach erleuchteten Hausflur und fanden sich dann, nachdem sie eine rostige Gittertür hinter sich gebracht hatten, in einem weiten quadratischen Hof wieder.

»Ganz schön eigenartig hier…«, murmelte Franz. »Ist euch die Neigung des Pflasters aufgefallen?«

Stuart nickte. »Darunter müssen die unterirdischen Gänge sein, für die Turin bekannt ist. Lasst uns weitergehen, das Signal zeigt an, dass wir den Hof überqueren müssen.«

Es war stockdunkel, die Männer benutzten Nachtsichtgeräte, damit sie nicht durch Taschenlampen verraten würden. Auch im Hof wurden die alten Mauern von Gerüsten gestützt, ein paar Schilder warnten vor Einsturzgefahr.

»Dort unten ist ein Eingang«, erklärte Stuart. »Los, das Signal ist stärker geworden.«

Sie gingen durch eine Tür, die nur angelehnt gewesen war, und bogen in einen Gang ein, der immer abschüssiger wurde, mussten aber nach wenigen Metern stehen bleiben, weil der Durchgang durch ein Gittertor versperrt wurde, hinter dem man eine Treppe erkennen konnte.

Bruno zeigte auf die Eisenstäbe. »Das Gitter ist nicht verrostet, jemand hat sich sogar die Mühe gemacht, die Angeln zu ölen.«

Nachdem sie das Tor geöffnet hatten, gingen sie die Treppe hinunter und betraten einen kreisförmigen Raum mit einem Boden aus schönen, strahlenförmig angeordneten Steinplatten. Von hier gingen mehrere enge, dunkle Gänge ab, deren

Ende man nicht sehen konnte, doch zu ihrer Rechten gab es eine Metalltür, die neu war und glänzte. Plötzlich wurde diese Tür geöffnet, und man sah die Silhouetten zweier Männer im Gegenlicht.

Die Agenten des Dienstes stürzten sich aus dem Dunkel auf sie und setzten die beiden, die offensichtlich nichts Derartiges erwartet hatten, außer Gefecht. Gleichzeitig drangen Stuart und Ogden, die Pistolen im Anschlag, in das Zimmer ein und überraschten den dritten Entführer, der auf einem Feldbett lag.

Der Mann setzte sich auf und hob den linken Arm zum Zeichen, dass er sich ergab; am rechten trug er einen Verband bis zur Schulter – Franz hatte ihn also bei der Entführung getroffen.

Franz und Caspar hatten den beiden anderen Männern inzwischen schon Handschellen angelegt und schoben sie in das Zimmer. Der Raum war groß, kahl und weiß getüncht; die Einrichtung bestand aus drei Feldbetten, einem Kühlschrank, einem Tisch und einer Belüftungsanlage. Gegenüber der Tür, durch die sie hereingekommen waren, gab es eine zweite, identische Tür.

Wie von Stuart vermutet, befanden sie sich in jenem Netz aus Gängen im Untergrund von Turin, das so groß wie die Stadt und zu einem guten Teil noch unerforscht war: dunkle und geheimnisvolle Räume, die aus der Zeit der Römer und dem Mittelalter stammten, im Laufe der Jahrhunderte als militärische Anlagen, Fluchtwege, Behausungen und Verstecke genutzt worden waren und im Zweiten Weltkrieg der Stadtbevölkerung als Bunker gedient hatten.

Franz und Caspar bugsierten die beiden mit Handschellen gefesselten Entführer neben den Verletzten aufs Feldbett.

Ogden wandte sich an den Mann mit der weißen Strähne. »Gib mir den Schlüssel«, sagte er und zeigte auf die Tür hinten im Zimmer. Der Mann musterte ihn verächtlich und machte nur eine Kopfbewegung Richtung Tisch.

Ogden verzog die Lippen zu einem Lächeln, ging näher zu ihm hin, packte ihn am Hals und drückte ihm die Halsschlagader so lange zu, bis sein Gesicht hochrot angelaufen war.

»Antworte, wenn ich dich etwas frage«, zischte Ogden, wenige Zentimeter vom Gesicht des Mannes entfernt. Dann, als dieser anfing, die Augen zu verdrehen, ließ er ihn wie eine leblose Puppe auf seinen Platz zurückfallen und holte sich den Schlüssel.

Bevor er die Tür aufschloss, sagte er zu Bruno: »Durchsuch das Zimmer, wir nehmen alles mit.«

Als Verena und Astoni das Geräusch des Schlüssels im Schloss hörten, sahen sie sich erschrocken an. Doch als Ogden in der Tür erschien, stürzte Verena sofort auf ihn zu.

»Wie geht es dir?«, fragte er und umarmte sie.

»Gut. Aber ich hätte es nicht mehr lange geschafft, die Angst in Schach zu halten.«

Paolo Astoni trat näher. »Mein Gott, wie schön, Sie wiederzusehen!«, rief er aus und ergriff seine Hand. »Wie ist es euch gelungen, uns so schnell zu finden?«

Das war eine Frage, auf die Ogden am liebsten gar nicht geantwortet hätte.

»Darüber reden wir später, jetzt wollen wir sehen, dass wir von hier wegkommen.«

Auch Stuart umarmte Verena und drückte Astoni die Hand, während die anderen Agenten, damit beschäftigt, die Entführer zu bewachen, sie mit einem Kopfnicken grüßten.

»Irgendetwas gefunden?«, fragte Ogden Bruno.

Der Agent nickte. »Ich habe alles eingesammelt«, sagte er und hielt eine Nylon-Tasche hoch. »Viel ist es nicht, das hier ist sicher nicht ihr Hauptquartier.«

»Lasst uns gehen«, drängte Stuart. »Der Auftraggeber dieser drei könnte jeden Moment auftauchen.«

Sie schoben die drei Entführer nach draußen, und als alle den Raum verlassen hatten, schlossen sie die Tür wieder ab und gingen den gleichen Weg zurück, bis sie schließlich nach oben kamen. Franz und die anderen zwei Agenten stießen die Gefangenen in den Minibus, Ogden und Stuart stiegen mit Verena und Astoni in den BMW.

Während der Fahrt wechselten sie nur wenige Worte. Verena und Astoni waren durch die abfallende Anspannung todmüde, während die Chefs des Dienstes die Ereignisse lieber nicht in ihrer Anwesenheit kommentierten.

Im *safe house* angekommen, brachte man Verena und den Professor ins Wohnzimmer. Das Haus bestand aus vier Schlafzimmern, einem großen Wohnraum, einer Küche und drei Bädern. Im Souterrain, wo sich auch die Technikräume befanden, waren ein Schlafsaal mit drei Feldbetten und ein Duschraum eingerichtet. Neben dem Schlafsaal gab es drei kleine schallisolierte Zellen, wo man die Slawen einzeln einschloss.

»Wie fühlt ihr euch?«, fragte Ogden den Professor und Verena.

»Gut«, antwortete der Professor. »Wenn man bedenkt,

was geschehen ist. Und wie geht es dir, Verena?«, wollte er dann besorgt von ihr wissen.

Sie lächelte müde. »Ich bin erledigt…«

»Sie sollten etwas essen«, sagte Stuart. »Das ist in solchen Fällen wichtig. Ich lasse Ihnen von Bruno etwas Warmes zubereiten. Er ist ein ausgezeichneter Koch. Haben Sie Appetit?«

Die beiden nickten. »Ja, allerdings«, gab Verena zu. »Vor lauter Angst habe ich einen Mordshunger bekommen.«

»Ja, ich auch«, stimmte Astoni zu.

»Dann gehe ich mal das Abendessen bestellen. In der Zwischenzeit können Sie Ogden erzählen, wie sich alles abgespielt hat«, bat Stuart sie im Hinausgehen.

»Er verliert keine Zeit«, sagte Verena mit einem Lächeln, aber ihre Stimme klang leicht genervt.

Ogden nickte. »Das stimmt, doch die Situation erfordert es.«

»Wie immer…«

Er zuckte die Schultern. »Tut mir leid«, sagte er. Das tat es ihm wirklich. Er ertrug es nicht mehr, dass sie in die gefährlichen Angelegenheiten des Dienstes verwickelt wurde, auch wenn der in diesem speziellen Fall nicht allein für die Ereignisse verantwortlich war. Doch in diesen Stunden hatte Ogden eine Entscheidung getroffen. Verena sollte nicht mehr seinetwegen in Gefahr geraten, und wenn er deshalb für immer ohne sie leben müsste. Morgen schon würde er sie mit Begleitschutz nach Zürich zurückschicken, vielleicht zusammen mit Paolo Astoni, falls sie sich wirklich weigern sollte, ihn allein zurückzulassen. Doch dies war nicht der richtige Augenblick, das Thema anzusprechen, er würde es später tun, wenn sie sich von dem Schock erholt hatte.

»Nun, dann berichtet mir mal...«, sagte er zu den beiden.

Doch es gab nicht viel zu erzählen. Man hatte sie in den Krankenwagen geschafft, ihnen die Augen verbunden und sie in das unterirdische Zimmer eingesperrt. Erst dann wurden sie von den Augenbinden befreit. Die drei Männer hatten während der Fahrt fast nicht gesprochen, und durch die gepanzerte Tür war in den wenigen Stunden ihrer Gefangenschaft kein Laut von draußen zu ihnen gedrungen.

»Ein schallisolierter Raum«, kommentierte Ogden.

»Leider können wir euch nicht helfen«, sagte Verena.

In diesem Augenblick kam Bruno herein und brachte auf dem Servierwagen das Abendessen.

»Ich hoffe, es schmeckt«, sagte er. »Der Wein ist ein Sauvignon, ich habe im Keller nichts Besseres gefunden. Und mit dem wenigen, das da war, konnte ich nur eine Pasta mit Tomatensoße machen«, wandte er sich an Ogden. »Ein Gästehaus müsste eigentlich besser ausgerüstet sein.«

Ogden lächelte, amüsiert über diese Beschwerden. »Wir kümmern uns darum. Niemand von uns mag Konserven.«

Bruno nickte. »Gut. Man kann nicht arbeiten, wenn man sich von Essen aus Dosen ernährt. Guten Appetit«, wünschte er, bevor er das Zimmer verließ.

Verena begann zu essen. Die Pasta war köstlich, und auch Astoni schien sie zu schmecken.

»Bruno ist Italiener, aus dem Süden. Er kocht sehr gut«, erklärte Ogden.

»Dann wird er euch nützlich sein. Durch den Umstand,

dass er aus dem Süden stammt, meine ich«, präzisierte Verena.

»So ist es. Aus diesem Grund ist er mit dabei.«

Ogden stand auf. »Jetzt muss ich mich um eure Entführer kümmern. Am besten legt ihr euch nach dem Essen gleich schlafen.«

»Wir sind für euch nicht von Nutzen gewesen, ihr habt uns zu schnell befreit.« Verena versuchte ironisch zu sein, doch der Scherz gelang ihr nicht.

In Wahrheit fühlte sie sich keineswegs gut. Sie war müde, und es handelte sich nicht nur um körperliche Schwäche. Es war ihr klar, dass sie, sollte sie erneut in solche Schwierigkeiten geraten, nicht noch einmal davonkommen würde. Sie dachte an die Redensart, Katzen hätten sieben Leben. Und sie war sich sicher, ihre sieben Leben verbraucht zu haben.

»Diese drei haben sehr darauf geachtet, nicht gehört zu werden«, sagte Astoni gerade.

»Wichtig ist, dass ihr heil davongekommen seid. Jetzt esst zu Ende und legt euch dann hin.« Ogden wandte sich an Verena. »Ich schaue später noch einmal nach dir und sage dir gute Nacht, wenn du dann noch wach bist.«

Sie nickte. »Einverstanden. Doch ich glaube, sobald ich im Bett liege, falle ich in Tiefschlaf. Du brauchst ja bestimmt eine Weile, um die drei zu verhören.«

»Das ist wahrscheinlich«, gab Ogden zu und küsste sie auf die Wange. »Dann sehen wir uns also morgen. Gute Nacht. Auch Ihnen, Herr Professor.«

Ogden ging in einen der Technikräume zu Stuart. Der telefonierte gerade mit Alimante und gab Ogden ein Zeichen, am Nebenanschluss mitzuhören.

»Es war eine ziemlich einfache Operation. Dank dem Mikrochip haben wir ihr Versteck leicht ausfindig gemacht«, sagte Stuart.

»Sehr gut. Wusste Ogden von dem Chip?«

»Natürlich«, log Stuart.

»Ich hätte geschworen, er weiß es nicht«, sagte Alimante. »Wie dem auch sei, ohne Mikrochip hätte es schlecht für uns ausgesehen. Während Sie im Einsatz waren, habe ich mit Attilio Branca gesprochen. Er hat mir den Namen des Mannes genannt, der den Diebstahl der Agenda angeordnet hat: Es handelt sich um den berühmten Senator, der in den Notizen des Richters mehrmals vorkommt. Bei der Unterredung war eine …«, Alimante unterbrach sich, weil er das richtige Wort suchte, »*besondere* Person anwesend. Von beiden habe ich wertvolle Informationen erhalten, einige sind ziemlich überraschend. Morgen erkläre ich Ihnen, wie ich diese günstigen Umstände zu nutzen gedenke, um die Operation zu beschleunigen.«

»Ich verstehe«, unterbrach ihn Stuart. »Es freut mich, dass Sie die Situation, in der wir uns befinden und die schließlich Menschenleben gekostet und Verena Mathis und Paolo Astoni in Lebensgefahr gebracht hat, als *günstig* betrachten«, bemerkte Stuart und betonte das Adjektiv. »Und wer soll diese *besondere* Person sein?«

»Sie haben die Gabe, mich immer misszuverstehen«, rief Alimante verärgert aus. »Und überhaupt, seit wann sorgen Sie sich derart um den moralischen Aspekt? Sie wissen ganz genau, dass ich Frau Mathis und Professor Astoni nicht in diese Lage bringen wollte! Doch lassen wir das, manchmal ist es unmöglich, mit Ihnen zu diskutieren. Wie dem auch sei, wir haben die Agenda, und dem Dienst ist es gelungen, die Geiseln zu befreien, ohne auf unsere *besonderen* Freunde zurückzugreifen, die mir übrigens schon angeboten hatten, uns zu helfen. Wenn Frau Mathis nicht diesen Mikrochip gehabt hätte, dann wäre deren Hilfe, das kann ich Ihnen versichern, un-ent-behr-lich gewesen«, hob er hervor. »Was die drei Slawen angeht, so verhören Sie sie gründlich, ich will wissen, wer sie beauftragt hat. Es handelt sich sicher um einen Strohmann, doch es ist von Vorteil, auch die kleinen Fische zu kennen. Was gedenken Sie übrigens nach dem Verhör mit ihnen zu tun?«

»Haben Sie einen Vorschlag?«

»Das überlasse ich Ihnen. Was zählt, ist herauszubekommen, was sie wissen, auch wenn es bestimmt nicht viel ist. Mit Sicherheit wird keiner kommen, um sie auszulösen. Wie geht es übrigens Frau Mathis und Herrn Astoni?«

»Zum Glück gut.«

»Sehr schön. Doch kommen wir auf unsere Angelegenheiten zurück: Der Senator wird inzwischen bemerkt haben, dass er in ein Wespennest gegriffen hat, und er versucht sicher herauszufinden, wer sich eingeschaltet hat. Was geschehen ist, kann, wenn man es in die richtigen Bahnen lenkt, einen dritten Mafiakrieg auslösen, und das könnte uns nützlich sein. Wie schon gesagt, sieht das Programm die totale Auflösung dieser Regierung vor, auch mit Hilfe von Gewalt. Damit meine ich nichts anderes, als dass wir mit verschiedenen Mitteln eine ganze Reihe von Politikern eliminieren werden. Diesmal jedoch werden wir bei der Auswahl der Nachfolger aufmerksamer sein. Ich teile Ihnen die Einzelheiten morgen mit. Für den Augenblick: mein Kompliment an Sie beide. Sagen Sie Paolo Astoni, dass ich ihn bald anrufen werde, und grüßen Sie mir Verena Mathis herzlich. Gute Nacht.«

Stuart legte auf und sah Ogden an. »Wie es aussieht, kungelt Alimante erfolgreich mit irgendjemandem, den man nicht präsentieren kann, und wird sich seiner bedienen, um die wer weiß wievielte Umwälzung an der Spitze dieses Landes durchzuführen. Die Geschichte wiederholt sich, wie immer.«

Ogden zuckte die Schultern. »Allerdings. Ich kann mir vorstellen, dass er sich köstlich amüsiert, unser Alimante«, bemerkte er kühl. »Lass uns jetzt die Slawen verhören, ich will wissen, wer als Mittelsmann zwischen ihnen und dem Senator dient.«

»Und was machen wir dann mit ihnen?«, fragte Stuart.

»Hängt davon ab …«

Stuart sah ihn neugierig an. »Meinst du, sie können uns auf irgendeine Art nützlich sein?«

»Im Augenblick, da wir noch auf die überwältigenden Enthüllungen von Alimante warten, sind diese drei die einzige Verbindung, die der Dienst zu dem Organisator der Operation Agenda hat. Auch kleine Fische können entscheidend sein. Wir haben den Auftrag erhalten, die zu finden, die Lowelly Grey ermordet haben, und das haben wir getan, wie wir auch die Agenda wiederbeschafft haben. Wenn der Auftraggeber, wie es scheint, derselbe ist, der den Befehl gab, die beiden Richter zu töten, umso besser. Doch ich werde nicht warten, bis Alimante uns erzählt, was ihm seine Mafiosi enthüllt haben. Der Drahtzieher bei dieser Sache hat auch Verena und Astoni entführen lassen. Für mich ist das jetzt eine persönliche Angelegenheit. Endlich einmal stimmen meine Interessen mit seinen überein.«

Stuart nickte. Er wusste, was Ogden sagen wollte. Alimante hatte sein politisches Projekt, für das der Dienst arbeiten würde, doch Ogdens Motivation war viel stärker. Die Operation Agenda stellte sich für viele als ein furchtbares Instrument der Rache heraus, und er hätte nicht in der Haut dessen stecken mögen, der vor sechzehn Jahren die Ermordung der beiden Richter befohlen hatte.

27

Der Senator beugte sich vor und blickte von der Terrasse über die Dächer Roms. Die herrliche Aussicht, die er von seiner Dachwohnung aus bewundern konnte, hob immer seine Stimmung, besonders am frühen Morgen, wenn die Piazza di Spagna noch verlassen dalag und sich in ihrer ganzen Schönheit zeigte.

Er sah auf seine Uhr: halb sieben. Er war, wie es seiner Gewohnheit entsprach, schon vollständig angekleidet. Auch wenn es nur ein Frühstück war, was man auf der teilüberdachten Terrasse angerichtet hatte, wurde es doch aufwendig serviert. Glas und Silber funkelten in der ersten Morgensonne, und das Tischtuch aus besticktem Leinen flatterte leicht in der Brise. Dass die Luft noch kühl war, störte ihn nicht, im Gegenteil. In diesem Jahr hatte der Sommer verfrüht begonnen, Ende Mai erreichte die Temperatur mittags schon dreißig Grad. Obwohl er Sizilianer war, hasste er Hitze, und dies hatte vielleicht sein Schicksal bestimmt, denn sein Leben hatte sich hauptsächlich fern der Insel abgespielt.

Die Operation in Turin, organisiert von seinem zuverlässigsten Mann, dem Sizilianer, war abgeschlossen, allerdings nicht ganz so wie vorhergesehen. Als er erfahren hatte, was alles schiefgelaufen war, hatte den Senator ein heiliger Zorn gepackt.

»Ihr solltet den Professor entführen, niemanden sonst!«, hatte er ins Telefon gebrüllt.

»Die Frau war mit ihm in der Suite, unsere Männer hatten keine Wahl. Dummerweise hielt sich auch noch ein Dritter bei ihnen auf, zu allem Überfluss bewaffnet. Wir wissen noch nicht, wer das war«, hatte der Sizilianer gesagt.

Bei dieser Nachricht sprang der Senator von seinem Stuhl auf. Das passte ihm ganz und gar nicht. Obwohl es immer noch fast unmöglich war, ihm auf die Spur zu kommen. Die Killer, die sein Strohmann beauftragt hatte, kamen nicht aus Sizilien. Niemand sollte ahnen, welche Ziele er heimlich verfolgte, weder seine hochgestellten Kollegen noch Matteo Trapani, der unauffindbare Boss der Cosa Nostra, den seit Jahren niemand mehr gesehen hatte.

Verärgert zuckte der Senator mit den Schultern. Die Dinge waren von Anfang an nicht gutgelaufen, und er hatte nicht mehr den Elan von früher. Seit einigen Jahren hielt er sich im Hintergrund, versteckte sich hinter seinem politischen Amt und seiner Kunstsammlung und überließ es den aktiven Politikern, die Geschäfte und Kontakte mit seinen nicht präsentablen Landsleuten zu pflegen. Er wollte die Jahre, die ihm noch blieben, genießen, ohne Gefahr zu laufen, ins Gefängnis zu müssen oder ermordet zu werden. Über Jahrzehnte hatte er diesen Dummköpfen beigebracht, wie man Gesetze umging und immensen Profit aus der Komplizenschaft mit dem organisierten Verbrechen zog. Jetzt mussten sie allein zurechtkommen.

Doch seine Pläne für den Ruhestand waren von Attilio Branca durchkreuzt worden. Schon mit einem Fuß im Grab, hatte dieser Bastard jeden, der es hören wollte, wissen lassen, dass die Agenda des Richters tatsächlich in seinen Händen war, wie er es im kleineren Kreis schon immer behauptet hatte. Eben wegen dieses Schreckgespensts war es Branca nach der Niederlage der Palermitaner ja gelungen, nicht nur mit dem Leben davonzukommen, sondern sich auch weiter zu bereichern. Vielleicht hatten nur wenige geglaubt, dass er die Wahrheit sagte, aber niemand wollte Risiken eingehen, denn mit Sicherheit hätte es nicht genügt, ihn zu töten, um diese Bedrohung loszuwerden.

Branca hatte den Senator gezwungen zu handeln, denn es war klar, dass der Alte sich rächen wollte, bevor er ins Jenseits abtrat. Er hatte sofort eine Aktion in die Wege geleitet, um in den Besitz dieser verfluchten Agenda zu gelangen, doch in London hatten die Slawen elend versagt. Die einzige Hoffnung war nun, von diesem verdammten Professor zu erfahren, wo er sie versteckt hatte, und ihn dann zu eliminieren. Falls dies nicht gelänge, würde aus ihm der ideale Sündenbock.

Er wusste gut, dass ein Teil der öffentlichen Meinung und der Presse – jedenfalls die Zeitungen, die sich noch nicht hatten mundtot machen lassen – ihn seit einer Weile als den wahren Drahtzieher betrachteten. Ganz zu schweigen von diesen verdammten Richtern, die ihn, zu Recht, für den Urheber der alles durchdringenden mafiösen Verbindungen hielten, die sich im ganzen Land verbreitet hatten.

Er lächelte in sich hinein, wie er es immer tat, wenn er an seine Geschicklichkeit dachte. Mochte die Mafia einst naive sezessionistische Ziele gehabt und ein Sizilien angestrebt haben, das von Italien unabhängig war, so hatten die Dinge sich seit den neunziger Jahren doch sehr verändert. Die Mafia brauchte kein freies Sizilien mehr, denn sie hatte ganz Italien in der Hand. Und all dies war sein Verdienst.

Nun jedoch musste er wegen Attilio Branca erneut in die Schlacht ziehen, und diesmal allein.

Der Butler trat näher, warf einen Blick auf den gedeckten Tisch und sorgte sich, als er sah, dass sein Herr fast nichts angerührt hatte.

»Möchten Sie vielleicht etwas anderes?«

»Nein danke, es ist gut so.«

»Der Chauffeur ist da.«

»Sag ihm, dass ich sofort herunterkomme. Und lass meine Tasche nach unten bringen.«

Als der Butler die Terrasse verlassen hatte, ging der Senator zum Tisch, goss sich noch eine Tasse Kaffee ein und trank sie in einem Schluck aus. Es gab nichts Besseres als Kaffee, wenn er sich aufmuntern wollte. Das Telefon läutete, und er fuhr zusammen, denn er hatte sich noch nicht an den Klingelton dieses codierten GSMK gewöhnt, das nur so aussah wie ein gewöhnliches GSM, jedoch in Wirklichkeit Scrambler-Codes einsetzte, die in der Lage waren, die Stimme digital zu verzerren, um ein Abhören zu verhindern. Das Ganze funktionierte nur, wenn – wie in diesem Fall – beide Gesprächspartner ein GSMK benutzten.

Er hörte die Stimme des Sizilianers laut und deutlich. »Reist Ihr ab?«

»Ja, ich bin um elf Uhr in Turin. In der Zwischenzeit sag den Slawen, sie sollen alle in Ruhe lassen, abgesehen vom Professor, versteht sich. Andernfalls lasse ich sie von irgendeinem *picciotto* zusammenstauchen. Du kannst ihnen ganz genau erklären, dass die Sizilianer, wenn sie wollen, viel grausamer sein können als sie. Hast du schon mit dem Professor gesprochen?«

Sein Gesprächspartner am anderen Ende blieb zunächst still. Dann räusperte er sich. »Es gibt Probleme, ernste Probleme. Vielleicht haben wir jemandem auf die Füße getreten.«

»Was meinst du damit?«, rief der Senator beunruhigt aus.

»Ich will nicht am Telefon darüber reden. Diesen Apparaten traue ich nicht. Ich komme ebenfalls gegen Mittag in Turin an und bringe ein paar Männer mit.«

»Aus welchem Grund? Die Slawen sind doch schon da«, wandte der Senator mit schriller Stimme ein.

»Ich erkläre es Euch in Turin. Gute Reise wünsche ich.«

28

Alimante betrachtete nachdenklich die rote Agenda auf seinem Schreibtisch. Die Begegnung mit Attilio Branca und Matteo Trapani alias Lorenzo Malacrida war erhellend gewesen. Auch wenn die Elite seit einer Weile wusste, was sich hinter den dramatischen Ereignissen von damals, Anfang der neunziger Jahre, verbarg, hatte die detaillierte Schilderung der beiden Sizilianer doch neue Hintergründe enthüllt. In gewisser Weise hatte Alimante sich wie ein Cäsar gefühlt, dem der Statthalter einer abgelegenen Provinz an den Grenzen des Reiches mit schuldhafter Verspätung mitteilte, dass eine Pestilenz sein Territorium verwüste und unvermeidlich Rom erreichen werde.

Italien war ein Land, das einen zur Verzweiflung bringen konnte, unberechenbar selbst für die Beobachter der CIA, die seit einer Weile das Handtuch geworfen hatten, ein einziges Intrigenknäuel, in dem sich vom offiziellen Kurs abweichende, nicht abweichende oder halb abweichende Geheimdienste, Falschinformanten und Manipulatoren im Dienste der einen oder einer anderen Macht festgesetzt hatten. Destabilisiert durch versuchte Staatsstreiche, durch falsche Freimaurer und Mafia-Freimaurer, gepeinigt von den eigenen Politikern, Hütern schändlicher Geheimnisse und skandalöser Dossiers, war das Land seit Kriegsende Gegenstand unzähliger politischer Experimente gewesen, mit Intrigen und Gegenintrigen der Amerikaner in seinen mehr oder weniger verborgenen Strukturen, den nostalgischen Bruderschaften, den verschiedenen Gladio-Organisationen, P2, P3 und wer weiß wie vielen anderen Logen, bis niemand mehr etwas verstand. Und das war der einzige Trost.

Der zweite Richter war nach Verhandlungen zwischen der Cosa Nostra und Teilen der staatlichen Institutionen gestorben. Der Richter hatte unwiderlegbare Beweise dafür gesammelt, wer den Befehl gegeben hatte, seinen Kollegen auf der Autobahn bei Palermo zu töten. Doch als er sich weigerte, den Auftraggeber nicht zu nennen, hatte er damit sein eigenes Todesurteil gesprochen.

Jeder Kommentar über die unselige Dummheit dessen, der versucht hatte, einen Mann dieses Formats zu korrumpieren, erübrigte sich. Da er den Computern nicht mehr traute, nachdem die Dateien seines ermordeten Kollegen verschwunden waren, hatte der Richter all seine Ermittlungsergebnisse in der Agenda notiert.

Nach seinem Tod hatten viele Kronzeugen, von denen einige an den Attentaten beteiligt gewesen waren, seine Schlussfolgerungen bestätigt. Doch die Agenda war damals schon verschwunden.

Infolge der Veränderung der politischen Landschaft Italiens waren skandalöse Reformen verabschiedet worden, unter anderem ein Gesetz, das die Ermittlungen der Antimafiabehörde erheblich behinderte, da es die Staatsanwaltschaft verpflichtete, Aussagen reuiger Mafia-Aussteiger in nur sechs Monaten zusammenzutragen, später sogar in drei.

Natürlich brauchte man, wie die beiden Richter bei ihren Ermittlungen gezeigt hatten, sehr viel mehr Zeit, um die Zeugenaussage eines Aussteigers der Cosa Nostra zu erhalten. Das offenkundigste Beispiel war die lange und heikle Vernehmung, durch die der Antimafia-Pool die Enthüllungen des wichtigen Kronzeugen Tommaso Buscetta beschafft hatte, auf denen der Maxi-Prozess gründete. Die Methode der beiden sizilianischen Untersuchungsrichter war später auch von amerikanischen Ermittlern angewandt worden, die über Jahre bei wichtigen Operationen mit ihnen zusammengearbeitet hatten: Pizza Connection, Iron Tower und Pilgrim. Doch daran schien sich die neue, ansonsten so proamerikanische Politikerriege nicht zu erinnern.

Ärgerlich schüttelte Alimante erneut den Kopf. Es gab keinen Zweifel daran, dass der italienische Schlamassel der Kontrolle der Elite entgangen war. Doch die Dinge würden sich grundlegend ändern. Wie Matteo Trapani gesagt hatte, »musste die Mafia zur *Normalität* der alten Zeiten zurückkehren, als die Mafiosi quasi als Mitarbeiter des Staates betrachtet wurden«.

Das waren zwar nicht seine eigenen überzogenen Sehnsüchte, doch nach der politischen Säuberung, die sie vorbereiteten, würde die Mafia sich tatsächlich nicht mehr aufführen, als wäre sie der Staat, und sich nur noch unter der strengen Kontrolle der Elite bereichern. Die für die Politiker vorgesehene Behandlung jedoch würde radikaler und endgültiger sein.

Seinerzeit hatten sie, auch wenn sie diesem zusammengewürfelten Haufen unterschiedlicher Leute nicht wohlgesinnt waren, ihren Aufstieg nicht verhindert, weil sie davon überzeugt waren, dass es bei der nächsten Wahl mit ihnen vorbei sein würde. Doch von einer Wahl zur nächsten taumelnd, waren sie über Jahre zäh an der Macht geblieben und sogar bis ins Quirinal vorgedrungen.

Alimante nahm eine Mappe, öffnete sie und begann das Dossier des Senators zu lesen. Die Beweise zu Lasten dieses Mannes waren unbestreitbar die ausführlichsten und stichhaltigsten, die man je in Prozessen gegen Personen gesehen hatte, die als »Externe einer mafiösen Vereinigung« angeklagt waren.

Obwohl der Senator verurteilt worden war, hatte er, der eine Doppelrolle als Politiker und Unternehmer im innersten Kreis der Macht spielte und mehrmals geschworen hatte, sich im Falle einer Verurteilung aus der Politik zurückzuziehen, sein Wort immer zurückgenommen und war schließlich triumphal ins Parlament eingezogen.

Branca hatte recht, die Mafia hatte die Gesellschaft geformt. Mochten die durch das institutionalisierte Verbrechen verursachten Schäden in Phasen wirtschaftlichen Wohlstands vom Land aufgefangen werden können, so brachten sie zu Zeiten schwerer ökonomischer Instabilität Gesamtkosten mit sich, die so belastend waren, dass die Nation sie nicht mehr tragen konnte.

Alimante verzog die Lippen zu einem kalten Lächeln. Die amtierenden Politiker hatten wirklich einiges zu befürchten. Eine Unmenge Ermittlungsakten lag gegen sie vor, und obwohl die Ermittlungen gegen die Beschuldigten aufgrund der festgelegten Frist eingestellt worden waren, würden sie jederzeit bei Auftauchen neuer Fakten wiedereröffnet werden können.

Bald würde es krachen. Der Schlag gegen den Senator würde einen unaufhaltsamen Dominoeffekt auslösen. Und falls das nicht genügen sollte, würden sie zu sehr viel drastischeren Mitteln greifen.

29

Verena war dabei, die Koffer zu packen. Ogden hatte keine Einwände gelten lassen, sie würde am nächsten Tag nach Zürich zurückkehren, vielleicht mit Paolo Astoni. Sie hatte diesen Befehl akzeptiert, ohne zu protestieren, denn genau darum handelte es sich: um einen Befehl.

Sie wollte auch gar nicht bleiben. Obwohl dieses schreckliche Erlebnis ohne Folgen geblieben war, hatte die Entführung sie gezeichnet. Es war ein unerträgliches Gefühl, das ihr allerdings nicht fremd war. Von Kindheit an und bis ins Erwachsenenalter hatte sie unter Ängsten gelitten. Dann hatte sich, dank der Psychoanalyse und – seltsamerweise – auch dank der Begegnung mit Ogden, ihre Neurose stabilisiert. Jetzt aber war die Angst zurückgekehrt, stärker als zuvor, und sie empfand eine unbändige Sehnsucht, aus dieser Welt der Verbrechen zu fliehen, auch wenn sie inzwischen wusste, dass sie, um wirklich zu entkommen, auf einen anderen Planeten hätte flüchten müssen.

Gewiss, es gab einen realen Grund, diesen neuen Gemütszustand zu rechtfertigen: das in den letzten Stunden erlittene Trauma. Doch auch die verborgenen und schrecklichen Dinge, von denen sie erfahren hatte, seit der Dienst in ihr Leben getreten war, hatten für immer ihre Wahrnehmung der Wirklichkeit verändert, enthüllten sie ihr doch das undurchdringliche Dickicht aus Komplotten, das sich über die ganze Welt zog und von dessen Existenz sie nie etwas geahnt hatte.

Seit sie Ogden kannte, hatte sie sich schon mehrfach in Gefahrensituationen befunden, aber niemals auf diese Art reagiert. Eher war es so, dass die Furcht vor etwas Konkretem sie vor ihren Gespenstern in Sicherheit zu bringen schien. Tief innen jedoch hatte sie immer gewusst, dass diese Ruhe nur von kurzer Dauer sein würde – wie die kurzfristige Heilung der Patienten, die Freud in den Anfängen der Psychoanalyse mit Hypnose behandelt hatte.

Sie hörte es an der Tür klopfen und ging öffnen. Da sie dachte, es wäre Ogden, setzte sie ein Lächeln auf, um ihre Stimmung zu verbergen. Doch es war Paolo.

»Alles in Ordnung, Verena?«, fragte er und musterte sie besorgt.

Es waren inzwischen Stunden seit ihrer Befreiung vergangen, aber er machte sich immer noch Sorgen um sie.

»Alles bestens, danke. Und bei dir?«

»Mir geht es gut, mir geht es gut. Ich wollte mit dir über Ogdens Vorschlag reden. Du sollst wissen, dass ich mich kategorisch geweigert habe, dich nach Zürich zu begleiten. Ich habe nicht die Absicht, dich weiter in Gefahr zu bringen.«

»Wir werden aber doch von Männern des Dienstes geschützt.«

Astoni schüttelte vehement den Kopf. »Nein, die Mafiosi beziehungsweise ihre Helfershelfer wissen, dass ich den Inhalt der Agenda kenne, und werden mich weiter suchen.«

Verena nickte. Paolos Überlegungen waren vollkommen

richtig, und ihr wurde klar, dass Ogden diesen Vorschlag gemacht hatte, weil er genau wusste, dass Paolo ablehnen würde.

»Bist du sicher, dass du bei deiner Meinung bleibst?«, fragte sie. Doch sie kannte die Antwort bereits.

»Ja, absolut. Außerdem hat Ogden mir eine Alternative geboten. Sie behalten mich in diesem Haus, bis die Sache geklärt ist. Und ich kann mir angesichts der Umstände keinen sichereren Ort vorstellen.«

»Aber du bist hier in Italien«, wandte Verena ein. »Für die Mafia ist es ein Heimspiel.«

Astoni zuckte die Schultern. »Früher vielleicht. Heute sind die Cosa Nostra und ihresgleichen internationale Holdings mit effizienten Verzweigungen in der ganzen Welt. Lowelly Greys Tod ist der Beweis dafür. Und außerdem, ich wiederhole es, will ich dich nicht in Gefahr bringen. Das ist mein letztes Wort«, sagte er schließlich mit Entschiedenheit, lächelte sie aber an, um die Heftigkeit seiner Worte zu mildern.

In der Zwischenzeit hielten sich Ogden und Stuart in einem der Technikräume im Souterrain auf. Von dort aus würden sie bald zu Alimante aufbrechen. Das Verhör der Slawen hatte wie erwartet nur wenig Neues gebracht. Das Problem für einen Mafioso, der, wie im Fall des Senators, gezwungen war, nicht zur Cosa Nostra gehörige Profis für sich arbeiten zu lassen, bestand darin, dass bezahlte Männer von außerhalb ohne Bedenken Verrat übten.

»Jetzt, wo er Freundschaft mit einem wichtigen Mafioso geschlossen hat, wird Alimante von den Namen, die diese drei uns genannt haben, guten Gebrauch machen können.

Auf jeden Fall ist John dabei, Nachforschungen in unserer Datenbank anzustellen«, sagte Stuart.

Ogden nickte. »Das sind nur Handlanger, wir werden höchstens den Strohmann finden, sonst nichts.«

»Die ganze Geschichte könnte für Alimante peinlich werden«, fuhr Stuart fort. »Wenn er in den Machtbereich der Mafia und mafiaähnlicher Organisationen vordringt, riskiert er, auf jemanden aus seinen eigenen vornehmen Kreisen zu treffen.«

Ogden zuckte mit den Schultern. »Die Mafia heißt Mafia, weil sie Beziehungen zur Politik unterhält, sonst wären die Mafiosi einfach nur Gangster. Fast alle Mafiosi der dritten Generation, die ein gewisses Gewicht haben, tarnen sich inzwischen in einer Art neuen Bürgertums aus Anwälten, Unternehmern, Finanziers, Industriellen, Managern und Ärzten – mal abgesehen von den Politikern. Nur die ganz abscheulichen Typen sind in Killertrupps verbannt.«

»Killer der Serie C, gebraucht für die schmutzigsten Arbeiten, aber auch, um die öffentliche Meinung zu beruhigen, wenn sie verhaftet werden«, bemerkte Stuart zynisch. »In Wirklichkeit ist diese Mafia mit ihrer alten Kultur der Verschwiegenheit und ihrer Brutalität von den höhergestellten, oft höchstgestellten Mächtigen immer nur benutzt worden. Sie haben sich ihrer seit Jahren bedient, über zwischengeschaltete Bereiche, um nicht in Erscheinung zu treten. Und das Problem heute sind diese Vermittler, die dank phantastischer Gewinne inzwischen über eine Finanzkraft verfügen, die den internationalen Markt beeinflussen kann. Das ist der Punkt.«

Ogden lächelte. »Ich kann mir vorstellen, wie es Alimante

anwidert, mit Leuten verkehren zu müssen, mit denen er früher nicht einmal einen Kaffee getrunken hätte. Im Übrigen haben die Eliten immer, von Kriegsende an und vor allem in Italien, die geeigneten Bedingungen geschaffen, damit es neben dem Staat existierende Apparate gab, die in ihrem Dienst standen und die ihrerseits wiederum, je nach Fall und je nach dem Zweck, den sie verfolgten, Mafiosi und Gangster einsetzten. Auf lange Sicht war es unvermeidlich, dass es so endete.«

Stuart sah auf die Uhr. »Wir müssen gehen. Alimante erwartet uns. Hast du einen Entschluss gefasst, was wir mit den drei Gefangenen tun?«

»Für den Augenblick behalten wir sie hier, später sehen wir dann.«

»Und Verena?«

»Sie hat zugestimmt, nach Hause zu fahren. Die Entführung hat sie sehr mitgenommen.«

»Das glaube ich gern! Hast du den Schutz in Zürich schon organisiert?«

»Ja. Sie reist morgen ab, begleitet von einem unserer Agenten. Ingo kommt heute Abend aus Berlin und wird sie nach Hause bringen. Sie steht rund um die Uhr unter dem Schutz des Dienstes.«

»Ausgezeichnet. Was den Mikrochip angeht –«

Ogden unterbrach ihn. »Denk nicht darüber nach, das hast du sehr gut gemacht. Ohne den Mikrochip wäre sie jetzt tot.«

»Ich weiß. Ich meinte, ob du ihr gesagt hast, dass sie einen Mikrochip implantiert hat.«

»Nein.«

»Hast du vor, es ihr zu sagen?«

»Nicht jetzt.«

Stuart betrachtete ihn aus den Augenwinkeln. Er kannte ihn zu gut, als dass ihm nicht aufgefallen wäre, dass er es sich, obwohl Verena diese Geschichte gesund und wohlbehalten überstanden hatte, nicht verzeihen konnte, sie in eine solche Gefahr gebracht zu haben. Und das war nicht seine Art.

»Irgendetwas nicht in Ordnung?«, versuchte er das Terrain zu sondieren.

»Nein, alles okay«, antwortete Ogden zu schnell.

30

Im Umkreis von drei Kilometern wurde der Besitz der Alimantes von einem massiven Aufgebot an Security überwacht, um die Sicherheit und Privatsphäre der wichtigen Persönlichkeiten zu schützen, die der Italiener für dieses Spitzentreffen einberufen hatte. Auch das Personal war für die vierundzwanzig Stunden des Treffens ausgetauscht worden, und die Umgebung, einschließlich des kleinen Dorfs in den Piemonteser Alpen, wurde von Hubschraubern und zwei privaten Satelliten überflogen.

Ein kleiner Kreis von Mitgliedern der europäischen Elite sollte über die politische Strategie in Hinblick auf Italien befinden. Die letzten Ereignisse hatten eine Diskussion darüber dringlich gemacht.

Die Teilnehmer kamen aus Frankreich, Spanien, England, Belgien und Deutschland. Vertreter anderer Länder würden in einer Videokonferenz zugeschaltet, wenn Alimante dies für angebracht hielte. Es ging um sein Land, und er bestimmte die Vorgehensweise.

Die Gäste, versammelt in dem riesigen Festsaal im ersten Stock, saßen an einem langen ovalen Tisch, und über sie wachten die zahlreichen Porträts der Ahnen Alimantes.

Aus Höflichkeit und weil er der Älteste war, erhielt als Erster Juan de La Vega das Wort, eine der einflussreichsten

Persönlichkeiten Spaniens. Der Spanier, ein kleiner Mann um die siebzig mit einem freundlichen Äußeren, schlohweißem Haar und einer rosigen Gesichtsfarbe, lächelte in die Runde und räusperte sich schließlich.

»Meine Herren, wir sind hier, um eine schnelle und effiziente Lösung für das Problem Italien zu finden. Ich will jedoch mit der Analyse einiger Aspekte dieses Landes beginnen, das im Vergleich zum übrigen Europa und zur ganzen Welt völlig anders funkioniert und doch für uns so wichtig ist. Ich spreche aus dem Stegreif, denn es soll, wenigstens was mich betrifft, eine Unterhaltung unter Freunden werden, bei der nicht geurteilt und verurteilt wird. Und dann dürfen wir auch nicht vergessen, dass wir schon andere Male, in der Vergangenheit, über das Schicksal dieser Nation entschieden haben.«

Der Spanier machte eine Pause, zündete sich eine Zigarette an und fuhr fort: »Das Erste, was ich hervorheben möchte, mag von marginaler Bedeutung erscheinen, doch ich meine, es handelt sich dabei um einen der Gründe für das, was augenblicklich überall und nicht nur in Italien geschieht. Seit einiger Zeit ist das Leistungsprinzip in jedem Bereich durch Klientelismus ersetzt worden. Dies hat eine Gesellschaft kriecherischer Untertanen geschaffen, die sich nicht einmal für unsere Zwecke als wünschenswerte Bürger erweisen. Und das alles, weil Leute an die Macht gelangen konnten, denen es an kultureller Tradition und bürgerlicher Verantwortlichkeit fehlt und die gierig bis zur Dummheit sind. Vulgäre Neureiche mit riesigen Vermögen, die sie zum großen Teil der organisierten Kriminalität verdanken. Wir von der Elite müssen Selbstkritik üben, denn die Verantwortung für all dies liegt bei uns, verfügen wir doch schließlich über die absolute Macht und haben es solchen Leuten, die früher einfache Untergebene auf der untersten Stufe waren, ermöglicht, dort anzukommen, wo sie sind. Auch im übrigen Europa und in Nord- und Südamerika gibt es seit einer Weile ein ähnliches Phänomen, wenn auch in kleinerem Umfang und anders geartet. Italien ist vom Süden und speziell von Sizilien geprägt, einst Wiege der mediterranen Zivilisation und heute – leider – Ursache ihres Untergangs«, der Spanier schüttelte bekümmert den Kopf. »Es ist ein jahrhundertealtes Erbe, denn als im übrigen Europa der Feudalismus schon als abgeschlossenes Kapitel in die Geschichtsbücher eingegangen war, war er in Süditalien bis Anfang des 20. Jahrhunderts noch aktuell. Heute, ausgelöst durch die verheerende Wirtschaftskrise, erleben wir die Auslöschung der Mittelschicht, unserer besten Untertanen, zugunsten einer Führungsklasse, die es zugelassen hat, dass der Staat stirbt, erstickt durch Korruption und Misswirtschaft der Regierung. Die Zahl der Armen ist übermäßig angestiegen, während der Profit des Großkapitals astronomische Ausmaße erreicht hat. Vor zwanzig Jahren war das Verhältnis zwischen dem Verdienst eines Angestellten und dem einer Führungskraft auf höchster Ebene eins zu vierzig, heute sind wir bei eins zu vierhundert angelangt. Dazu kommt, dass sich in Italien das Gesetz keinerlei gesellschaftlicher Achtung mehr erfreut, und das ist für die Elite nicht von Nutzen. Es war schon immer unsere Absicht, einen Zustand zu erhalten, der das Leben akzeptabel für alle macht, um nicht zu viele soziale Unruhen zu erzeugen, die jedoch unvermeidlich und sehr tiefgreifend sein werden, wenn wir uns weiter auf dieser schiefen Bahn bewegen. Ein von Kriminellen zerstörtes Italien hat nie unseren Plänen entsprochen. Daher meine auch ich, dass das Problem möglichst schnell und unter Einsatz aller Mittel gelöst werden muss.«

Der Spanier schwieg, und Alimante ergriff das Wort.

»In Sizilien spiegelt sich nicht nur der Verfall Italiens, sondern auch jener der übrigen westlichen Welt. Es würde genügen zu analysieren, wie die Dinge seit je auf der Insel ablaufen, um zu verstehen, wie es der Welt ergehen wird, wenn wir nicht für Abhilfe sorgen. Das wirtschaftliche Problem ist dabei das drängendste. Es stimmt, in den letzten Jahren hat sich die italienische Politik von der schlechtesten Seite gezeigt und ist auf eine Art heruntergekommen, die noch vor fünfzehn Jahren undenkbar war. Wir sind Zeugen mehr als eindeutiger parteiübergreifender Übereinkünfte zwischen wichtigen Vertretern der Rechten und der Linken – oder was von ihr übrig ist – geworden, die darauf abzielten, die Posten im Banken- und Finanzsystem nach Proporz zu besetzen. Und dies alles nicht nur außerhalb der Direktiven der europäischen Elite, sondern geradezu im Gegensatz zu ihnen. Folglich muss, wer intrigiert oder dies alles auch nur erlaubt hat, eliminiert werden. Vor mehr als zwanzig Jahren haben wir diejenige Partei beseitigt, die Italien ein halbes Jahrhundert lang regiert hat. Wir haben gehandelt, weil wir der Meinung waren, dass diese politische Mannschaft nicht mehr zu halten sei, da zwischen ihr und der organisierten Kriminalität ein zu enges Einvernehmen bestand, was absolut der Wahrheit entsprach. Doch was sollten wir über die Riege der aktuellen Politiker sagen, die das Land in wenigen Jahren derart heruntergewirtschaftet und der Mafia ausgeliefert hat?«

Alimante lächelte. »Es ist immer unsere Strategie gewesen, eine stabile Oligarchie, die den Anschein der Demokratie wahrt, zu erhalten. Damit dies eintritt und Früchte trägt, muss die Grenze zwischen Legalität und Kriminalität klar gezogen sein, zumindest bei der Ausübung jener Macht, die für den Bürger sichtbar ist. In Italien ist dies immer schwierig gewesen, doch heute fehlt uns allen wegen der ungeheuerlichen Verquickung von Politik, organisierter Kriminalität, Unternehmertum und Finanzwelt der Durchblick. Einige Sektoren, die meinen, in ihrem Einflussbereich machen zu können, was sie wollen, haben eine so enorme finanzielle Potenz erreicht, dass sie sogar uns vor Probleme stellen.«

Der Franzose bat um das Wort. Als Spross einer der bedeutendsten Familien Frankreichs war er schon unter Mitterrand und später unter Chirac ein wichtiges Mitglied der Regierung gewesen und sprach nun bei dieser Versammlung für den amtierenden französischen Präsidenten.

»Unser Freund Alimante hat recht. Die Welt steckt mitten in einer Wirtschaftskrise, und da können wir ein derartiges monetäres Ausbluten nicht mehr hinnehmen. Die italienischen Affären mochten bis vor kurzem als ein kleiner Tropfen im stürmischen Meer der internationalen Politik erscheinen, und vielleicht haben wir sie deshalb vernachlässigt, doch das war ein großer Fehler, und das Ergebnis haben wir nun alle vor Augen. Wenn wir nicht die wären, die wir sind, und nicht die Kontrolle über den halben Planeten hätten, könnte diese Kriminalität sich weiter in ganz Europa ausbreiten wie eine Metastase, und das hat sie zum Teil schon getan. Je eher wir uns also von ihr befreien, desto besser. Wie Juan de La Vega schon gesagt hat: Wir können dieses Land nicht seinem Schicksal überlassen. Zum Glück haben wir in Frankreich, England und Deutschland diesen Punkt noch nicht erreicht.«

»Doch wir werden ihn bald erreichen, wenn wir nicht schnell handeln«, schaltete sich Alimante ein. »Du hast recht, mein Freund: Diese dreiste Kaste hat jahrelang den italienischen Staat ausgeraubt, und damit uns. Die Korruption in Italien ist keine kurzfristige politische Verirrung, sondern eine bewusst angewandte Methode der Machtausübung, und dies seit den Zeiten von Machiavelli. Wenn ich sage, das Problem ist im Kern ein ökonomisches, meine ich damit, dass die schlimmste Folge der Korruption nicht die Zerstörung der gesellschaftlichen und öffentlichen Moral ist, die wir auf jeden Fall zu erhalten wünschen, sondern der unausweichliche und nicht wiedergutzumachende wirtschaftliche Zusammenbruch des Landes. In Italien gibt es seit eh und je eine Kultur der Korruption. Diese Kultur ist mit der Zeit überall eingedrungen und durchzieht heute die ganze Gesellschaftspyramide von oben bis unten. Das Gleiche ist – Ironie des Schicksals – in den Strukturen der Mafia geschehen, als das Kommando von der alten Mafia, auch hohe Mafia genannt, auf die aktuelle Mafia überging. Der Jahresumsatz der sizilianischen Mafia liegt bei ungefähr neunzig Milliarden Euro, das sind sieben Prozent des italienischen Bruttoinlandprodukts. Praktisch ist die Firma Mafia das größte italienische Unternehmen. Doch ab sofort wird sich die Mafia, wenn sie weiter existieren will, mit Gewinnen zufriedengeben müssen, deren Umfang wie früher von uns vorbestimmt wird. Die aktuellen Politiker jedoch müssen eliminiert werden, so dass ein substantieller Wechsel stattfinden kann, wie damals, als die Erste Republik von der Zweiten abgelöst wurde. Wie sagt doch eine alte Redensart: Aller guten Dinge sind drei. Deshalb werden wir nun die Dritte Republik gründen.«

Der Deutsche räusperte sich und machte eine ärgerliche Handbewegung. »Die Korruption des politischen Systems ist eine obszöne italienische ›Normalität‹, eine alte Eigenheit. Die Mafiosi als bewaffneter Arm dieser ›Normalität‹ wurden schon immer geschützt, denn sie sind Spezialisten, derer man sich im Notfall bedienen kann, etwa bei politischen Morden, bei Anschlägen, schlicht bei allem, was dazu dient, Elemente aus dem Weg zu räumen, die das System – besser: ›ihr‹ System stören. Darüber hinaus ist bekannt, dass die Mafia oft im Dienst der amerikanischen Elite operiert und unendlich viel Unheil angerichtet hat. Leider ist Italien ein Land, in dem die Demokratie in den Kinderschuhen steckt. Man kann nicht leugnen, dass es in keinem anderen Land Europas einen so konstanten und kontinuierlichen Einsatz von politischer Gewalt und Korruption gegeben hat. Um nur ein ganz kleines Beispiel zu nennen: Die Briefe gewisser inhaftierter Mafiosi an ihre Familien, die nach dem berühmten Artikel 41bis nicht hätten zugestellt werden dürfen, um jeden Kontakt mit der Außenwelt zu unterbinden, werden ungestraft in der größten Tageszeitung Siziliens veröffentlicht – eine klare Machtdemonstration, weit über die Inselgrenzen hinaus! Dieses kaum zu rettende, respektlose Land, lieber Alimante, hat es zugelassen, dass seine besten Männer getötet wurden. Die Kur muss drastisch sein, sonst wird Italien die Schwachstelle Europas, wenn es das nicht schon längst ist.«

Alimante zog die Augenbrauen hoch und warf dem deutschen Politiker einen undefinierbaren Blick zu. »Tatsächlich haben sich die Dinge in den letzten dreißig Jahren ein wenig verändert. Heutzutage ist an die Stelle der hohen Mafia von einst, mit ihren Regeln und ihrem insgesamt untergeordneten Verhältnis zur Politik, eine Art Geheimgesellschaft getreten, so etwas wie ein exklusiver Club. Das muss man sich einmal vorstellen: ein Ort des Rückzugs, eine Art Verrechnungsstelle, wo sich die White-Collar-Kriminellen verbergen, die die Strippen des Landes ziehen und damit die Mächtigen in ganz Europa zappeln lassen, und das – es tut mir leid, dies sagen zu müssen, lieber Helmuth – besonders in Deutschland. Das Problem betrifft also, ich betone es noch einmal, inzwischen die internationale Wirtschaft und nicht nur die italienische.«

Alimante schwieg ein paar Augenblicke lang, dann hob er erneut den Blick und sah seine Gäste an. »Bevor ich euch detailliert die Operation, die wir durchzuführen gedenken, darlege, möchte ich auf die so weit korrekte Analyse unseres Freundes Helmuth eingehen – wir wollen schließlich nicht alles über einen Kamm scheren. Ich werde euch also die Ergebnisse einer kleinen Erhebung darlegen, ihr wisst gut, wie pragmatisch ich bin«, fügte er mit einem Anflug von Selbstironie hinzu.

Doch als er weiterredete, war sein Blick ernst und seine Stimme schneidend. »Vielleicht stimmt es ja, dass Italien die Wiege krimineller Organisationen ist und dass es der ganzen Welt beigebracht hat, wie man mit kriminellen Methoden weit kommt. Aber ich möchte auch darauf hinweisen, dass allein in den letzten fünfzig Jahren eine beeindruckende

Zahl von Italienern – insbesondere Richter, Polizisten, Anwälte, aber auch unbekannte Durchschnittsbürger – sich unter Lebensgefahr für den Staat und für Gerechtigkeit eingesetzt haben. Ich habe es *schwarz auf weiß*«, betonte er, »und kann eindeutig belegen, dass nirgendwo auf der Welt je auch nur etwas entfernt Vergleichbares geschehen ist.«

Alimante drückte auf einen Knopf, die Tür des Festsaals öffnete sich, und ein Butler in Livree trat ein und legte einen Stapel gebundener Manuskripte auf den Tisch. Alimante nahm das erste vom Stapel und hob es hoch, zeigte es den Anwesenden.

»Hier sind die Daten, die ich diesbezüglich gesammelt habe, praktisch die Zahl der Toten. Wie ihr an der Dicke des Hefts sehen könnt, ist es eine sehr, sehr lange, wenn auch unvollständige Liste. Ihr könnt sie zur Erinnerung behalten«, fügte er hinzu, während der Butler die Hefte verteilte, um dann still wieder dort zu verschwinden, von wo er gekommen war. Als die Tür sich geschlossen hatte, wandte Alimante sich erneut an die Anwesenden.

»Nachdem dies gesagt ist«, fuhr er entschlossen fort, »können wir weitermachen. Jetzt, liebe Freunde, werde ich euch die zulässigen und unzulässigen Mittel darlegen, mit denen ich in Italien zu Werk gehen werde. Eins ist klar: Ich beabsichtige, die gesamte politische Klasse zu eliminieren, und ich meine das nicht nur metaphorisch, sondern, wenn nötig, auch physisch. *A baron fottuto, baron fottuto e mezzo*, sagen die Sizilianer. Was bedeutet: Wenn du einen Mörder ausschalten willst, musst du mörderischer sein als er. Ist das vielleicht nicht auch unsere Philosophie?«

31

Der Senator zündete sich die wer weiß wievielte Zigarette an und starrte vor sich hin, in das Halbdunkel des Zimmers in dem Turiner Hotel, wo er die Möbel im schwachen Licht, das durch die Vorhänge drang, kaum erkennen konnte. Er war todmüde.

Das für die Kommunikation mit dem Präsidenten reservierte Handy läutete. Obwohl der Senator kein offizielles Amt mehr innehatte, unternahm das Staatsoberhaupt nie etwas, ohne ihn vorher zu konsultieren. Sie waren Freunde von Kindheit an, ihre Karrieren hatten sich ebenso im Einklang miteinander entwickelt wie ihre Vermögen.

Der Senator erteilte dem Freund rasch und effektiv seine Ratschläge, und dieser dankte ihm herzlich, wie immer.

»Ist irgendetwas nicht in Ordnung?«, fragte der Präsident, dem die Nervosität des Senators nicht entgangen war.

»Nichts von Bedeutung. Ich ärgere mich nur, dass sie mir bei Sotheby's einen De Chirico weggeschnappt haben, an dem mir etwas lag«, antwortete er mit der erstbesten Lüge, die ihm einfiel.

»Lass ihn uns gleich zurückkaufen! Mach ihnen ein Angebot, das sie nicht ablehnen können.«

»Ich würde nicht so sprechen wie ein Pate«, ermahnte ihn der Senator.

Der andere lachte. »Richtig! Aber egal, was ich sage, sie pflücken es mir sowieso auseinander. Bald hast du Geburtstag, dann schenke ich dir einen De Chirico. Falls es mir gelingt, einen echten aufzutreiben«, rief er in dem ungenierten Ton aus, den er leider auch bei den Staatsmännern der halben Welt anschlug.

Dann wechselten sie das Thema und sprachen noch ein paar Minuten miteinander. Zum Schluss verabschiedete sich der Präsident zufrieden.

Der Senator klappte das Handy zu, erhob sich, goss sich einen Cognac ein und trank ihn in einem Zug aus.

Wenn sein Freund nur geahnt hätte, in welchen Schwierigkeiten er sich befand, dachte er. Jahre zuvor war die Entscheidung, sich der beiden Richter zu entledigen, ganz allein seine gewesen, wenn auch unter strengster Geheimhaltung, unterstützt von zwei seiner Getreusten, die zum Glück inzwischen tot und begraben waren. Der Präsident, damals Sekretär der Partei, hatte so getan, als wüsste er von nichts. Stehlen ja, töten niemals, war von Anfang an sein Motto gewesen. So war immer er es gewesen, der sich die Hände schmutzig gemacht hatte. Nun ja, wenn die Hölle existierte, würde sie gewiss seine nächste Bleibe sein. Doch da er weder an Gott noch an seinen bösen Widersacher glaubte, hatte er immer darauf gepfiffen und bei jeder Gelegenheit ohne Skrupel gehandelt, und vor allem ohne Reue.

Der Präsident dagegen war, da die in der Vergangenheit begangenen Schandtaten seit einer Weile vergessen waren, davon überzeugt, von Gott gesandt worden zu sein, um das Land und – warum nicht? – die ganze Welt zu retten. Diese schizophrene Haltung hatte es ihm erlaubt, den wahren Ursprung seines Finanzimperiums aus seinem Gedächtnis zu streichen. Es rührte nämlich nicht daher, dass der Schöpfer ihm gegenüber so wohlgesinnt war, sondern aus einem Betrug zu Lasten eines Mafioso, der vor dreißig Jahren getötet worden war: Stefano Montano. Der Pate, unangefochtener Boss der palermitanischen Mafia, hatte ihnen ein riesiges Vermögen anvertraut, damit das Geld gut investiert und gewaschen würde. Nach seinem Tod war das Geld in den Händen derer geblieben, die es verwalteten, also in ihren.

Der Senator schüttelte den Kopf: All dies waren vergangene Ruhmestaten. Die Gegenwart sah leider düster aus.

Er schaute auf die Uhr. Er erwartete einen Anruf des Sizilianers, der ihm diese erschreckenden Neuigkeiten mitgeteilt und sich dann nicht wieder gemeldet hatte.

Seit er in Turin war, hatte er sein Zimmer noch nicht verlassen. Die Stunden vergingen, und er wurde immer nervöser und wusste nicht mehr, was er denken sollte.

Die Slawen waren aus dem Versteck verschwunden, und mit ihnen die Geiseln. Der Sizilianer stellte diskrete Nachforschungen bei einigen zuverlässigen Familien an, um herauszufinden, wer in diese verdammte Geschichte verwickelt war. Doch das einzig Sichere war, dass irgendjemand ihn frontal angriff. Doch wer?

Endlich läutete das nicht zu ortende, eigens für diese Aktion aktivierte Handy.

»Wir haben keine Spur, das Versteck ist von oben bis unten gesäubert worden«, sagte der Sizilianer. »Auch Brancas Mann, der uns die London-Information verkauft hat, ist wie vom Erdboden verschluckt. Es gibt seit Tagen keine Nachricht von ihm.«

»Glaubst du, Branca steckt hinter dem Ganzen?«

Der Sizilianer räusperte sich. »Vielleicht, aber er kann nicht allein gehandelt haben. Er ist todkrank. Es sei denn –«

»Es sei denn was?«, drängte er aufgebracht.

»Wie ich Ihnen schon gesagt habe, ich fürchte, hinter der Geschichte steckt jemand anderes. Einer von ganz oben, der es auf Sie abgesehen hat. Da waren Profis am Werk, daran gibt es keinen Zweifel. Es ist bemerkenswert, dass es ihnen gelungen ist, unser Versteck so schnell ausfindig zu machen. Sie müssen über eine ausgezeichnete Ausrüstung verfügen.«

Die Klimaanlage im Zimmer war in Betrieb, doch der Senator schwitzte, was er sonst selten tat. »Wer ist die Frau, die ihr zusammen mit Astoni entführt habt?«, fragte er.

»Wir wissen nicht, wer sie ist. Sie hatte keine Papiere bei sich. Sie sind in der Tasche im Hotel geblieben.«

»Was sind denn das für Profis?«, brach es wütend aus dem Senator heraus. »Eine unbeteiligte Person mit entführen und sich nicht einmal darum kümmern, sie zu identifizieren!«

»Beruhigen Sie sich«, sagte der Sizilianer. »Es musste alles schnell gehen, sie hatten das Hotel gewechselt, es war nicht einfach, sie ausfindig zu machen, und noch weniger, sie zu entführen. Irgendjemand beschützt sie. Und zwar sehr gut organisierte Leute.«

Der Senator spürte, wie sich sein Magen zusammenzog. »Das ist doch verrückt! Einem wie Astoni stehen doch keine Profis zur Verfügung, die wie CIA-Agenten vorgehen. Ganz zu schweigen von Branca, mit dem ich mich überhaupt nicht abgeben würde, wenn es nicht um diese verdammte Agenda ginge. Wie dem auch sei, außer Branca haben wir keinen, bei dem wir ansetzen können, wir müssen sowohl ihn als auch Partanna in die Mangel nehmen. Was meinst du?«

»Das werden wir tun, aber nicht sofort. Wenn jemand Sie erpressen will, wird er sich in den nächsten vierundzwanzig Stunden melden, und dann erfahren wir, mit wem wir es zu tun haben. Im Augenblick halten Sie sich bedeckt und verlieren Sie vor allem nicht die Geduld. Auch wenn die Slawen reden sollten, kann niemand auf Sie kommen.«

»Das will ich hoffen! Und wie dem auch sei, es ist nicht meine Art, die Geduld zu verlieren«, erwiderte er pikiert.

»Wenn bis morgen Abend niemand mit Ihnen Kontakt aufnimmt, kehren wir nach Rom zurück. Nun ruhen Sie sich aus und seien Sie ganz unbesorgt, ich werde Sie aus diesem Schlamassel herausholen.«

»Na gut. Ruf mich sofort an, wenn es Neuigkeiten gibt«, bat sich der Senator aus, bevor er auflegte.

Um sich abzulenken, schaltete er den Fernseher ein. In den Nachrichten zeigten sie gerade den Abflug des Präsidenten nach Washington. Er erkannte auf der Gangway den Mann, der – zumindest offiziell – seinen Posten als persönlicher Sekretär des Staatsoberhaupts übernommen hatte.

»Ein Komparse, nichts weiter als ein Komparse«, murmelte er verächtlich und wechselte das Programm.

Um acht beschloss er, im Hotelrestaurant zu Abend zu essen, obwohl er eigentlich keinen Appetit hatte; doch er war seit dem Morgen nüchtern und wollte bei Kräften bleiben. Außerdem ertrug er es nicht, sich auch nur eine Minute länger in diesem Zimmer aufzuhalten.

Der Abend und die Nacht verstrichen, ohne dass es Neuigkeiten gab, und am Vormittag des nächsten Tages buchte der Senator einen Flug für neunzehn Uhr. Der Sizilianer hatte darauf bestanden, noch einen halben Tag zu warten.

Seine Stimmung war auf dem Nullpunkt: Niemand hatte sich gemeldet, um Geld für die Agenda zu fordern, was bestätigte, dass die Angelegenheit sehr viel ernster war, als er gehofft hatte.

Das Telefon läutete.

»Branca und Partanna sind in Turin«, sagte der Sizilianer.

Der Senator spürte einen Stich im Magen. Die Anwesenheit Brancas in der Stadt bedeutete, dass er mit demjenigen, der versuchte, ihn zu vernichten, unter einer Decke steckte.

»Was sollen wir tun?«, fragte er aufgebracht.

»In Turin bleiben. Ich habe aus sicherer Quelle erfahren, dass sie mindestens bis morgen hier sind. Sie halten sich in einem Hotel im Zentrum auf.«

»Kannst du gleich etwas unternehmen?«

»Ja, hier in der Stadt habe ich verlässliche Leute, außerdem habe ich ja zwei Männer mitgebacht. Wir finden schon eine Möglichkeit, in Brancas Suite zu kommen, das ist kein Problem.«

»Sei vorsichtig. Wir wollen kein Aufsehen erregen.«

»Keine Angst, es wird weder Tote noch Verletzte geben. Ich rufe Sie an, wenn alles erledigt ist.«

Der Senator klappte das Handy zu und sah sich um. Er hätte gern ein wenig frische Luft geschnappt, doch der Sizilianer hatte ihm eingeschärft, sich nicht draußen sehen zu lassen. Also beschränkte er sich darauf, hinaus auf den Balkon zu treten. Er sog die Luft tief in seine Lungen ein, doch nach ein paar Augenblicken nahm er missmutig den Geruch von Rauch wahr. Auf dem Balkon nebenan stand ein großer beleibter Mann und rauchte genüsslich eine dicke Havanna. Der Mann lächelte ihn an und hob die Hand, in der er die Zigarre hielt.

»Zieht der Rauch in Ihr Zimmer?«, fragte er freundlich.

Der Senator schüttelte den Kopf. »Nein, keine Sorge! Aber vielen Dank, dass Sie gefragt haben.«

Er blieb noch einige Augenblicke auf dem Balkon, ging dann zurück ins Zimmer und ließ das Fenster weit offen.

Vom Nachttisch nahm er das Buch, das er mitgebracht hatte. *Essays in Persuasion* von John Maynard Keynes. Er schlug aufs Geratewohl eine Seite auf und las: »Wir müssen eine neue Weisheit für eine neue Ära erfinden. Und bis dahin müssen wir, wenn wir etwas Gutes tun wollen, heterodox, problematisch, gefährlich und ungehorsam denen gegenüber erscheinen, die uns vorangegangen sind.«

Er lächelte. Hatte er vielleicht nicht genau das getan? Auch wenn er jetzt vielleicht doch noch zur Kasse gebeten würde, bereute er es nicht. Mit siebzig Jahren hatte er weder Familie noch Geliebte noch Kinder; seine Verwandtschaft beschränkte sich auf irgendeinen Vetter auf der Insel, den er seit Jahren nicht gesehen hatte. Die einzige Leidenschaft, die ihn wirklich zu packen vermochte, mit Leib und Seele – wenn er denn eine hatte –, war die Kunst. Um seine beachtliche Sammlung von Gemälden und Skulpturen zu erweitern, wäre er zu jedem Opfer bereit gewesen.

Er fragte sich erneut, was geschehen würde, wenn seine Verantwortung für die Ermordung der beiden Richter ans Licht käme. Weder der Präsident noch der amtierende Premier noch seine Partei würden ihn schützen, dessen war er sich sicher. Und doch hatte ihre stillschweigende Zustimmung sie ebenso schuldig gemacht wie ihn. Aber sie waren Feiglinge, und um sich aus der Affäre zu ziehen, würden sie ihn fallenlassen, ohne mit der Wimper zu zucken.

Er konnte einzig und allein auf den Sizilianer zählen. Er würde Branca zum Reden bringen, und sie würden endlich erfahren, wer gegen ihn intrigierte. Vielleicht war nicht alles verloren.

Andernfalls würde er fliehen. Seit Jahren hatte er einen Plan in petto, wie er verschwinden und ein neues Leben in einem Land ohne Auslieferungsvertrag mit Italien anfangen könnte – am anderen Ende der Welt, wo er gutgefüllte Bankkonten und eine Hacienda mit hundert Hektar Land besaß. Um diesen Plan in die Tat umzusetzen, musste er nur bei einer kleinen römischen Bank seinen falschen Pass und einige kompromittierende Dokumente abholen, mit denen er halb Italien erpressen könnte, und sich dann ein Ticket kaufen, nur Hin-, kein Rückflug. Niemand würde je wieder etwas von ihm hören.

Und er hatte noch eine Karte, die er einsetzen könnte, doch die würde er sich bis zuletzt aufheben, als äußerstes Mittel. Vor Jahren hatte er zufällig erfahren, hinter welcher Identität sich Matteo Trapani verbarg. Von diesem Extra-As im Ärmel hatte er niemals Gebrauch gemacht, weil er wusste, es könnte ihn das Leben kosten. Doch auf einen groben Klotz gehört ein grober Keil …

Er lächelte in sich hinein, als er sich daran erinnerte, wie er das Geheimnis des aktuellen Chefs der Cosa Nostra entdeckt hatte. Er hielt sich für eine Biopsie in Versailles auf, in der Klinik eines Freundes, eines Chirurgen von Weltruf. Eines Abends hörte er, wie im Nebenzimmer Italienisch gesprochen wurde. Im ersten Moment hatte er dem keine Bedeutung beigemessen. Viele wichtige Landsleute nutzten diese Klinik, wo sie sich unter absoluter Wahrung ihrer Privatsphäre von den besten Ärzten Europas behandeln lassen konnten. Auch er selbst hielt sich anonym in Versailles auf, denn in jenen Jahren beschäftigten sich die Zeitungen gegen seinen Willen häufig mit ihm, weil er ein enger Freund und die rechte Hand des aufsteigenden Stars der italienischen Politik war. Da er nicht wollte, dass seine Furcht, an Krebs erkrankt zu sein, bekannt wurde, hatte er sich unter falschem Namen aufnehmen lassen. Der Aufenthalt in Frankreich war doppelt erfreulich gewesen, denn man hatte ihm nicht nur attestiert, dass er bei bester Gesundheit war, sondern er hatte auch dieses Geheimnis entdeckt, für das viele ein Vermögen gezahlt hätten.

Es war wirklich ein Zufall gewesen. Am Tag seiner Abreise nach Italien war er wie immer früh wach geworden. Obwohl es erst sechs Uhr morgens war, beschloss er, vor dem Frühstück ein wenig im Park der Klinik zu joggen. Als er gerade sein Zimmer verließ, kamen aus dem Nebenzimmer zwei Pfleger, die ein Bett auf den Gang hinausschoben, auf welchem er den durch die Narkose bereits in Schlaf versetzten Matteo Trapani erkannte. Bei diesem Anblick ging er eilig zurück in sein Zimmer, gerade noch früh genug, um von dem *picciotto*, der seinen Boss bis zum Operationssaal begleitete, nicht gesehen zu werden.

Bevor er die Klinik verließ, war es ihm gelungen, mit Hilfe üppiger Trinkgelder zu erfahren, unter welchem Namen der Pate sich dort aufhielt und welcher Art von Operation er sich unterzog: einer plastischen Gesichtsoperation.

Nach Italien zurückgekehrt, hatte er niemandem erzählt, was er entdeckt hatte, denn er war davon überzeugt, dass er nur so sein Leben schützen konnte. Doch in der Situation, in der er sich nun befand, könnte sich das Wissen um die wahre Identität von Lorenzo Malacrida für ihn vielleicht als sehr nützlich erweisen.

Er wusste, dass – seit Totò ò zoppo und il Vecchio abgetreten waren – der Pate seine Kontakte mit dem Rest der Organisation über zuverlässige Mittelsmänner pflegte, die an der Spitze einiger der wichtigsten Familien der Insel und in den Vereinigten Staaten standen und die ihrerseits die Beziehungen zu Politik und Hochfinanz aufrechterhielten. Eine vielleicht etwas verquere Art, das Ganze zu lenken, die sich jedoch als außergewöhnlich effizient erwiesen und Trapani die Festnahme erspart hatte. Sein eigener Mittelsmann, der Sizilianer, gehörte zu einer dieser Familien, und wenn es sich als nötig herausstellen sollte, würde er diesen privilegierten Zugang nutzen.

Er schüttelte den Kopf, und ein wehmütiges Lächeln legte sich auf seine Lippen. Die Dinge hatten sich wirklich geändert seit damals, als er noch direkten Kontakt zu Totò ò zoppo und il Vecchio unterhielt. Zu jener Zeit hatte er den jungen Matteo Trapani kennengelernt, der dazumal lediglich ein vielversprechender Mafioso war.

Durch diese Gedanken fühlte er sich besser. Erleichtert nahm er das Buch von Keynes zur Hand und fuhr mit seiner Lektüre fort.

32

Die italienischen Geheimdienste, die immer so tun müssen, als wären sie autonom, werden unruhig«, sagte Alimante zu den beiden Chefs des Dienstes. »Die hohen Tiere, deren wir uns für diesen Staatsstreich bedienen werden, haben Angst, ihren Posten zu verlieren, wenn die Angelegenheit erledigt ist. Ich muss zugeben, dass ich es lästig finde, ihre Panik, die allerdings mehr als gerechtfertigt ist, unter Kontrolle zu halten.«

Stuart räusperte sich, auf seinem Gesicht lag ein ironischer Ausdruck. »Rekapitulieren wir: Wir haben die Agenda, und der Senator wird liquidiert. Und der Rest? Was ist mit dem Sturz der italienischen Politiker?«

Alimante zuckte die Schultern. »Alles beginnt mit dem Senator, dann fallen die Dominosteine, bis es auch unseren geliebten Präsidenten erwischt.«

Ogden wollte gerade etwas sagen, als Alimantes Telefon läutete. Er meldete sich und hörte eine Weile mit gerunzelter Stirn zu. »Wie geht es ihnen?«, fragte er schließlich.

Vom anderen Ende der Leitung erreichten ihn wohl wenig beruhigende Nachrichten, denn sein Gesicht verzog sich zu einer Grimasse. »Bringt sie in die Clinica Sant'Anna und verständigt augenblicklich das Team von Professor Carimati. Ich komme dann dorthin.«

Nachdem er aufgelegt hatte, wandte er sich den beiden Agenten zu. »Branca und der junge Salvatore Partanna sind angegriffen worden. Man hat sie übel zugerichtet, aber sie sind nicht in Lebensgefahr. Ich habe angeordnet, sie in eine Privatklinik zu bringen. Lasst uns gehen, vielleicht können wir wenigstens mit Salvatore sprechen. Wie es scheint, wollte der Senator wissen, wer seine Gegner sind. – Gut, das heißt, dass die Dinge sich schneller entwickeln als gedacht«, bemerkte Alimante, während sie seine Büros verließen.

In der Klinik setzten die Ärzte sie über den Zustand der beiden Patienten in Kenntnis. Branca hatte einen Infarkt gehabt, und sein Zustand war bedenklich, auch wegen seiner Krankheit im Endstadium. Partanna dagegen war alles in allem glimpflich davongekommen: ein paar Blutergüsse im Gesicht und eine ausgerenkte Schulter.

Als sie in sein Zimmer traten, stand Salvatore aus seinem Sessel auf und ging auf sie zu. Er hatte einen Schulterverband und ein langes Pflaster auf der Stirn.

»Ich habe versucht ihn zu schützen«, sagte er mit tränenerstickter Stimme, »doch sie waren zu dritt, ich habe es nicht geschafft.«

»Setzen Sie sich, Partanna, und erzählen Sie uns«, forderte Alimante ihn freundlich auf.

Partanna gehorchte. »Drei Typen mit Kapuzen sind in die Suite eingedrungen. Sie haben sich auf mich gestürzt und mir einen Schlag auf den Kopf versetzt. Ich habe kurz das Bewusstsein verloren, und als ich wieder zu mir kam, war ich gefesselt und geknebelt. Ich habe so getan, als wäre ich noch ohnmächtig, weil ich wissen wollte, wer sie sind. Sie haben Don Attilio viele Fragen gestellt, aber er hat ihnen ins Gesicht gelacht.« Bei der Erinnerung an den Mut, den sein Boss bewiesen hatte, leuchteten die Augen des *picciotto* vor Bewunderung. »Und Don Attilio hat Folgendes gesagt: ›Ihr wollt wissen, wer den Senator und seine ganze verdammte Bande auffliegen lassen wird?‹«, fuhr Partanna fort und imitierte Brancas höhnische Stimme. »›Ihr seid einem auf die Füße getreten, der sehr viel mächtiger ist als ihr und der euch vernichten wird. Ihr dummen Bauerntrottel, diese Agenda wird euer Ruin sein. Sagt das dem Senator.‹«

Nachdem er die Worte Brancas wiedergegeben hatte, hielt Partanna sich die Hand vor Augen. »Ich werde sie töten«, sagte er, »und wenn es das Letzte ist, was ich in meinem Leben tue.«

»Darum kümmert sich jemand anderes, seien Sie unbesorgt«, sagte Ogden und trat näher. »Haben Sie einen der Männer an der Stimme erkannt?«

Partanna sah zu ihm hoch. »Ich bin sicher, dass der Anführer des Kommandos der Sizilianer war, einer aus der Familie Guerrazzi aus Corleone. Das war die Stimme des Mannes, der Branca bedrohte. Doch nachdem Don Attilio ihnen so ins Gesicht gespuckt hat, sagte er nichts mehr, und die anderen schlugen zu. Sie wollten Namen hören, doch er hat beinahe sofort das Bewusstsein verloren. Sie müssen begriffen haben, dass es ernst war, und sind gegangen. Offensichtlich hatten sie nicht den Befehl, uns zu töten, sonst wäre ich jetzt nicht hier, um mit Euch zu sprechen.«

»Und warum, meinen Sie, sollten sie Sie nicht eliminieren?«, fragte Stuart.

Partanna zuckte die Achseln. »Das wäre für nichts gut gewesen, außer dafür, die Polizei auf den Plan zu rufen. Und das ist das Letzte, was sie wollen.«

»Dann hat Branca meinen Namen also nicht genannt«, murmelte Alimante in sich hinein.

Beleidigt sah Partanna ihn an: »Attilio Branca ist ein Ehrenmann, er hätte niemals geredet. Doch diese Leute wissen viele Dinge, und der Senator wird verstanden haben, auf wen Don Attilio sich bezog. Er kennt zwar vermutlich nicht Euren Namen, aber mit Sicherheit das, wofür Ihr steht.«

Alimante grinste. »Umso besser. Der Senator wird bald bestätigt bekommen, was er schon weiß. Nämlich dass die Mafia dem, der die Absicht hat, die Ordnung im Land umzustürzen, ein Heer tausender bewaffneter Männer, die garantiert vollkommenes Stillschweigen wahren, beschaffen kann. Diesmal jedoch wird er auf der falschen Seite stehen. Der Spieß wird umgedreht.«

Partanna warf Alimante einen flehentlichen Blick zu. »Ich bitte Euch, lasst mich dabei mitmachen, diese Bastarde zu vernichten!«

Alimante lächelte und schüttelte den Kopf. »Jetzt kümmern Sie sich erst einmal darum, wieder gesund zu werden. Ich werde Matteo Trapani sagen, dass er immer auf Ihre Mitarbeit zählen kann. In Ordnung?«

Partanna stand auf, und bevor Alimante sich entziehen konnte, ergriff er seine Hand und küsste sie. »Gott segne Euch, Don Giorgio, ich werde Euch für immer dankbar sein.«

Zum ersten Mal, seit sie mit ihm zu tun hatten, erlebten Ogden und Stuart, wie Alimante errötete und ihn ein fast greifbares Unbehagen befiel. Er zuckte zurück und befreite seine Hand aus dem Griff Partannas, als hätte der die Lepra.

»Beherrschen Sie sich. Und vergessen Sie eines nicht: Sie haben mich nie auch nur getroffen. Ist das klar?«

Salvatore Partanna nickte verlegen. »Entschuldigt, Don Giorgio. Und seid unbesorgt, ich habe nie die Ehre gehabt, Euch kennenzulernen.«

»Gut. Kümmern Sie sich nun um Don Attilio. Ich habe mit den Ärzten gesprochen. Er wird es überstehen. Wenigstens für die Zeit, die ihm noch bleibt.«

33

Elisabetta Malacrida war im Garten und schnitt gelbe Rosen, die mochte sie am liebsten. Das tat sie oft, denn es entspannte sie, sich ab und zu um ihren Rosengarten zu kümmern, den sie vor Jahren selbst angelegt hatte. Einmal hatte sie sogar an einer Ausstellung teilgenommen und einen Preis gewonnen.

Es war fast Mittag und heiß. Sie legte die Schere hin und ging einen kalten Tee trinken, den ihr die Haushälterin auf den Korbtisch gestellt hatte.

Seit dem Geburtstagsfest hatte Betta ihren Mann kaum zu Gesicht bekommen. Sie war an die zahlreichen Reisen Lorenzos gewöhnt, doch in letzter Zeit waren es immer mehr geworden. Er war beinahe nie zu Hause, und sie kommunizierten hauptsächlich übers Telefon miteinander. Sicher, die weltweite Wirtschaftskrise war auch für Leute wie sie sehr besorgniserregend, und vielleicht musste Lorenzo mehr als üblich arbeiten. Und doch, als sie ihn vor ein paar Tagen gefragt hatte, ob er wegen der Kurseinbrüche an der Börse beunruhigt sei, hatte er sie mit einem seltsamen, halb amüsierten, halb nachsichtigen Lächeln angesehen.

»Mach dir keine Sorgen«, hatte er gesagt und ihre Wange gestreichelt. »Für uns besteht keine Gefahr. Denk nicht mehr daran.«

Nach einigen Augenblicken des Schweigens hatte er dann, fast als spräche er zu sich selbst, gemurmelt: »Wir haben so viel Gold, dass Fort Knox uns beneidet. Früher oder später werden diese Trottel darum betteln, dass wir ihnen etwas davon abgeben.«

Betta hatte um keine Erklärung gebeten, auch wenn sie nicht verstand, wie diese Krise, die alle für schlimmer als die von 1929 hielten, ihren Mann gleichgültig lassen konnte. Viele große Unternehmen in Italien und der Welt schlossen ihre Tore, die Banken brachen reihenweise zusammen, die Vereinigten Staaten waren dem Bankrott nahe, in Europa drohte eine massive Rezession, doch Lorenzo schien sich keine Gedanken zu machen.

An diesem Morgen hatte sie, da sie sich noch einsamer als sonst fühlte, beschlossen, dem Rat ihrer Freundin Anna zu folgen und ein Medium aufzusuchen, das in der Stadt einen ausgezeichneten Ruf hatte.

Zu den Klienten der Frau, einer Turinerin aus guter Familie, zählten viele bedeutende Persönlichkeiten, die aus ganz Italien und – so wurde gemunkelt – auch aus dem Ausland kamen, um sie zu konsultieren.

Betta hatte nie an Kartenleger, Astrologen und Wunderheiler geglaubt, doch als sie Anna ihre Sorgen anvertraute, rühmte ihre Freundin die Gaben der Frau so sehr, dass sie an diesem Tag, da sie sich besonders unruhig fühlte, beschloss, das Medium anzurufen, und sei es nur, um ihre Zeit auszufüllen. Die Frau gab ihr schon für den Nachmittag einen Termin.

Während Betta in kleinen Schlucken ihren Tee trank, fielen ihr die enthusiastischen Worte ihrer Freundin wieder ein. »Es ist tausendmal besser als eine psychoanalytische Sitzung. Sie liest nicht nur in dir wie in einem offenen Buch, sondern sie sieht die Vergangenheit, die Gegenwart und vor allem die Zukunft. Und sie trifft immer ins Schwarze! Du wirst von ihr begeistert sein, ich könnte ohne ihre Ratschläge gar nicht mehr auskommen.«

Betta zündete sich eine Zigarette an, nahm das Handy und wählte die Nummer ihres Mannes. Falls er sich meldete, würde sie den Termin bei dem Medium absagen. Doch schon nach dem ersten Klingeln schaltete sich der Anrufbeantworter ein. Genervt steckte sie das Handy in die Tasche der Jeans, stand auf und ging ins Haus, um sich umzuziehen.

Als sie fertig war, teilte sie der Haushälterin mit, dass sie ausgehen und nicht zu Mittag essen werde, dann ging sie in die Küche, um der Köchin persönlich zu sagen, dass sie und ihr Mann das Abendessen auswärts einnehmen würden. In Wirklichkeit wusste sie nicht einmal, wo Lorenzo sich aufhielt, aber sie hatte keine Lust, das dem Personal zu erklären. Jolanda war eine ausgezeichnete Köchin, doch sehr empfindlich, und Betta vermied es, ihr über die Haushälterin Anweisungen zu geben, besonders solche, die ihren Arbeitstag durcheinanderbringen konnten.

Danach ging sie hinunter in die Garage, stieg in ihren Mini und fuhr mit Vollgas los, Richtung Stadt.

Trotz des Navigationsgeräts hatte sie einige Mühe, das Haus in Vanchiglia, einem alten Viertel am Ufer des Po, zu finden. Nachdem sie ein paar Einbahnstraßen umfahren hatte, bog sie schließlich in eine enge kleine Gasse ein und fand die Hausnummer, die sie suchte. Es war eine alte Villa in einem noch ganz ordentlichen Zustand, umgeben von einem heruntergekommenen Garten mit der unvermeidlichen, zum Himmel aufragenden Libanonzeder.

Sie klingelte, und sofort wurde die Tür von einem etwa zehnjährigen Jungen geöffnet, der einen Rucksack trug und sie prüfend anschaute, dann lächelte und sie mit einer Geste hineinbat.

»Die Großmutter erwartet dich da«, sagte er und zeigte auf den Gang hinter sich. »Die Tür mit dem bunten Glas. – Ich gehe zu Luigi und mache Hausaufgaben, ciao …«, rief er nach hinten und lief davon.

Amüsiert schloss Betta die Tür und ging den Gang hinunter.

»Kommen Sie, treten Sie ein, ich habe Sie schon erwartet«, sagte eine angenehme, jugendliche Frauenstimme.

Betta betrat das kleine Wohnzimmer, eingerichtet mit wertvollen Jugendstilmöbeln. Das Medium saß auf einer Couch, das rechte Bein auf einem Puff ausgestreckt.

»Entschuldigen Sie, wenn ich nicht aufstehe, ich habe mir gerade gestern einen Knöchel verstaucht, und der Arzt hat mir die Anweisung gegeben, ein paar Tage nicht zu gehen«, sagte sie lächelnd und reichte Betta die Hand.

»Ich heiße Angela. Und Sie sind Signora Elisabetta Malacrida. Nehmen Sie doch bitte Platz.«

Betta war verwirrt, nickte und setzte sich. Die Frau war ganz anders, als sie sie sich vorgestellt hatte. Betta wusste, dass sie um die siebzig war, aber sie sah zehn Jahre jünger aus. Sie trug sportliche beige Gabardinehosen und einen leichten blauen Kaschmirpullover, um den Hals eine dünne Perlenkette. Sie war schlank und wahrscheinlich nicht sehr groß, und ihr weißes Haar hatte sie im Nacken zu einem lockeren Knoten gebunden. Betta bemerkte, dass sie am Mittelfinger einen wundervollen, in Gold gefassten Topas trug.

»Was kann ich für Sie tun?«, fragte sie.

Betta nahm sich ein paar Augenblicke Zeit, um nachzudenken. Sie war verlegen, doch der freundliche Blick des Mediums machte ihr Mut. Fast ohne dass es ihr recht bewusst wurde, begann sie über Lorenzo zu sprechen, über ihre Ehe und ihre Ängste.

Die Frau schloss die Augen und hörte still zu. Als Betta schwieg, nahm sie ihren Ring ab und hielt ihn in den Händen, ohne etwas zu sagen. Nach ein paar Sekunden öffnete sie die Augen wieder, fixierte einen unbestimmten Punkt im Zimmer und begann langsam zu sprechen.

Beinahe hypnotisiert hörte Betta zu, wie Angela einige entscheidende Ereignisse aus ihrer Kindheit und Jugend aufführte, von denen niemand außer Betta wissen konnte. Dann beschrieb die Frau mit großer menschlicher Wärme die Eigenschaften ihres Charakters, die vielen Schwächen und die wenigen Stärken, die ihn ausmachten. Zum Schluss begann sie über Lorenzo zu sprechen.

»Haben Sie ein Foto Ihres Mannes mitgebracht?«, fragte sie.

»Ja, gewiss. Anna hat mir gesagt, dass wir das brauchen werden.« Betta holte einen Schnappschuss aus der Tasche, der im letzten Sommer bei einem Urlaub in Korsika gemacht worden war.

Angela nahm das Foto, betrachtete es kurz, und eine feine Falte erschien zwischen ihren Augenbrauen.

»Nehmen Sie bitte die Schüssel dort und stellen Sie sie hierher.«

Betta sah eine mit Wasser gefüllte silberne Schüssel, die sie vorher nicht bemerkt hatte, nahm sie und stellte sie neben die Frau.

»Haben Sie eine Kopie von diesem Foto? Denn ich werde es ins Wasser tauchen müssen.«

Betta nickte. »Tun Sie das ruhig. Es ist nur ein Schnappschuss, ich habe bessere.«

Angela nickte und ließ das Foto ins Wasser fallen. Es sank sofort auf den Boden der Schüssel, ohne auch nur für eine kurze Zeit zu schwimmen, wie es die Gesetze der Physik eigentlich gefordert hätten.

Die Frau nickte, als hätte sie dieses Ergebnis erwartet, dann schwieg sie lange, den Kopf gesenkt und die Augen geschlossen. Schließlich schaute sie wieder hoch und sah Betta an.

»Es tut mir leid, aber es ist kein gutes Zeichen, dass die Fotografie sofort gesunken ist. Ihr Mann hütet ernste Geheimnisse, die er vor Ihnen verbirgt. Doch es handelt sich nicht um dumme Frauengeschichten, wenn Sie das befürchten.«

»Um was dann?«, fragte Betta beunruhigt.

Angela schenkte ihr einen verständnisvollen und gleichzeitig mitleidigen Blick.

»Sie kennen Ihren Mann nicht, eigentlich kennt ihn niemand wirklich. Er ist ein mächtiger und gefährlicher Mann, doch auf seine Art ist er Ihnen sehr zugetan und wird Ihnen nie etwas Böses antun. Jedenfalls nicht die Art Böses, die er für andere bereithält. Diese Phase wird außerordentlich schwierig sein, etwas Schlimmes und Gefährliches steht bevor, und es wird viele Menschen betreffen. Es wird bald geschehen, also rate ich Ihnen, Turin zu verlassen und sich von Ihrem Mann zu entfernen, wenigstens bis alles vorbei ist.«

»Mein Gott, ist Lorenzo in Lebensgefahr?«, fragte Betta erschrocken.

»Das glaube ich nicht, auch wenn er von viel Gewalt umgeben ist. Ich sehe jedoch einen möglichen Bruch zwischen Ihnen beiden. Und wenn der eintritt, sind Sie es, die ihn verlässt.«

»Aber ich will ihn nicht verlassen!«, protestierte Betta.

Die Frau nickte. »Ich weiß. Jetzt noch nicht. Ihr Mann braucht Sie mehr, als Sie ihn brauchen. Trotz seiner Macht ist er ein schwacher Mensch, wie alle, die nicht mehr wissen, dass sie eine Seele haben.«

»Was soll ich tun?«, fragte sie, ohne ihre Angst verbergen zu können.

Die Frau ergriff Bettas Hand und drückte sie, als wollte sie ihr Mut machen. »Es tut mir leid, ich weiß, dass meine Worte Ihnen weh tun. Leider führt Ihr Mann ein Doppelleben, doch dies ist nicht der richtige Augenblick, die Wahrheit aufzudecken. Wenn der Sturm vorbei ist, können Sie entscheiden, ob Sie bei ihm bleiben oder ihn verlassen wollen. Haben Sie keine Angst, Ihnen wird nichts Schlimmes geschehen; doch bevor die Dinge nicht geregelt sind, ist es wichtig, dass Sie weggehen.«

Als Betta das Haus des Mediums verließ, war ihr Herz voller Angst. Sie verwünschte den Augenblick, als sie Annas Rat gefolgt war. Doch die Worte der Frau gingen ihr weiter durch den Kopf, während sie auf dem Nachhauseweg durch Turin fuhr.

Sie stand an einer Ampel an der Piazza Vittorio Veneto, als ihr Handy läutete. Ihr Herz machte einen Sprung. Als sie die Stimme ihres Mannes hörte, löste sich die Spannung, die sie bis zu dem Moment gequält hatte.

»Hallo Schatz, was machst du gerade?«, fragte er in dem heiteren Ton, den er immer für sie bereithielt.

»Ich bin in der Stadt, aber auf dem Rückweg nach Hause«, antwortete Betta und bemühte sich, ebenso unbekümmert zu klingen.

»Warst du einkaufen?«

»Ja, aber ich habe nichts Schönes gefunden«, antwortete sie und wurde sich bewusst, dass sie ihren Mann zum ersten Mal anlog. »Und wo bist du?«

»In Rom. Es gab ein kleines Problem, nichts Wichtiges, aber ich muss ein paar Tage hierbleiben, um mich mit einigen Politikern zu treffen. Egal, ich bin im Villa Medici abgestiegen, für den Fall, dass du mir eine dringende Nachricht hinterlassen musst. Ich sitze oft in Konferenzen und muss das Handy ausschalten. Was hast du heute Abend vor?«

»Ich weiß nicht, vielleicht gehe ich ins Kino. Ich wollte dich auch anrufen, um dir zu sagen, dass ich eventuell Elvira an diesem Samstag nach Saturnia begleite, in das Spa, wo wir beide im letzten Jahr waren. Sie hat mich heute gefragt, sie hasst es, so etwas allein zu unternehmen, und meint, sich mit mir weniger zu langweilen. Ich habe gedacht, dass ein paar Massagen meinem Rücken guttun würden.«

»Eine glänzende Idee, Schatz! Aber lass dich vom Chauffeur hinbringen, die Fahrt ist lang.«

»In Ordnung. Ich gebe dir heute Abend Bescheid, ob alles klappt.«

Sie sprachen noch über dieses und jenes, und Lorenzo war ausnehmend herzlich. Als sie sich von ihm verabschiedete, bemerkte Betta, wie unbehaglich ihr zumute war, weil sie ihn belogen hatte – aber besonders, weil sie die Ratschläge des Mediums aufs Wort befolgt hatte.

34

Matteo Trapani beendete das Gespräch mit Betta und wählte eine andere Nummer. Als sich jemand meldete, nannte er nicht einmal seinen Namen.

»Ich will, dass meine Frau rund um die Uhr bewacht wird, nicht nur zu Hause, sondern überall, wo sie hingeht. Besorgt weitere Männer.«

Er legte auf, mehr musste er nicht hinzufügen. Betta ahnte nicht, dass in der Villa am Hügel der Gärtner und der Portier, die im Haus des Hausmeisters wohnten, in Wirklichkeit zwei *picciotti* waren, ebenso der Butler, der allerdings im Dienstbotenflügel der Villa lebte. In jedwedem Moment konnten die drei Männer sich in eine hochgradig effektive Einsatztruppe verwandeln.

Trapani hielt sich tatsächlich in Rom auf, allerdings nicht, um Politiker zu treffen, sondern um einige Leute zu empfangen, die aus den USA kamen und die wie er seit Jahren darauf warteten, Rache üben zu können. Es waren Söhne und Enkel von Opfern des Mafiakriegs der achtziger Jahre, die die Massaker an den palermitanischen Familien überlebt hatten und in die Vereinigten Staaten geflüchtet waren. Viele von ihnen hatten dort ein armseliges Leben führen und sich an niedere Arbeiten gewöhnen müssen. Und immer hatte sie die Angst geplagt, dass die Rache der Corleonesen sie auch in Übersee erreichen könnte. Trapani hatte ihnen über Jahre heimlich geholfen, sie materiell wie psychologisch unterstützt, und nun konnte er auf sie zählen.

Er hatte schon seinen möglichen Nachfolger ausgesucht: den Sohn von Calogero Inzaina, einem wichtigen regionalen Boss, der von Totò ò zoppo ermordet worden war. Giovanni hatte an einer renommierten amerikanischen Universität in Wirtschaftswissenschaften promoviert, und es war Trapani gewesen, der sein Studium bezahlt und auch dafür gesorgt hatte, dass er und seine Mutter ein mehr als ordentliches Leben in Chicago führen konnten.

Für Giovanni war Trapani nicht nur ein Pate, er war wie ein Vater für ihn. Von seinem Förderer nach Rom gerufen, ahnte er, dass der große Moment endlich gekommen war, und er hatte, ohne zu zögern, zugesagt, sich an diesem gefährlichen Unternehmen zu beteiligen.

Trapani hatte sehr klare Vorstellungen davon, was er tun wollte, unabhängig von den Wünschen des mächtigen Giorgio Alimante und der Geheimdienste, deren er sich bediente. Nachdem sie lange diskutiert hatten, waren er und der Turiner zum Schluss zu einer Art stillschweigender Übereinkunft gelangt. Es war klar, dass ein Mann wie Alimante nicht vorhatte, seine Absichten hinsichtlich der bevorstehenden politischen Umwälzung offenzulegen, vor allem nicht gegenüber einem Mafioso, dessen Existenz er zu vergessen beabsichtigte, wenn er erst erreicht hatte, was er wollte. Trotzdem hatten sie sich letztlich sehr gut verstanden.

Praktisch würde Trapani bei der Aktion neue Männer einsetzen, die nicht zur aktuellen Cosa Nostra gehörten. Die Leute, die er zum Einsatz bringen wollte, würden – neben der Gruppe der Sizilianer aus Amerika – Profis aus Söldnerorganisationen sein. Damit sollte vermieden werden, dass Informationen durchsickerten.

Um die für seine Pläne unentbehrliche Spirale der Gewalt auszulösen, würden zunächst zwei wichtige Mafiafamilien auf der Insel und einige mit ihnen verbundene White-Collar-Kriminelle dran glauben müssen – wodurch nicht nur die Ermittler, sondern auch die anderen mit den alten und neuen Corleonesen verbundenen Familien zur Ansicht kämen, dieses Gemetzel müsse der Beginn eines neuen internen Kriegs sein. Wenig würde genügen, um ein Klima des Verdachts und der Gewalt zu erzeugen, und niemand konnte diese blutige Inszenierung besser lenken als er.

Wie schon früher würde Blutvergießen zu weiterem Blutvergießen führen, und das zwischen den Mafiafamilien geschlossene Waffenstillstandsabkommen, von Trapani vor Jahren durchgesetzt, würde gebrochen werden. Den ersten Gewalttaten würden zwangsläufig weitere folgen, ohne dass er auch nur noch einen Finger rühren müsste. Denn die blinde Brutalität des von Totò ò zoppo und seinen Kumpanen eingeführten Stils der Mafia war seit einer Weile ein unverzichtbarer und selbstverständlicher Bestandteil der Macht der Clans, ihr Modus Operandi, in dem die Familien Kinder und Enkel erzogen hatten. Jetzt würde dieser Zwang zu töten sie antreiben, sich – konditioniert wie Pawlowsche Hunde – auf die übelste und widerwärtigste Art gegenseitig umzubringen und zu dezimieren.

Sobald die ersten Aktionen liefen, wollte Trapani seinen eigenen Tod inszenieren, also vortäuschen, dass er von der Bühne abgetreten sei, während er weiter persönlich die Operation leiten würde. Dann, wenn alles zu Ende wäre, sollte das Kommando über die wiederhergestellte palermitanische Mafia an den jungen Inzaina übergehen, während Trapani unter dem Namen Lorenzo Malacrida tatsächlich aussteigen würde.

Alimante hatte so getan, als wollte er von der Operation »Vendetta«, wie Trapani sie getauft hatte, nichts hören, obwohl klar war, dass er von ihm und seinen Söldnern die schmutzigste Arbeit verlangte.

»Sie tun, was Sie für richtig halten, und informieren mich laufend«, hatte er gesagt. »Aber es interessiert mich keine Spur, ob dieses Pack in einem Zementpfeiler oder auf dem Grund des Meeres endet. Wahnsinnige Mörder, die Kinder in Säure auflösen, verdienen nichts anderes. Wichtig ist, dass es in den Augen der Öffentlichkeit und der Richter wie ein Mafiakrieg aussieht und dass die Ermittler ausschließlich diese Spur verfolgen. Man muss die ganze Schuld den Leuten geben, die aktuell für Sie arbeiten. Das ist es doch, was Sie schon immer wollten! Ihre Interessen stimmen zufällig im Moment mit meinen überein. Doch das wird sich wieder ändern«, hatte er hervorgehoben.

Trapani hatte genickt. »Ich habe nicht die Absicht, die Beziehung zwischen uns fortzusetzen, da können Sie ganz beruhigt sein. Und ansonsten ist es, wie Sie richtig gesagt haben, mein Bestreben, die palermitanischen Familien zurück an die Macht zu bringen, und unsere vorübergehende Verbindung wird dies leichter machen. Es ist jedenfalls sehr freundlich von Ihnen, mir unbeschränkte Vollmacht zu geben, und dafür bin ich Ihnen dankbar.« Dann hatte er mit einer gewissen Befriedigung hinzugesetzt: »Es wird jedoch sicher für Sie von Vorteil sein, wenn die Richter von nun an arbeiten können, ohne ermordet oder bedroht zu werden. Natürlich sind auch unter ihnen korrupte Elemente, und wenn Sie wollen, liefere ich Ihnen die Namen einiger kompromittierter Justizbeamter, die wahrscheinlich nicht einmal Sie unter Verdacht haben. Wenn es Ihnen angebracht erscheint, räume ich sie sogar aus dem Weg, Sie müssen es nur sagen. Doch erlauben Sie mir, Ihnen einen Rat zu geben: Lassen Sie den neuen Politikern, die Sie an die Macht bringen, nicht so viel Spielraum, wie die aktuellen hatten.«

Alimante war es gelungen, seinen Ärger über die Unverfrorenheit dieses Mafioso zu verbergen. Er hatte es dabei bewenden lassen, ihm einen kühlen Blick zuzuwerfen.

»Keine der kriminellen Organisationen, ob nun die Cosa Nostra, die ’Ndrangheta, die Camorra oder irgendeine andere, wird es sich in Zukunft erlauben können, den Staat zu unterwandern«, hatte er gesagt. »Ihre Geschäfte werden unter strengster Kontrolle gehalten, und sie werden sich nicht mehr auf diese abnorme Weise wie in den letzten zwanzig Jahren bereichern können, aber das wird Sie ja nicht mehr groß betreffen. Da ich eine gewisse Sympathie für Sie hege, freue ich mich, dass Sie beschlossen haben, sich ins Privatleben zurückzuziehen, wenn die Dinge geregelt sind.«

Trapani lächelte, als er daran zurückdachte. Durch eine unverhoffte Schicksalsfügung war er einem Mann auf den höchsten Stufen der Macht begegnet, der – wenn auch aus völlig anderen Gründen als er – das gleiche Ziel hatte, das er seit Jahren verfolgte: die Vernichtung dieses ganzen Gesindels. Er, der Liebling des Fürsten von Villalba, war dabei, die entscheidende Vendetta in die Tat umzusetzen.

35

Ogden und Stuart wurden von Franz nach Mailand gefahren. Im *safe house* waren die vier Agenten des Dienstes, Paolo Astoni und die gefangenen Entführer zurückgeblieben.

Verena war schon nach Zürich zurückgekehrt, wo sie unter strengster Bewachung stand. Ogden rief sie jeden Tag an, und ihre Gespräche waren zwar herzlich, ließen aber vieles in der Schwebe. Beide wussten, dass ihre Beziehung in einer ernsten Krise steckte, doch in einer stillen Übereinkunft hatten sie jede Erklärung auf die Zeit nach Beendigung der aktuellen Operation des Dienstes verschoben.

Ogden, immer überzeugter davon, dass er die Beziehung zu ihrem Besten abbrechen sollte, war es gelungen, den Kummer, den diese Entscheidung ihm bereitete, in einen Winkel seines Hirns – oder vielleicht seines Herzens – zu verbannen. Auch wenn er es nicht wahrhaben wollte: Zuneigung hatte in seinem Leben keinen Platz, und Liebe erst recht nicht. Bald würde er wieder der von früher sein, bevor sie in sein Leben getreten war. Denn einer Sache war er sich sicher: Wenn ihre Beziehung mit ihm bestehen bliebe, würde Verena immer in Lebensgefahr schweben.

Franz fuhr mit hoher Geschwindigkeit auf der schnurgeraden Autobahn, die Turin mit Mailand verbindet. Als sie die piemontesischen Hügel hinter sich gelassen und die Grenze zur Lombardei passiert hatten, gelangten sie in die monotone Poebene. Links und rechts der Straße zogen endlose flache Felder vorbei und lange Reihen von Pappeln, deren kleine Blätter im Wind bebten.

Nach einer Stunde erreichten sie das Mailänder Hinterland mit seinen Industriegebäuden und gleichförmigen Schlafstädten. Als sie die Autobahnmautstelle und die Zubringer hinter sich gebracht hatten, fuhren sie in die Stadt hinein, und das GPS wies ihnen den kürzesten Weg ins Zentrum. Sie kamen pünktlich auf die Minute zu ihrem Termin mit dem Chefredakteur der auflagenstärksten Tageszeitung Italiens.

»Warte hier auf uns, es wird nicht lange dauern«, wies Stuart Franz an, während er und Ogden aus dem Auto stiegen.

Sie überquerten den Innenhof und wurden von einem Angestellten in Empfang genommen, der sie unter Vermeidung der Metalldetektoren ins Innere des Gebäudes bis zum Büro des Chefredakteurs brachte. Der Mann klopfte an die Tür, öffnete sie und ließ sie eintreten, zog sich dann diskret zurück.

Der Chefredakteur, der erst seit kurzem den begehrtesten Posten der italienischen Presse innehatte, empfing sie mit ausnehmender Freundlichkeit in seinem Büro. Er drückte ihnen herzlich die Hand, setzte sich dann an seinen Schreibtisch, während Ogden und Stuart ihm gegenüber Platz nahmen. Ein paar Augenblicke lang schwiegen alle drei.

Schließlich lächelte der Chefredakteur. »Ihr Besuch ist mir angekündigt worden. Was kann ich für Sie tun?«

Ogden und Stuart erwiderten unisono das Lächeln: Sie

wussten diese geschickte und diplomatische Strategie zu schätzen, hatten aber keine Skrupel, sie postwendend an den Absender zurückgehen zu lassen.

»Herr Chefredakteur, wir wissen, dass Sie den Grund, weshalb wir hier sind, bereits kennen«, sagte Ogden höflich, doch resolut. »Deshalb erwarten wir nur, dass Sie tun, worum Sie gebeten worden sind.«

Es war eine ziemlich direkte Vorgehensweise, doch Ogden war nicht der Mann für formelle Menuette. Stuart räusperte sich, um die Spannung zu lösen, und setzte eine verbindlichere Miene auf, griff aber nicht ein.

Eine leichte Röte färbte die Wangen ihres Gesprächspartners, und sein Blick, der bis dahin einen beinahe jungenhaften Ausdruck gehabt hatte, wurde hart, alterte ganz plötzlich.

Das Ganze amüsierte Stuart, denn auch wenn er offener als Ogden war, hatte er nicht die Absicht, mit irgendeinem Theater Zeit zu verlieren, dessen einziger Zweck darin bestand, auf die Eigenliebe des Journalisten Rücksicht zu nehmen.

»Machen Sie sich nichts daraus«, sagte er freundschaftlich, »mein Kollege ist ein wenig schroff, doch die Ereignisse überstürzen sich, und wir haben nicht viel Zeit.«

Dann öffnete er den kleinen Koffer, den er auf den Schreibtisch gelegt hatte, und entnahm ihm die Fotokopien der Agenda. »Hier ist das, was Sie veröffentlichen müssen, von A bis Z, in der Form und zu der Zeit, wie wir es Ihnen nun mitteilen. Der Text wird gleichzeitig in mehreren Sprachen ins Internet gestellt, Sie haben also nur wenige Stunden Vorsprung für Ihren Scoop. Ich bin sicher, dass dieser journalistische Coup Ihre Popularität noch steigern wird. Wir haben eine abenteuerliche und sehr eindrucksvolle Geschichte vorbereitet, mit der Sie der Welt erklären, wie Sie in Besitz der Agenda gelangt sind. Seien Sie beruhigt, niemand wird erfahren, dass Sie nicht das Original in Händen haben«, fügte er mit einem leichten Lächeln hinzu.

Der Chefredakteur nahm die Blätter und ging sie rasch durch. Sein Gesichtsausdruck änderte sich bei der Lektüre nicht. Als er fertig war, legte er die Papiere vor sich hin und blickte die beiden Agenten an.

»Ich bin verblüfft«, murmelte er, wobei diese Worte im Widerspruch zu seiner gleichmütigen Miene standen.

»Tja«, meinte Stuart. »Und jetzt werden wir Ihnen sagen, was im Land passiert, sobald Sie den Inhalt dieser Papiere veröffentlichen, und welche Linie Ihre Zeitung einhalten muss.«

Es ärgerte ihn, diesen Mann aus seiner verdienten Verlegenheit befreien zu müssen, doch Alimante hatte darum gebeten, anständig mit ihm umzugehen, also gab er sich Mühe. »Wie wir alle werden auch Sie froh sein, dass die Verantwortlichen für diese Verbrechen endlich bestraft werden, und im Grunde ist es unwichtig, wie das geschieht. In einer Demokratie«, er machte eine Pause, weil es ihn anwiderte, dieses Wort zu gebrauchen, das inzwischen jede Lüge deckte, »kommt die Wahrheit früher oder später immer ans Licht, und oft, wie in diesem Fall, heiligt der Zweck die Mittel. Also müssen Sie sich nicht unbehaglich fühlen und können sich mit dem Gedanken trösten, dass Ihr Renommee ins geradezu Unermessliche steigen wird.«

Der Chefredakteur sah zuerst Stuart, dann Ogden an und nickte schließlich. Das Zauberwort hatte seine Wirkung getan, jetzt würde er sich daran klammern können.

»Es freut mich immer, im Namen der Demokratie tätig werden zu können«, murmelte er. Und er schien tatsächlich überzeugt.

Ogden musterte ihn verstohlen und dachte, dass er ein fähiger Politiker war, vielleicht auch ein Dummkopf; das eine schloss das andere nicht aus. Seinem Blick war die Befriedigung abzulesen: Dieser Scoop würde garantiert in die Geschichte eingehen und sein hoher Marktwert noch einmal nach oben schnellen. Daraus würden sich für ihn sehr viele Vorteile ergeben, so dass er die Demütigung durch diese beiden Spione gelassen hinnehmen konnte. Die Rechnung würde zum Schluss auch für ihn aufgehen.

Während Stuart dem Chefredakteur erklärte, wie er vorgehen sollte, erinnerte Ogden sich daran, was Alimante über diesen Mann gesagt hatte: »Seine politische Laufbahn ist schon vorgezeichnet, und sie wird kometenhaft sein.«

36

Sie waren gerade erst nach Turin zurückgekehrt, als Ogden eine SMS erhielt: Sergej Tamarow, der Trainer Korolenkos, bat darum, ihn dringend anzurufen.

Ogden verließ den Technikraum, wo Stuart in einer Videokonferenz mit Alimante verbunden war, und rief den ehemaligen Spion des KGB an. Er meldete sich nach dem ersten Klingelzeichen.

»Ich habe interessante Neuigkeiten«, rief der Russe aus. »Doch zuerst möchte ich dich um eine Bestätigung bitten. Bei uns geht das Gerücht, dass sich in Italien bald etwas Wichtiges tun wird. Stimmt das?«

»Mag sein. Kannst du etwas präziser werden?«, fragte Ogden nach.

»Großreinemachen. Wachablösung, von unten nach oben und umgekehrt. Meinst du, es ist besser, Evgenij und ich machen uns davon?«

»Wann wolltet ihr abreisen?«

»In ein paar Tagen.«

»Kein Problem.«

Der Russe räusperte sich. »Danke. Und nun die Information für dich. Nach unserer Begegnung haben Evgenij und ich das Hotel gewechselt. Das Zimmer im Principi di Piemonte war nur für die Zeit der Eiskunstlaufgala reserviert.

Weil wir die Absicht hatten, uns noch ein wenig in Turin aufzuhalten, sind wir in ein Hotel am Lingotto umgezogen. Am Vormittag habe ich, als ich auf dem Balkon meines Zimmers eine gute Zigarre rauchte, auf dem Balkon nebenan einen alten Halunken gesehen, dessen Dossier ich gut kenne, nämlich einen pensionierten italienischen Politiker, der bekannt dafür ist, dass er dem neugewählten Präsidenten der Republik sehr nahe steht. Das hat mich neugierig gemacht, ich habe ein wenig nachgeforscht und herausgefunden, dass er sich mit zweifelhaften Leuten umgibt. Meiner Ansicht nach muss ein so hohes Tier einen wichtigen Grund dafür haben, wenn er etwas Derartiges riskiert.«

»Was für zweifelhafte Leute meinst du?«

Tamarow unterdrückte ein Lachen. »Na die, mit denen der Dienst sich gerade beschäftigt, mein Freund.«

Ogden wunderte sich nicht zu hören, dass man in Russland schon auf dem Laufenden darüber war, was sich in Italien tat. Wladimir Sablin, zuerst Präsident und nun Ministerpräsident der Russischen Föderation, war einer der wichtigsten Vertreter der europäischen Elite.

»Bei euch werden sie zufrieden sein«, bemerkte er.

»Sehr. Dieses Pack ist seit einiger Zeit auch bei uns tätig, und da wir schon unsere eigenen Mafiosi in Schach halten müssen, ist das ein Kulturaustausch, den wir nicht gern sehen.«

»Ist der Typ noch im Hotel?«

»Ja.«

»Ich danke dir, Sergej. Du hast was gut bei mir.«

»Eine letzte Sache noch. Man hat mich beauftragt, dir zu sagen, dass der Dienst uns jederzeit um Hilfe bitten kann.

Wir können innerhalb weniger Stunden ein Spezialteam schicken, um euch unter die Arme zu greifen, natürlich absolut diskret. Der Befehl kommt direkt von Sablin. Der Ministerpräsident hat deine Unterstützung in der Charkow-Affäre nicht vergessen.«

»Richte ihm unseren Dank aus.«

»Wird gemacht. Was mich angeht, so werde ich morgen mit Evgenij nach Rom abreisen, zu einer internationalen Veranstaltung, an der viele Spitzensportler teilnehmen. Aber ich kann mich immer freimachen, wenn du die Hilfe eines alten Spions brauchst.«

»Danke für das Angebot. Vielleicht komme ich darauf zurück.«

»Dann mach's gut. Hals- und Beinbruch, Genosse«, sagte Tamarow mit einem Lachen.

»Gleichfalls, Sergej. Und grüß mir den Champion.«

Ogden ging zu Stuart in den Technikraum und berichtete ihm von dem Gespräch mit Tamarow.

»Sablin ist bereit, uns zu helfen, falls es nötig sein sollte.«

Stuart legte das Dossier, das er gerade aufgeschlagen hatte, hin und ging zu dem Computer, an dem John arbeitete.

»Ausgezeichnet, wir könnten sie wirklich brauchen. Komm, sieh dir das an: Das Gemetzel hat schon begonnen. Trapani hat keine Zeit verloren.«

Ogden trat näher und sah sich die Bilder einer Nachrichtensendung an, die über den Monitor liefen. In einem Auto lagen zwei Leichen, rücklings auf dem Vordersitz, mit einem Tuch halb zugedeckt.

»Es sind Angehörige einer ziemlich wichtigen Mafiafamilie, sie wurden heute in einer Straße von Catania getötet.«

»Jetzt fangen sie an, sich gegenseitig umzubringen, zur Freude des Paten«, bemerkte Ogden.

»Nicht nur zu seiner Freude. Wie dem auch sei, das sind ihre Angelegenheiten. Wir müssen uns nur um die Leute weiter oben kümmern und achtgeben, dass sie sich nicht davonmachen, vor allem der Senator nicht. Im Augenblick will Alimante ihn schmoren lassen und ihn dann mit voller Wucht treffen: durch die Veröffentlichung der Agenda. Er wusste schon, dass der Senator in Turin ist, und lässt ihn seit heute diskret überwachen. Was die Slawen angeht, so müssen wir sie hierbehalten, weil sie uns eventuell als Zeugen nützlich sein können.« Stuart entfernte sich vom Monitor. »Lass uns ins Wohnzimmer gehen und zusammen mit Paolo Astoni etwas trinken. Ich habe das Gefühl, er ist ein wenig deprimiert.«

Die beiden Agenten stiegen die Treppe zum Erdgeschoss hoch und gingen ins Wohnzimmer. Astoni saß im Sessel und machte sich Notizen. Als er sie eintreten sah, hob er den Blick und lächelte.

»Guten Tag, Professor«, begrüßte Ogden ihn. »Wie geht es Ihnen heute?«

»Danke, gut. Ich habe gerade mit Verena gesprochen. In Zürich ist es kalt, trotz der Jahreszeit.«

»Wollen wir einen Kaffee trinken?«, schlug Stuart vor. »Oder möchten Sie lieber etwas anderes?«

»Einen Kaffee nehme ich gern, danke.«

»Ich ebenfalls«, sagte Ogden und setzte sich neben Astoni.

Stuart bestellte über das Haustelefon bei Bruno den Kaffee und nahm dann ebenfalls Platz.

»Woran arbeiten Sie?«, fragte er und zeigte auf das Heft, das auf Astonis Knien lag.

Der Professor zuckte mit den Schultern. »An nichts Speziellem. Das sind nur ein paar Notizen zu den Geschäften der Mafia und ihrer Komplizen«, sagte er zum Erstaunen der beiden Agenten.

»Ich habe immer ein ausgezeichnetes Gedächtnis gehabt«, fuhr er fort. »Und mit dem Alter hat es nicht nachgelassen, im Gegenteil. Da ich meine Bücher nicht hier habe, rufe ich mir in Erinnerung, was ich in der Vergangenheit über das Thema gelesen habe. Eine einfache Gedächtnisübung, nur so zum Zeitvertreib.«

»Wenn Sie etwas brauchen, können wir es aus Ihrer Wohnung holen«, schlug Ogden vor.

»Danke, vielleicht komme ich darauf zurück.«

»Was schreiben Sie denn genau?«, fragte Stuart nach.

Astoni zuckte die Achseln. »Es gibt viele interessante Bücher über das Thema, die erhellend wären, wenn die Leute sie nur lesen würden. Geschrieben sind sie von den wenigen mutigen Journalisten, die wir noch haben, und sie enthalten etliche Informationen über öffentliche Aufträge, die von der Justiz ins Visier genommen wurden – also all jene, die dank der Mafia und der Zahlung entsprechender Schmiergelder vergeben worden sind. Es geht darin – um mal nur von Sizilien zu sprechen – um Krankenhäuser von der Bedeutung des Ospedale Garibaldi in Catania, um die Staudämme, die Müllverwertungsanlagen, die Pflasterung der sizilianischen Plätze, um Straßen, Flughäfen und Sozialwohnungen und nicht zuletzt um die Brücke von Messina. Kurz gesagt: um alles. Und aus Liebe zum Vaterland übergehe ich hier die

Geldwäsche der monströsen Gewinne aus dem internationalen Drogenhandel.«

Astoni wirkte niedergeschlagen. »In unserem Land geschieht nichts ohne den Willen der Mafia. Aber aus diesen Büchern kann man weitere wirklich verblüffende Dinge erfahren. Wussten Sie, dass schon 1991 gefilmt worden ist, wie sich Politiker und Mafiosi zu herzlichen Tête-à-Têtes treffen? Und dass dieser Film, *mit Ton*, erst 2003 aufgetaucht ist? Ist das nicht unglaublich?«

Astoni schüttelte den Kopf. »Nein, das ist es gerade nicht! Denn tragischerweise empört sich niemand mehr. Die Frage der Moral, über die unsere Politiker heuchlerisch große Reden schwingen, ist passé, genauso wie die Prozesse, in die sie verwickelt waren, verjährt sind. Was der große Verleger und scharfsinnige Intellektuelle Leo Longanesi gleich nach dem Krieg über diesen Typ von Leuten gesagt hat, stimmt bis heute. ›Sie glauben, dass die Moral das Ende einer Geschichte ist.‹«

Stuart versuchte ihn zu trösten: »Woanders laufen die Dinge mehr oder weniger genauso.«

»Mag sein. Aber ich bin sicher, es gibt kein anderes Land, in dem man wie in diesem alles getan hat, um eigens zum Zweck der Begünstigung der Mafia Gesetze zu verabschieden, mit denen die gesamte Strafprozessordnung auf den Kopf gestellt wird. Und ausgerechnet ein Vizevorsitzender der Justizkommission des Abgeordnetenhauses war einer der Verantwortlichen für diese glänzende Idee! Wir haben in den letzten Jahren ja alles Mögliche erlebt und sind inzwischen das schwächste Glied in Europa. Hier sterben die Helden wie die beiden Richter für nichts!«

Bruno, der inzwischen das Tablett mit dem Kaffee gebracht hatte, sah Paolo Astoni voller Sympathie an. »Nehmen Sie es sich nicht zu sehr zu Herzen, Professore, das lohnt sich nicht«, sagte er. »Ich habe auch einen Blick in ein paar Bücher zu dem Thema geworfen, schließlich bin ich ja Italiener… In einem habe ich gelesen, dass in dem Verfahren gegen zwei sehr bedeutende Politiker, die als Auftraggeber ebenjener Anschläge auf der Anklagebank saßen, der Staatsanwalt mangels konkreter Beweise gezwungen war, die Ermittlungen einzustellen. Aber er hielt schwarz auf weiß fest, dass die Anschuldigungen *sehr wahrscheinlich* seien. Wenn die Leute sich doch die Mühe machen würden zu lesen…«

Stuart, der gerade Zucker in den Kaffee tat, hob den Blick. »Ich wusste nicht, dass du auf diesem Gebiet so beschlagen bist!«

Der Agent machte eine kleine Verbeugung, sagte »sehr wohl« und verließ das Zimmer.

In diesem Augenblick läutete das Haustelefon, das den Technikraum mit den übrigen Zimmern verband. Stuart meldete sich.

»Kommt nach unten«, sagte John. »In Sizilien ist der Teufel los, eine Rakete hat das Haus eines Politikers im Zentrum von Palermo getroffen.«

37

Der Senator stieg ins Taxi und sagte dem Fahrer, er solle ihn so schnell wie möglich zur Mole Antonelliana bringen, zum Museo del Cinema. Der Sizilianer wollte ihn dort treffen, weit weg vom Hotel, und das war kein gutes Zeichen.

Besorgt darüber, was diese Vorsichtsmaßnahmen bedeuten mochten, hatte er in aller Eile seinen Koffer gepackt, ohne jedoch das Zimmer im Hotel aufzugeben.

Aus dem Taxi rief er seinen Sekretär an und gab ihm die Anweisung, am Flughafen Caselle ein Ticket nach Rom für ihn bereitlegen zu lassen. Denn bevor er nach Südamerika flog, musste er zurück nach Rom und die Dokumente holen, die er seit Jahren im Schließfach einer Bank verwahrte.

Es waren brisante Dossiers, die viele überzeugen würden, ihr Bestes zu tun, damit er ungestört und von der Justiz unbehelligt fliehen könnte.

Der Taxifahrer schlängelte sich geschickt durch den Verkehr, während sie im Radio einen aktuellen Hit spielten.

»Jetzt müssten gleich Nachrichten kommen«, sagte der Fahrer und stellte lauter.

Das Herz schlug dem Senator bis zum Hals, als er die Nachrichten aus Sizilien hörte. Calogero Bonanno war mitsamt seinem schönen Barockpalast in die Luft geflogen, und zwei Mitglieder der Gerlando-Familie hatte man mit Kalaschnikows in ihren Autos erschossen.

»Solange sie sich gegenseitig umbringen…«, kommentierte der Taxifahrer und warf ihm im Rückspiegel einen Blick zu. »Dieser Bonanno muss sich irgendjemandem gegenüber eine Beleidigung erlaubt haben, einen *sgarbo*, wie sie dort unten sagen, sonst hätten sie ihn nicht auf diese Art umgebracht«, meinte er kennerhaft.

Während der Taxifahrer weiterschwatzte, versuchte der Senator Ruhe zu bewahren und Ordnung in seine Gedanken zu bringen. Irgendetwas würde bald über das Land hereinbrechen, etwas sehr Ähnliches wie zu Zeiten des Tangentopoli-Skandals. Die Zweite Republik würde genauso untergehen wie die Erste, dessen war er sich sicher: Die Vorzeichen wiesen darauf hin.

Was die beiden Untersuchungsrichter damals herausgefunden hatten, nämlich dass ein guter Teil der Führungsschicht des Landes mit der organisierten Kriminalität gemeinsame Sache machte, war inzwischen eine akzeptierte Tatsache. Alle wussten Bescheid über die anhaltende Korruption und Bereicherung, durch die das Land vor allem in den letzten Jahren ausgesaugt worden war, was zu einem starken Unbehagen in der sogenannten Zivilgesellschaft – oder den Resten, die es davon noch gab – geführt hatte.

Und doch, trotz der zahlreichen Anzeichen unmittelbar bevorstehender Gefahr hatten die Machthaber, geblendet durch Allmachtsphantasien und Geldgier, weiter ohne Ende gerafft. Jetzt jedoch ließ die katastrophale Wirtschaftskrise die Probleme ans Tageslicht kommen.

In einem Anfall von Wut verwünschte der Senator seine

Komplizen und ihre fresssüchtige Gier. Wie oft hatte er versucht, sie zu warnen, und ihnen erklärt, dass sie bestimmte Grenzen nicht überschreiten und denjenigen, die ihren Aufstieg ermöglicht hatten, nicht auf die Zehen treten dürften.

»Idioten!«, brach es aus ihm heraus, so hasserfüllt, dass er die Gefahr vergaß, in der er selbst schwebte.

Der Taxifahrer, im Glauben, sein Ausbruch beziehe sich auf das Massaker im Irak, über das im Radio gerade berichtet wurde, nickte eifrig. »Das können Sie laut sagen! Der Iraker hätte diesem Scheißkerl keine normalen Schuhe, sondern ein Paar holländische Holzpantinen an den Kopf werfen sollen!«

Der Senator, verloren in seinen Gedanken, hörte es nicht. Er begann langsam den Plan zu erkennen: Der erste Schlag würde gegen ihn geführt werden, wegen dieser verdammten Agenda, aber dann würden weitere folgen und die politische Klasse dezimiert werden. Diese Mafiamorde waren das alarmierende Anzeichen einer schon angelaufenen Säuberung mit dem Ziel, sie alle auszulöschen.

Er musste so schnell wie möglich verschwinden, bevor ein Haftbefehl gegen ihn erlassen würde. Es war nur eine Frage der Zeit, vielleicht von Stunden, dann würde sein Name in den Zeitungen der halben Welt auftauchen.

Er fragte sich, ob er seinen Freund, den Präsidenten, warnen sollte, doch er verwarf die Idee sofort, er konnte es sich nicht erlauben, irgendwie auf sich aufmerksam zu machen. Wenn dieser Größenwahnsinnige seinerzeit auf ihn gehört hätte, wäre alles anders gelaufen. Sollte er doch sehen, wie er zurechtkam. Er glaubt ein Messias zu sein? Dann mochte er eben am Kreuz enden!

Das Taxi hielt vor der Mole Antonelliana, wenige Schritte vom Eingang des Museo Nazionale del Cinema entfernt. Der Senator bezahlte die Fahrt und stieg aus. Als er die ersten Stufen der Treppe hinaufgegangen war, konnte er nicht anders, als zur Kuppel hochzuschauen, die sich gegen den blauen Himmel abhob.

Er kannte das Filmmuseum, weil er vor Jahren hier gewesen war, ausgerechnet in Begleitung des Präsidenten, der es, damals noch Ministerpräsident, eingeweiht hatte. Das Museum war in der Welt ebenso einzigartig wie das Gebäude, in dem es untergebracht war. Die Mole Antonelliana, das Wahrzeichen der Stadt, war ein faszinierendes und gleichzeitig absurdes Bauwerk, das vor allem in die Höhe strebte. Als Synagoge geplant, war die Mole am Ende des neunzehnten Jahrhunderts von der Stadt Turin gekauft und zu einem Monument der Nationalen Einheit deklariert worden. Damals war sie das höchste Bauwerk Europas.

Als er Eintritt bezahlte, erinnerte sich der Senator daran, irgendwo gelesen zu haben, der neunzigjährige Architekt Antonelli habe sein Meisterwerk als »einen vertikalen Traum« bezeichnet. Der Senator schüttelte den Kopf: Was für eine banale, ja lächerliche Feststellung. Man träumt, während man schläft, in horizontaler Position, und die Mole einen »vertikalen Traum« zu nennen bedeutete, sie auf eine dumme Phantasie im Wachzustand zu reduzieren.

Der Sizilianer hatte sich mit ihm in der spektakulären, riesigen Aula del Tempio im Zentrum der Mole verabredet. Der Senator folgte den Hinweisschildern, und nachdem er den roten Samtvorhang passiert hatte, fand er sich an einem phantastischen, sehr kinematographischen Ort wieder.

Im Inneren dieses sogenannten Tempelsaals waren Chaiselongues verteilt, auf denen sich die Besucher ausstrecken und die auf zahlreiche Leinwände projizierten Filme, aber auch die atemberaubend hohe Kuppel bewundern konnten. In der Mitte trug ein gläserner Aufzug mit einer Geschwindigkeit von beinahe hundert Metern in weniger als einer Minute die Mutigeren unter ihnen hinauf in die Spitze, um dann wieder nach unten zu fahren, in einem surrealen Auf und Ab.

Als der Senator sich der mehr als drei Meter hohen goldenen Skulptur des Gottes Moloch zuwandte, einer Originalrequisite aus dem Stummfilm *Cabiria*, spürte er plötzlich, wie jemand ihn am Arm fasste. Er zuckte zusammen, fürchtete das Schlimmste. Doch es war der Sizilianer.

»Kommen Sie, Senatore«, sagte er und schob ihn sanft zu der Treppe, die zur Rampe führte, auf der, ähnlich wie im Guggenheim, die Besucher zu Fuß zur Kuppel hochsteigen und die verschiedenen Stockwerke und Ausstellungsflächen erreichen konnten.

»Kommt nicht in Frage, ich bin nicht schwindelfrei«, protestierte der Senator.

Der Sizilianer zuckte die Schultern. »In Ordnung, dann bleiben wir hier. Aber lassen Sie uns einen Ort suchen, der ein wenig abseits liegt.«

Sie wandten sich der Wand zur Linken zu, wo sich die berühmten »Kapellen« befanden, Räume, in denen man Filmkulissen nachgebaut hatte. Sie betraten die erste dieser Kapellen, ein im Stil des 19. Jahrhunderts eingerichtetes Zimmer, das irgendwie vertraut wirkte: ein Kamin, ein Cretonne-Sessel, das Porträt von Königin Victoria, eine auf dem Stuhl liegende Geige, ein Regal mit Mikroskop, Destillierapparaten und Reagenzgläsern, ein für zwei gedeckter Teetisch, kuriose Gegenstände hier und dort und der berühmte persische Pantoffel auf dem Kaminsims.

Das Londoner Arbeitszimmer von Sherlock Holmes, 221 Baker Street, war in diesem Jahr rekonstruiert worden, um an die Veröffentlichung des ersten Falls des berühmtesten Detektivs der Welt und an die Filme zu erinnern, die nach den Romanen gedreht worden waren.

Der Senator, der sehr abergläubisch war, fürchtete, es könnte ein schlechtes Omen sein, dass sie bei all den Räumen gerade in diesen geraten waren. Letztlich war er ja für den Tod des Sherlock-Holmes-Experten verantwortlich, da er seine Männer nach London geschickt hatte, um die Agenda zurückzuholen. Bedeutete dieser Zufall vielleicht, dass der Engländer sich aus dem Jenseits rächen wollte?

Ich werde langsam verrückt, ging ihm durch den Kopf, als er wieder bei sich war und seine Aufmerksamkeit erneut dem Sizilianer zuwandte.

»Entschuldigung, was hast du gesagt?«, fragte er.

Der Sizilianer sah ihn verwirrt an. »Ich sagte, die Dinge entwickeln sich nicht zum Guten, es wäre besser, Sie würden sofort das Land verlassen. Ein Mafiakrieg steht bevor, und es geht das Gerücht, dass auch Ihre Freunde sehr bald Schlimmes durchmachen werden.«

»Was weißt du Genaues über den Anschlag auf Bonanno?«

»Wenig. Und über die Ermordung der beiden Gerlandos gar nichts. Da herrscht eine Menge Konfusion. Irgendjemand will Zwietracht säen, und es gelingt ihm. Branca hatte es schon angedeutet …«

»Ja. Hast du getan, was ich dir gesagt habe?«

Der Sizilianer nickte. »Natürlich. Wir hören das Telefon von Signora Malacrida ab. Aber warum sind Sie so an ihr interessiert?«

Der Senator zuckte gleichgültig mit den Schultern. Der Sizilianer wusste nichts von der falschen Identität, hinter der sich der Pate verbarg.

»Ich kenne Lorenzo Malacrida. Er könnte mir nützlich sein. Es ist immer besser, man hat Informationen über einen, der uns von Nutzen sein kann. Hast du die Mitschnitte von heute dabei?«

»Natürlich.« Der Sizilianer, den diese Erklärung nicht sehr überzeugte, zog ein kleines Aufnahmegerät mit Kopfhörer aus der Tasche und gab es ihm.

»Nichts Interessantes«, sagte er. »Die Signora reist morgen mit einer Freundin nach Taormina. Zuerst wollten sie nach Saturnia, doch dann hat die Freundin noch einmal angerufen und gesagt, sie hätte ihre Meinung geändert. Egal, bis heute Abend werde ich die Nummer des Handys haben, und dann können wir sowohl die Gespräche der Signora als auch – über Satellit – ihre Bewegungen kontrollieren.«

Der Senator nickte, setzte den Kopfhörer auf und drückte die Playtaste. Als er alles angehört hatte, gab er das Aufnahmegerät zurück und begann in Holmes' Arbeitszimmer nachdenklich auf und ab zu gehen.

Ihm war eine sehr gefährliche Idee gekommen, die jedoch sein letztes Mittel sein könnte, falls es ihm nicht gelingen sollte, sich rechtzeitig davonzumachen. Wenn dieser Mafiakrieg künstlich ausgelöst worden war, um die aktuelle Politikerriege und ihre Mafia-Komplizen zu vernichten, wovon er inzwischen ausging, dann gehörte Matteo Trapani vielleicht zu dem Komplott und hatte sich mit irgendjemandem verbündet, der alle tot oder im Gefängnis sehen wollte. In dem Fall würde die Enthüllung, dass er über die wirkliche Identität von Lorenzo Malacrida Bescheid wusste, nur dazu führen, dass er als Allererster eliminiert würde. Aus dieser Lage gab es nur einen Ausweg: Er könnte mit Hilfe des Sizilianers und der Männer, über die er verfügte, und mit Hilfe seiner Beziehungen zu den Geheimdiensten Matteo Trapanis Frau entführen und den Paten so zwingen, ihm zu helfen. Falls diesem Mann an der Frau, die er geheiratet hatte, etwas lag – was keineswegs sicher war.

»Einstweilen hören wir die Telefone der Signora weiter ab, später sehen wir dann.«

»In Ordnung, Senatore. Aber sind Sie wirklich davon überzeugt, dass dieser Mann Ihnen nützlich sein kann?«, fragte der Sizilianer noch einmal nach.

Der Senator nickte. »Tu, was ich dir sage. Du solltest wissen, dass ich mich selten irre.«

»Beabsichtigen Sie, Italien zu verlassen?«

»Ja, so schnell wie möglich. Da es uns nicht gelungen ist, wieder in Besitz der Agenda zu kommen, ist das Spiel nun verloren. Doch vorher muss ich noch einmal nach Rom und einige Dinge regeln. Und du, was machst du? Ich muss wissen, ob ich auf dich und deine Männer zählen kann.«

Der Sizilianer sah ihm gerade in die Augen. »Wenn tatsächlich ein Mafiakrieg im Gange ist, werde auch ich abhauen, und zwar so schnell wie möglich. In den nächsten Tagen werden wir schon erfahren, was wirklich los ist.«

»Sind deine Kontakte nach Sizilien vertrauenswürdig?«, fragte der Senator, obwohl er die Antwort schon kannte.

»Hundert Prozent. Trotz allem bin ich einer von ihnen, auch wenn ich als junger Mann zum Fürsten gehörte. Wenn ich noch am Leben bin, dann nur, weil ich seit Jahren für Sie arbeite. Dadurch habe ich totale Straffreiheit, zumindest bis jetzt. Wenn Sie verschwinden, bin ich gezwungen, das Gleiche zu tun.«

Der Senator lächelte. »In diesem Fall rate ich dir, die Koffer zu packen. Du kannst auch auf einem anderen Kontinent für mich arbeiten. Was hältst du davon?«

»Etwas Besseres kann ich mir nicht wünschen.«

»Gut, dann sehen wir zu, dass wir heil davonkommen. Auf wie viele Männer können wir zählen?«

»Drei engste Vertraute, die mir auch in die Hölle folgen würden. Und dann natürlich Söldner. Ich kann jederzeit die besten, die aufzutreiben sind, mobilisieren. Man muss sie nur bezahlen. Wie die drei Slawen.«

»Ich wünsche mir welche, die ein bisschen intelligenter sind.«

»Söldner sind Söldner, man darf nicht zu viel verlangen.«

Der Senator näherte sich einigen an den Wänden hängenden Plakaten und betrachtete sie aufmerksam. Eins war von dem Film *Der Hund von Baskerville* und zeigte Basil Rathbone und Nigel Bruce, die zu den berühmtesten Darstellern von Sherlock Holmes und Doktor Watson gehörten. Daneben, auf einem großen farbigen Plakat aus den achtziger Jahren, war Jeremy Brett vor dem Hintergrund der Reichenbachfälle zu sehen.

Der Senator zeigte dem Sizilianer das Plakat. »Meiner Meinung nach war Jeremy Brett der beste Sherlock-Holmes-Darsteller aller Zeiten. Ein phänomenaler Schauspieler, leider zu früh gestorben«, schloss er und schüttelte den Kopf.

Der Sizilianer sah ihn fasziniert an: Obwohl er seit zwanzig Jahren im Dienst des Senators stand, staunte er immer wieder über dessen Fähigkeit, sich gedanklich loslösen zu können. Sein Leben war in Gefahr, und doch gelang es ihm, vollkommen abzuschalten und eines Schauspielers zu gedenken. Er hatte ihn immer für seine Kälte und für seine Unerschütterlichkeit bewundert. Dies war es, was ihn mit diesem Mann verbunden hielt, vielleicht mehr als die Dankbarkeit, die er ihm schuldete.

»Wir müssen sehr vorsichtig sein.«

»Natürlich«, gab der Senator zu. Dann fixierte er ihn, mit halbgeschlossenen Augen und einem sanften Lächeln auf den schmalen Lippen.

Dieser Getreue war der Einzige, der bereit war, ihm bis in den Tod zu folgen. Aber wenn er das Maximum aus ihm herausholen wollte, musste er bei der Beziehung ansetzen, die sie seit zwanzig Jahren verband. Um Graham Greene zu zitieren: Der menschliche Faktor würde den Unterschied machen.

»Bist du sicher, dass du das sinkende Schiff nicht verlassen willst, mein Freund?«, fragte er ihn daher schmeichlerisch. »Ich wäre dir deshalb nicht böse, glaub mir. Du bist noch jung, du kannst dir ein neues Leben fern von Italien aufbauen, an Geld fehlt es dir nicht. Lass mich allein damit fertig werden.«

So großmütig das klang, so ging es doch eigentlich um die Frage nach der Loyalität des Sizilianers. Dass die Corleonesen ihn damals nicht in einen Zementpfeiler gesteckt hatten, war immerhin seiner Fürsprache zu verdanken gewesen.

Der Sizilianer erwiderte den Blick, schüttelte heftig den Kopf und enttäuschte ihn nicht. »Sie haben mir das Leben gerettet, das habe ich nicht vergessen. Nur Ratten verlassen das sinkende Schiff. Und außerdem ist es nicht gesagt, dass unser Schiff sinken wird, wir haben noch ein paar Karten, die wir ausspielen können. Aber Sie müssen offen mit mir sein und mir sagen, warum Sie so sehr an Betta Malacrida interessiert sind …«

Der Senator lachte. »Du bist auf Draht, das habe ich schon damals gewusst, als ich dir aus der Patsche geholfen habe. Über Malacrida werden wir reden, aber nicht jetzt. Heute Abend reise ich nach Rom ab, du folgst mir dann mit deinen Leuten. Von dort nehmen wir, wenn ich alles geregelt habe, den ersten Flug nach Südamerika. Besorg dir falsche Papiere.«

Der Sizilianer nickte. »Gut. Ich habe nichts, was mich in Italien zurückhält, und Südamerika ist wunderbar, um neu anzufangen.«

»Dann nichts wie weg. Wir bleiben über das abhörsichere Handy in Verbindung. Jetzt fahre ich zurück und sage an der Rezeption, dass ich mein Zimmer morgen am späten Vormittag aufgeben werde; ich zahle dann gleich die Rechnung und reserviere für heute Abend einen Tisch im Restaurant. Mein Gepäck und meine persönlichen Dinge lasse ich im Zimmer, damit man glaubt, dass ich noch in Turin bin, und mache mich dann in aller Stille davon. Aufpassen muss ich nur beim Verlassen des Hotels, wenn mich, wie wir vermuten, jemand beschattet. Du und deine Männer, ihr fahrt mit dem Auto nach Rom. Sofort.«

»In Ordnung. Aber wie kommen Sie nach Rom?«

Der Senator lächelte. »Mach dir darüber keine Sorgen. Sobald du angekommen bist, rufst du mich an.«

»Aber jetzt werde ich Ihnen aus der Ferne Begleitschutz geben, bis zum Hotel. Das ist vorsichtiger.«

»Gut. Ich gehe zuerst. Hals- und Beinbruch.«

»Wird schon schiefgehen«, antwortete der Sizilianer.

38

Mit Balkenüberschriften auf der ersten Seite brachte die wichtigste Tageszeitung des Landes die Nachricht von der Maxi-Antimafia-Operation, die zur Festnahme einer großen Zahl von Mafiosi geführt hatte. In den Artikeln war zu lesen, dass einige Tage vor der Razzia in der Nähe von Palermo ein Spitzentreffen abgehalten worden sei, an dem wichtige Bosse lokaler Mafiafamilien teilgenommen hätten. Der Versammlungsraum, vielleicht eine Sakristei, sei von den Ermittlern im Voraus mit Abhörwanzen und Mikrophonen bestückt worden. So hätten sie die Beratungen direkt mitverfolgen und Ermittlungen auslösen können, die dazu geführt hätten, die Namen aller Teilnehmer und vieler ihrer Kontaktpersonen zu erfahren. Der Umstand, dass die Operation dank dem Hinweis eines mysteriösen Informanten möglich geworden war, blieb in den Zeitungen jedoch unerwähnt.

In der Morgendämmerung hatten rund tausend Carabinieri mit Hubschraubern und Hundestaffeln die Insel abgesucht, und man hatte gut hundert Mafiosi in ihren Häusern aufgestöbert – einige von ihnen hochbetagt – und sie festgenommen. Den Richtern der Antimafia-Bezirksdirektion des Provinzkommandos Palermo zufolge versuchte diese geschlossene kriminelle Gruppe, die berüchtigte, von Totò ò zoppo geschaffene Provinzkommission der Cosa Nostra, die sogenannte *Cupola*, wiederzubeleben.

Die Operation war *Icaro* getauft worden, und zu den verschiedenen Straftaten, die man den Beschuldigten zur Last legte, gehörten – neben Mitgliedschaft in einer kriminellen Vereinigung – Erpressung, Waffen- und natürlich Drogenhandel.

Befriedigt las Trapani die Namen der elf Bezirksbosse und ihrer Stellvertreter, darunter jene von Corleone und Bagheria, sowie der neunzehn Clanchefs, die er den Ermittlern freundlicherweise persönlich gesteckt hatte.

Er konnte sich nicht beklagen, die Informationen hatten, an die zuständigen Stellen gelangt, noch glänzendere Ergebnisse erbracht, als zu erhoffen gewesen war.

Er legte die Zeitung auf die anderen, die sich auf seinem Schreibtisch türmten, nahm das Telefon und wählte die Nummer, die Alimante ihm bei ihrem letzten Treffen gegeben hatte. Der Turiner hatte zwar jeden Kontakt mit ihm abgebrochen, wollte aber trotzdem lückenlos über den die Mafia betreffenden Teil der Operation auf dem Laufenden gehalten werden.

»Haben Sie die Zeitungen gelesen?«, fragte er, als Ogden sich meldete.

»Natürlich«, lautete die Antwort des Agenten.

Trapani, der keine großen Komplimente erwartete, war denn doch enttäuscht von dieser lakonischen Antwort. Es war offensichtlich, dass die beiden vornehmen Herren des Dienstes es nicht mochten, mit einem wie ihm zu tun zu haben.

»Ein guter Teil der Ermittler glaubt«, fuhr er fort, »dass

diese Operation dazu gedient habe, die Organisation der Cosa Nostra daran zu hindern, gemeinsam einige schwerwiegende Entscheidungen zu treffen, die schon in der Vergangenheit für sie charakteristisch waren.« Er machte eine Pause. Er wusste, dass er das ausgezeichnete Englisch eines gebildeten Mannes sprach, und er zögerte nicht, sich demonstrativ so auszudrücken, wie es nur jemand kann, der die Sprache absolut beherrscht. Auch dafür, wie für alles Übrige, musste er dem Fürsten dankbar sein. Doch was wussten diese beiden internationalen Spione schon davon?

»In Wirklichkeit«, fuhr er fort, »sprachen die Teilnehmer der von mir organisierten Versammlung – oder soll ich sagen: Falle? – banal über Geschäfte. Es ging nicht um Destabilisierung, und schon gar nicht sollte die Ermordung einer hochkarätigen Persönlichkeit geplant werden, wie es in der Presse zu lesen ist. Doch in dem Tipp, den ich über unverdächtige Geheimdienstkanäle den Spitzen der Ermittlungsbehörden zugespielt habe, wurde auch die Möglichkeit angedeutet, dass man bei dieser Gelegenheit ein Verbrechen plane, oder noch besser: einen schweren Anschlag. Deshalb haben die Ermittler so schnell gehandelt, genau, wie wir es uns gewünscht haben. Jetzt ist ein Teil des Gesindels ausgeschaltet, und die Ermittlungen können die höheren Ebenen der Politik erreichen und bei unserem Projekt der Destabilisierung mitwirken.«

Trapani legte eine weitere Pause ein und bekam endlich eine Antwort.

»Das ist der interessanteste Aspekt.«

»Für Sie mit Sicherheit. Leider muss Totò ò zoppo, der seit Jahren von den gelockerten Haftbedingungen profitiert, erfahren haben, was sich da anbahnte. Jedenfalls hat er seinem Sohn befohlen, in den Norden zu gehen und weder an dieser Versammlung noch an zukünftigen teilzunehmen. Man darf ihn nicht unterschätzen: Der alte Bauer ist schlau und immer noch in der Lage, Schaden anzurichten.« Trapani lachte herzlich. »Haben Sie die Schlagzeile im *Corriere della Sera* gesehen? ›Matteo Trapanis Traum geplatzt: Der Pate wollte die Mafia-Cupola wiederherstellen.‹ Lächerlich. Was haben wir nach deren Meinung von 1993 bis heute gemacht? Däumchen gedreht? Wenn man von der Mafia nichts hört, heißt das, dass ihre Beziehungen mit den Institutionen idyllisch sind. Das Schlimme ist, dass die Leute die Märchen, die sie lesen, glauben. Dabei hätte die Schlagzeile lauten müssen: ›Matteo Trapanis Traum vollendet: Die Vernichtung der Corleonesen‹.«

Nachdem er sich Luft gemacht hatte, räusperte sich der Pate. »Gut, ich habe Sie wie abgemacht informiert. Der Mafiakrieg hat begonnen. Auch ich werde als Matteo Trapani unter den Opfern sein. Ich habe gedacht, es wäre korrekt, Ihnen das mitzuteilen.«

»Natürlich. Aber Sie müssen auch als Toter mit uns in Kontakt bleiben«, sagte Ogden ohne einen Anflug von Ironie.

Trapani lachte. »Sie können ganz beruhigt sein, ich werde Sie über alles, von dem ich denke, dass es Sie interessieren könnte, auf dem Laufenden halten ...«

»Nein«, unterbrach Ogden ihn barsch. »Wir sind es, die entscheiden, was uns interessiert. Die Abmachungen sehen vor, dass Sie uns kontinuierlich über jeden Ihrer Schritte informieren. Habe ich mich klar ausgedrückt?«

Das war ein Befehl, und Trapani verzog missmutig das Gesicht. »Wird gemacht«, sagte er, ohne sich seinen Ärger anmerken zu lassen. »Nachdem ich alles in die Wege geleitet habe, ist es nun an Ihnen, dafür zu sorgen, dass die Institutionen effektiv arbeiten. Aber das wird sicher kein Problem sein, Sie haben ja sehr überzeugende Argumente. Dann bleibt mir nur, Ihnen viel Glück zu wünschen«, sagte er.

»Auch Ihnen viel Glück«, antwortete Ogden und legte auf.

Stuart, der das Gespräch über Ohrhörer verfolgt hatte, lächelte amüsiert.

»Ich habe dich noch nie so einsilbig erlebt.«

»Vielleicht weil du mich noch nie mit einem sizilianischen Mafioso hast sprechen hören. Alimante sei Dank«, antwortete Ogden verärgert.

Stuart zuckte mit den Schultern. »Tja, sicher. Aber was für einen Unterschied macht das? Die Mafiosi, egal ob russische, sizilianische, amerikanische oder chinesische, unterscheiden sich kaum von den hochgestellten Parasiten, mit denen wir immer zu tun gehabt haben.«

»Mag sein, aber diese hier fallen mir mehr auf die Nerven. Vielleicht wegen ihrer ungehemmten Mordlust.«

»Die Zeiten sind schlechter geworden«, meinte Stuart. »Und wir haben keine Wahl in unserem Metier. Dazu kommt, dass keiner mehr so tut, als wäre er besser, im Gegenteil, alle geben sich große Mühe, verachtenswert zu erscheinen. Wir können uns nur wünschen, dass nach dieser Wirtschaftskrise nicht mehr so viele Leute die Taschen voller Geld haben.«

»Vergiss es«, sagte Ogden. »Die wenigen reichen Schmarotzer werden immer reicher, während alle anderen immer weiter abrutschen. Im Grunde ist es das, was die amerikanische Elite seit Jahren betreibt; ihr ist es gelungen, die Mittelschicht zu zerstören, die der Pfeiler ist, auf den sich jede Zivilgesellschaft stützt. Die europäische Elite hat das lange nicht realisiert. Wenn das so weitergeht, werden unsere Supermächtigen sich, um der Revolte zu entgehen, in ihren befestigten Schlössern verbarrikadieren müssen, mit hochgezogenen Zugbrücken und bis an die Zähne bewaffneten Söldnern, die sie beschützen.«

Stuart schüttelte den Kopf. »Ich habe schon immer vermutet, dass du ein verkappter Jakobiner bist.«

»Nicht einmal so verkappt«, sagte Ogden und verließ das Zimmer.

39

Der Senator betrat sein Zimmer und schaute sich um. Kurz zuvor hatte er eine SMS auf dem abgeschirmten Handy erhalten, eine Nachricht des Sizilianers, dass er keinen Verfolger bemerkt habe. Das beruhigte ihn, wenn auch nicht vollkommen; nach ihrem Kenntnisstand konnten auch welche im Hotel sein.

Er nahm die Aktentasche und stopfte ein paar Dinge hinein, dann machte er den Schrank auf und betrachtete mit Bedauern die eleganten Anzüge und die englischen Schuhe, die er gerade erst gekauft hatte und nun zurücklassen musste. Die Uhr zeigte drei Uhr nachmittags, um diese Zeit hätte er schon am Flughafen sein müssen. Doch angesichts des neuen Verdachts würde er das von seinem Sekretär reservierte Ticket nicht mehr benutzen. Wenn sie ihn überwachten, wurde mit Sicherheit auch das Telefon seines römischen Büros abgehört, und dann war schon irgendjemand am Flughafen Caselle oder, in Erwartung seiner Rückkehr, in Fiumicino. Nun gut, er würde sie enttäuschen und weder fliegen noch mit der Bahn fahren, sondern ein Taxi nehmen und dem Fahrer das Doppelte oder Dreifache des Preises für die Fahrt anbieten.

Er deckte das Bett auf. Wenn niemand vor dem Abendessen käme, um das Zimmer zu richten, würden sie denken, er habe die Nacht noch im Hotel verbracht, um dann am nächsten Morgen in aller Frühe aufzubrechen.

Doch was interessierte ihn das eigentlich? Sollten sie doch denken, was sie wollten. Er musste nun einfach so schnell wie möglich nach Rom, dort zur Bank gehen, die Dokumente holen und fliehen. Leider gab es für ihn, im Unterschied zu den Kriegsverbrechern, keine »Rattenlinie«, die ihm die Flucht garantieren könnte.

Ganz jedoch stimmte das nicht, dachte er, als ihm plötzlich eine Idee durch den Kopf schoss. Wieso war ihm das nicht vorher eingefallen?

Er nahm das Telefon und rief eine Geheimnummer an, die er schon seit langer Zeit nicht benutzt hatte. Vor Jahren hatte er einem Freund aus der Klemme geholfen, einem hohen Tier beim italienischen Geheimdienst, der auf wirklich dumme Art Gefahr gelaufen war, in ein bis heute ungeklärtes Verbrechen verwickelt zu werden. Seine Geliebte, eine reiche Dame der besseren römischen Gesellschaft, war in ihrer Dachgeschosswohnung an der Piazza di Spagna getötet worden, und er hatte für die Tatzeit kein Alibi. Unglücklicherweise waren unter den Papieren der Frau kompromittierende Briefe gefunden worden, durch die den Ermittlern ihre Beziehung mit dem italienischen Agenten bekannt wurde. In dieser Situation hatte er den Senator um Hilfe gebeten. Dieser war bereit gewesen, für ihn einzustehen, und hatte ausgesagt, zum Zeitpunkt des Verbrechens seien er und der Freund zusammen gewesen. Eine Geschichte, die ein gutes Ende genommen hatte, unter Wahrung absoluter Diskretion, so dass der Name des Spions niemals in den Zeitungen aufgetaucht war. Der Agent hatte eine glänzende

Karriere gemacht und leitete nun eine geheime Abteilung des italienischen Inlandsnachrichtendienstes A.I.S.I., der dem SISDE nachgefolgt war.

Als der Freund sich meldete, tischte der Senator ihm nach dem Austausch der üblichen Höflichkeitsfloskeln die Geschichte auf, die er sich ausgedacht hatte.

»Die Sache muss absolut unter uns bleiben«, bat er sich in einem betrübten Ton aus, »doch die Drohungen, die ich erhalten habe, haben den Präsidenten so beunruhigt, dass er mich praktisch gezwungen hat, mich an dich zu wenden.«

Die Erwähnung des ersten Bürgers im Staate garantierte die Aufmerksamkeit von jedermann, der im Land etwas zählte. Alle wussten von der Beziehung, die ihn mit dem Präsidenten der Republik verband, und niemand hätte auch nur im Traum daran gedacht, ihm Hilfe zu verweigern, erst recht nicht der Mann, mit dem er sprach.

»Du kannst auf mich zählen. Sag mir genau, worum es sich handelt«, bat ihn sein Gesprächspartner.

Der Senator erzählte, er habe zahlreiche Drohbriefe erhalten und er sei sich sicher, dass er seit einer Weile beschattet werde. Außerdem fügte er, um die Gefahr, in der er schwebte, noch akuter wirken zu lassen, hinzu, sein Hotelzimmer sei, wenn auch stümperhaft, gerade an diesem Tag durchsucht worden.

»Ich habe es vorhin bemerkt, als ich ins Hotel zurückgekommen bin. Bei all den Irren, die heutzutage herumlaufen, weiß man nie. Auch wenn ich in der Politik nichts mehr zähle …«, murmelte er, ohne den Satz zu beenden.

Der Protest, den er mit dieser Äußerung falscher Bescheidenheit hatte auslösen wollen, ließ nicht auf sich warten.

»Was für ein Unsinn, du bist einer der mächtigsten Männer des Landes, und alle wissen, dass der Präsident dich konsultiert, bevor er eine Entscheidung trifft!«, widersprach der andere heftig. »Aber falls du nicht von einem Verrückten belästigt wirst, fürchte ich eher, das Ganze könnte, wegen der Freundschaft, die euch verbindet, eine an den Präsidenten gerichtete Botschaft sein. Wir werden sofort eine Untersuchung einleiten, doch inzwischen organisiere ich umgehend deinen Schutz.«

»Mein Gott, du hast recht, daran hatte ich nicht gedacht«, rief der Senator aus. »Aber wartet ab, bevor ihr den Präsidenten alarmiert. Du weißt besser als ich, was für heikle Zeiten wir politisch gerade durchmachen, mit der Opposition, die uns keine Ruhe lässt. Wir müssen es so einrichten, dass der Präsident nicht noch mehr Probleme bekommt. Du verstehst, was ich meine, nicht wahr?«

»Du kannst beruhigt sein, wir werden sehr diskret vorgehen und ihn nur informieren, wenn die Ermittlungen etwas ergeben. Auf jeden Fall verstärke ich aber auch seinen Sicherheitsapparat, was übrigens wegen seiner bevorstehenden Reise nach Sizilien sowieso geplant war. Was dich angeht, so mach dir keine Sorgen, von diesem Moment an stehst du unter dem Schutz meiner Abteilung.«

Der Freund informierte sich über die Pläne des Senators und sagte ihm dann, er solle das Hotel nicht verlassen, bis seine Männer eintreffen würden. Am Ende, bevor sie sich verabschiedeten, bedankte sich der Senator ausgiebig und spielte die Rolle des Veteranen, der im Alter müde und ängstlich geworden ist. Als er auflegte, war er sehr zufrieden.

»Euch hab ich's gezeigt«, entschlüpfte es ihm. Innerhalb

einer Stunde würde das Hotel unter Bewachung stehen, und ein Auto würde draußen auf ihn warten, um ihn hinzubringen, wo immer er hinwollte.

Er beschloss, den Sizilianer anzurufen, um ihm mitzuteilen, dass er sich wegen seiner Rückkehr nach Rom keine Sorgen machen solle. Er wählte die Nummer, und der Sizilianer meldete sich sofort.

»Du kannst beruhigt sein und musst dich nicht um mich sorgen«, sagte er und erklärte ihm die letzten Entwicklungen.

»Sind Sie sicher, dass Ihr Vertrauen gerechtfertigt ist?«, fragte der Sizilianer, der die Apparate des nationalen Sicherheitsdienstes gut kannte.

»Aber gewiss! Ich habe mich an einen Mann gewandt, dem ich vor Jahren das Leben gerettet habe. Ich weiß, er würde mich nie verraten. Und außerdem geht es ja nur um den Vorsprung, den wir brauchen, um Brancas Freunde abzuhängen, bevor wir in ein Flugzeug nach Paraguay steigen.«

»Ich würde diesen Leuten nicht blind vertrauen«, widersprach ihm der Sizilianer. »Vergessen Sie nicht, dass die drei Slawen wie vom Erdboden verschluckt sind, ebenso wie Professor Astoni. Und wir wissen noch nicht, bei wem wir uns dafür bedanken müssen.«

Der Sizilianer hatte nicht ganz unrecht, dachte der Senator, und er spürte, wie ihm die Angst auf den Magen schlug.

»Ja gut«, gab er widerwillig zu. »Aber wir haben keine Alternativen. Lass uns jetzt keine Zeit mit Reden verlieren. Ich nehme an, du bist unterwegs nach Rom.«

»Ehrlich gesagt, ich bin in der Hotelhalle«, sagte der Sizilianer verlegen.

»Ich hatte dir doch gesagt, dass du sofort abreisen sollst!«, schrie der Senator wütend.

»Ich fahre bald los, ich wollte nur sicher sein, dass Sie das Hotel verlassen, ohne dass Ihnen jemand auf den Fersen ist. Das können Sie mir nicht verübeln«, fügte er gekränkt hinzu.

Der Senator antwortete nicht gleich. Im Grunde war diese Demonstration der Zuneigung beruhigend.

»In Ordnung, entschuldige, ich bin ein bisschen nervös. Aber jetzt fahr mit deinen Männern sofort los. Ich rufe dich an, sobald ich in Rom bin.«

»Eine letzte Sache«, unterbrach ihn der Sizilianer. »Signora Malacrida reist morgen mit ihrer Freundin wie geplant nach Taormina. Ihr Mann ist aber in Rom.«

»Sehr gut, bring mir heute Abend die Aufnahmen. Du kannst in meiner Wohnung auf mich warten, ich werde den Hausdiener benachrichtigen, dass er dich einlässt. Jetzt geh, und gute Reise.«

»Senatore ...«

»Was gibt es noch?«

»Ich hatte einem meiner Männer aus Turin Anweisung gegeben, Sie zu eskortieren. Er wartet vor Ihrem Zimmer. Jetzt kann er Ihnen immer noch das Gepäck zum Auto des Geheimdienstes tragen«, sagte der Sizilianer in Erwartung des Wutausbruchs, den er verdient zu haben meinte, weil er den Anordnungen nicht Folge geleistet hatte.

Doch er blieb aus. Nunmehr beruhigt durch die Wendung, die die Ereignisse genommen hatten, reagierte der Senator mit unerwarteter Freundlichkeit.

»Du bist wirklich ein sizilianischer Dickschädel!«, sagte er großmütig. »In Ordnung, sag deinem Mann, er soll warten, bis ich aus dem Zimmer komme, aber nicht vor meiner Tür, das könnte Verdacht erregen. Es gibt einen kleinen Wartebereich vor den Aufzügen, da soll er sich hinsetzen. Wenn ich fertig bin, komme ich heraus und rufe ihn. Bist du jetzt beruhigt?«

»Ja, Senatore.«

»Umso besser. Und jetzt verschwinde und fahr endlich los. Sofort!«

»Einverstanden. Wir sehen uns heute Abend. Gute Reise.«

40

Tamarow zog den Ohrhörer heraus, starrte auf seinen Computer und dachte kurz nach. Er hielt sich in seinem Zimmer auf und war dabei, die Koffer zu packen, als das Signal der von ihm im Nebenzimmer installierten Abhörwanze ihn darauf aufmerksam machte, dass der Senator telefonierte. Aus dem Gespräch zwischen dem Politiker und dem italienischen Geheimdienstmann hatte er sofort herausgehört, dass sein Nachbar sich anschickte, sich aus dem Staub zu machen, und das auch noch geschützt von einer geheimen Abteilung des Nachrichtendienstes.

Er nahm das Handy und rief Ogden an, doch der meldete sich nicht, deshalb sprach er etwas auf die Mailbox. Die Ereignisse überstürzten sich tatsächlich: Am Morgen hatten die Fernsehnachrichten Bilder eines durch die Explosion vollkommen zerstörten Palazzo in Palermo gezeigt, außerdem welche von einem Anschlag, bei dem drei Angehörige einer bekannten Mafiafamilie ums Leben gekommen waren, was zusammen mit den tags zuvor Ermordeten bestätigte, dass der Mafiakrieg im Gange war. Und als ob dies noch nicht genügte, war ein wichtiger Politiker in Rom unter dem Verdacht der Kollusion mit der Mafia unter Hausarrest gestellt worden. Kein Wunder, dass der Senator beschlossen hatte zu fliehen.

Tamarow versuchte noch einmal, Ogden zu erreichen. Endlich meldete er sich.

»Der Senator macht sich auf und davon.«

»Ist uns bekannt. Wir sind unterwegs zum Hotel, stecken aber im Verkehr fest«, sagte Ogden.

»Ich schicke dir die Aufnahme seiner Gespräche von vorhin. Er flieht unter dem Schutz der Italiener.«

Ogden gab Stuart ein Zeichen, worauf dieser das Notebook nahm und es einschaltete.

»So, ich habe dir alles geschickt. Aber jetzt muss ihn jemand aufhalten. Wie es aussieht, bin nur ich hier«, sagte Tamarow ironisch.

»Wir sind in Kürze da«, sagte Ogden.

»In Kürze reicht nicht. Sein Freund vom italienischen Geheimdienst schickt ihm ein Auto und eine Mannschaft, die über seine Sicherheit wacht. Man muss ihn vorher schnappen.«

»Und wenn das nicht klappt, blockieren wir den italienischen Geheimdienst. Du weißt gut, wer hinter der Operation steht«, sagte Ogden.

»Na ja, dann muss er sich aber beeilen. Es wäre besser, ich würde ihn mir schnappen und in meinem Zimmer verstecken. In der Zwischenzeit könnte euer mächtiger Freund die Italiener stoppen. Auf die Art wäre für euch alles einfacher.«

»Lass es sein, Sergej, misch dich nicht ein, du bist zu alt für solche Sachen.«

»Was sagst du? Ich kann dich nicht mehr hören, die Verbindung ist gestört… Hallo, hallo!« Mit einem Lächeln legte der Russe auf.

Wütend klappte Ogden das Handy zu. »Dieser verrückte Tamarow will den Senator entführen und in seinem Zimmer verstecken, damit der italienische Geheimdienst ihn nicht übernimmt. Was zum Teufel macht Alimante? Ruf ihn an und sag ihm Bescheid. Schick ihm die Aufnahme, die Tamarow gemacht hat, er wird schnell herausfinden, wer dieser wichtige Mann ist, mit dem der Senator gesprochen hat. Er muss es so regeln, dass uns die Italiener nicht dazwischenkommen.«

»Bin schon dabei«, sagte Stuart.

41

Korolenko stieg vor dem Hotel aus dem Taxi. Eine Gruppe hübscher Mädchen wartete mit Autogrammwünschen auf ihn. Der russische Eiskunstläufer mochte es normalerweise nicht, erkannt zu werden, doch an diesem Tag war er guter Laune, deshalb ließ er den Ansturm geduldig über sich ergehen und gab ein Dutzend Autogramme.

Als er es schließlich schaffte, das Hotel zu betreten, fragte er an der Rezeption nach, ob Tamarow auf seinem Zimmer sei, was bejaht wurde. Er fuhr nach oben, ging in sein Zimmer, stellte die Päckchen mit seinen Einkäufen ab und versuchte Tamarow über das Hoteltelefon anzurufen, erreichte ihn jedoch nicht.

Seltsam, dachte er. Sie würden sich bald zum Flughafen aufmachen müssen, also sollte Sergej doch auf seinem Zimmer sein. Nachdem er das Handy des Trainers lange hatte klingeln lassen, beschloss er nachzusehen, was los war.

Auf dem Gang hörte er aus einem der Zimmer ein dumpfes Geräusch, dann ging etwas zu Bruch, vielleicht eine Vase oder eine Lampe.

Ohne besonders darauf zu achten, klopfte er am Zimmer des Trainers an, drückte dann auf die Türklinke, und die Tür öffnete sich. Verwundert über diese Nachlässigkeit trat er ein, doch das Zimmer war leer. Auch im Bad war niemand, und die Koffer lagen noch offen auf dem Bett, als wäre ihr Eigentümer beim Packen durch irgendetwas unterbrochen worden.

Ratlos trat er wieder auf den Gang, um zurückzugehen, als er aus dem Zimmer nebenan die erregte Stimme des Trainers auf Russisch fluchen hörte. Er blieb stehen und hielt ein Ohr an die Tür. Die Geräusche kamen tatsächlich von dort drinnen, und Tamarow schien mit irgendjemandem zu kämpfen.

Korolenko verlor keine Zeit damit, Hilfe zu rufen, er rannte zurück in sein Zimmer, holte einen Schlittschuh aus der Schlittschuhtasche, nahm die Kufenschoner ab und schwenkte ihn wie eine Waffe, als er wieder hinausstürzte.

Die Türen des Hotels hatten altmodische Klinken, Korolenko drückte sie mit aller Kraft nach unten, die Tür gab nach, und wegen der Heftigkeit, mit der er diese Bewegung ausgeführt hatte, fiel er geradezu ins Zimmer hinein und verlor das Gleichgewicht. Als er sich wieder aufrichtete, verschlug ihm das Bild, das sich ihm bot, den Atem: Der Trainer lag auf dem Boden, über ihm ein vor Wut rasender Kerl, der ihm ein Messer an die Kehle hielt.

Korolenko warf sich auf den Angreifer, doch dieser hatte ihn hereinkommen hören, drehte sich ruckartig um, und holte zu einem Schlag aus, der wenige Zentimeter vor seinem Gesicht niederging.

Blind vor Wut schlug Korolenko mit dem Schlittschuh zu und traf ihn am Hals: Der Mann ließ los und glitt bewusstlos zu Boden.

Einige Minuten zuvor hatte der Senator, ohne einen Verdacht zu hegen, einem Fremden die Tür geöffnet, weil er glaubte, es handle sich um den Mann des Sizilianers, der gekommen sei, um sein Gepäck zu holen. Doch dieser Typ hatte ihn ohne große Umstände ins Zimmer hineingestoßen und die Tür hinter sich geschlossen. Als der Senator sich der Gefahr bewusst wurde, hatte er wie ein Wahnsinniger zu schreien angefangen, worauf der *picciotto* des Sizilianers zu Hilfe geeilt war.

Eine Weile hatte der Politiker dem Kampf zwischen den beiden zugesehen und auf den Sieg seines Helfers gehofft, doch als dann auch noch dieser junge Mann aufgetaucht war, hatte er seine Aktenmappe gepackt und war eilig geflohen.

Korolenko, der die Anwesenheit des Senators nicht einmal bemerkt hatte, sah gerade noch aus den Augenwinkeln, wie jemand aus dem Zimmer rannte.

Tamarow versuchte aufzustehen. »Danke …«, murmelte er schwach und massierte sich den Hals.

»Wie geht es dir?«, fragte Korolenko und half ihm auf die Beine.

»Alles in Ordnung, mach dir keine Sorgen. Dieser Mistkerl hätte mir die Kehle durchgeschnitten, wenn du nicht gekommen wärst«, murmelte er und gab ihm einen Klaps auf die Schulter.

»Was hast du denn in diesem Zimmer getan?«

Tamarow schaute sich um, der Senator hatte sich auf und davon gemacht, und er musste eine glaubhafte Geschichte für seinen Schützling erfinden. Er wollte gerade irgendetwas murmeln, als Ogden und Stuart das Zimmer betraten und ihn aus der Verlegenheit befreiten.

»Du russischer Dickkopf!«, fuhr Ogden ihn an und schloss die Tür hinter sich. »Bist du verletzt?«

»Nein, es geht mir gut. Evgenij hat mich vor diesem Wahnsinnigen gerettet«, sagte er und zeigte auf den Mann auf dem Boden. Dann wandte er Korolenko den Rücken zu und sah die Kollegen mit einem Ausdruck an, mit dem er sie bat, sein Spiel mitzuspielen.

»Was ist eigentlich los hier?« Korolenko wandte sich an alle drei, doch keiner antwortete ihm.

Stuart beugte sich über den Mann auf dem Boden. »Womit hast du zugeschlagen?«

»Damit«, der Eiskunstläufer hielt den Schlittschuh hoch. »Ist er tot?«

»Beinahe. Du hast ihm fast den Hals aufgeschlitzt. Aber du hast es nicht getan. Besser so, das erspart dir unnötige Gewissensbisse. Der Schlag auf die Halsschlagader war heftig, doch er wird es überleben«, sagte er, während er sich die Papiere ansah, die er dem Mann aus der Jacke gezogen hatte. »Er ist Italiener, besser gesagt: Sizilianer. Er gehört sicherlich zu den Männern im Dienste des Senators. Niemand wird nach ihm suchen, zumindest im Augenblick nicht.«

»Wie dem auch sei, lasst uns von hier verschwinden«, sagte Ogden.

»Ich setze ihn außer Gefecht für den Fall, dass er frühzeitig wach werden sollte.«

Stuart riss die Vorhangschnur herunter und fesselte den Mann an Händen und Füßen. Als er fertig war, gingen alle in Tamarows Zimmer.

»Der alte Gauner hat sich davongemacht. Tut mir leid«, sagte der Trainer.

»Wenn wir nicht den Service-Lift, sondern den Hauptaufzug genommen hätten, wären wir ihm begegnet! Aber was soll's. Wir bekommen ihn auf jeden Fall zu fassen, bevor er das Land verlässt. Bestimmt hat er den Männern, die ihn nach Rom eskortieren, nicht erzählt, was passiert ist, sonst hätten wir sie schon am Hals. Der italienische Geheimdienst wird ihn sehr bald seinem Schicksal überlassen, dann muss er selbst sehen, wie er zurechtkommt. Und er wird gezwungen sein zu erklären, was ein halbtoter Sizilianer in seinem Zimmer macht.«

»Sergej, wovon sprecht ihr? Wer ist der Mann, den ich niedergeschlagen habe? Und der Alte?«

»Erklärungen folgen später«, unterbrach Ogden. »Jetzt nehmt euer Gepäck und geht, als wäre nichts gewesen, an die Rezeption, um eure Schlüssel abzugeben. Habt ihr die Rechnung schon bezahlt?«

»Natürlich«, sagte Tamarow.

»Gut. Wir fahren mit dem Service-Lift nach unten und warten vor dem Haupteingang auf euch. Los, beeilen wir uns.«

42

Nach einer angenehmen Reise landeten Elisabetta Malacrida und ihre Freundin Elvira auf dem Flughafen Catania-Fontanarossa. Es war Ende Mai, und in Sizilien schien schon Hochsommer zu sein. Vom Flughafen würden sie mit einem Mietwagen in das ungefähr sechzig Kilometer entfernte Taormina fahren.

Elvira hatte in letzter Minute das Programm geändert und beschlossen, nach Taormina zu fliegen, weil ihre Freundin Leonella Chiaramonte am nächsten Abend ein Fest veranstalten würde, von dem es in den Klatschspalten aller Zeitungen hieß, man dürfe es nicht versäumen.

Betta hätte die Ruhe von Saturnia vorgezogen, doch sie hatte ihrer Freundin versprochen, ein paar Tage mit ihr zu verbringen, und mochte sich jetzt nicht zurückziehen. Tags zuvor hatte sie viele Male versucht, ihren Mann zu erreichen; immer ohne Erfolg. Schließlich hatte sie eine gekränkte Nachricht hinterlassen, in der sie ihm allerdings nichts über die Programmänderung mitteilte. Dann hatte sie das Handy ausgemacht und auch nicht wieder eingeschaltet. Lorenzo übertrieb es wirklich; sollte er doch glauben, sie sei in Saturnia. Ihm diese kleine Lektion zu erteilen würde sie, wenn auch zu einem sehr geringen Teil, für sein Versteckspiel entschädigen.

Elvira setzte sich ans Steuer des Kleinwagens, denn sie kannte die Gegend, da sie oft bei Leonella in ihrer hoch über dem Ionischen Meer liegenden Villa zu Gast war.

Als sie Catania hinter sich gelassen hatten, fuhren sie die Küstenstraße entlang. Vor dem kleinen alten Hafen Aci Trezza, Schauplatz von Vergas *Die Malavoglia*, sah Betta die berühmten drei Lavafelsen aus dem Meer ragen, die – so die Sage – Polyphem auf Odysseus schleuderte, als dieser floh, nachdem er ihn geblendet hatte.

Die Küste bot eine pittoreske Folge kleiner Buchten am türkisfarbenen Meer und an die Felsen geschmiegter Fischerorte. Der flache Kegel des Ätnas zeichnete sich gegen den blauen Himmel ab, seit ein paar Tagen spuckte der Vulkan wieder Feuer, und seine bedrohliche Rauchsäule kontrastierte mit der sonnigen Atmosphäre der Küste, wie um daran zu erinnern, dass Sizilien nicht nur das Paradies, sondern auch die Hölle war.

Umgeben von so viel Schönheit, fühlte Betta sich glücklich und war geneigt, ihrem Mann zu verzeihen. Sie nahm das Handy, schaltete es ein und sah, dass er drei Nachrichten hinterlassen hatte. Sie wollte ihn schon anrufen, doch dann entschied sie sich dagegen. Im Grunde, sagte sie sich, würde es ihm guttun, sich auch ein bisschen um sie zu sorgen und nicht immer nur um seine Geschäfte. Also schaltete sie das Handy wieder aus und steckte es zurück in ihre Tasche.

In Acireale, einem Städtchen, das auf einer Lavaterrasse steil über dem Meer liegt und von Weinbergen und Zitronenhainen umgeben ist, beschlossen sie, haltzumachen und eine Kleinigkeit zu essen. Es roch so intensiv nach Zitrusblüten und Meer, dass sie sich wie betäubt fühlten.

Auf der Piazza del Duomo mit ihren eleganten Cafés, Restaurants und Eisdielen im Freien entschieden sie sich für ein Lokal im Schatten, von dem aus sie die schönsten Bauten Acireales bewundern konnten: die barocke Kathedrale Maria Santissima Annunziata, das imposante Rathaus mit den schmiedeeisernen, auf verzierten Konsolen ruhenden Balkonen sowie die strahlend weiße Basilica dei Santi Apostoli Pietro e Paolo.

»Was hältst du von diesem Empfang von Leonella? Im Grunde gibt es ja keinen feierlichen Anlass dazu«, meinte Elvira beim Kaffee.

Betta hatte Leonella Chiaramonte ein einziges Mal gesehen, doch sie kannte Elvira und ihre Vorliebe für Klatsch und Tratsch und wusste, dass sie, wenn sie ihre Freundin nicht verärgern und den Urlaub verderben wollte, dabei mitmachen musste.

Sie zuckte die Achseln. »Keine Ahnung. Ich habe Leonella erst einmal getroffen, bei dir zu Hause. Was hältst du denn von ihr?«

Elvira lächelte süffisant. »Wir kennen uns seit der Grundschule. Sie war damals langweilig und ist es noch heute. Doch man muss zugeben, dass ihre Feste phantastisch sind. Bei all dem Geld, das sie hat, kann sie sich das allerdings erlauben.«

Typisch Elvira. Dabei stammte sie aus einer der bedeutendsten und vermögendsten Familien Turins. Doch sie musste immer so tun, als sei sie zwar wohlhabend, aber nicht reich, wie um zu beweisen, dass ihre soziale Position in ihrem Erfolg als Künstlerin und nicht in ihrer Herkunft begründet liege. In Wirklichkeit war sie eine mittelmäßige Malerin, auch wenn ihre Ausstellungen, zumindest am Tag der Eröffnung, immer gedrängt voll und die Verkäufe gut waren, weil ihre zahlreichen Freunde sich verpflichtet fühlten, bei jeder Vernissage Bilder von ihr zu erwerben.

Seit sie Lorenzo geheiratet hatte, der seinen Zugang zu dieser exklusiven Welt ausschließlich eigener Leistung verdankte, ertrug Betta Menschen wie Elvira nicht mehr – und damit vielleicht auch sich selbst nicht.

Sie tranken noch einen Kaffee und fuhren dann weiter diesen rauhen und zerklüfteten Streifen Küste entlang, bis sie nach Taormina gelangten.

Elvira hatte in einem der schönsten Hotels Zimmer reserviert, in unmittelbarer Nähe des Antiken Theaters, obwohl Leonella ihnen angeboten hatte, sie könnten in einem Nebengebäude ihrer Villa wohnen.

»Ich möchte mich absolut nicht aus irgendeinem Grund verpflichtet fühlen«, hatte Elvira verkündet. »So können wir uns immer davonmachen, wenn wir uns langweilen, meinst du nicht?«

Auch Betta ging lieber ins Hotel, als zu Gast zu sein, daher hatte sie nichts einzuwenden. Das Hotel kostete natürlich ein Vermögen, doch das war für sie beide kein Problem.

Als sie das Gepäck ausgepackt hatte, ging Betta unter die Dusche. Sie war noch dabei, sich die Haare abzutrocknen, als Elvira anrief.

»Ich habe gerade mit Leonella telefoniert«, sagte sie. »Sie erwartet uns heute Abend. Wenn es dir recht ist, treffen wir uns in einer halben Stunde in der Halle. Vor dem Abendessen will ich dir unbedingt noch einen kleinen Laden zeigen, wo sie einmalige Steine haben. Dann gehen wir in die Pasticceria Gilda, damit du das berühmte Jasmineis probieren kannst, du wirst schon sehen, es ist köstlich. Leonellas Chauffeur holt uns um acht am Hotel ab, wir haben also genug Zeit, uns umzuziehen. Ist das okay für dich?«

»Perfekt, ich bin gespannt auf das Eis«, antwortete Betta. »Dann sehen wir uns also in einer halben Stunde.«

Das Programm war vielversprechend. Sie hatte sich zwar kurz überlegt, sich im Spa des Hotels eine entspannende Massage zu gönnen, doch sie ließ sich gern von Elviras Begeisterung anstecken. Trotz der Reise fühlte sie sich ausgeruht und war zufrieden, an einem so schönen Ort so weit weg von Turin und Rom zu sein. Vor allem fand sie es aufregend, dass Lorenzo zum ersten Mal, seit sie sich kannten, nicht wusste, wo sie war. Das dachte sie zumindest.

43

Mit Tamarow und Korolenko ins *safe house* zurückgekehrt, bereiteten sich die Männer des Dienstes darauf vor, Turin zu verlassen. Die Aktion verlagerte sich nach Rom, wo ein neues *safe house* auf sie wartete, während die drei Slawen von Alimantes Leuten übernommen und auf unbestimmte Zeit woanders gefangen gehalten würden.

Astoni war von diesem Umzug nicht begeistert, doch er wusste, dass sein Leben vom Dienst abhing und dass es keine Alternative gab. Was ihm allerdings Sorgen machte, war die DVD, die er in seiner Nachbarwohnung versteckt hatte und von der Ogden nichts wusste. Eine Weile war er unsicher gewesen, ob er dem Agenten davon erzählen sollte, dann hatte er beschlossen, den Mund zu halten, auch wenn er sich den Grund für diese Verschwiegenheit selbst nicht erklären konnte.

Unterdessen saßen Ogden und Stuart mit Tamarow und Korolenko im Wohnzimmer. Es war nicht leicht, dem jungen Eiskunstläufer zu erklären, wieso die beiden Agenten genau im richtigen Moment im Zimmer des Senators aufgetaucht waren und warum niemand von ihnen auf die Idee gekommen war, die Polizei zu rufen.

Die Geschichte, die sie sich für Korolenko ausgedacht hatten, war einfach, wenn auch wenig glaubhaft: Tamarow hatte jemanden im Nebenzimmer um Hilfe rufen hören und war hinübergelaufen, um zu schauen, was los war. Als er ins Zimmer gekommen war, hatte er gesehen, wie der Alte von diesem Kerl verprügelt wurde, und hatte nicht gezögert, sich auf einen Kampf mit dem Angreifer einzulassen. Er war dabei, den Kürzeren zu ziehen, als Korolenko eingegriffen hatte. Was Ogden und Stuart anging, so kamen sie hinzu, weil Tamarow sich am Morgen mit ihnen verabredet hatte, um sie wegen einer Finanztransaktion zu Rate zu ziehen, bevor er nach Rom abreiste.

Die Geschichte stimmte vorne und hinten nicht, vor allem erklärte sie die Flucht des Senators nicht, und nicht einmal ihre eigene, doch Korolenko tat so, als glaube er alles. Er war in Jelzins Russland aufgewachsen, und die einzigen Menschen auf der Welt, denen er vertraute, waren seine Mutter und Tamarow. Ihnen verdankte er alles, und das genügte.

Schließlich verließen sie alle zusammen das *safe house* und fuhren zum Flughafen. Alimante hatte den Agenten und Astoni ein Flugzeug zur Verfügung gestellt, das in zwei Stunden starten würde, zur gleichen Zeit wie die Linienmaschine von Tamarow und Korolenko.

Die Übereinkünfte mit Alimante sahen vor, dass das Team des Dienstes in einem *safe house* der Hauptstadt unterkam, während Tamarow und der Eiskunstläufer in dem Hotel absteigen sollten, wo sie schon vor einer Weile ihre Zimmer gebucht hatten. Korolenko hatte nämlich am nächsten Abend bei einer Veranstaltung im Palazzetto dello Sport einen weiteren Auftritt.

Am Terminal verabschiedeten sich Ogden und Stuart von den beiden Russen.

»Danke für alles«, sagte Tamarow und drückte beiden die Hand.

Ogden umarmte ihn und murmelte ihm ins Ohr: »Grüß Sablin von uns. Aber misch dich nicht mehr in diese Geschichte ein, kümmere dich nur um dein junges Ausnahmetalent.«

Tamarow lächelte, er war bewegt, denn er wusste, dass Ogden nicht zu solchen Freundschaftsbezeigungen neigte. Doch bevor sie auseinandergingen, musste er noch etwas loswerden: »Der Senator ist mit den italienischen Geheimdienstleuten auf dem Weg nach Rom. Heute ist Sonntag, also wird er nichts unternehmen, doch morgen müsst ihr an ihm dranbleiben, denn bevor er sich davonmacht, wird er die brisanten Dokumente holen, die er irgendwo aufbewahrt. Wir wissen mit Sicherheit, dass er sie nicht bei sich zu Hause hat«, schloss er mit einem Zwinkern.

»Wir sind darüber informiert«, sagte Stuart. »In Kürze werden auch wir in Rom sein, wahrscheinlich vor dem Senator. Und seine römische Wohnung wird schon überwacht.«

»Natürlich«, sagte Tamarow und nickte. »Wie auch immer«, murmelte er dann und sah Ogden in die Augen, »vergesst nicht, was Sablin gesagt hat: Ihr könnt jederzeit Verstärkung bei uns anfordern.«

44

Der Chefredakteur hatte sein Büro bei der Zeitung gerade erst betreten, als er einen Anruf vom Staatspräsidenten persönlich erhielt. Das verspricht Ärger, dachte er, doch sogleich setzte er jene Miene auf, die er für die Mächtigen bereithielt: gerader Blick und ein sanftes selbstsicheres Lächeln auf den Lippen, als wollte er sagen: Ich respektiere dich, aber ich habe keine Angst vor dir.

Nach ein paar raschen obligaten Begrüßungsworten kam der Politiker gleich zur Sache, und sein Ton wurde schneidend.

»Was ist das für eine Geschichte mit der Agenda des Richters?«

Der Chefredakteur fühlte sich überrumpelt. Die Nachricht vom Auftauchen der Agenda sollte erst am nächsten Tag veröffentlicht werden. Offensichtlich hatte jemand aus der Redaktion einem Kontaktmann in der Politik einen Tipp gegeben, und dieser wiederum hatte den Präsidenten alarmiert.

Er zuckte mit den Achseln, verärgert über diesen peinlichen Zwischenfall, wenn er auch nach der Unterhaltung mit den beiden Agenten, die Alimante ihm geschickt hatte, um die Unangreifbarkeit seiner Position wusste.

Nach dem Telefonat würde er die Männer des Dienstes

über dieses Nachrichtenleck informieren, und der Spitzel, der zu dumm war zu begreifen, was vor sich ging, würde dafür, dass er seine Zeitung und seinen Chefredakteur verraten hatte, bekommen, was er verdiente.

Ihm tat der unbekannte Wirrkopf leid, und er hoffte, dass es sich nicht um einen alten Freund handelte. Doch der epochale Moment, den sie erlebten, ließ keine Irrtümer zu: Wer nicht wusste, auf welche Seite er gehörte, würde zu den Verlierern zählen.

Doch jetzt musste er dem Präsidenten antworten. Er wartete. Der Schein musste gewahrt bleiben, also ging er sehr diplomatisch vor.

»Das Material ist der Zeitung anonym zugetragen worden«, sagte er fast im Ton einer Entschuldigung. »Wir wissen nicht, wer es uns geschickt hat.«

»Was?«, schrie der Präsident. »Sie beabsichtigen also, eine explosive Nachricht wie diese zu veröffentlichen, noch bevor Sie wissen, ob das, was Sie in Händen haben, authentisch ist? Sie müssen verrückt geworden sein.«

Der Chefredakteur geriet angesichts dieses ungeschickten Versuchs zu erfahren, auf welche Seite sich die wichtigste Zeitung des Landes gestellt hatte, nicht aus der Fassung. Der Präsident würde sehr bald zurücktreten, auch wenn man bei Leuten wie ihm nie wissen konnte.

Der Chefredakteur verstärkte sein ins Leere gerichtetes Lächeln und antwortete in einem schmeichlerischen Ton. »Gleich nach Erhalt der Agenda habe ich mich persönlich zur Witwe des Richters nach Palermo begeben«, log er. »Die Signora bestätigt, dass es sich tatsächlich um die am Tage des Attentats verschwundene Agenda ihres Mannes handelt.«

Vom anderen Ende der Leitung war ein paar Sekunden lang kein Laut zu hören, dann räusperte sich der Präsident. »Ah! Und wann beabsichtigen Sie, den Inhalt zu publizieren?«

Es war eine Frage, auf die er antworten musste, und er tat es im Wissen, einen tödlichen Stoß zu versetzen.

»In wenigen Tagen. Die Agenda wird in Fortsetzungen veröffentlicht.«

»Und was halten die Geheimdienste davon?«, knurrte der Präsident.

»Ich habe nicht die leiseste Ahnung«, log der Chefredakteur erneut seelenruhig. »Für uns ist es ein Scoop…«

Am anderen Ende hielt der Präsident wohl den Hörer zu, denn ein paar Sekunden lang hörte man nur gedämpfte Laute. Als er wieder sprach, war seine Wut quasi mit Händen zu greifen.

»Seien Sie auf der Hut, diese Dummheit könnte Sie teuer zu stehen kommen.« Dann tutete es – der Präsident hatte aufgelegt.

Der Journalist behielt den Hörer in der Hand und überlegte kurz. Dann wählte er eine Nummer. Als Ogden sich meldete, informierte er ihn über den Anruf.

»Wann verlassen Sie normalerweise die Zeitung?«, fragte der Chef des Dienstes.

»Gegen elf Uhr abends.«

»Ich werde Ihnen sofort jemanden schicken, der Sie bewacht. Von diesem Moment an wird Ihr Schutz verstärkt.«

»Dazu besteht keinerlei Notwendigkeit, glauben Sie mir! Das waren keine echten Drohungen«, unterbrach ihn der Journalist, um die Angelegenheit herunterzuspielen.

»Es ist seltsam, dass Sie die Schlangen, denen Sie auf den Schwanz getreten sind, unterschätzen, wo Sie sie doch so gut kennen«, erwiderte Ogden.

Die Anspielung auf seine früheren Allianzen entging dem Chefredakteur nicht. Doch der Mann, mit dem er sprach, war nun wirklich unantastbar, deshalb beschloss er, sich von seiner besten Seite zu zeigen.

»Ich glaube wirklich nicht, dass ich in Gefahr bin.«

»Schön für Sie«, sagte Ogden. »Die Männer, die Sie beschützen werden, sind diskret und werden Ihnen nicht zur Last fallen, aber Sie müssen uns jede Abweichung von Ihrer Routine mitteilen. Haben wir uns verstanden?«

»In Ordnung«, sagte der Chefredakteur nur und legte auf.

Gegen elf Uhr abends machte er Ordnung auf seinem Schreibtisch. Bevor er nach Hause fuhr, würde er noch bei seiner Freundin vorbeigehen, um eine Stunde mit ihr zu verbringen. Sie wohnte nur wenige Schritte von der Redaktion entfernt, was ihm seit einigen Monaten diese kleine Affäre ermöglichte, ohne dass Verdacht aufgekommen war. Außerdem würde seine Frau an diesem Abend nach dem Theater zu einem Essen gehen und erst spät nach Hause kommen.

Er fragte sich, ob er die Männer des Dienstes über diese Programmänderung informieren sollte, beschloss aber, es nicht zu tun. Im Grunde handelte es sich ja nur um eine minimale Abweichung.

Er rief den Chauffeur, der ihn normalerweise nach Hause brachte, um ihm zu sagen, dass er ihn nicht mehr brauche, ließ sich die druckfrische Ausgabe der Zeitung bringen und verließ sein Büro. Nachdem er ein paar Worte mit dem Leiter der Redaktion »Vermischtes«, den er auf dem Gang traf, gewechselt hatte, passierte er den Metalldetektor, sagte dem Portier gute Nacht und trat hinaus auf die Straße.

Die Straße war noch ruhig, doch bald würden die Mailänder Nachtschwärmer, die jeden Abend in die angesagten Lokale des Viertels strömten, alle Parkplätze besetzen und ihre Autos in der zweiten und dritten Reihe abstellen.

Er steuerte auf das nur etwa hundert Meter entfernte Haus zu, wo seine Freundin wohnte. Es war eine laue Nacht, und er war euphorischer Stimmung. Es war nicht jedem vergönnt, einen Staatspräsidenten auf dem Rost zu grillen, und das mit der Garantie, ungeschoren davonzukommen.

Er drehte sich um, weil er sehen wollte, ob ihm jemand folgte. Aber er konnte an den unauffälligen Fußgängern nichts Verdächtiges feststellen.

Noch bevor er den Fußgängerüberweg erreichte, überquerte er die Straße – das Haus war genau gegenüber. Er war schon fast auf dem Bürgersteig auf der anderen Seite angekommen, als er das Quietschen von Reifen hörte, eine rote Limousine aus dem Nichts auftauchte und ihn fast umfuhr. Erschrocken tat er einen Satz nach vorn, während das Auto wenige Meter weiter anhielt.

Einer dieser mit Koks vollgedröhnten Idioten, dachte er, als er die Haustür erreichte. Er wollte gerade klingeln, da hörte er hinter sich Schüsse. Er drehte sich um: Auf der anderen Seite schossen zwei Männer auf den roten Wagen. Ohne Zeit zu verlieren, zog er sein Handy aus der Tasche, um die Kollegen vom »Vermischten« anzuweisen, sofort einen Fotografen zu schicken. Doch es gelang ihm nicht. Ein stechender Schmerz im Rücken nahm ihm den Atem, und das Handy fiel ihm aus der Hand, während er ohnmächtig zu Boden sank.

Der rote Wagen fuhr mit Vollgas los, rammte ein parkendes Auto und raste im Zickzack die Straße hinunter, bevor er schließlich um die Ecke bog.

Nachdem die beiden Agenten ihre Pistolen wieder eingesteckt hatten, rannten sie über die Straße und beugten sich über den auf dem Boden liegenden Chefredakteur. Er atmete, war aber bewusstlos und verlor viel Blut aus einer Schulterwunde.

45

Um acht Uhr morgens verließ der Senator das Haus, ging mit schnellen Schritten auf ein Taxi zu und stieg ein. Franz und Bruno folgten ihm im Minibus durch den regen Verkehr.

Aus den abgehörten Telefonaten wussten sie, dass der Politiker sich zu einer Bank begeben würde. Sie hatten Anweisung, ihn beim Verlassen der Bank diskret gefangen zu nehmen und ins *safe house* zu bringen, wo er als Gefangener bleiben sollte, bis die italienischen Stellen einen Haftbefehl gegen ihn erlassen würden.

Im Taxi versuchte der Senator zur Ruhe zu kommen. Er hatte in der Nacht sehr schlecht geschlafen, eigentlich hatte er überhaupt nicht geschlafen. Am Abend zuvor hatte er, in Rom angekommen, aus seinem Apartment sofort seinen Freund angerufen, den Leiter der geheimen Spezialabteilung des ehemaligen Nachrichtendienstes SISDE, um ihm für seine Hilfe zu danken. Das Telefonat hatte ihn jedoch in Panik versetzt, denn der Freund hatte ihm nicht nur klar gesagt, dass er ihm nicht mehr helfen könne, sondern ihn, als ob dies noch nicht genügte, auch noch vor Kurzschlusshandlungen gewarnt.

Es schien also unumgänglich, dass er, sobald er die Dokumente aus der Bank geholt hätte, zusammen mit dem Sizilianer das Land verlassen musste.

Er versuchte sich zu entspannen und erinnerte sich an eine Regel, an die er sich in seinem langen und wechselvollen Leben immer gehalten hatte: Man soll das Fell des Bären nicht verteilen, bevor man ihn erlegt hat. Er tröstete sich mit dem Gedanken, dass in diesen hektischen Stunden auch seine ehemaligen Verbündeten, allen voran der Präsident der Republik, ihre Haut zu retten versuchten.

Er schlug die Zeitung auf, die der Portier ihm wie jeden Morgen gereicht hatte, und war sprachlos. In der letzten Nacht war auf den Chefredakteur ebendieser Zeitung geschossen worden. Er war verletzt, doch außer Lebensgefahr, und eine mysteriöse *Falange Proletaria* hatte sich mit einem Anruf in der Redaktion zu dem Anschlag bekannt.

Mit zitternden Händen nahm er das Handy und rief den Sizilianer an.

»Ich wollte Sie gerade auch anrufen«, sagte dieser. »Haben Sie die Zeitung gelesen?«

»Ja.«

»Ihr Freund muss verrückt geworden sein! Was glaubt er, mit so einem Unfug zu erreichen?«

»Vergessen wir das und denken wir an uns. Wir müssen das Programm ändern. Fahr in die Via della Lungara, in der Nummer sieben ist ein Friseursalon. Dort gehst du hinein und wartest auf mich. Ich bin in zwanzig Minuten da.«

»Und die Bank?«

»Dafür bleibt keine Zeit. Ich dachte, ich hätte noch ein bisschen Luft, aber das stimmt nicht. Hast du den falschen Pass dabei?«

»Natürlich. Seit diese Geschichte angefangen hat, trage ich ihn immer bei mir.«

»Gut. Bist du noch bereit, mit mir zu gehen?«

»Ohne mich würden Sie es nicht schaffen«, sagte der Sizilianer.

»Das stimmt. Aber das bedeutet nicht, dass ich dich in meine Niederlage mit hineinziehen muss.«

»Ich habe Ihnen doch gesagt, dass ich kein sinkendes Schiff verlasse! Und außerdem bin ich sicher, dass wir es schaffen.«

»Ich beneide dich um deine Gewissheit, aber sie wird uns nicht helfen, wenn du nicht bald eine brillante Idee hast. Sie haben mich alle im Stich gelassen, auch mein Freund beim Geheimdienst. Und mit Sicherheit werden sämtliche Flughäfen kontrolliert.« Die Stimme des Senators klang schrill.

»Keine Sorge, wir werden Mittel und Wege finden. Ich gehe jetzt, ich muss ein Taxi auftreiben. Wir sehen uns gleich«, sagte der Sizilianer und legte auf.

In der Via della Lungara war der Friseur gerade dabei, das Rollgitter hochzuschieben. Als er den Sizilianer näher kommen sah, lächelte er.

»Wir machen gerade erst auf, Signore. Sie müssen ein paar Minuten warten.«

»Ist der Senator schon da?«

Der Mann schüttelte den Kopf und wurde gleich ehrerbietig. »Ich wusste nicht, dass er heute Morgen kommen würde. Normalerweise ist Donnerstag sein Tag. Aber treten Sie doch bitte ein«, fügte er hinzu und ging in den Salon. »Darf ich Ihnen einen Kaffee anbieten?«

»Ja gern«, antwortete der Sizilianer, ohne den Blick von der Eingangstür zu wenden. Auf dem Weg hierher hatte er sich einen Notfallplan zurechtgelegt: Sie würden nach Civitavecchia fahren, um von dort an Bord eines Frachters nach Sizilien zu reisen, dessen Eigentümer ihm einen Gefallen schuldete. Wenn sie erst auf der Insel wären, würden sie für ein paar Tage ein sicheres Versteck finden, bis sie den Flug nach Südamerika organisiert hätten.

Man hörte den Summer der Tür, und der Senator trat ein. Der Friseur ging ihm entgegen und begrüßte ihn überschwenglich.

»Senatore, was für eine angenehme Überraschung. Ich habe Sie Donnerstag erwartet, wie immer.«

»Lieber Ambrogio, lassen Sie uns in Ihr Büro gehen, ich muss mit Ihnen sprechen.« Der Senator hakte ihn unter und gab dem Sizilianer ein Zeichen, ihnen zu folgen.

Erfreut über diese freundschaftliche Geste, errötete der Friseur. Er öffnete eine Tür, ließ den Senator und den Sizilianer vorgehen und schloss die Tür gleich wieder hinter sich.

»Was kann ich für Sie tun?«, fragte er mit einem Zwinkern.

»Ich versuche einige Journalisten abzuschütteln, die Jagd auf mich machen. Ihr Auto steht da draußen. Es sind heikle Zeiten, Sie verstehen mich, nicht wahr?«

Der Friseur nickte und sah ihn bewundernd an. »Aber ja, Senatore! Diese Kommunisten, immer auf der Jagd nach Skandalen, um der Regierung zu schaden«, murmelte er, voller Stolz, zum Vertrauten erhoben worden zu sein.

Der Senator nickte. »Genau. Jetzt möchte ich Ihren Salon unauffällig verlassen. Durch den Hinterausgang, wie ich es schon früher manchmal getan habe«, fügte er hinzu und lächelte.

»Kein Problem, kommen Sie.«

»Noch etwas, Ambrogio. Ich brauche ein Auto, wenn ich sie abhängen will. Mir fehlt die Zeit, auf ein Taxi zu warten.«

»Sie können mein Auto nehmen, es steht im Hof. Die Fernbedienung, um das Gittertor zur Via della Penitenza zu öffnen, liegt im Wagen. Stellen Sie das Auto ab, wo es am günstigsten für Sie ist, ich lasse es dann holen, wenn Sie es nicht mehr brauchen.«

Der Senator zog aus der Innentasche des Jacketts sein Scheckheft hervor, stellte schnell einen Scheck aus und reichte ihn dem Friseur. »Hier bitte, für Ihre Mühe.«

Der Friseur wurde puterrot. »Senatore, Sie beleidigen mich. Es ist mir eine Ehre, Ihnen zu helfen!«

»Ich bitte Sie, nehmen Sie es an, Ambrogio. Die Zeiten ändern sich, und ich will, dass Sie mich in guter Erinnerung behalten«, beharrte er nachdrücklich.

Gerührt nahm der Mann das dünne Blatt Papier und warf sich fast vor ihm auf die Knie, als er den Betrag las. Doch der Senator konnte ihn gerade noch davon abhalten.

»Kommen Sie, Ambrogio, lassen Sie das! Und nun bringen Sie uns zum Auto.«

Zehn Minuten später betraten die Männer des Dienstes, die vor dem Eingang gewartet hatten, den Salon und unterzogen den Friseur einem strengen Verhör. Doch da war der Senator schon weit weg.

46

Salvatore Partanna schluckte die Tränen hinunter. Der Friedhof wirkte an diesem nebligen Frühlingsmorgen beinahe surreal, man hätte meinen können, es sei November, denn es war auch kalt. Viele Menschen hatten an der Messe teilgenommen und den Sarg bis zum Friedhof Verano begleitet: zwei Politiker, zahlreiche Vertreter der feinen römischen Gesellschaft und der Führungsschicht des Landes, von denen einige auch aus Sizilien angereist waren. Alle hatten sich verpflichtet gefühlt, dem Mann, der im Guten wie im Schlechten zu den bedeutendsten Persönlichkeiten der Ersten Republik gehört hatte, die letzte Ehre zu erweisen.

Branca war zwei Tage zuvor in einer römischen Fünf-Sterne-Klinik gestorben. Er war friedlich entschlafen, jedenfalls war es Salvatore so erschienen, der ihn keinen Augenblick allein gelassen hatte, als klarwurde, dass das Ende nahte. Seine letzten Worte waren an ihn gerichtet gewesen.

»Gib acht, Salvatore, bald beginnt ein Totentanz, und dann gibt es ein Hauen und Stechen. Vergiss nicht: Nur Giorgio Alimante repräsentiert die wahre Macht. Vertraue ihm und halte dich bedeckt«, hatte Branca mit schwacher Stimme geflüstert. Dann hatte er Salvatores Hand fest umfasst – als könnte er, wenn er sich an seinen Schützling klammerte, am Leben bleiben – und die Augen für immer geschlossen.

Salvatore hatte viel über diese letzten Worte nachgedacht, voller Rührung, dass der Pate sich bis zuletzt um ihn gesorgt hatte. Natürlich würde er ihm gehorchen, doch erst, nachdem er seinen Plan bis zum Ende ausgeführt hatte.

Nachdem der Sarg ins Grab hinuntergelassen worden war, verlief sich die Trauergemeinde in Richtung des Ausgangs zur Via Tiburtina. Viele kamen zu Salvatore, um ihm ihr Beileid zu bekunden, und er hatte ein Wort des Dankes für jeden von ihnen. Zum Schluss stieg er traurig in den vom Chauffeur gelenkten Mercedes, der ihn zurück in die Wohnung in Vigna Clara brachte.

Noch am gleichen Nachmittag erhielt er einen Anruf von Stuart.

»Ich habe vom Tode Attilio Brancas erfahren. Wir alle möchten Ihnen unser herzlichstes Beileid aussprechen.«

»Danke. Heute Vormittag war die Beerdigung, und es sind wirklich viele Leute gekommen.«

»Das glaube ich gern. Er war ein bemerkenswerter Mann.«

»Ja, das war er. Aber sagen Sie mir, was kann ich für Sie tun, Mr. Stuart?«, fragte Partanna, weil er gut wusste, dass es bei diesem Anruf nicht darum ging, ihm aus Höflichkeit zu kondolieren.

Stuart kam sogleich zur Sache. »Wären Sie bereit, mit uns nach Sizilien zu kommen? Ihre Anwesenheit könnte sehr nützlich sein.«

»Ist Signor Alimante auch dieser Meinung? Und Matteo Trapani?«

Stuart zog die Brauen hoch und warf Ogden einen fragenden Blick zu. Der Agent, der am Nebenanschluss mithörte, nickte.

»Natürlich«, antwortete Stuart. Aber das stimmte nicht so ganz, jedenfalls nicht, was Matteo Trapani anging.

»Dann begleite ich Sie gern«, antwortete Partanna. »Und warum wollen Sie dorthin?«

»Wir wissen, dass der Senator sich nach Sizilien abgesetzt hat und dass er von dort in ein Land ohne Auslieferungsabkommen fliehen will. Offensichtlich hilft ihm jemand, und da auch Sie die verzwickten Allianzen der Familien kennen, könnten Sie dazu beitragen, unsere Nachforschungen in die richtige Richtung zu lenken. Wir ziehen es vor, die Dinge diskret zu erledigen, aber wir haben wenig Zeit.«

Partanna war hocherfreut, das übertraf noch seine kühnsten Erwartungen. Nachdem Branca und er von den Handlangern des Senators in Turin überfallen worden waren, hatte er beschlossen, dass er nach dem Tod seines Paten diesen Bastard bis ans Ende der Welt verfolgen würde, um ihn dafür bezahlen zu lassen. Und jetzt konnte er, dank dieser Spione, unter dem Schutz einer ungeheuer mächtigen Organisation handeln. Natürlich musste er vorsichtig und geschickt vorgehen, doch was Branca ihn über Jahre gelehrt hatte, würde ihm helfen.

»In Ordnung«, antwortete er. »Sagen Sie mir, was ich tun soll.«

Stuart bestellte ihn noch für den gleichen Nachmittag ins *safe house*.

47

Der Präsident sah seinem Gegenüber in die Augen. Sie befanden sich im Quirinalspalast, in seinen Privaträumen, die von Wanzen und Videokameras gesäubert und mit einem Scrambler ausgerüstet waren, der jedes Richtmikrophon außer Gefecht gesetzt hätte. Es war das einzig wirklich sichere Zimmer für diese strenggeheime Unterredung mit dem General.

»Es ist auch in Ihrem Interesse, dass die Agenda wiederbeschafft wird, mein Freund, ich meine von uns und nicht von denen, die das Kommando über die Streitkräfte haben. Egal wie die Dinge ausgehen, und ich denke, sie enden für uns alle mit der vorzeitigen Pensionierung, ist es besser, aus Mangel an Beweisen sauber auszuscheiden, als im Gefängnis zu landen. Meinen Sie nicht auch?«

Der General, ein fast zwei Meter großer Mann mit einem kantigen und energischen Gesicht, verzog die Lippen zu einem gequälten Lächeln. Er verdankte seine Karriere dem Präsidenten, und er bewunderte ihn bedingungslos, doch er wusste, dass das, was er gesagt hatte, die traurige Wahrheit war. Auch sein Name tauchte in der Agenda des Richters auf, und seit zwei Tagen – seit sich die Dinge so schwindelerregend schnell veränderten und ihnen allen der Boden unter den Füßen wegbrach – hatte er sich, mit Resignation und einer fast religiösen Haltung, auf das unvermeidliche Ende seiner Karriere vorbereitet. Vor allem nach dem gescheiterten Attentat auf den Journalisten, das er selbst organisiert hatte.

Der Präsident hielt ihm über den Schreibtisch ein Papier hin. »Lesen Sie.«

Der General nahm es und las es aufmerksam, dann hob er den Blick und sah den ersten Bürger im Staat an.

»Ein *safe house* in Rom?«, fragte er erstaunt.

Der Präsident nickte zufrieden. »Allerdings. Es gibt noch Leute, die trotz allem der Republik, also *mir*, treu geblieben sind. Dieser Schmierfink von der Zeitung hatte nur eine Fotokopie des Dokuments – und zwar die, die ihr mitgenommen habt –, während das Original in diesem *safe house* verwahrt wird. Nehmen Sie dieselben Leute, die beim Anschlag auf die Zeitung dabei waren, aber diesmal müssen Sie persönlich an der Operation teilnehmen, ich will nicht, dass weitere Fehler passieren. Sie müssen sofort, und ohne zu zögern, handeln. Verstehen Sie, was ich meine?«

Der General verstand sehr gut, doch er begriff nicht, warum es so wichtig war, an das Original der Agenda zu kommen.

»Es wird sicher noch weitere Kopien geben, wahrscheinlich auch viele in elektronischer Form in irgendeinem Computer. Nicht notwendigerweise in diesem *safe house*. Und Kopien gelten vor Gericht«, warf er vorsichtig ein.

Im Blick des Präsidenten blitzte Wut auf, er musterte den General mit plötzlicher Abneigung. »Kann sein. Doch das Original ist da drinnen, und ich will, dass es vernichtet wird. Habe ich mich klar ausgedrückt?«

Der General wagte keinen Widerspruch und fuhr fort:

»Wenn wir die Agenda wiederbeschafft haben, was machen wir dann mit den Leuten im *safe house* und mit dem Professor?«

Der Präsident hatte sich beruhigt, die ganze Wut war schon wieder verschwunden, und sein Gesicht öffnete sich zu einem strahlenden Lächeln, wie er es für die Fernsehkameras bereithielt. »Ich habe enorme Achtung vor Ihrer Professionalität, General, ich habe in der Vergangenheit nie eingegriffen und werde jetzt auch nicht damit anfangen. Ich weiß, Sie werden diese heikle Mission auf die bestmögliche Art und Weise leiten.«

Er zündete sich eine Zigarette an und betrachtete gedankenverloren, wie der dünne Rauch im Licht der Schreibtischlampe zur Decke aufstieg. Dann fuhr er hoch und zuckte mit einem gleichgültigen Ausdruck die Achseln. »Die Männer, die Astoni schützen, sind die Besten, die man auftreiben kann, doch das wissen Sie ja schon. Es darf keine unbequemen Zeugen geben. Vielleicht inszenieren Sie einfach eine banale Gewalttat, was weiß ich, einen schiefgegangenen Einbruch, eine Schießerei, etwas in der Art. Kurz gesagt, ich überlasse Ihnen die Regie.«

Die Botschaft war mehr als klar: keine Gefangenen. Der General erhob sich und reichte dem Präsidenten die Hand. Dieser ergriff sie energisch.

»Wir werden so schnell wie möglich handeln«, sagte er.

Der Präsident nickte und schaute ihn wohlwollend an: »Gut so, General. Es bleibt Ihnen sowieso nichts anderes übrig.«

48

Angewidert warf Matteo Trapani die Zeitung auf den Boden. Er war an Bord eines kleinen Privatjets, der ihn nach Sizilien brachte. In einer halben Stunde würde er in Catania landen.

Gerade hatte er den Artikel zu Ende gelesen, in dem über die Entführung des Senators berichtet wurde. Tags zuvor hatte der Politiker, wie es seiner Gewohnheit entsprach, zu früher Stunde seine römische Wohnung verlassen und war seitdem von niemandem mehr gesehen worden. Am Nachmittag hatte es einen anonymen Anruf in der Redaktion der wichtigsten Tageszeitung der Hauptstadt gegeben, bei dem ein Mann mit verstellter Stimme sich im Namen dieser obskuren *Falange Proletaria* – die auch das Attentat auf den Chefredakteur der Mailänder Zeitung verübt zu haben vorgab – zu der Entführung bekannte.

Trapani nahm das Handy und wollte gerade eine Nummer wählen, als der Apparat klingelte.

»Sind Sie im Flugzeug?«, fragte Ogden.

Der Pate zog die Augenbrauen hoch. »Ihnen entgeht wirklich nichts.«

»Mir scheint, wir hatten Ihnen gesagt, Sie sollten uns über Ihre Ortswechsel auf dem Laufenden halten.«

»Das wollte ich gerade tun, Sie sind mir nur zuvorgekommen. Ich wollte Sie auch wegen der Nachricht über die angebliche Entführung des Senators in der Zeitung von heute anrufen. Außerdem habe ich mit großer Befriedigung die erste Folge des Artikels über die Agenda gelesen. Haben Sie schon Reaktionen darauf? Bei unseren Freunden macht sich doch sicher Panik breit.«

»Allerdings. Was den Senator angeht, so hat er eine mustergültige Entführung inszeniert und den gleichen Schwachsinn von der *Falange Proletaria* benutzt wie schon der Auftraggeber des Attentats auf den Journalisten. Eine ganz ähnliche Inszenierung, wie sie damals beim Banco-Ambrosiano-Skandal der berühmte Bankier ins Werk gesetzt hat, bevor er mit einem Zyanidkaffee vergiftet wurde.«

»So ist es«, stimmte Trapani zu. »Diesem Bastard fehlt es an Phantasie, und er hofft auf diese Weise, Zeit zu gewinnen oder wenigstens Verwirrung zu stiften, falls er es nicht schaffen sollte, sich davonzumachen. Er versteckt sich bestimmt irgendwo in Sizilien.«

»Und Sie verfolgen ihn?«

»Nein«, sagte Trapani pikiert. »Ich hole meine Frau ab, die zu einem Kurzurlaub in Taormina ist«, log er.

»Es sieht so aus, als würde es alle Welt gerade in diese Gegend ziehen«, schaltete sich Stuart in das Gespräch ein. »Das ist sicher wegen der Einweihung der Brücke über die Straße von Messina.«

»Hallo, Mr. Stuart«, begrüßte ihn Trapani. »So wie die Dinge stehen, würde ich Ihnen raten, nach Sizilien zu kommen. Ich könnte Ihnen helfen, den Flüchtigen zu fassen.«

»Exakt das tun wir gerade«, sagte Ogden. »Wir landen in einer halben Stunde in Catania, genau wie Sie. Ich bitte Sie, sofort zu uns ins Hotel Excelsior zu kommen. Und mit sofort meine ich, ohne Kontakt mit irgendjemandem aufzunehmen.«

»In Ordnung«, antwortete Trapani mit zusammengebissenen Zähnen. »Ich werde meiner Frau Bescheid geben, dass ich erst morgen zu ihr nach Taormina komme.«

»Soweit wir wissen, glaubt Betta Malacrida, dass Sie nach Palermo unterwegs sind und dort den Präsidenten der Region treffen wollen«, sagte Ogden, um zu zeigen, wie streng Trapani kontrolliert wurde. »Wenn ich Sie wäre, würde ich meiner Frau raten, den ersten Flug nach Turin zu nehmen. Und zwar möglichst überzeugend«, fügte er hinzu.

Trapani antwortete nicht gleich. Er begriff, dass das eine Warnung war.

»Gibt es da etwas, das ich wissen sollte?«

»Ich frage mich eher, ob nicht der Senator etwas über Sie weiß, das er nicht wissen sollte.«

Zum ersten Mal, seit diese Geschichte begonnen hatte, hatte Trapani Angst. Vor kurzem hatte er aufgehört zu rauchen, doch bevor er antwortete, wandte er sich mit einer schnellen Geste an den Mann, der auf der anderen Seite des Gangs saß. Dieser beeilte sich, ihm ein Päckchen Zigaretten hinzuhalten.

»Haben Sie einen konkreten Grund, das zu glauben?«, fragte Trapani und atmete den Rauch ein.

»Noch nicht, doch es ist eine Möglichkeit, die man ernsthaft in Betracht ziehen muss. Wie auch immer, wir reden in Catania darüber. Bis später.«

49

Der erste Artikel über die Agenda des Richters erschien, groß aufgemacht auf der ersten Seite, am Tag nach dem Attentat auf den Chefredakteur. Alimante hatte angeordnet, dass man in dieser ersten Folge wenig bringen solle, gerade genug, um jene in Panik zu versetzen, die seinerzeit in die Attentate verwickelt waren. Dass die Staatsanwaltschaft, offensichtlich schon über den Inhalt der Agenda informiert, der Zeitung die Publikation erlaubte, war ein Hinweis für die Betroffenen, dass sich die Schlinge langsam zuzog.

Die Kopie, die der Chefredakteur von den Agenten erhalten hatte, war zwar in der Nacht des Attentats gestohlen worden, doch das war kein Problem: Aus dem *safe house* hatte man sofort via Mail eine neue geschickt.

Im Artikel wurde behauptet, dass der erste Richter nicht nur wegen seiner Ermittlungen eliminiert worden sei, sondern auch um zu verhindern, dass er Antimafia-Staatsanwalt würde. Der zweite, sein Freund und zugleich sein Mitstreiter, hatte sich, als er die Ermittlungen des Antimafia-Pools weiterführte, den inneren Zirkeln der mit der Mafia in geheimem Einverständnis stehenden politischen und unternehmerischen Macht gefährlich genähert. Doch vor allem wurde er ausgeschaltet, weil er wusste, wer den Befehl gegeben hatte, seinen Freund zu töten.

Die Agenda enthielt, so der Artikel, die unwiderlegbaren Beweise dafür, dass man die beiden Attentate von den Corleonesen »als Gefallen erbeten« hatte, nachdem die alten Allianzen mit Politik und Wirtschaft infolge der *Mani Pulite* genannten Mailänder Ermittlungen zerbrochen waren. Um nicht gleich zum inhaltlichen Kern der Agenda zu kommen, zitierte der Journalist jene explosiven Erklärungen, die seinerzeit von einem mächtigen Mann der sizilianischen Christdemokraten, der später von den Skandalen mitgerissen wurde, abgegeben worden waren. Der Politiker, der ahnte, was da unversehens alles über ihn hereinbrechen würde, hatte das Interview einem renommierten Intellektuellen für ein bekanntes linksorientiertes Wochenmagazin gegeben.

Beim Maxi-Prozess von 1986 wurde eine geheime Absprache zwischen der Mafia und einigen politischen Instanzen getroffen. Die Cosa Nostra sagte: »Ihr sperrt die Verlierermafia und ein paar Randfiguren der Gewinnermafia ein, doch zum Schluss hebt das Kassationsgericht alles auf, und unsere Freunde kommen frei. In der Zwischenzeit verhalten wir uns ruhig und gehen ungestört unseren Geschäften nach.« Doch die Regierung respektierte die Abmachungen nicht, erließ ein paar repressive Gesetze und erregte damit den Zorn der Corleonesen – in Sizilien wäre eine Untersuchung wie die der Mani Pulite *niemals möglich gewesen. Und heute, glauben Sie mir, wissen die Ordnungskräfte nicht einmal mehr, wer die wirklichen Bosse der Gewinnermafia sind. Es ist nicht ausgeschlossen, dass die Cosa Nostra auch von Teilen der Geheimdienste, in- oder ausländischen, geführt wird. Als General Dalla Chiesa, damals noch Oberst, in den sechziger*

Jahren nach Palermo geschickt wurde, musste er gegen seinen Willen das Einverständnis zwischen Politik und Mafia akzeptieren. Jahre später, als er als General zurückkehrte, waren all seine alten Kontaktleute von der neuen Mafia besiegt worden; doch als er getötet wurde, wurden seine Mörder alle liquidiert, also in einen Hinterhalt gelockt und zu Seife gemacht. Das mag paradox erscheinen, und das ist es auch, doch die alten Kontaktleute wollten auf diese Weise Dalla Chiesa rächen. Wenn, wie gemunkelt wird, der erste Richter dazu beitrug, einen Mafiakrieg auszulösen, indem er ein paar Paten aus dem Exil zurückrief, dann war das nur richtig. Denn einzig durch einen Mafiakrieg kann die »physische« Rettung für einige von uns kommen. Ich verfluche den Tag, an dem ich beschlossen habe, in die Politik zu gehen. Ich könnte Professor in Turin oder Mailand sein. Auf Sizilien lastet ein Fluch …

Diese erstaunlichen Worte des Politikers genügten, eben weil sie aus den neunziger Jahren stammten, um den Verantwortlichen zu verstehen zu geben, dass in den nächsten Folgen eine desaströse Enthüllung nach der anderen kommen würde.

Der Präsident befand sich auf dem Flug nach Messina, da er die Brücke, die Kalabrien mit Sizilien verbinden würde, einweihen sollte, und las den Artikel zum wiederholten Mal. Jetzt herrschte offener Krieg. Wenn es dem General nicht gelänge, die Agenda und die in Umlauf befindlichen Kopien zu vernichten, würden er und seine Partei sich gegen eine beschämende Anklage verteidigen müssen, neben der ihre langjährigen Betrügereien nichts als Lappalien waren.

Durchs Fenster betrachtete er die weißen Wolken und suchte in ihren Formen nach einem günstigen Vorzeichen, aber er sah keins. Die Atmosphäre, die seit Tagen im Quirinalspalast herrschte, war so etwas wie die Ruhe vor dem Sturm. Leere breitete sich um seine Partei herum aus, um die Mehrheit, das halbe Parlament, die Abgeordnetenkammer, eine allgemeine Flucht, unaufhaltsam und hemmungslos.

Seine letzten Hoffnungen, zu retten, was zu retten war, ruhten auf dem General, der – koste es, was es wolle – die Agenda und die noch in Umlauf befindlichen Kopien vernichten musste. Ein schwieriges, aber kein unmögliches Unternehmen.

Mit einem dankbaren Lächeln dachte er an das unerwartete Gespräch, das er noch in Rom mit einem hohen Funktionär des Geheimdienstes geführt hatte. Der Mann, der wohl dachte, es wäre besser, sich den Präsidenten der Republik gewogen zu halten, falls der geheime Staatsstreich misslingen sollte, hatte ihm nicht nur berichtet, wo sich dieser Professor Astoni aufhielt, sondern auch, dass das Original und die existierenden Kopien der Agenda alle in dem *safe house* verwahrt würden.

Das Lächeln auf seinen Lippen wurde noch etwas breiter. Wenn die Elite es schaffen wollte, das Land von ihm zu befreien, durfte sie nicht vergessen, dass das Netz zu seinem Schutz sehr eng geknüpft und in der Lage war, auch Alimante und seinen Spionen Probleme zu machen.

Er ließ sich einen Tomatensaft mit viel Tabasco bringen. Nachdem er gierig getrunken hatte, fühlte er sich gestärkt. Eine halbe Stunde zuvor hatte er seine Dosis Antidepressiva genommen, und die Tabletten begannen zu wirken. Er durfte nicht verzweifeln, sagte er sich. Auch wenn sie gegen ihn ermitteln würden, so bestand doch die Chance, dass bei einem Prozess dieser Größenordnung die Verteidigung erfolgreich die Glaubwürdigkeit von Fotokopien in Zweifel ziehen könnte.

Sein Sekretär kam und brachte ihm das Notebook.

»Ein Skype-Gespräch für Sie, Herr Präsident.«

Überrascht nahm er den Computer. Im Allgemeinen benutzte seine Familie dieses absolut nicht ortbare Kommunikationsmittel, doch er hatte wenige Minuten zuvor schon mit seiner Frau gesprochen. Früher hatte sich auch der Senator dieser Möglichkeit bedient und ihm erklärt, es sei die einzig sichere Art zu kommunizieren.

Es war tatsächlich der Senator. Der Präsident setzte die Kopfhörer auf und gab dem Sekretär ein Zeichen, dass er sich entfernen solle. »Wo bist du?«, überfiel er ihn gleich, »ich habe dich überall gesucht. Ich gehe davon aus, dass dich keiner entführt hat, sonst könntest du mich ja nicht anrufen.«

»So ist es. Ich wollte wissen, wie du davonzukommen gedenkst.«

»Was meinst du?«

»Hör auf mit dem Theater! Was willst du tun, um dich in Sicherheit zu bringen?«

»Es wird sich alles regeln, du wirst schon sehen. In wenigen Stunden werde ich die Agenda und auch eventuelle Kopien in Händen halten.«

Der Senator schüttelte den Kopf. Der Freund drehte eindeutig langsam durch.

»Glaubst du wirklich, dass diese Leute die Agenda einfach so herumliegen lassen? Auch wenn es dir gelingen sollte, sie wiederzubeschaffen – und ich will gar nicht wissen, wie –, werden noch immer Kopien in Umlauf sein, mit denen sie uns festnageln können.«

Der Präsident fühlte sich verwirrt, in seinem Kopf wirbelte alles durcheinander, er hatte das Gefühl, Achterbahn zu fahren. Dann begriff er, dass es nur eine Turbulenz gewesen war.

»Ich bin der Präsident der Republik«, tönte er. »Sie können mich nicht liquidieren wie einen gewöhnlichen Verbrecher!«

Der Senator seufzte und sah durchs Fenster auf das vom Wind gekräuselte Meer. Es war ein strahlender, nicht zu heißer Tag, den man eigentlich hätte genießen können. Er bereute es, den Freund angerufen zu haben, und ihn beschlich so etwas wie Traurigkeit. Doch dieses Gefühl galt nicht dem Mann, mit dem er sprach und der offensichtlich inzwischen total größenwahnsinnig war, sondern eher der Erinnerung an die Männer, die sie einst gewesen waren. Zur Melancholie gesellte sich eine tiefe Wehmut, wenn er an die glorreichen Jahre dachte, in denen das Land vollkommen in ihren Händen gewesen war. Und nun war alles im Niedergang begriffen, die geistige Gesundheit des Präsidenten nicht ausgenommen.

»Hast du irgendein Medikament genommen, irgendeine Droge?«, fragte er ihn.

»Red kein dummes Zeug und hör mir zu«, antwortete der Präsident einigermaßen überdreht. »Auch wenn Kopien in Umlauf bleiben sollten – aber das ist ziemlich unwahrscheinlich –, könnte es sein, dass sie vor Gericht nicht als Beweis akzeptiert werden, eben weil es Kopien sind!«, rief er übermütig aus. »Dies natürlich nur für den Fall, dass eine übrigbleiben sollte.«

»Wer hat dir denn einen solchen Unsinn eingeredet?«, unterbrach ihn der Senator. »Die Richter werden jede Kopie als Beweis anerkennen, und du kannst sicher sein, dass inzwischen unzählige davon in Umlauf sind.«

Der Präsident antwortete nicht gleich. Dann beschloss er, dass er dem Freund nichts über den General erzählen konnte. Er räusperte sich, und seine Stimme klang noch entschiedener. »Das spielt keine Rolle. Jedenfalls werden wir es schaffen, es diesen verdammten Söldnern zu zeigen, darauf kannst du wetten! Aber du tust gut daran zu fliehen, du hast mein ganzes Verständnis und meine Solidarität«, schloss er großzügig.

Der Senator schüttelte den Kopf. Er fühlte sich verpflichtet, nicht lockerzulassen, auch wenn er sich bewusst war, dass seine Worte ins Leere fielen.

»Um Himmels willen, hör mir zu! Du musst sofort das Land verlassen!«, wiederholte er. »Du hast Freunde in der halben Welt, sie werden dich aufnehmen. Dann hast du genug Zeit, um dich zu verteidigen, aber als freier Mann. Wenn du hierbleibst, werden sie dich fertigmachen.«

»Da irrst du dich«, rief der Präsident, der immer überschwenglicher wurde, aus. »Ich habe noch viele wichtige Männer auf meiner Seite. Das hier ist ein Krieg, und ich kann ihn gewinnen!«

Der Senator seufzte und schaute hinaus auf das tiefblaue Meer. Ein Junge am Strand warf irgendetwas ins Wasser, und sein Hund tauchte in die Wellen, um es zurückzuholen. Als er wieder an Land kam, hielt er etwas zwischen den

Zähnen, wahrscheinlich einen Stock, den er vor den Füßen des Jungen fallen ließ. Die Szene rührte den Senator, er hatte immer gedacht, dass Tiere bessere Wesen seien als Menschen. Jemand hatte mal geschrieben, dass Gott bei der Schöpfung einen Fehler begangen und dem Hund das Herz des Menschen, dem Menschen das Herz des Hundes gegeben hatte – gewiss ein russischer Autor, doch im Augenblick fiel ihm der Name nicht ein.

Er beschloss, einen letzten Versuch zu unternehmen, im Namen ihrer alten Freundschaft.

»Du wirst nicht gewinnen«, sagte er müde. »Und sie werden dich ins Gefängnis stecken. Es gibt nur eins: Verlasse das Land!«

Der Präsident hatte langsam genug von diesen defätistischen Äußerungen.

»Mach dir um mich keine Sorgen, ich werde sehr gut zurechtkommen«, sagte er und sprach wie ein Kind, das den Vater beruhigt. »Ich bleibe in Italien! Bin ich der Präsident dieses verdammten Landes oder bin ich es nicht?«

Der Senator warf das Handtuch. »Wie du willst. Dann bleibt mir nur, dir viel Glück zu wünschen.«

Der Präsident antwortete nicht, beendete die Verbindung, klappte das Notebook zu und rief seinen Sekretär. Er hatte keinen Zweifel, auch der Freund würde zurechtkommen, es war dumm, sich um ihn Sorgen zu machen. Er fühlte sich entschieden besser, die Tabletten wirkten wie immer Wunder. Sein Blick schweifte über die Tragfläche hinaus und erkannte plötzlich in einer großen schneeweißen Zirruswolke das bärtige Gesicht eines lächelnden Gottes. Das war ein gutes Vorzeichen, es bedeutete, dass es dem General gelingen würde, dieses *safe house* zu säubern, ohne Zeugen zurückzulassen, und dass alle Kopien der Agenda verschwinden würden. Dann würde niemand mehr den Mut haben, den Präsidenten der Republik in eine solche Sache hineinzuziehen, und er würde sich darauf beschränken zurückzutreten und die Bühne mit Würde verlassen.

Er dachte wieder an den Senator, und während das chemisch bedingte Gefühl von Leichtigkeit und Optimismus sein Spiel mit ihm trieb, gelangte er zu der Überzeugung, dass der Freund sich für die Sache opferte. Diese Flucht würde als offensichtliches Eingeständnis der Schuld betrachtet werden, und er war sich sicher, dass der Senator sich dazu entschlossen hatte, um ihn zu retten, damit das Land nicht seines Präsidenten beraubt würde, des großen Steuermanns. »Ja, Steuermann«, wiederholte er ein paarmal halblaut, besorgt beobachtet von seinem Sekretär. Der Präsident, begeistert von dieser Bezeichnung, nahm sich vor, sie am nächsten Tag in seiner Rede zur Einweihung der Brücke zu gebrauchen.

Er schloss die Augen und lehnte sich zufrieden zurück, während der Kapitän darum bat, die Sicherheitsgurte anzulegen.

50

Bevor auch nur ein einziger Stein für den Bau dieser monströsen Brücke gelegt wurde, hatte man schon einhundertsechzig Millionen Euro ausgegeben. Dann begann die große Auftragsorgie vor allem zur Freude der Cosa Nostra und der 'Ndrangheta, die sich, was diese Angelegenheit betrifft, verbündet haben. Das weiß jedes Kind.«

Wer da sprach, war die betagte, elegante und noch immer sehr schöne Donna Agata. Sie gehörte zu einer der vornehmsten sizilianischen Familien, die jedoch einiges an Reichtum eingebüßt hatte, was sie respektabler als andere machte, weil es bedeutete, dass sie nichts mit dem organisierten Verbrechen zu tun hatte, oder wenigstens nicht allzu viel. Das galt noch als Auszeichnung im Kreise jener Adligen, die sich rühmten, die Träger einer Art seltener genetischer Abweichung zu sein, die im Aussterben begriffen war und die man ironisch das Gattopardo-Syndrom nannte.

In der Villa von Leonella Chiaramonte, wo das wichtigste gesellschaftliche Ereignis der Saison stattfand, tafelten einige der Gäste auf der großen Terrasse über der Bucht von Giardini Naxos und bewunderten zwischen den Gängen den feuerspeienden Ätna. Die Aktivität des Vulkans hielt seit nunmehr einer Woche an, ohne dass es Anzeichen für ein Nachlassen gab, und begann die Experten zu beunruhigen.

Doch in dieser Vollmondnacht ließ das besonders beeindruckende Schauspiel ihre Befürchtungen vergessen. Das kalte weiße Licht des Mondes wetteiferte mit dem purpurnen Funkeln der glühenden Lapilli und setzte eine Allegorie von Paradies und Hölle in Szene.

»Außerdem«, fuhr Donna Agata fort, »wird die Brücke zu mehr Selbstmorden führen, wie diese verdammte Golden Gate, und die ist kürzer und nicht so hoch. Wisst ihr, wie die Amerikaner diese Unglücklichen nennen, die sich von ihrem Goldenen Tor stürzen? – Jumpers«, gab sie sich angewidert selbst zur Antwort. »Zwei Selbstmorde in der Woche, könnt ihr euch das vorstellen? Und die Idioten diskutieren seit fünfzig Jahren darüber, ob es angebracht sei oder nicht, Barrieren zu errichten, die diese Tode verhindern könnten. Doch irgendjemand stellt sich aus ästhetischen Gründen dagegen, das ist doch verrückt! Und wenn die Kalifornier das nicht getan haben, könnt ihr sicher sein, dass wir auch keine Barrieren anbringen, denn schließlich sind wir eine Kolonie von Feiglingen.«

Fast alle Anwesenden wussten, dass sich der Enkel von Donna Agata im Jahre 2004 mit knapp fünfundzwanzig Jahren durch einen Sprung von der Golden Gate Bridge das Leben genommen hatte. Unglücklicherweise hatte zur gleichen Zeit ein Regisseur beschlossen, einen Dokumentarfilm über die Selbstmorde auf der Brücke zu drehen, und irgendwo eine Überwachungskamera installiert, die viele Selbstmorde direkt aufgenommen hatte, einschließlich den des Enkels von Donna Agata. Der Film mit dem simplen Titel *Jumpers* hatte, als er herauskam, für große Aufregung gesorgt, da er, neben den unvermeidlich dramatischen Bildern, auch Zeugnisse von Freunden und Verwandten der Suizidopfer enthielt. Doch was jeden erschütterte, der den Film zu Ende schaute, war die Sequenz, die den Enkel Donna Agatas betraf. Man sah einen jungen Mann mit schwarzen Jeans, schwarzer Sportjacke und schwarzen Stiefeln, der vor dem Sprung lange auf und ab ging, sich schließlich dem Geländer näherte, dann wieder davon entfernte, als hätte er es sich anders überlegt, und erneut auf dem Absatz kehrtmachte. Es war eine herzzerreißende Vorstellung. Doch die sadistische List des Regisseurs bestand nun darin, die ihn betreffende Sequenz zu zerstückeln und sie zwischen die Bilder anderer Selbstmörder in die Dokumentation einzufügen. So entstand beim Zuschauer der Eindruck, der schwarzgekleidete junge Mann mit dem langen, im Wind wehenden pechschwarzen Haar sei ein Komparse, der die Unentschlossenheit jedes Selbstmörders nur spiele und der wie alle Komparsen dieser Welt nach getaner Arbeit nach Hause gehen würde. Doch dem war nicht so. Gegen Ende des Films entfernte sich der junge Mann in Schwarz zum wer weiß wievielten Mal vom Geländer, und es sah aus, als ob er definitiv von seinem wahnwitzigen Vorhaben ablasse. Doch stattdessen wandte er sich, als hätte ihn jemand gerufen, ruckartig um, sprang mit einem Satz auf das Geländer, blieb ein paar Sekunden bewegungslos und aufrecht darauf stehen, mit dem Rücken zur Kamera wie vor einem Erschießungskommando, bevor er die Arme ausbreitete, sich wie ein Taucher nach hinten fallen ließ und in dieser Haltung im aufgewühlten Wasser des Ozeans verschwand.

»Das werde ich diesem Amerikaner nie verzeihen«, sagte Donna Agata traurig, »dass er während des ganzen Films beim Zuschauer die Illusion erzeugt hat, es würde nicht zu diesem verdammten Sprung kommen.«

Ein junger Tischgenosse schüttelte den Kopf. »Sicher wird auch diese Brücke, wenn sie nicht vorher bei einem Erdbeben einstürzt, vielen Unglücklichen als Sprungbrett dienen«, bemerkte er mitfühlend.

»Aus geologischer Sicht ist der Bau genauso unsinnig«, schaltete sich ein Tischnachbar Donna Agatas ein. »Wir wissen alle, dass die beiden Küsten, die kalabrische und die sizilianische, sich kontinuierlich verschieben, wobei die kalabrische Seite sich stärker und schneller als die sizilianische hebt. Es ist einfach verrückt, eine Brücke von solcher Größe in einem Erdbebengebiet zu bauen.«

Am Tisch, wo die Hausherrin und ihre engsten Freunde saßen, war es still geworden, niemand hatte Lust, etwas über diese Brücke hinzuzufügen, und noch weniger über den armen Enkel Donna Agatas. Dann begann irgendjemand vorsichtig von etwas ganz anderem zu sprechen, und die Stimmung besserte sich.

Zu dieser kleinen Gruppe Privilegierter rund um Leonella Chiaramonte gehörten auch Betta Malacrida und ihre Freundin Elvira. Die anderen Gäste, wohl um die hundert, waren auf die Tische im Park und im Salon der Villa verteilt.

Betta, die sich einzig und allein für die Erzählung Donna Agatas interessiert hatte, tat nun wieder nur so, als würde sie zuhören, und zwang sich zu unverbindlichen Antworten, wenn Elvira versuchte, sie in die Gespräche hineinzuziehen.

Mit ihrem Kopf war sie woanders. Nicht einmal das eindrucksvolle nächtliche Panorama und der Ausbruch des

Ätnas konnten sie von der Erinnerung an das Telefonat ablenken, das sie am Nachmittag mit Lorenzo geführt hatte.

Ihr Mann hatte sie angerufen, um ihr mitzuteilen, dass er gerade in Palermo angekommen sei, wo er am nächsten Tag ein Arbeitstreffen habe, doch am Abend zu ihr nach Taormina kommen werde. Im ersten Moment hatte Betta sich über dieses Programm sehr gefreut, doch im Laufe der Stunden war ihr klargeworden, dass sie in Wirklichkeit lieber noch ein paar Tage allein verbracht hätte. Sie, die immer so sehr unter der Abwesenheit ihres Mannes gelitten hatte, wartete zum ersten Mal nicht ungeduldig darauf, ihn wiederzusehen.

Während sie mit einem höflichen Lächeln auf den Lippen den Blick von einem Tischgenossen zum nächsten schweifen ließ, sagte sie sich, dass es immer noch die Worte des Mediums waren, die sie beeinflussten, und sie schämte sich dafür, so dumm und abergläubisch zu reagieren. Und doch konnte sie nicht anders.

Zum Dessert wurde das Streichorchester, welches das Abendessen mit klassischer Musik begleitet hatte, durch eine Rockgruppe ersetzt, und viele begannen zu tanzen.

Betta ging sich frisch machen, und Elvira folgte ihr. Als sie in dem riesigen Bad ganz aus Marmor, Messing und Spiegeln waren, musterte Elvira sie besorgt.

»Was ist denn los mit dir? Du kommst mir angespannt vor.«

»Ich habe Kopfschmerzen«, log Betta. Sie ärgerte sich, dass sie offensichtlich unfähig war, ihre schlechte Stimmung zu verbergen. »Und außerdem geht mir die Erzählung von Donna Agata nicht aus dem Kopf.« Und das stimmte: Das Bild des jungen Selbstmörders ließ sie nicht los.

»Das tut mir leid, nimm ein Aspirin und lass dir dieses wunderbare Fest nicht verderben. Zugegeben: Die Geschichte von Agata ist schrecklich. Weißt du, als die Polizei ins Apartment von Antonio – so hieß der arme Kerl – gekommen ist, hat sie einen Zettel gefunden, auf dem geschrieben stand: ›Ich gehe zur Golden Gate Bridge. Wenn mir dort jemand zulächelt, springe ich nicht.‹ Das tut noch mehr weh.«

»Was für eine furchtbare Geschichte«, murmelte Betta.

»Ja. Und weißt du, was Agata jedes Jahr macht? Sie verbringt einen Monat in San Francisco und geht jeden Tag zwei Stunden auf der Golden Gate Bridge auf und ab.«

»Lieber Himmel, warum das denn?«, fragte Betta.

Elvira seufzte. »Um die Selbstmordgefährdeten zu überzeugen, nicht zu springen. Ihr Enkel hat schriftlich hinterlassen, dass er nicht gesprungen wäre, wenn ihm jemand zugelächelt hätte, und nun versucht sie den anderen zu helfen, es nicht zu tun. Es heißt, es sei ihr manchmal sogar gelungen. Ich habe das Thema mit ihr nie angesprochen, es ist zu persönlich, zu privat. Aber man hat es mir erzählt.«

»Die arme Frau!«, rief Betta aus. »Sie hat meine ganze Bewunderung. Dafür braucht es Zivilcourage!«

Diese Geschichte nahm Betta furchtbar mit. Elvira bemerkte es. »Sprechen wir nicht mehr darüber! Sag mir, wann kommt denn Lorenzo an?«

»Morgen Abend.«

»Kann er ein paar Tage bleiben?«

»Ich weiß nicht, er hat es mir nicht gesagt. Das wird von seiner Arbeit abhängen. Ich weiß, dass er morgen den Präsidenten der Region und einen Referenten trifft.«

»Arbeit, nichts als Arbeit!«, stöhnte Elvira. »Und wofür?

Es geht doch alles den Bach runter. Sogar die Reichen werden ärmer, kaum vorzustellen, wie es den anderen ergeht! Das lohnt sich doch nicht, wir sollten uns amüsieren, wenigstens solange wir können …«

Betta zuckte verdrossen mit den Schultern. »Ja, warum nicht. Der Untergang des Römischen Reichs …«

»Genau das meine ich. Auch wenn wir nicht das Alibi vom Blei im Wasser haben, um zu vertrotteln, gibt es doch so viel Dreck, mit dem sie uns vergiften, dass wir das gleiche Ende nehmen werden wie unsere Vorfahren, wenn nicht gar ein schlimmeres. Sieh dir die Amerikaner an.« Elvira zuckte die Achseln, während sie sich die Nase puderte und sich in dem riesigen Barockspiegel betrachtete.

»Hör mal, meinst du, Leonella ist beleidigt, wenn ich zurück ins Hotel gehe? Die Kopfschmerzen werden schlimmer«, sagte Betta.

Ihre Freundin schüttelte Kopf. »Ach was! Sie ist ganz damit beschäftigt, diesen Gigolo aus Mailand zu betören, den sie eingeladen hat. Manchmal verstehe ich sie wirklich nicht, sie hat einen seltsamen Geschmack …«

Die beiden Freundinnen kehrten auf die Terrasse zurück. Das Fest war auf dem Höhepunkt, und die Gäste schienen sich zu amüsieren. Als Leonella Chiaramonte erfuhr, dass Betta ins Hotel zurückwollte, bot sie ihr an, sie von ihrem Chauffeur fahren zu lassen.

»Ich kann ein Taxi nehmen«, wehrte sich Betta.

»Kommt gar nicht in Frage. Ich rufe sofort Gino, er wird dich fahren. Es tut mir leid, dass du dich nicht gut fühlst, Betta, ich rufe dich morgen an, um zu hören, wie es dir geht.«

»Danke, Leonella, und meinen Glückwunsch zu dem Empfang. Ein echter Erfolg!«

Elvira begleitete sie bis zum Eingang der Villa, vor dem schon der Mercedes mit dem Chauffeur am Steuer stand.

»Ich glaube nicht, dass es spät wird«, sagte Elvira und umarmte sie. »Morgen Nachmittag will ich unbedingt zur Einweihung der Brücke gehen. Kommst du mit?«

Betta nickte, hielt sich aber eine Hintertür offen. »Gewiss, aber nur, wenn ich keine Kopfschmerzen mehr habe. Ich hoffe, es ist kein verschleppter grippaler Infekt.«

Elvira sah sie mit einem ironischen Blick an und lachte. »Hör mal, ich bin nicht Leonella, ich habe sehr gut verstanden, dass dir der ganze Trubel hier auf die Nerven geht.«

Betta lachte ihrerseits. »Vor dir kann man nichts verbergen. Und da du mich entlarvt hast, werde ich dich, damit du mir verzeihst, morgen zur Einweihung der Brücke begleiten.«

»Braves Mädchen!«, sagte die Freundin und drückte ihr einen Kuss auf die Stirn.

Betta stieg ins Auto, und der Chauffeur fuhr los. Sie fühlte sich ziemlich müde, doch vor allem war sie unruhig wegen der Ankunft Lorenzos. Ihr Mann würde sicher das Wochenende über in Taormina bleiben wollen, während sie gern nach Turin zurückgekehrt wäre.

Der Mercedes fuhr langsam auf dem schmalen Weg entlang der Einfriedung der Villa in Richtung Hauptstraße. Taormina war weniger als einen Kilometer entfernt, doch die Strecke führte einige hundert Meter den Berg hinab.

Kurz hinter einer Kurve bremste der Chauffeur scharf, und Betta, die in Gedanken war, wurde gegen den Vordersitz geworfen. Vor ihnen versperrte ein Auto die Straße und blendete sie mit Fernlicht. Zwei Männer stiegen aus und kamen auf den Mercedes zu.

Der Chauffeur, ein Sizilianer, wartete nicht ab, bis diese beiden Unbekannten ihm sagten, was sie wollten. Er schaltete in den Rückwärtsgang, dann in den ersten und fuhr mit Vollgas wieder los, direkt auf einen der beiden Männer zu, der, um nicht umgefahren zu werden, beiseite springen musste und zu Boden fiel. Der Mercedes schrammte mit einer Seite heftig an dem Auto, das sie blockierte, entlang, die Räder auf der Linken gerieten ein Stück über den Abhang, doch dem Chauffeur gelang es, den Wagen wieder auf die Fahrbahn zu bringen. Hinter sich hörten sie Pistolenschüsse, der Chauffeur beschleunigte noch einmal, und die Reifen quietschten in jeder Kurve.

»Bleiben Sie unten!«, schrie er Betta zu.

»Aber was ist denn los?«, fragte sie, zu Tode erschrocken.

»Ich weiß es nicht. Das war ein Hinterhalt. Wir fahren jetzt so schnell wie möglich zu den Carabinieri, falls diese beiden uns nicht daran hindern«, antwortete er mit einem Blick in den Rückspiegel.

Doch als sie die Hauptstraße erreichten, bemerkten sie erleichtert, dass niemand ihnen folgte. Trotzdem behielt der Chauffeur die Geschwindigkeit bei, und nach wenigen Minuten erreichten sie ihr Ziel. Mit laut quietschenden Bremsen kam der Mercedes vor dem Eingang der Kaserne zum Stehen.

Der Chauffeur machte den Motor aus und blieb ein paar Sekunden lang regungslos sitzen, die Arme vor sich ausgestreckt und den Blick starr nach vorn gerichtet. Er wusste, dass sie verflixtes Glück gehabt hatten, und brauchte einen Moment, um sich von dem Schreck zu erholen. Auch Bettas Herz schlug wie wahnsinnig.

Ein Carabiniere kam heraus auf den Vorplatz. Der Chauffeur stieg aus und erklärte, was passiert war. Sofort wurden sie zum Kommandanten gebracht, und dort erstatteten sie Anzeige gegen unbekannt.

51

Es war zehn Uhr abends, als Matteo Trapani, aus der Suite von Ogden und Stuart kommend, die Halle des Hotels Excelsior in Catania durchquerte, wo ihm zwei Bodyguards, die bis zu diesem Moment auf ihn gewartet hatten, diskret folgten. In ihren dezenten Armani-Anzügen wirkten die beiden *picciotti* nicht wie Profikiller, was sie eigentlich waren, sondern wie respektable Geschäftsleute, die einen wichtigen Mann begleiteten.

Ein dritter Mann saß am Steuer des BMW, der vor dem Hotel wartete. Trapani stieg ein und versuchte die schlechte Laune, in die ihn das Treffen versetzt hatte, zu verdrängen. Die Agenten des Dienstes hatten ihm klargemacht, dass jede von ihnen nicht gebilligte Aktion seinerseits hart bestraft würde. Er war nicht daran gewöhnt, sich dem Willen anderer zu beugen, doch vor allem wurden seine Pläne zum ersten Mal durch so etwas wie gesetzliche Autorität behindert. Alimante und die Seinen legten für das Land und für sie alle die Spielregeln fest.

Es wäre extrem gefährlich gewesen, den Männern des Dienstes zu widersprechen, doch er hatte keineswegs die Absicht, ihren Befehlen blind zu gehorchen. Er würde auf jeden Fall seine Rachepläne umsetzen, er musste sie nur ein wenig anpassen und sich geschickt verhalten.

Die Operation hatte sich nach Sizilien verlagert, für jeden ein schwieriges Territorium, selbst für die mächtigste Armee der Welt, das hatte die Geschichte bewiesen. Wenn sie auf der Insel etwas erreichen wollten, mussten sie sich mit der Mafia einigen, und die Mafia war er.

»Wir verstehen gut, dass Sie sich rächen wollen, aber Sie werden später dazu Gelegenheit haben, wenn diese Angelegenheit abgeschlossen ist«, hatte Stuart gesagt. »Beschränken Sie sich darauf, den Senator aufzuspüren, wir wollen, dass er in einem regulären Prozess aussagt und abgeurteilt wird. Aber vergessen Sie nicht, wir werden keine Einmischungen dulden, die unsere Pläne behindern könnten.«

»Ein Prozess ist viel zu wenig für diesen Scheißkerl und seine Komplizen, sie verdienen etwas ganz anderes«, hatte Trapani mit zusammengebissenen Zähnen erwidert.

Ogden hatte ihn angeschaut und die Lippen zu einem kalten Lächeln verzogen, das beredter als eine Drohung war. Der Pate hatte sich bei dem Gedanken überrascht, dass auch er früher, als er sich noch nicht hinter einer falschen Identität versteckte, bei seinen Männern die gleiche Unruhe ausgelöst hatte.

»Diese moralische Aufwallung bei Ihnen überrascht mich«, hatte Ogden gesagt und ihn damit zur Weißglut gebracht. »Beruhigen Sie sich, *padrino*, später können Sie dann *Ein Mann sieht rot* in der sizilianischen Version spielen, nicht jetzt, wir brauchen den Senator lebendig. Außerdem, warum diese Eile? Es gibt kein Hochsicherheitsgefängnis, das die Vendetta der Mafia aufhalten kann. Wenn alles zu Ende ist, werden Sie sich nach Belieben amüsieren können. Aber erst dann, haben wir uns verstanden?«

Während das Auto die beleuchtete Strandpromenade Catanias entlangfuhr, dachte Trapani, dass er viel Phantasie entwickeln müsste, wenn es nach seinem Kopf gehen sollte, ohne dass es für ihn böse endete. Deshalb hatte er sich bei der Unterredung ausgesprochen kooperativ gezeigt und dem Dienst nicht nur sich selbst zur Verfügung gestellt, sondern auch sein riesiges Netz von Informanten und vieles, vieles mehr.

Für den Senator gab es wenig Hoffnung davonzukommen, es sei denn, er hatte schon die Flucht ergriffen. Aber das bezweifelte er, denn seine an den Flughäfen und den neuralgischen Punkten des Schiffsverkehrs postierten Männer hatten ihm mitgeteilt, dass er bisher nicht gesichtet worden war. Ganz offensichtlich schützte ihn irgendjemand. Die Nachricht von der Anwesenheit Trapanis auf der Insel, die er selbst in Umlauf gesetzt hatte, trug bereits Früchte. Bald würde der Senator von einer Familie verraten werden, die danach strebte, beim obersten Boss, dem *capo dei capi*, in der Wertschätzung zu steigen, und was gab es da Besseres, als ihm das, was er suchte, auf dem Silbertablett zu servieren?

Doch es gab noch viel zu tun, und die Zeit wurde knapp. »Fahren Sie schnell!«, sagte er zum Fahrer und zündete sich eine Zigarette an. In diesem Augenblick läutete das auf den Namen Lorenzo Malacrida laufende Handy. Als er sich meldete, hörte er die Stimme seiner Frau.

»Betta, Schatz, wie geht es dir?«, rief er aus, verwundert darüber, dass sie ihn um diese Zeit anrief.

Es war ein sehr kurzes Gespräch, doch in wenigen Augenblicken veränderte sich Trapanis Aussehen, als liefe eine

Metamorphose ab, die Lorenzos schönes Gesicht in die grausame Maske eines Mörders verwandelte.

»Ich bin in einer halben Stunde bei dir«, sagte er, als sie ihm alles erzählt hatte, und vergaß, dass seine Frau glaubte, er wäre in Palermo.

Er beendete das Gespräch und wandte sich an den Fahrer. »Los, zu den Carabinieri in Taormina. Beeilung, wir müssen so schnell wie möglich da sein.«

Der Fahrer warf einen Blick in den Rückspiegel, er hätte gern um Erklärungen gebeten, doch als er Trapanis Gesichtsausdruck sah, schaltete er nur das GPS ein und wendete den Wagen.

52

Paolo Astoni schaltete den Fernseher aus und zündete sich eine Zigarette an. Er hatte wieder angefangen zu rauchen und war nicht stolz darauf. Die Anspannung der letzten Tage zusammen mit der Langeweile hatten ihn schwach werden lassen.

Er befand sich in seinem Zimmer in einer sehr eleganten Villa in der Olgiata, einem Wohnviertel im Norden von Rom. Vom Fenster aus sah er auf einen großen Garten, den er aus Sicherheitsgründen allerdings nicht betreten durfte. Franz, der einzige der Agenten, mit dem er auf seinem Niveau Schach spielen konnte, war leider abgereist, und John und Alan waren nicht so gut wie er. Dafür brachten sie ihm Go bei, eine Art japanisches Schachspiel.

Astoni schaute auf die Uhr und erinnerte sich daran, dass er Verena gesagt hatte, er werde sie vor dem Abendessen anrufen. Er nahm das Notebook, das John für ihn vorbereitet hatte, sah nach, ob sie online war, und rief sie an.

»Hallo, Paolo, wie geht es dir heute, bist du ein bisschen weniger deprimiert?«, fragte Verena, die in den letzten Tagen bemerkt hatte, dass er nicht gerade bester Stimmung war.

»Mir geht es ausgezeichnet! Abgesehen von der mörderischen Hitze hier in Rom«, log Astoni und versuchte fröhlich zu klingen. »Und was machst du Schönes?«

»Ich kümmere mich um die Ausstellung dieses dänischen Malers, erinnerst du dich? Ich habe dir davon erzählt. Die Vernissage ist nächsten Monat.«

»Gut. Und ich lerne gerade, Go zu spielen.«

»Ein sehr schönes Spiel. Ich mag es lieber als Schach.«

»Dann werde ich dich herausfordern, wenn wir uns wiedersehen.«

In diesem Augenblick war ein dumpfes Geräusch zu hören, dem gleich andere, gedämpftere, folgten. Astoni spitzte die Ohren, es hörte sich an, als hätte jemand Türen zugeschlagen oder Möbel verrückt.

»Da ist irgendetwas los!«, rief er beunruhigt aus.

»Was?«

»Ich höre komische Geräusche aus dem Erdgeschoss. Ich sehe mal nach.«

»Wo bist du im Augenblick?«

»In meinem Zimmer im ersten Stock.«

»Du musst dich verstecken. Sofort! Hörst du immer noch Geräusche?«

»Nein, jetzt ist alles ruhig.«

»Mein Gott, Paolo, und was nun?«

»Ich versuche mich irgendwo zu verstecken. Aber ruf du sofort Ogden an und sag ihm, dass ich in Turin in der Wohnung gegenüber eine DVD versteckt habe. Sie befindet sich in einem Terminkalender meines Kollegen, und zwar in dem von 1990, der in einem Regal hinter dem Schreibtisch steht. Hast du alles verstanden?«

»Ja, ich habe verstanden«, antwortete Verena beklommen.

»Gut, dann ruf jetzt Ogden an. Und vergiss nicht, ich hab dich lieb«, sagte Astoni und beendete die Verbindung.

Mit zitternden Händen nahm Verena das Handy und wählte Ogdens Nummer. Nach kurzem Läuten meldete sich der Agent.

»Im *safe house* in Rom ist irgendetwas los«, brach es gleich aus Verena heraus, noch bevor Ogden etwas sagen konnte. Dann brachte sie ihn unter Schluchzen auf den neuesten Stand.

53

Der Senator versuchte seine Wut zurückzuhalten. Der Sizilianer hatte ihn in diesem abgelegenen Unterschlupf bis spät in die Nacht hinein allein gelassen und ihm, als er zurückgekommen war, als ob nichts wäre, von dem fehlgeschlagenen Versuch, Betta Malacrida zu entführen, erzählt.

Am liebsten hätte er ihn umgebracht – wenn er nicht auf diesen Idioten angewiesen gewesen wäre, denn nur er konnte ihm jetzt noch zur Flucht verhelfen. Falls Matteo Trapani sie nicht beide vorher erledigen würde.

Die beiden Männer befanden sich in einem alten Haus an der Küste von Portopalo di Capo Passero an der äußersten Südostspitze der Insel, dort wo die Wasser des Ionischen Meers auf die der Straße von Sizilien treffen.

Das alte Gebäude, das von außen so wirkte, als wäre es seit Jahren verlassen, war innen perfekt instand gesetzt. Es gab nicht nur eine gutgetarnte gepanzerte Tür, sondern auch einige bestens und mit allem Komfort eingerichtete Räume, wo schon andere wichtige Mafiosi auf der Flucht Unterschlupf gefunden hatten. Die Zone gehörte zum Bezirk der Familie Guerrazzi, dem Clan des Sizilianers, und für wenigstens vierundzwanzig Stunden konnte dieser Zufluchtsort als sicheres Versteck gelten. Doch nicht länger.

»Wenn die Sache geklappt hätte, hätten wir einen zusätzlichen Trumpf in der Hand gehabt«, sagte der Sizilianer, von der Wut des Senators kein bisschen eingeschüchtert. »Aber es ist schiefgegangen. Vielleicht ist es besser so, im Grunde wäre es zu kompliziert gewesen.«

»Bist du dir klar darüber, was du getan hast?«, schrie der Senator. »Die Reaktion von Trapani wird nicht auf sich warten lassen, da kannst du sicher sein!«

Dann beschloss er, es dabei bewenden zu lassen. Im Grunde war es seine Schuld, er hätte mit dem Sizilianer nicht über diese unausgegorene Idee reden sollen. Betta Malacrida ohne eine Organisation, die diesen Namen verdiente, entführen zu wollen war der reine Wahnsinn. Leider hatte er sich nicht vorstellen können, dass der Sizilianer es wagte, auf eigene Faust zu handeln, ohne ihn zu Rate zu ziehen. Doch seit sie sich auf der Insel aufhielten, war der Sizilianer nicht mehr der gleiche umsichtige und vernünftige Mann, der ihm so viele Jahre gedient hatte. Es war, als hätte die Rückkehr in seine Heimat bewirkt, dass er sich unbesiegbar glaubte.

Der Senator ließ sich müde gegen die Rückenlehne des Korbsessels fallen und dachte, dass es nun zu spät für alles sei, auch dafür, sich von diesem Spinner zu befreien. Die aktuellen Nachrichten waren entsetzlich. In den letzten Tagen hatten weitere blutige Anschläge in Sizilien und auf dem Festland bestätigt, dass der Mafiakrieg nun voll im Gange war; ganz zu schweigen davon, dass ununterbrochen Haftbefehle gegen Exponenten der Regierung und der Finanzwirtschaft erlassen wurden. Sein Name war in den Zeitungen noch nicht aufgetaucht, doch sicher hielten sie ihn in Reserve für den Zeitpunkt der vollständigen Veröffentlichung des Inhalts der Agenda.

Er erkannte eine präzise Strategie im Timing und in der Ausführung dieser Abrechnung. Er konnte sich vorstellen, wer der Urheber dieses sadistischen Modus Operandi war. Er musste an den Präsidenten und seinen jämmerlichen Versuch denken, die Agenda wiederzubeschaffen. Der persönliche Geheimdienst, dessen er sich bediente, konnte gewiss nicht mit den Kräften konkurrieren, die man gegen sie aufgeboten hatte, doch dieser Irre würde weitermachen bis zum bitteren Ende. Wegen ihm würde es noch mehr Tote geben.

»Wir brechen morgen in aller Frühe auf«, sagte der Sizilianer und holte ihn aus seinen Gedanken. »Es wird uns ein ›Ataúd‹ zur Verfügung gestellt, ein sogenannter ›Sarg‹, ein kleines U-Boot, mit dem gerade 5000 Kilo Kokain angekommen sind. Dann fahren wir nach Malta, wo ein Flugzeug nach Südamerika auf uns wartet.«

»Ein U-Boot? Und was für ein Name …«, rief der Senator aus und machte ein beschwörendes Zeichen.

Der Sizilianer lachte und tat es ihm nach. »Seit ein paar Jahren ist es das sicherste Mittel, um Drogensendungen zu befördern, das haben wir von den Südamerikanern gelernt. Das U-Boot heißt so, weil in den ersten, noch nicht ausgereiften Modellen ein paar Leute umgekommen sind. Doch unseres ist eines der besten, dessen Tank für viertausend Kilometer reicht, ein Juwel der letzten Generation, das vierhunderttausend Euro kostet. Es ist mit GPS und einem Kühlsystem ausgerüstet, um eine Lokalisierung durch Radar zu verhindern. Es fährt in geringer Tiefe und ziemlich langsam, damit keine Streifen zu sehen sind, aber dennoch werden wir nicht lange brauchen, um nach Malta zu kommen. Vom Strand werden wir von Männern des Vertrauens zum

Flugzeug eskortiert. Sie müssen sich keine Sorgen machen, es ist alles perfekt organisiert und unter Kontrolle.«

»Vertraust du diesen Leuten?«, fragte der Senator wenig überzeugt.

»Wie mir selbst. Sollten sie uns verraten, würden sie nicht lange leben, die Guerrazzi würden sie in Zement stecken oder in Säure auflösen. Und das wissen sie.«

»Matteo Trapani wird die Insel auf den Kopf stellen, um zu erfahren, wer es gewagt hat, seine Frau zu bedrohen. Und er wird nicht lange brauchen, um es herauszufinden«, sagte der Senator.

»Das glaube ich nicht«, widersprach ihm der Sizilianer. »Meine Familie ist mächtig und deckt uns.« Dann wechselte er das Thema: »Wissen Sie, wie man diesen Ort hier nennt?«

Der Senator schüttelte den Kopf und tat so, als interessiere es ihn.

»*Wo Jesus Christus die Schuhe verloren hat*. So verlassen ist es hier.«

54

In Catania warteten Stuart und Ogden auf Nachrichten von Alimante, der sich glücklicherweise in dieser Nacht in Rom aufhielt. Seit Verena sie eine Stunde zuvor angerufen und Alarm geschlagen hatte, hatten sie mehrmals versucht, Kontakt mit dem *safe house* in Olgiata aufzunehmen, ohne Antwort zu erhalten.

Endlich läutete das Telefon.

»Meine Männer sind vor Ort«, sagte Alimante. »Es hat einen Schusswechsel gegeben, doch die Agenten sind nicht verletzt, und Astoni geht es gut. Eine Profitruppe hat das Haus gestürmt, doch meine Männer, die im Garten postiert waren, haben sie vertrieben. Die drei Kommandos wurden doch tatsächlich von einem General befehligt. Neben seiner offiziellen Funktion stand der Mann an der Spitze einer – sagen wir einmal – ›abweichenden‹ nachrichtendienstlichen Gruppe, aber eigentlich sind sie das ja mehr oder weniger alle. Er steht einer bunten Truppe aus falschen Freimaurern, Mafiosi, Politikern und Unternehmern vor. Unser General hat jahrelang an mehreren Fronten gekämpft, geheime Informationen gesammelt, Staatsbedienstete, leitende Bankiers und hochgestellte Persönlichkeiten bestochen, doch er war vor allem spezialisiert auf die Erstellung falscher Dossiers, mit denen er Leute in der Politik und im Finanzwesen erpressen konnte – praktisch alle, die Ärger machten und bei der Auftragsvergabe hinderlich waren. Und das Beste zum Schluss: Die Gruppe finanzierte sich selbst durch in betrügerischer Absicht durchgeführte komplexe Transaktionen im Ausland. Er scheint praktisch einen Mini-Geheimdienst zum persönlichen Gebrauch des Präsidenten und dessen engsten Getreuen geleitet zu haben. Leider hat sich der Ärmste mit einem Loch im Kopf in ein besseres Leben verabschiedet, deshalb können wir ihn nicht vor Gericht bringen. Schade, seine Aussage hätte Aufsehen erregt.«

»Da gehen jemandem die Nerven durch«, bemerkte Stuart, der über die Freisprechfunktion mitgehört hatte.

»Das glaube ich gern! Doch statt in irgendein ihnen freundlich gesinntes Land zu fliehen, meinen sie, mit uns Krieg führen zu können. Wie dem auch sei, die Dinge verlaufen planmäßig. Der Provinzpräsident von Sizilien wird morgen verhaftet, ebenso der stellvertretende Bürgermeister von Catania. Dann werden die Haftbefehle auch den Norden erfassen, eine unaufhaltsame Eskalation«, fügte er bissig hinzu.

Ogden schaltete sich in das Gespräch ein. »Wir müssen noch ein weiteres Dokument sicherstellen. Stuart wird heute Nacht nach Turin aufbrechen.«

»Was für ein Dokument?«

»Eine DVD«, sagte Stuart, »die, wie es scheint, explosives Filmmaterial enthält. Ich erkläre Ihnen später, wie wir davon erfahren haben.«

»Wie Sie wollen. Eine DVD wird sicher interessant sein, obwohl die Agenda eigentlich schon alles enthält, was wir brauchen. Zeigen Sie mir aber die DVD auf jeden Fall, sobald Sie sie haben.«

»Natürlich«, versprach Ogden und wechselte dann das Thema. »Wo werden Astoni und unsere Agenten nach diesem Überfall untergebracht?«

»Das ist kein Problem«, antwortete Alimante. »Ich informiere Sie über die neue Unterkunft, sobald sie umgezogen sind. Neuigkeiten, was den Senator angeht?«

»Wir erwarten Nachrichten von Matteo Trapani.«

»Gut, sobald Sie die haben, rufen Sie mich an. Ich will dabei sein, wenn Sie ihn fassen.«

55

Im Mercedes betrachtete Betta Malacrida ihren Mann. Alle paar Sekunden erhellte ein Lichtstrahl den Innenraum und ließ sein Profil aufleuchten. Der Wagen, vom Chauffeur gelenkt, fuhr zügig die Strandpromenade entlang, gefolgt von dem Alfa Romeo mit den Bodyguards.

Seit er sie bei den Carabinieri in Taormina abgeholt hatte, war Lorenzo still gewesen, versunken in seine Gedanken. Doch er hielt ihre Hand und drückte sie von Zeit zu Zeit, als wollte er sich dafür entschuldigen, dass er nicht an ihrer Seite gewesen war, als man sie bedroht hatte.

Auf dem Revier waren die Dinge schnell geklärt worden. Lorenzo hatte sie zuerst in den Arm genommen und sich vergewissert, dass es ihr gutging, dann war er in das Zimmer des Kommandanten gegangen, wo er ungefähr zehn Minuten blieb. Als er herausgekommen war, hatte der Kommandant sie persönlich zum Ausgang gebracht, um sich dann ausgesprochen freundlich von ihnen zu verabschieden, nachdem er ihnen angeboten hatte, sich bei Bedarf direkt an ihn zu wenden.

»Wieso warst du denn in Taormina? Ich dachte, du wärst in Palermo«, fragte Betta ihren Mann, da sie sich erst in diesem Moment an das Telefonat vom Nachmittag erinnerte.

»Ich wollte dich überraschen«, log er.

Die Antwort überzeugte sie nicht, doch sie war zu müde, um nachzuhaken, und ließ es dabei bewenden.

Als der Wagen vor dem Hotel hielt, führte Lorenzo Bettas Hand an seine Lippen und küsste sie. »Ich möchte, dass du morgen nach Turin zurückkehrst«, sagte er leise und sah ihr in die Augen.

Verwundert erwiderte sie seinen Blick. Obwohl sie eigentlich genau das tun wollte, ertrug Betta es nicht, dass er ihr alles vorschrieb.

»Und warum?«, fragte sie verärgert.

»Ich bitte dich, tu, was ich dir sage. Ich werde es dir später erklären, jetzt musst du mir vertrauen.«

Sie zuckte die Achseln, ohne zu antworten, und stieg aus dem Mercedes, noch bevor der Chauffeur ihr die Wagentür öffnen konnte.

Im gleichen Moment hielt hinter ihrem Wagen ein Taxi, aus dem Elvira stieg. Als sie Betta sah, kam sie lächelnd auf sie zu.

»Was machst du denn noch unterwegs? Ich dachte, du bist schon längst auf deinem Zimmer«, rief sie aus. Dann erst sah sie Lorenzo und begrüßte ihn begeistert.

»Deshalb also hast du das Fest so früh verlassen. Du wolltest deinen wunderbaren Mann treffen. Lorenzo, wie schön, dich zu sehen!«

Er umarmte sie. »Ciao, Elvira. Du siehst großartig aus.«

»In Wahrheit bin ich angeheitert, und meine Schminke verläuft gerade, aber Komplimente hört man immer gern. Ich habe Leonellas Fest vor einer Stunde mit den Lanzas verlassen, und wir haben den Abend in einem vollkommen überfüllten Lokal beschlossen, die reinste Qual. Ich bin zu alt für solche Strapazen, aber ich möchte doch noch einen Schlaftrunk mit euch nehmen, um Lorenzos Ankunft zu feiern«, rief sie aus und hakte Betta unter.

Obwohl es schon nach Mitternacht war, saßen noch Gäste in der Bar des Hotels. Seit einigen Tagen waren die Hotels an der Küste von Messina wegen der Einweihung der Brücke und des spektakulären Ausbruchs des Ätnas stärker ausgelastet als normalerweise.

Weil es noch sehr warm war und um den Blick auf das beleuchtete Antike Theater zu genießen, setzten sie sich an einen Tisch auf der Terrasse.

Ein Kellner kam, um die Bestellungen aufzunehmen. Elvira, die immer aufgedrehter wurde, fasste ihn am Ärmel. »Bringen Sie uns eine Flasche Veuve Clicquot, wir müssen anstoßen! Natürlich seid ihr eingeladen«, fügte sie mit Entschiedenheit hinzu.

»Kommt überhaupt nicht in Frage«, erhob Lorenzo Einspruch. »Das geht auf die Zimmerrechnung von Signora Malacrida.«

Nachdem sie vergebens protestiert hatte, fügte sich Elvira schließlich. »Bist du auch nach Sizilien gekommen, um bei der Einweihung der Brücke dabei zu sein?«, fragte sie.

»Nein, ich bin geschäftlich hier. Aber vor allem, um Betta zu sehen. In der letzten Zeit habe ich sie arg vernachlässigt«, sagte er und lächelte seine Frau an.

Angestrengt erwiderte Betta das Lächeln. Sie dachte noch daran, was er vorhin zu ihr gesagt hatte. Wäre Elvira nicht dazwischengekommen, hätte sie ihm sofort klargemacht, dass sie nach Turin zurückkehren würde, wann es ihr passte, und nicht vorher.

Sie beschloss, Elvira zu erzählen, was auf der Rückfahrt von der Villa vorgefallen war. Die Freundin hörte mit aufgerissenen Augen zu und holte, als Betta ihren Bericht beendet hatte, ihr Handy aus der Tasche.

»Wir müssen sofort Leonella Bescheid sagen!«

»Das wird ihr Chauffeur inzwischen schon getan haben«, sagte Betta.

»Ja, das ist wahr. Lorenzo, was meinst du, wer das gewesen sein kann?«

Lorenzo zuckte mit den Schultern. »Ich bin überzeugt, dass es sich um eine Verwechslung gehandelt hat. Sie hatten es mit Sicherheit auf jemand anderes abgesehen.«

Elvira schüttelte den Kopf. »Das glaube ich nicht. Vielleicht ist es eine indirekte Drohung an die Chiaramontes. Eine Warnung.«

»Könnten wir jetzt über etwas anderes reden?«, fragte Betta.

»Du hast recht, Betta, entschuldige. Du kannst mir morgen alles erzählen. Ach übrigens«, fuhr sie, an Lorenzo gewandt, fort, »deine Frau hat mir versprochen, mich nach Messina zur Einweihung der Monster-Brücke zu begleiten.« Sie machte eine beredte Grimasse. »Du solltest auch an den Feierlichkeiten teilnehmen. In Sizilien fehlt es an Zügen, und Kanalisation und Autobahnen sind in einem verheerenden Zustand. Dafür gibt es ab morgen hier, in der am stärksten erdbebengefährdeten Gegend Italiens, eine größere Brücke als die Golden Gate.«

Der Kellner kam mit dem Tablett, auf dem Sektkelche und ein Eiskübel mit einer Flasche Veuve Clicquot standen. Während er dabei war, alles auf den Tisch zu stellen, begannen die Kristallgläser zu klirren, um dann vom Tablett zu fallen und auf dem Marmorboden zu zerspringen. Der Kellner packte die Flasche, doch der Sektkübel flog zu Boden, und die Eiswürfel verteilten sich überall, vermischten sich mit den Glasscherben.

»Ein Erdbeben!«, schrie jemand.

Die Gäste an den Tischen wechselten alarmierte Blicke. Einige Augenblicke lang waren alle stumm vor Schreck, und die Zeit schien stillzustehen. Doch es geschah nichts mehr, und die Gäste der American Bar begannen sich langsam erneut zu bewegen und zu reden.

Der Kellner, der sie bediente, hob den Eiskübel auf und ging andere Sektkelche holen, während einer seiner Kollegen die Glasscherben vom Boden aufsammelte.

»Ein schwacher Erdstoß, nichts Schlimmes«, ließ Elvira gleichgültig hören. »Das ist der zweite in diesem Frühjahr, aber die Seismologen schlagen noch nicht Alarm. Wer weiß, wo diesmal das Epizentrum war.«

Im Saal kommentierten alle das Ereignis, an einem Tisch machte jemand einen Witz, der bei seinen Freunden Heiterkeit auslöste, und dem Kellner gelang es endlich doch noch, den Champagner einzuschenken.

»Stoßen wir auf die überstandene Gefahr an«, sagte Lorenzo.

Als sie getrunken hatten, stand Elvira auf. »Ich bin müde, ich gehe schlafen. Also, Betta, kommst du morgen mit? Leonella hat uns auf die Ehrentribüne eingeladen, die der Würdenträger. Du wirst dir doch dieses Schauspiel nicht entgehen lassen«, fügte sie hinzu und sah ihre Freundin erwartungsvoll an.

»Gewiss komme ich mit!«, antwortete Betta und warf ihrem Mann einen herausfordernden Blick zu. »Vielleicht will Lorenzo uns ja sogar begleiten.«

Er nickte mit einem Lächeln. Es war nicht der richtige Moment, ihr zu widersprechen, er würde versuchen, sie zu überzeugen, nach Turin zurückzukehren, wenn sie auf ihrem Zimmer wären, auch wenn Betta nicht gerade so aussah, als ob sie nachgeben wollte.

56

Um halb drei Uhr am Morgen erhielt Trapani den Anruf, den er erwartete. Der Senator war in Portopalo di Capo Passero, zwei Stunden von Taormina entfernt, ausfindig gemacht worden. Was seiner Frau am Abend zuvor geschehen war, konnte nur mit ihm zu tun haben.

Nachdem er aufgelegt hatte, schaute er Betta an, die neben ihm tief schlief. Bald wäre alles zu Ende, und er würde eine überzeugende Entschuldigung für sein Verhalten in den letzten Wochen finden. Sie würde verständnisvoll sein, wie immer, auch wenn sie am Abend zum ersten Mal Widerstand gegen seine Pläne geleistet hatte.

Bettas Reaktion war neu und alarmierend, doch Trapani hatte keine Zeit, sich darüber Gedanken zu machen. Als sie eingeschlafen war, hatte er sich aus dem Zimmer gestohlen und mit einem Telefonat die Dinge so geregelt, dass Betta in ein paar Stunden einen Anruf ihrer Mutter bekommen würde: Sie würde Betta bitten, sofort nach Turin zurückzukehren, weil es ihr schlechtgehe.

Später müsste Trapani sich nicht einmal eine Entschuldigung für diese Lüge ausdenken, denn seine Schwiegermutter würde ihn decken. Seit er ihren Mann vor dem Bankrott bewahrt hatte, hätte Adriana Bramante alles getan, um ihm gefällig zu sein. Und dazu hatte sie auch jeden Grund, denn sein

Geld hatte es ihr und ihrem Mann ermöglicht, den Lebensstandard zu halten, der ihrer gesellschaftlichen Stellung entsprach.

Ohne Lärm zu machen, zog er sich an und verließ das Zimmer. Mit dem Aufzug fuhr er hinunter in die Tiefgarage, wo seine Männer schon auf ihn warteten. Aus dem Auto rief er die Agenten des Dienstes an.

»Der Senator versteckt sich in Portopalo di Capo Passero.«

»Ist Ihnen die Gegend vertraut?«, fragte Ogden.

»Ich kenne sie wie meine Westentasche. Ich schicke Ihnen eine Mail mit einer Wegbeschreibung, wie Sie zu unserem Treffpunkt kommen. Haben Sie vor, die Behörden zu informieren?«

»Nein, jedenfalls nicht offiziell. Und denken Sie daran: Um den Senator kümmern wir uns. Das war die Bedingung dafür, dass Sie mit uns zusammenarbeiten dürfen.«

»Und daran werde ich mich halten. Über wie viele Männer verfügen Sie?«

»Wir sind zu viert plus fünfzehn Männer der Spezialeinheit.«

»Das ist mehr als ausreichend. Der Senator und seine rechte Hand sind allein. Letzterer gehört zur Familie Guerrazzi und hat ein kleines U-Boot besorgt. Die beiden haben vor, heute Morgen um sechs Uhr an Bord zu gehen und damit nach Malta zu fahren. Man hat mir den genauen Ort mitgeteilt, wo das U-Boot auf sie wartet. Wir haben genügend Zeit, dort hinzukommen, bevor sie losfahren. Von Catania bis Portopalo brauchen Sie etwa eine Stunde, ich von Taormina etwas länger. Ich habe drei Männer bei mir, wir fahren einen schwarzen Mercedes und einen Alfa grau metallic. Ich schicke Ihnen jetzt die Streckenbeschreibung. Es ist drei Uhr, ich werde um fünf am Treffpunkt sein.«

»In Ordnung. Wir bleiben in Kontakt.«

Ogden klappte das Handy zu und wandte sich an Stuart, der das Gespräch verfolgt hatte.

»Alimantes Männer sind vor kurzem auf dem Flughafen Catania gelandet«, sagte er, öffnete das Notebook und lud das Dokument herunter, das Trapani geschickt hatte. »Ich leite die Karte an den Kommandanten der Spezialeinheit weiter.«

Wenige Sekunden später war aus dem Computer die Stimme eines Mannes zu hören: »Hier Comandante Giani, zu Ihren Diensten.«

»Comandante, mein Name ist Ogden. Ich habe Ihnen die Karte mit der Route zum Treffpunkt geschickt. Voraussichtliche Fahrtzeit: eine Stunde. Wir brechen in diesem Moment auf, wir bleiben in Verbindung.«

Stuart trat an den Computer. »Fünfzehn Männer sind übertrieben, um den Senator und seinen Mafioso gefangen zu nehmen. Fürchtet Alimante, die beiden könnten uns vor der Nase entwischen?«

Ogden zuckte mit den Schultern. »Diese Geschichte hat ihn ungewöhnlich betroffen gemacht, wahrscheinlich wegen Lowelly Greys Vater. Er will uns keinen überflüssigen Risiken aussetzen. Wörtlich hat er sogar gesagt: ›Ich will nicht, dass diese Bauern euch mit einem Jagdgewehr ein Loch in den Kopf schießen.‹«

Stuart lachte. »Er ist ängstlich wie ein menschliches Wesen, wer hätte das gedacht? Umso besser. Ich komme mit nach Capo Passero, ich will die Festnahme des Senators nicht versäumen. Die DVD kann auch ein anderer in Turin holen. Jetzt informieren wir Alimante, dass der Senator in wenigen Stunden vollkommen zu seiner Verfügung steht. Er wird es nicht schaffen, bei seiner Ergreifung dabei zu sein, doch ich bin sicher, dass er so schnell wie möglich zu uns nach Sizilien kommt.«

»Dann ruf ihn aus dem Auto an, wir müssen uns beeilen«, sagte Ogden. »Franz und Bruno warten auf uns. Caspar folgt uns in einem anderen Wagen.«

»Was machen wir mit Salvatore Partanna?«, fragte Stuart. »Wir hatten ihm versprochen, dass er bei der Festnahme dabei sein würde.«

»In Ordnung, auch wenn er uns nichts genutzt hat, weil Trapani schneller gewesen ist, nehmen wir ihn trotzdem mit. Im Grunde schulden wir es dem alten Branca.«

57

Betta fuhr aus dem Schlaf hoch, sie hatte einen Alptraum gehabt. Im Traum war sie mit ihrem Mann in einem heruntergekommenen Haus, das er kaufen wollte, während sie ihn zu überzeugen suchte, es nicht zu tun. Doch Lorenzo zog sie weiter durch diese staubigen Zimmer, vollgestopft mit alten Gegenständen wie ein Dachboden.

Betta wandte sich um und sah, dass das Bett neben ihr leer war. Die Uhr auf dem Nachttisch zeigte zehn vor sechs. Sie rief nach ihrem Mann, bekam aber keine Antwort, also ging sie in den Salon, dann ins Bad, doch er war nicht da.

Ihre erste Reaktion war Wut. Lorenzo verhielt sich unmöglich, nicht einmal eine Nachricht hatte er ihr hinterlassen.

Dann, wie immer, versuchte sie ihn zu entschuldigen und dachte, dass er ihr vielleicht nichts gesagt hatte, um sie nicht zu beunruhigen. In diesem Fall musste etwas Schwerwiegendes vorgefallen sein.

Ein Gefühl der Unruhe erfasste sie, verstört sah sie sich um und bemerkte, dass seine Reisetasche offen war, genau so, wie er sie am Abend hatte stehen lassen, als sie die unangenehme Diskussion über ihre Rückkehr nach Turin gehabt hatten. Doch sein Aktenkoffer, in dem er die wichtigsten Unterlagen und das Notebook verwahrte, war nicht mehr auf dem Schreibtisch. Sie versuchte ihn am Handy anzurufen, und als die Mailbox sich einschaltete, warf sie das Telefon verärgert aufs Bett. Was hatte das Medium noch mal gesagt? Und wenn die Frau nun recht hatte? Vielleicht führte ihr Mann ein Doppelleben, aus dem sie ausgeschlossen war?

Betta zuckte zusammen, als ihr Handy läutete, und warf sich quer aufs Bett, um es zu erreichen, weil sie hoffte, dass es Lorenzo war.

»Hallo, Liebes, entschuldige, dass ich dich um diese Zeit störe...«

Enttäuscht hörte Betta die schwache Stimme ihrer Mutter. »Was ist los, Mama? Du hörst dich furchtbar an!«

»Schatz, mir geht es sehr schlecht, ich fürchte, ich habe eine Nierenkolik, ich habe schreckliche Schmerzen. Dein Vater ist bei einem Golfturnier, und ich bin ganz allein zu Hause. Könntest du nicht kommen?«

»Mama, ich bin in Taormina, tausend Kilometer weit weg.«

»O mein Gott, das wusste ich nicht. Dann vergiss es, Liebes, ich werde schon allein zurechtkommen. Ich rufe jetzt einen Krankenwagen und lasse mich ins Krankenhaus bringen.«

»Ruf lieber Dottor Biondi an. Er kommt sicher sofort und gibt dir etwas gegen die Schmerzen. Dann soll er entscheiden, was zu tun ist.«

»Er ist nicht in Turin, und ich habe kein Vertrauen zu seiner Vertretung.«

Der Opferton, dem weder Betta noch ihr Vater je widerstehen konnten, begann auf ihre angegriffenen Nerven zu wirken. Es folgte ein Schweigen, das sich ein paar Sekunden lang hinzog. Ihre Mutter wartete geduldig, sie wusste, dass die Drohung wirkte.

»Ist gut, Mama«, kapitulierte Betta schließlich. »Mit dem

ersten Flug komme ich zu dir. Aber ich kann dir noch nicht sagen, wann ich da bin.«

Ihre Mutter seufzte erleichtert auf. »Danke, Liebes, du bist ein Engel. Ich schicke dir eine SMS, falls sie mich ins Krankenhaus bringen sollten, während du unterwegs bist. Und ich sage auch der Haushälterin, dass sie dich benachrichtigen soll. Komm schnell, ich bitte dich!«

Um halb acht gelang es Betta, einen Platz für den 11-Uhr-Flug von Catania nach Turin zu reservieren, das Hoteltaxi würde sie zum Flughafen bringen. Sie frühstückte, packte, hinterließ für ihren Mann eine schriftliche Nachricht auf dem Schreibtisch und eine SMS auf seinem Handy. Da sie Elvira um diese Zeit nicht stören wollte, hinterließ sie auch für sie zwei Zeilen an der Rezeption.

Um zehn, als sie schon am Flughafen Fontanarossa war und gerade beim Check-in ihren Koffer abgeben wollte, läutete ihr Handy erneut.

»Ciao, Betta, ich bin's, Papa. Wie geht es dir?«

Ihr Vater schien bester Laune, wie immer, wenn er sich auf einem Golfplatz befand, und erst recht, wenn er an einem Turnier teilnahm.

»Ciao, Papa, wo bist du?«

»In Castelconturbia, beim Golf Open. Zum Glück finden sie dieses Jahr in der Nähe von Turin statt. Ich gehe gleich auf den Platz, aber ich wollte mit Lorenzo sprechen, wenn ich ihn nicht störe. Ich habe gerade heute Morgen von der Bank eine Sache erfahren, die ihn interessieren könnte; es geht um die Firma, die er kaufen will.«

Betta schwieg, sie war unentschlossen. Dann stellte sie ihrem Vater, zum ersten Mal in ihrem Leben, eine Falle.

»Er ist gerade unter der Dusche, aber sicher gleich fertig. Warte … ich rufe ihn. Lorenzo! Papa ist am Telefon!« Dann, einen Augenblick später: »Er kommt sofort. Inzwischen können wir beide uns ein bisschen unterhalten. Wie geht es Mama?«

»Sehr gut, ich habe gerade eben noch mit ihr gesprochen, sie wollte zum Friseur gehen. Sie schlägt sich mit einer Haushaltshilfe herum, die sie gerade eingestellt hat. Du weißt doch, wie sie das immer durcheinanderbringt, neue Leute im Haus zu haben.«

»Bist du sicher, dass es ihr gutgeht? Das letzte Mal, als ich mit ihr telefoniert habe, hat sie gesagt, sie wolle zum Arzt gehen.«

»Ach was! Es ist ihr noch nie so gut gegangen. Außerdem weißt du doch, dass sie Ärzte hasst.«

Betta spürte eine furchtbare Wut in sich aufsteigen. Ihre Mutter hatte sie angelogen und sich mit Lorenzo verschworen, um sie zur Abreise zu bewegen. Und dann war sie auch noch dumm genug gewesen, ihrem Vater nichts davon zu sagen.

»Schatz, kommt Lorenzo jetzt? Ich muss um halb elf am ersten Abschlag sein und bin noch im Clubhaus.«

Betta hielt das Handy vom Ohr weg, sah es ein paar Sekunden lang an und machte es dann ohne ein weiteres Wort aus.

Sie würde nach Taormina ins Hotel zurückkehren und am Nachmittag zur Einweihung dieser verdammten Brücke gehen.

Sie nahm den Koffer, den sie noch nicht abgegeben hatte, und wandte sich dem Ausgang zu.

58

Um fünf Uhr morgens hatten sich die Agenten des Dienstes mit den Männern der Spezialeinheit bei einer kleinen Bucht nicht weit vom Hafen von Portopalo getroffen. Als auch Matteo Trapani zu ihnen gestoßen war, gingen alle hinter den verfallenen Mauern der Tonnara, einer alten Thunfischfanganlage, in Deckung und warteten. In einer Stunde würden der Senator und der Sizilianer zu dieser verlassenen Bucht kommen, um an Bord des U-Boots zu gehen, das sie nach Malta bringen sollte.

Eine wundervolle Landschaft umgab sie. Trotz der Umstände konnte Ogden nicht anders, als diesen äußersten Zipfel Siziliens im klaren Licht des sonnigen Morgens zu bewundern. Die Blüte der mediterranen Macchia war auf ihrem Höhepunkt, und der Geruch von Salz mischte sich mit dem Duft der Vegetation.

Um Punkt sechs Uhr sahen sie einen alten Landrover ankommen, aus dem der Senator und der Sizilianer stiegen. Über den Strand gingen sie auf den Rest einer Mole zu, die ungefähr fünfzig Meter ins Meer hineinreichte. Auf ein Zeichen von Ogden kamen die Männer von Comandante Giani aus der Deckung und umstellten sie.

Als Erster drehte sich der Sizilianer um. Dem entsetzten Blick folgte ein Ausdruck von purem Hass. Er machte eine

Bewegung, als wollte er die Pistole aus dem Halfter ziehen, doch Ogden schoss auf einen Punkt wenige Zentimeter vor seinen Füßen, so dass Kies und Sand hochspritzten.

»Wirf die Pistole weg«, befahl er ihm.

Der Sizilianer gehorchte, und erst als die Pistole zu Boden fiel, drehte der Senator sich um. Bis zu diesem Augenblick hatte er sich nicht gerührt, gelähmt vor Angst, den Blick starr aufs Meer gerichtet, über das er zu entkommen gehofft hatte.

»Ihr habt uns gefunden«, murmelte er entgeistert und leichenblass.

Während sie den beiden Handschellen anlegten, warf der Sizilianer einen Blick auf die Mole.

»Es wird keiner kommen, um dich zu retten«, sagte Trapani, der inzwischen zu ihnen gestoßen war.

»Wer seid ihr denn? Ihr seid doch weder Carabinieri noch Polizisten!«, protestierte der Sizilianer verwirrt.

»So ist es«, antwortete der Pate. »Tut mir leid, Giuseppe, du hast dich auf die falsche Seite geschlagen. Diese Herren würden dich gern ins Gefängnis bringen, doch zum Glück hast du einen Schutzheiligen, also kommst du mit mir.«

Das waren die Abmachungen, die der Pate mit der Familie Guerrazzi getroffen hatte. Sie hatten ihren Verwandten und seinen Fluchtplan verraten. Als Gegenleistung dafür hatten sie gefordert, dass ihm kein Haar gekrümmt würde. Trapani hatte akzeptiert, weil er wusste, dass dies für den Vertrauten des Senators die schlimmste aller Strafen sein würde.

Matteo Trapani gab seinen Männern ein Zeichen, worauf sie den Sizilianer in Verwahrung nahmen und zu den hinter der Tonnara versteckt abgestellten Autos schleiften. Dann wandte er seine ganze Aufmerksamkeit dem Senator zu. Schweigend fixierte er ihn ein paar Augenblicke lang, und in seinem Blick standen Hass und Verachtung. Schließlich verzog er die Lippen zu einer Art Lächeln.

»Erinnerst du dich an den Fürsten, Senatore?«

Dieser schien nicht zu begreifen. »Was für ein Fürst?«

»Stefano Montano, besser bekannt als der Fürst von Villalba. Der Mann, den du und deine Komplizen ausgeraubt und wie einen Hund getötet habt.«

Der Senator zuckte mit den Schultern. »Was geht mich heute ein vor dreißig Jahren gestorbener Mafioso an?!«

Trapani näherte sein Gesicht bis auf wenige Zentimeter dem des Senators. »Du wirst im Gefängnis verrotten, verdammter Bastard, aber deine Komplizen werden ein noch schlimmeres Ende nehmen«, zischte er in sizilianischem Dialekt.

Dann drehte er ihm den Rücken zu und wandte sich an die Chefs des Dienstes. »Wenn Sie mich nicht mehr brauchen…«

»Nein«, antwortete Ogden. »Sie können gehen. Die Abmachungen sahen zwar nicht vor, dass Sie den Sizilianer mitnehmen. Aber wir haben beschlossen, uns damit für Ihre Mitarbeit erkenntlich zu zeigen.«

Trapani bedankte sich mit einer leichten Verbeugung, drückte Ogden und Stuart die Hand und verabschiedete sich von den anderen Agenten mit einem Winken. Doch bevor er ging, lächelte er noch Salvatore Partanna beinahe herzlich zu.

Die Männer der Spezialeinheit übernahmen den Senator und gingen auf die Tonnara zu, wo ihre Einsatzfahrzeuge standen. Die Agenten des Dienstes folgten ihnen. Plötzlich hörte man einen Schrei.

»Senatore!«, schrie Salvatore Partanna und zog unter seiner Jacke eine Pistole hervor.

Bruno, der in der Nähe stand, warf sich wie ein Torhüter, der versucht, einen Ball abzuwehren, gegen Partannas Beine, und die beiden Männer wälzten sich über den Boden. Bei dem Handgemenge löste sich ein Schuss, der zum Glück in die Karosserie des Landrovers einschlug. Innerhalb kürzester Zeit wurde Partanna außer Gefecht gesetzt.

»Was zum Teufel ist in Sie gefahren, sind Sie verrückt geworden?«, fuhr Stuart ihn an und half ihm, zusammen mit Bruno, wieder auf.

»Branca zu foltern geht auf sein Konto. Das konnte ich diesem Bastard nicht durchgehen lassen!«, schnaufte Salvatore.

Trapani, der zurückgekehrt war, als er den Schuss gehört hatte, blieb vor Partanna stehen und sah ihn mit einem verständnisvollen Blick an. Dann klopfte er ihm auf die Schulter.

»Bravo, du hast das einzig Richtige getan. Doch es war der Mühe nicht wert. Alles zu seiner Zeit. Verstehst du, was ich meine?«, setzte er in Dialekt hinzu und sah ihm in die Augen. Partanna beruhigte sich augenblicklich und nickte fügsam.

Der Pate wandte sich erneut an Ogden und Stuart. »Salvatore hat getan, was er tun musste. Das muss man verstehen. Branca war wie ein Vater für ihn. Ende gut, alles gut, nicht wahr? Ich möchte Ihre Versicherung, dass es keine Konsequenzen für ihn hat. Es war nur ein Ausrutscher und wird sich nicht wiederholen. Ich garantiere für ihn.«

Ogden und Stuart wechselten gereizte Blicke. »Jetzt gehen Sie, Trapani, wir schicken Ihnen diesen *picciotto* mit der Post, als Draufgabe zum Sizilianer«, sagte Ogden, der nahe daran war, die Geduld zu verlieren.

Trapani nickte und ging schließlich davon, Richtung Tonnara.

Der Senator, weiß wie eine Wand, wurde in einen der gepanzerten Wagen verfrachtet, und Comandante Giani kam auf die Agenten des Dienstes zu.

»Wir fahren zurück nach Catania. Der Gefangene wird bis auf neue Order den Polizisten des SCO übergeben. Giorgio Alimante wird am Vormittag in Catania eintreffen und sich mit Ihnen in Verbindung setzen, sobald er gelandet ist. Es war mir ein Vergnügen, mit Ihnen zusammenzuarbeiten.«

Als auch die Spezialeinheit abgezogen war, stiegen die Agenten in ihre Wagen und machten sich auf den Rückweg nach Catania. Ogden und Stuart fuhren in einem von Franz gelenkten Audi; Partanna saß vorne neben ihm. Bruno und Caspar folgten ihnen im Mercedes.

»Mit diesen Irren hier kann nicht mal Tschetschenien mithalten«, bemerkte Stuart und zündete sich eine Zigarette an.

Ogden lachte. »Tschetschenien kann man nicht mit diesem wunderbaren Fleckchen Erde vergleichen. Sieh dich doch mal um, es scheint das Paradies auf Erden.«

»Ja, bewohnt von Dämonen. Diese Leute sind nicht auszuhalten, sie verbringen ihr Leben damit, sich zu rächen und gegenseitig abzuschlachten, schlimmer als in einer griechischen Tragödie.«

»Und es ist noch nicht zu Ende«, ließ sich Salvatore Partanna vom Vordersitz vernehmen.

»Hast du noch irgendeine andere Dummheit vor?«, fragte Franz.

»Nein, der Pate hat mir vergeben, und Sie auch. Das ist in Ordnung so. Aber ich habe das Gefühl, dass noch irgendetwas geschieht.«

»Nämlich?«, fragte Ogden.

»Ich sollte nicht darüber reden, weil es nicht loyal gegenüber Matteo Trapani ist. Aber wenn ich schweige, ist es Ihnen gegenüber nicht loyal. Sie hätten mich töten können oder festnehmen, aber Sie haben es nicht getan, daher stehe ich in Ihrer Schuld.«

»Also, was ist das für ein Gefühl? Heraus damit, Kleiner«, sagte Franz.

Partanna nickte. »Sie haben die letzten Worte, die der Pate zum Senator gesagt hat, nicht verstanden, weil sie leise gemurmelt und sizilianisch waren. Aber ich schon ...«

»Und was soll er ihm gesagt haben?«, fragte Stuart.

»›Du wirst im Gefängnis verrotten, verdammter Bastard. Aber deine Komplizen werden ein noch schlimmeres Ende nehmen‹«, zitierte Partanna.

»Und was sagen Ihnen diese Worte?«, fragte Ogden.

Partanna zuckte mit den Schultern. »Ich weiß nicht, welche Abmachungen Sie mit Matteo Trapani haben. Aber ich bin sicher, dass der Pate Stefano Montano rächen will, und es wird ihm nicht genügen, dass diejenigen, die für seinen Tod verantwortlich sind, ins Gefängnis geworfen werden.«

»Da müsste er aber eine Menge Leute umbringen –« Stuart unterbrach sich und wandte sich Ogden zu. »Heute Nachmittag wird die Brücke von Messina eingeweiht. Der Präsident der Republik mit seinem Hofstaat und eine Menge Politiker werden da sein. Das ist das letzte öffentliche Ereignis, an dem der Präsident teilnimmt, bevor gegen ihn und seine Leute ermittelt wird.«

»Trapani könnte etwas organisiert haben«, sagte Ogden.

»Allerdings«, nickte Stuart. »Franz, gib Gas, wir müssen so schnell wie möglich nach Messina. Ich benachrichtige Alimante.« Doch bevor er das Telefon nahm, klopfte er Partanna auf die Schulter. »Wenn dein Gefühl stimmt, Salvatore, könntest du sogar ein Held werden.«

59

Nachdem sie den Flughafen Catania Fontanarossa verlassen hatte, nahm Betta ein Taxi. Die Hitze war fast unerträglich geworden. Der Tag war klar, doch die Temperatur lag weit über dem jahreszeitlichen Mittel.

Trotzdem beschloss sie, nicht ins Hotel nach Taormina zurückzukehren. Auf gar keinen Fall wollte sie ihren Mann treffen, der vielleicht um diese Zeit von seinen mysteriösen nächtlichen Ausflügen zurück war.

Sie verhandelte mit dem Taxifahrer über den Preis der Fahrt nach Messina, und nach einigem Hin und Her einigten sie sich. Die Fahrt war den Preis jedenfalls wert. An diesem sonnigen Morgen bot die Ionische Küste mit ihren zahlreichen felsigen Buchten einen bemerkenswerten Anblick.

Betta sah durchs Fenster auf diese alte zerklüftete Küste voller Wunder und fragte sich, wie es möglich war, dass an einem Ort von solcher Schönheit so viele schändliche Dinge geschehen konnten. Vielleicht waren die Menschen tatsächlich zu Parasiten eines Planeten geworden, den sie nicht verdienten.

Schließlich fuhren sie auf die Autobahn, die Schönheit der Landschaft lenkte Betta nicht mehr ab, und sie schlief ein – wegen der Anstrengung, der Hitze, aber auch der Traurigkeit in ihrem Herzen.

Als der Fahrer sie ansprach, schreckte sie aus dem Schlaf hoch, überzeugt davon, sich noch in Taormina zu befinden. In Wirklichkeit fuhren sie gerade nach Messina hinein.

»Signora, haben Sie schon ein Hotel reserviert?«, fragte der Taxifahrer.

»Nein. Können Sie mir helfen? Ich kann mir vorstellen, dass es wegen der Einweihung der Brücke nicht einfach ist, ein Zimmer zu finden.«

»Wenn Sie in Messina sind, um bei der Einweihung dabei zu sein, sollten Sie es im Royal Palace versuchen, dann könnten Sie die Zeremonie auch von der Terrasse aus verfolgen. Vorausgesetzt, das Hotel hat noch Zimmer frei. Auf jeden Fall habe ich die Nummer, wir können es versuchen.«

Betta hatte Glück, eine Suite war noch frei, vielleicht wegen des Preises. Sie beeilte sich, sie zu buchen, und sagte, sie werde in Kürze im Hotel ankommen.

Zehn Minuten später hielt das Taxi vor dem Hotel, einem modernen Gebäude im pulsierenden Zentrum der Stadt, doch nicht weit vom Meer entfernt. Messina war festlich geschmückt, die Straßen, durch sie gekommen waren, hatte man mit Fahnen und Bannern beflaggt, die an Masten und den bedeutendsten Palazzi flatterten. Via Garibaldi, die Küstenstraße am Hafen, war eine Pracht aus Blumen und Farben.

»Viele Hauptverkehrsachsen sind aus Sicherheitsgründen gesperrt worden, wegen der berühmten Persönlichkeiten, die heute Nachmittag ankommen«, sagte der Taxifahrer stolz. »Zum Glück dürfen wir durchfahren, sonst wäre es schwierig!«

Betta zahlte für die Fahrt und gab zu dem ausgehandelten Betrag ein großzügiges Trinkgeld, dann folgte sie dem livrierten Hoteldiener, der sich beeilt hatte, ihren Koffer zu nehmen.

Als sie in der Suite war, trat sie hinaus auf die Terrasse. Der Taxifahrer hatte recht: Vor ihr, riesig und beunruhigend, einem gigantischen Urvogel gleich, schlug die Brücke ihre Klauen in die Insel. Licht, Wasser und Sonne waren die ersten Worte, die ihr in den Sinn kamen, als sie die beiden in verschiedene Richtungen strömenden Meere betrachtete.

Sie nahm die Broschüre, die man ihr an der Rezeption gegeben hatte, und las. Im Grunde war sie nach Messina gekommen, um ihrer Wut zu entfliehen, und irgendwie fühlte sie sich verpflichtet, etwas mehr über diese Stadt zu erfahren, und seien es auch nur die üblichen Informationen für Touristen.

Zancle – »Sichel« – hatten die Griechen sie genannt. Eine Stadt mit ruhmreicher Vergangenheit, doch war sie mehrere Male vollständig zerstört worden, zum ersten Mal durch das Erdbeben von 1908, zum zweiten Mal durch die schweren Bombenangriffe der Alliierten im Zweiten Weltkrieg und zum dritten Mal, dachte Betta, durch die Mafia. Griechen, Araber, Juden, Armenier, Römer und Normannen hatten sie bewohnt und unschätzbare kulturelle Zeugnisse hinterlassen. Auch die Kreuzzüge waren hier durchgegangen, denn Messina war der wichtigste Hafen für die westlichen Heere auf dem Weg ins Heilige Land.

Auf dem Meeresgrund lagen viele Wracks, Schiffe der Karthager, Griechen, Römer und der Kreuzfahrer, und auch die Schiffe, die im letzten Krieg gesunken waren.

Als Betta den kleinen Stadtplan ansah, fiel ihr auf, dass

Messina tatsächlich eine Landzunge einnahm, die einer Sichel ähnelte, majestätisch umrahmt von den Monti Peloritani und dem Meer, um so jenen weiten natürlichen Hafen zu bilden, der für Jahrtausende der sicherste Ankerplatz des Mittelmeers war.

Die Broschüre, anlässlich der Einweihung der Brücke für uninformierte Leser wie sie herausgebracht, verbreitete sich über die Sage von Skylla und Charybdis, in der Odysseus dabei zusehen muss, wie sechs seiner Gefährten von Skylla gefressen werden.

Die Straße von Messina hatte die Form eines umgekehrten Trichters, ihre engste Stelle war drei Kilometer lang und lag zwischen Capo Peloro auf Sizilien und Torre Cavallo in Kalabrien; die breiteste trennte Capo d'Alì auf Sizilien und Punta Pellaro in Kalabrien und führte ins Ionische Meer hinaus. Der Abschnitt, der nach Skylla und Charybdis benannt war, lag im engen Teil des Trichters und war wegen des ständigen Kampfes zwischen den beiden Meeren eine gefährliche Wasserstraße. Hier trafen gewaltige Strömungen aufeinander, die man *garofani* nannte. Gefürchteter von beiden war der *garofano* der Charybdis, der sich vor der Küste von Faro auf Sizilien bildete; der *garofano* von Skylla dagegen befand sich vor der kalabrischen Küste. Charybdis war so stark, dass kleinere Schiffe oft ernsthaft in Gefahr gerieten. Nach der Sage waren Skylla und Charybdis einst strahlende Göttinnen gewesen, die von Zeus in Meeresungeheuer verwandelt worden waren und von da an die Seefahrer verschlangen.

Betta fiel ein, dass ihre Mutter, wenn sie in einer Zwickmühle war, mit dramatischer Stimme ausrief: »Ich bin zwischen Skylla und Charybdis!« Vielleicht lag in dieser Redensart, die auf dem ganzen Stiefel gebraucht wurde, der tiefste Sinn der Einheit Italiens.

Betta ging zurück in ihr Zimmer, schloss die Glastür und schaltete die Klimaanlage ein. Sie dachte an die Ereignisse der letzten Stunden zurück, und sie schienen ihr nicht nur grotesk, sondern fast irreal. Hatte wirklich jemand versucht, sie zu entführen? Wo war ihr Mann in der letzten Nacht gewesen? Hatte das Medium recht mit der Behauptung, Lorenzo führe ein Doppelleben?

Nun hätte auch sie, wie ihre Mutter, die Augen zum Himmel heben und Skylla und Charybdis anrufen können. Auch sie befand sich in einer Art Trichter und drohte von Ungeheuern verschlungen zu werden.

Sie warf die Broschüre auf den Tisch und schaltete ihr Handy ein. Auf der Mailbox waren zwei Anrufe von Lorenzo und einer von Elvira. Sie ignorierte die Anrufe ihres Mannes und rief ihre Freundin zurück.

»Wo bist du denn abgeblieben?«, brach es aus Elvira heraus. »Lorenzo hat mich angerufen, weil er wissen wollte, wo du steckst. Er ist sehr besorgt, ich habe ihn noch nie so erlebt. Was ist denn los?«

»Nichts. Wir haben uns gestritten, und ich will ein bisschen für mich sein. Jedenfalls bin ich jetzt in Messina, doch das darfst du Lorenzo auf gar keinen Fall verraten, wenn er dich noch einmal anrufen sollte.«

»Wie du willst, aber du musst mir alles erklären. Ich bin auch schon in Messina. Wollen wir uns gleich treffen, um zusammen zur Einweihung zu gehen?«

»Ebendeshalb rufe ich dich an. Komm doch zu mir ins

Hotel, das Royal Palace. Wir essen eine Kleinigkeit und gehen dann zusammen los.«

»Wunderbar! Gib mir die Adresse.«

Betta, die nicht die leiseste Ahnung hatte, wo sie eigentlich war, nahm die Broschüre des Hotels und las ihrer Freundin die Adresse vor.

»Phantastisch, mein Hotel ist nur fünf Minuten zu Fuß entfernt! Ich hätte mit Leonella essen sollen, aber ich denke mir eine Ausrede aus. Ich bin gleich bei dir.«

60

Die Ehrentribüne war für hohe Tiere aus der Politik – Minister, die aus Rom gekommen waren, sowie sizilianische Honoratioren – reserviert und stand ganz in der Nähe der Auffahrt zur Brücke, nicht weit von der Via Circuito und dem Stützpfeiler.

Die nördliche Zone der Stadt, der es in der Vergangenheit gelungen war, der Spekulationswut der Cosa Nostra zu entgehen, um dann in die Klauen der Brückenbauer zu geraten, hatte den Ankerblock aufgenommen. Ein Teil des Friedhofs war verlegt worden, wie von einem Tsunami fortgespült, während der tragende Pfeiler auf einem Gebiet des Wohnkomplexes Due Torri und auf der Straße, die die Fischerdörfer an der Meerenge miteinander verband, hochgezogen worden war. Der Tunnel der Bahnstrecke mündete hingegen im städtischen Viertel zwischen der Via Santa Cecilia, der Via Aurelio Saffi und der Via Giuseppe La Farina.

Auch die Eisenbahn über die Brücke zu führen war von jenen Geologen und Experten, deren Interesse tatsächlich dem Schutz der Menschen und der Umwelt galt, als äußerst gefährlich eingestuft worden. Nirgendwo auf der Welt war je eine Schrägseilbrücke mit einer Spannweite von mehr als tausendfünfhundert Metern gebaut worden, über die auch eine Bahnlinie führte. Die Brücke von Messina jedoch war dreitausenddreihundertsechzig Meter lang und verfügte über eine zweigleisige Trasse. Da es sich bei dem nordöstlichen Teil Siziliens und Kalabrien um die Regionen mit dem höchsten Erdbebenrisiko im ganzen Mittelmeerraum handelte, waren die Zweifel an dieser Megastruktur sicher angebracht, doch an diesem Festtag wurden sie verdrängt.

Das Personal der RAI und privater Radio- und Fernsehsender aus dem In- und Ausland sowie eine Unzahl Journalisten bevölkerten die für sie reservierten Pavillons. Seit den frühen Morgenstunden waren die Fernsehkameras so aufgestellt worden, dass sie aus den besten Blickwinkeln die Limousinen der Würdenträger aufnehmen könnten, die über die Brücke fahren sollten. Zahlreiche festlich beflaggte kleine und große Boote drängten sich auf dem Meer, von der Küstenpolizei in Sicherheitsabstand gehalten.

Das Programm sah vor, dass vier Autos über die Brücke fahren würden: das erste mit dem Präsidenten der Republik und dem Ministerpräsidenten, das zweite mit dem Senatspräsidenten, dem Präsidenten der Region Sizilien und dem Umweltminister, die anderen beiden, an der Spitze und am Ende der Kolonne, mit den Leibwächtern.

Überall in der Stadt waren Ordnungskräfte im Einsatz, besonders dicht um die Brücke herum, man hatte Scharfschützen strategisch positioniert, und unzählige Kameras nahmen ununterbrochen die Ereignisse im gesamten Bereich auf.

Schon seit dem Morgen fanden in der ganzen Stadt Feste, Umzüge, Märkte und Zeremonien statt, auch Prozessionen, bei denen die Gläubigen ihre Heiligen, die diesem langerwarteten Ereignis ihren Schutz gewähren sollten, auf den Schultern trugen. Die Festlichkeiten würden sich bis in die späte Nacht hinziehen und mit einem unvergesslichen Feuerwerk ihren Abschluss finden. Messina hatte sich in einen Souk aus Farben und Blumen verwandelt, zur Freude der Händler, die wenigstens für ein paar Stunden die durch die Wirtschaftskrise bedingten mageren Zeiten vergessen würden.

Nicht einmal die Nachrichten in den Morgenzeitungen hatten den Sizilianern das Fest verdorben. Doch ja, ein bedeutender Bankier der Insel war entführt worden, und es gab nicht viel Hoffnung, ihn lebend aufzufinden, da seine Verwicklung mit den Clans bekannt war. Und als ob das nicht genügte, hatte in der Nacht eine Schießerei die wichtige Familie Carrisi dezimiert und damit den aktuellen blutigen Mafiakrieg noch einmal verschärft. In Mailand dagegen war ein bekannter Finanzier, der zu den üblichen Verdächtigen, aber auch zu wichtigen Banken im Norden in Verbindung stand, in seiner Wohnung am Corso Venezia getötet worden. In der Stadt ging das Gerücht, er hätte das Vermögen irgendeiner Person nicht gut verwahrt. Um elf erregte eine Nachricht mehr Aufsehen als die anderen: Calcedonio Minniti, der Präsident des Bauunternehmens, das sich den Löwenanteil des Auftrags für den Bau der Brücke gesichert hatte, war auf dem römischen Flughafen Fiumicino verhaftet worden, als er schon im Flugzeug saß, das ihn nach Sizilien zur Einweihung bringen sollte. Ein Bericht in den Fernsehnachrichten zeigte, wie er, flankiert von zwei Carabinieri, das Flugzeug wieder verließ, in das er gerade erst eingestiegen war.

Elvira und Betta nahmen kurz vor ein Uhr auf der Ehrentribüne neben Leonella Chiaramonte und ihren Freunden Platz. Von hier aus würden sie bequem die Ansprachen der verschiedenen Vertreter der Regierung und der Region Sizilien verfolgen können, die schließlich mit der Rede des Präsidenten der Republik ihren krönenden Abschluss finden sollten.

Die Menge belagerte die Absperrungen, die die Tribüne der Würdenträger umgaben, in Erwartung, dass die Zeremonie ihren Anfang nähme. Endlich stieg der erste Politiker auf die Tribüne, und die Fernsehkameras wurden eingeschaltet.

61

Die Männer des Dienstes erreichten Messina kurz vor der Zeremonie. Alimante, auf dem Flug nach Catania, wurde kontaktiert und über den von Salvatore Partanna geäußerten Verdacht unterrichtet.

»Wenn sie in die Luft fliegen, ist das nicht so schlimm, auch wenn ich sie lieber vor Gericht bringen würde«, bemerkte er. »Ich habe die Ordnungskräfte schon über einen möglichen Anschlag informiert und sie davon in Kenntnis gesetzt, dass auch ihr vom Dienst bei der Sicherheit mitarbeitet. Sie suchen gerade zum x-ten Mal die Pfeiler und die Brücke auf Sprengstoff ab.«

»Aber da ist noch etwas«, fügte er hinzu. »Auf dem amerikanischen Stützpunkt Sigonella bei Catania wird die weltweit größte Spionagezentrale der amerikanischen Armee errichtet, für kriegerische Einsätze in Afrika, im Kaukasus und im Persischen Golf. Matteo Trapani ist als Lorenzo Malacrida der Hauptaktionär des italienischen Unternehmens, das sich, zusammen mit zwei amerikanischen, die Aufträge in dem militärischen Vorposten gesichert hat, wo unter anderem ein Dutzend unbemannter Spionageflugzeuge stationiert werden sollen. Die vergebenen Aufträge beinhalten Organisation, Überwachung, Transport von Rüstungsgütern, Material und Ausstattung für operative und unterstützende

Dienste, Durchführung und Verwaltung von Umweltschutzmaßnahmen und Kontrolle giftiger Substanzen. Unser Freund hat beste Beziehungen.«

»Und könnte sich hochentwickelte Waffen besorgen«, kommentierte Stuart.

»Ja«, sagte Alimante. »Trapani kann haben, was er will und wann er es will, ohne in den Lagern von anderen herumstöbern zu müssen. Aber wie dem auch sei, die Interessen des Paten und die der amerikanischen Elite könnten unter diesen Umständen übereinstimmen. Mit einem Anschlag würde Matteo Trapani seine Rache zum Abschluss bringen, und die Amerikaner würden einige unbequeme Zeugen loswerden, die peinliche Dinge berichten könnten. Leider ist es in unserem Interesse, dieses Pack zu retten.«

»Ich glaube, es ist überflüssig, die Brücke nach verstecktem Sprengstoff abzusuchen«, wandte Ogden ein.

»Warum?«, fragte Alimante.

»Wenn ich Trapani wäre, würde ich vom Meer aus angreifen.«

»Aber das Meer wird von den Sicherheitskräften strengstens kontrolliert, es wimmelt von Wachbooten, ohne die des Hafenamts und der Finanz- und Staatspolizei mitzuzählen.«

»Eben«, gab Ogden zurück. »Wir sind in Sizilien, das ist sein Territorium, wo er sich leicht ein Wachboot und vielleicht sogar eine Boden-Luft-Rakete besorgen kann, eine transportable Version vom Typ Fire-and-Forget oder auch etwas Größeres. Wir müssen in diese Richtung ermitteln und den Italienern sagen, sie sollen wenigstens die GPS aus den Autos der Kolonne herausnehmen. Das Beste wäre, die Zeremonie abzusagen.«

»Wie es scheint, will der Präsident der Republik nichts davon hören. Wer weiß, vielleicht wünscht er sich einen Heldentod«, meinte Alimante ironisch.

»Dann bleibt uns nichts anderes übrig, als die Bootsdepots der Hafenpolizei zu durchsuchen«, sagte Stuart. »Wenn Trapani ein Boot gestohlen und die Mannschaft ersetzt hat, müssten wir ein paar gefesselte und geknebelte Leute oder sogar Tote finden. In diesem Fall wären wir sicher, dass der Angriff vom Meer kommt.«

»Es ist schon ein Uhr, in weniger als einer halben Stunde beginnt die Zeremonie, wir müssen uns beeilen«, sagte Ogden. »Wir fahren jetzt zum Depot des Hafenamts. Und Sie teilen den Italienern mit, sie sollen alle Boote, die in einem Umkreis von fünf Kilometern auf dem Wasser sind, kontrollieren. Es ist ein fast chancenloses Unterfangen, aber man kann nichts anderes tun.«

»Einverstanden. Ich werde noch die Hafensicherheit und die Wasserschutzpolizei kontaktieren, um die Überwachung verstärken zu lassen, und Soldaten zur Kontrolle der anderen Depots schicken. Wir bleiben in Kontakt.«

»Eine letzte Sache«, sagte Ogden. »Bevor die Kolonne über die Brücke fährt, müssen Sie den Befehl geben, aus der abgesperrten Zone sowohl die Zuschauer als auch die Sicherheitsleute zu evakuieren. Und die Wachboote auf dem Meer sollen sich ebenfalls von der Brücke fernhalten.«

»Das wird schwieriger werden«, wandte Alimante ein.

»Sie müssen es versuchen. Ich glaube nicht, dass Sie das Leben unschuldiger Menschen auf dem Gewissen haben wollen, wenn etwas passieren sollte.«

»Ich werde mein Möglichstes tun.«

62

Obwohl Alimante die für die Sicherheit zuständige Einsatzleitung über die Möglichkeit eines Attentats unterrichtet hatte, weigerte sich der Präsident kategorisch, die Zeremonie abzusagen. Er schrie herum, dass die Überwachung zu Lande, zu Wasser und in der Luft mit den zur Verfügung stehenden hervorragenden technischen Möglichkeiten ausreiche, jede Gefahr abzuwehren. Er sage doch kein Ereignis ab, das in die Geschichtsbücher eingehen werde.

Nach diesem Wutanfall, der den ganzen Stab einschüchterte, hatte niemand mehr den Mut, dem Präsidenten zu erklären, dass trotz sorgfältigster Kontrollen die Möglichkeit eines erfolgreichen Anschlags nie auszuschließen sei und nur die Absage der Zeremonie die totale Sicherheit gewähre. Am Ende gab jedoch jemand zu bedenken, die Warnung vor einem möglichen Anschlag könne Panik in der Stadt auslösen, und zur Erleichterung aller verzichtete man darauf.

Gegen ein Uhr wurde die Schwüle unerträglich, und die schwache Brise, die bis dahin ein wenig Erleichterung gebracht hatte, legte sich, um sich dann zu drehen. Der blaue Himmel nahm eine weißliche Färbung an, und hinter den Bergen türmten sich dicke Wolken auf. Obwohl die Wettervorhersagen für diesen Tag gut waren, braute sich offensichtlich ein Gewitter zusammen.

Auf der Tribüne wechselten sich, in Erwartung des Staatsoberhaupts und des Premiers, verschiedene Redner ab. Es sprachen der Präsident der Region Sizilien, diverse Abgeordnete und einflussreiche Persönlichkeiten aus der Verwaltung, außerdem Architekten und Bauunternehmer sowie eine Unmenge von Honoratioren. Alle hatten bis zum letzten Blutstropfen gekämpft, um bei diesem denkwürdigen Ereignis auftreten zu können.

Überall aufgestellte Großleinwände ermöglichten es, jede Sekunde des Ereignisses in der ganzen Stadt zu verfolgen, doch man hielt die Menge in beträchtlichem Abstand von der abgesperrten »roten Zone«, die von der Polizei überwacht wurde.

Schließlich, um zehn nach zwei, hielten die Wagen der Kolonne des Präsidenten ihren triumphalen Einzug auf dem Platz vor der Tribüne. Umgeben von Bodyguards stieg der Präsident unter künstlich verstärktem tosenden Beifall aus. Er winkte zum Zeichen des Grußes und betrat, mit seinem ewig strahlenden Lächeln auf den Lippen, von seinem Gefolge begleitet die Tribüne.

In ebendiesem Moment schob ein Mann im obersten Stockwerk eines Palazzo in der Via Santa Cecilia ein auf ein Stativ montiertes Teleskop von beachtlichen Dimensionen näher ans Fenster heran und richtete es aufs Meer. In Wirklichkeit handelte es sich nicht um ein Teleskop, sondern um ein Zielortungssystem des Typs SACLOS, das über einen Laser einer Rakete das anvisierte Ziel mitteilen würde. Der einzig und allein auf diese Wellenlänge ausgerichtete Sensor der Bombe, die von einem vier Kilometer von der Brücke entfernten Wachboot abgefeuert werden sollte, würde die Reflexion auffangen und einen Präzisionsschlag auslösen.

Der Mann hatte eine perfekte Sicht auf die Tribüne und vor allem auf die Brücke. Sobald die Kolonne auf der Brücke wäre, würde er den Laser auf den Präsidentenwagen richten und gleichzeitig der Besatzung des Wachboots den richtigen Moment für den Abschuss der Panzerabwehrrakete Kornet signalisieren. Aus russischer Produktion, zweiundzwanzig Kilo schwer, Durchmesser fünfzehn Zentimeter, Länge ein Meter zwanzig, war sie eine kleine, aber mörderische Bombe mit einer Reichweite von gut fünf Kilometern.

Der Mann kontaktierte über Computer seine Komplizen auf dem Meer und traf die letzten Absprachen. Dann setzte er sich auf einen hohen Hocker hinter das Stativ und wartete.

63

Matteo Trapani wartete den Ablauf der Ereignisse in einer eleganten Dachwohnung im Zentrum von Messina ab, von wo aus er bequem sowohl den Ort der Einweihungszeremonie als auch die Brücke beobachten konnte. Außer ihm befanden sich in dem Apartment seine Bodyguards und einige Mitglieder der in die USA entkommenen palermitanischen Mafia, einschließlich des jungen Vizes des Paten, der an seine Stelle treten sollte, sobald der seinen Tod in Szene gesetzt hätte und die Öffentlichkeit glauben würde, er sei ein Opfer des Mafiakriegs geworden.

Doch seine Befriedigung über die unmittelbar bevorstehende Abrechnung wurde ihm durch die Sorge um seine Frau verdorben. Nachdem er von seiner Schwiegermutter erfahren hatte, dass Betta nicht nach Turin abgereist war, hatte Matteo den ganzen Vormittag über erfolglos versucht, sie am Handy zu erreichen. Er fürchtete, dass sie, nach der Entdeckung seiner geheimen Absprache mit ihrer Mutter, Elvira nachgereist war und sich nun mit ihrer Freundin bei der Einweihungsfeier der Brücke aufhielt. Dies könnte, falls irgendetwas schiefginge, gefährlich sein.

Trapani nahm das Handy und wählte erneut die Nummer seiner Frau. Endlich meldete sie sich.

»Wo bist du? Seit Stunden suche ich dich! Warum antwortest du denn nie?«, fuhr er sie an und vergaß dabei die übliche Freundlichkeit.

»Komische Frage von einem Mann, der im Morgengrauen das Hotel verlässt, ohne auch nur eine Nachricht zu hinterlassen«, antwortete sie bissig.

Matteo hatte keine Zeit für Wortgefechte, vor allem weil der Lärm, den er durch das Telefon hörte, darauf hinwies, dass seine Frau sich in einer Menschenmenge befand.

»Ich erkläre es dir später, jetzt ist nicht der richtige Augenblick, um zu streiten«, sagte er und bemühte sich, freundlich zu klingen. »Sag mir, wo du bist!«

Sie kicherte nervös. »Sieh mal an! Interessiert dich das wirklich?«

Trapani zwang sich, ruhig zu bleiben. »Bist du mit Elvira in Messina?«

»Das geht dich nichts an. Wie es mich ja offenbar nichts angeht, wohin du am frühen Morgen verschwindest. Von der Geschichte mit meiner Mutter mal ganz abgesehen. Ich habe deine Versteckspiele und Lügen satt, Lorenzo.«

Trapani ging auf die Provokation nicht ein. In Kürze würde die Kolonne des Präsidenten auf die Brücke fahren.

»Betta, zum letzten Mal: Sag mir, wo du bist!«, sagte er in einem Ton, der keinen Widerspruch duldete. »Ach, vergiss es, ich weiß es ja: Du bist zusammen mit Elvira auf der Ehrentribüne bei der Einweihung. So ist es doch, oder?«

»Und wenn es so wäre?«

Trapani hob den Blick zum Himmel, presste den Kiefer zusammen und sprach langsam, jedes einzelne Wort betonend. »Du musst von dort weg. Ein Chauffeur wartet direkt vor der Tribüne im Wagen auf dich. Denk dir eine

Entschuldigung aus und geh fort. Habe ich mich deutlich ausgedrückt?«

Die plötzliche Veränderung in der Stimme ihres Mannes erschreckte Betta. Sie merkte mit einem Mal, Lorenzo war nicht wütend über ihre Auflehnung, sondern besorgt.

»Warum? Was ist denn los?«, fragte sie beunruhigt.

»Vertrau mir«, sagte er ganz ruhig.

Gegenüber der Erfüllung dessen, worauf er seit Jahren hingearbeitet hatte, verlor selbst die Sicherheit seiner Frau an Bedeutung. Der gleiche Fatalismus, der ihm geholfen hatte, die vielen Verbrechen, die er erlebt, aber auch begangen hatte, zu vergessen, ließ ihn nun ruhig werden. Betta konnte auf ihn hören und damit einer Gefahr ausweichen, oder sie konnte ihrem Schicksal entgegengehen. Wenn ihr dann etwas zustoßen sollte, würde er zwar um sie trauern, aber nicht einmal für sie würde er auf seine Rache verzichten.

Sie schwiegen beide lange, und zum Schluss kapitulierte Betta. Und zwar nicht, weil sie ihm vertraute, sondern weil sein Ton so kalt und emotionslos war. Sie fragte sich, ob der Grund, weshalb sie die Tribüne verlassen sollte, mit dem dunklen, geheimnisvollen Teil seiner Persönlichkeit zu tun hätte, von dem sie immer ausgeschlossen gewesen war. Und plötzlich verstand sie, dass sie ebendeshalb seine Warnung nicht ignorieren konnte.

»In Ordnung, ich tue, was du sagst. Aber zum letzten Mal.«

Trapani stieß einen Seufzer der Erleichterung aus. »Gut. Der Chauffeur wird in wenigen Minuten bei dir sein.«

Betta beendete die Verbindung, ohne auch nur zu antworten.

64

Als der Präsident der Republik seine Rede beendet hatte, schnitt er im Blitzlichtgewitter der Fotografen mit der eigens für diesen Anlass angefertigten goldenen Schere das Band in den italienischen Farben durch und winkte dann lange der Menge zu. Er freute sich festzustellen, wie viel Beifall und Bewunderung seine Anwesenheit auslöste. Er lächelte, lächelte, bis ihm das Gesicht weh tat, und stieg dann, das Herz voller Dankbarkeit für dieses ihn liebende Volk, ins Auto.

Der Ministerpräsident und die anderen Politiker, die bei dieser ersten, historischen Fahrt über die Brücke dabei waren, taten es ihm nach. Die vier schwarzen, gepanzerten Geländewagen, die so groß waren, dass man sie von beiden Küsten aus gut sehen konnte, fuhren, von den Fernsehkameras verfolgt, langsam auf die Brücke.

Nachdem sie zweihundert Meter zurückgelegt hatten, beschleunigten die Wagen und ließen den ersten riesigen Pfeiler hinter sich, um dann auf diesem schwarzen, über dem Meer hängenden Asphaltband volle Fahrt aufzunehmen.

Die Musik, die die festliche Abfahrt begleitet hatte, hörte auf zu spielen, als die Wagen kleiner wurden und ihnen nur noch die Polizeihubschrauber und die Boote der Hafenwache folgten.

Die Privilegierten, die das Durchschneiden des Bands aus der Nähe miterlebt hatten, begannen die Ehrentribüne zu verlassen und sich auf dem Vorplatz zu verlaufen. Es lag so etwas wie ein Gefühl der Erleichterung in der Luft: Die Politiker waren schon weit weg, bald würden sie die imaginäre Grenze zwischen der Insel und dem Kontinent hinter sich gelassen haben, und es wäre an den Kalabriern, sie zu empfangen. Messina hatte seine Pflicht getan, jetzt konnte die Stadt das Fest genießen.

Elvira und Betta saßen schon in Trapanis Wagen, der vom Chauffeur gelenkt wurde. Die Frau des Paten hatte nicht wenig Mühe gehabt, eine plausible Entschuldigung zu erfinden, um ihre Freundin vor dem Ende der Zeremonie wegzulotsen, doch es war ihr gelungen. Eine rührselige Geschichte – die Scheidung stehe kurz bevor, was ja vielleicht sogar stimmte – hatte Elvira überzeugt, sie zu begleiten, um sie beim Treffen mit Lorenzo Malacrida moralisch zu unterstützen.

Sie hatten Trapanis Wohnung fast erreicht, als der warme Wind, der bis dahin geweht hatte, stärker wurde, die Lichtmasten schwanken ließ, die Palmen bog und die Fahnen von ihren Masten riss. Das Meer kräuselte sich in zahlreichen kleinen Wellen, das gepeitschte Wasser verdichtete sich wütend in weißen Schaumflocken, die über die Wellen flogen, und von den Bergen wälzten sich riesige Haufen dunkler Wolken auf die Stadt zu. Für ein paar Minuten wurde es dunkel wie im Winter, dann ließ diese schwarze Glocke die Häuser und den Hafen hinter sich und setzte ihren Weg zum Meer fort.

Die Wagen der Kolonne des Präsidenten befanden sich auf halbem Weg in der Mitte der Brücke, als der erste heftige Windstoß, später auf eine Geschwindigkeit von über zweihundert Stundenkilometern berechnet, sie ins Schleudern brachte. Der zweite, noch stärkere Windstoß traf den Geländewagen, in dem der Präsident saß, von der Seite und schob ihn über mehrere Meter bis ans Geländer.

Messina lag erneut im Sonnenlicht, doch über dem Meer wurde der Himmel umso schwärzer, je mehr sich die vom Wind getriebenen schweren Wolkenhaufen über der Meerenge verdichteten.

Plötzlich tauchte etwas Dunkles aus den Wolken auf, einem Finger gleich, der aufs Meer zeigte, ein schwarzer, wirbelnder Kegel, der in wenigen Augenblicken zu einer gigantischen Windhose wurde. Im Hafen begannen die Sirenen zu heulen, die Boote machten kehrt und fuhren mit höchster Geschwindigkeit zurück zur Küste, während die Hubschrauber in alle Richtungen davonflogen – wie hektische Insekten vor einem gefräßigen großen Vogel flohen.

Die Windhose traf die Brücke, und sie begann zu schwanken: wie das Band einer Turnerin, zuerst mit fast graziösen Bewegungen, dann immer ruckartiger. Von ihrer Insel aus, die der Katastrophe entgangen war, beobachteten die Einwohner von Messina bestürzt dieses furchtbare und zugleich faszinierende Schauspiel, während die Kameraleute weiterfilmten und dabei die im Auge des Sturms eingeschlossene Kolonne des Präsidenten so weit heranzoomten, wie es ging.

Die Windhose wirbelte über den Autos wie ein verrücktes Füllhorn, ging dann auf sie nieder und zog einen der Geländewagen in ihren Sog. Der Wagen verschwand in ihren Wirbeln, um dann wieder aufzutauchen, ein kleiner, schwarzer, verschwommener Fleck, der in den Himmel geschleudert wurde. Nach wenigen, unendlichen Augenblicken spie das Monster ihn aus und warf ihn – Richtung Kalabrien – ins Meer.

Doch es war noch nicht zu Ende. Irgendetwas traf die Brücke und mit ihr die übrigen Wagen, und eine Explosion erleuchtete den violettfarbenen Himmel. Die Rakete hatte ihr Ziel erreicht, die restlichen Autos vernichtet und die Brücke gesprengt, als wäre sie ein Kinderspielzeug aus Plastik.

65

Ogden und Stuart hatten die Szene von der Mole des Hafenamts aus verfolgt.

In den langen Minuten nach der Explosion schien die Zeit stehengeblieben zu sein, und Stille legte sich wie ein Mantel über die Stadt, als warteten alle auf ein neues Unglück. Dann, wie in einem Film, der nach einem Standbild weiterläuft, begannen die Sirenen zu heulen, die Hubschrauber zu fliegen, die Polizeiboote durch die Meerenge zu rasen. Messina war anscheinend heil davongekommen, alles hatte sich dort unten ereignet, in der Mitte der Meerenge, zwischen Skylla und Charybdis.

Die Stadt Zancle lag in strahlendem Sonnenlicht, und ein paar Wolken, weiß und harmlos, zogen in die Ferne, zum Tyrrhenischen Meer.

»Was für ein Finale«, sagte Ogden.

»Man hätte sich auf das Attentat beschränken können, statt auch noch den Zorn der Götter zu bemühen«, bemerkte Stuart.

Ogden nickte. »Offensichtlich kann nicht einmal die Elite gegen die Nemesis die Oberhand gewinnen. Und da die Italiener eher abergläubisch als religiös sind, werden sie das biblische Ende ihres Präsidenten mit Sicherheit als eine Strafe Gottes interpretieren und von jetzt an Beschwörungsformeln murmeln, wenn er nur erwähnt wird.«

»Jedenfalls werden alle zufrieden sein«, fuhr Stuart fort. »Die von Alimante in die Wege geleiteten Ermittlungen dürften das Andenken an den Präsidenten so stark beschädigen, dass niemand in der Dritten Republik auf die Idee kommen wird, sich gegen die Elite zu stellen. Und der Pate kann, nach dem großartigen Abschluss seiner Karriere, glücklich und zufrieden als Lorenzo Malacrida weiterleben: Ende des Mafiamärchens. Den alten Branca habe ich vergessen: Der lacht sich in der Hölle sicher ins Fäustchen.«

Die beiden Agenten wandten dem Meer den Rücken zu und gingen die Mole entlang.

In diesem Moment läutete Ogdens Handy. Es war Alimante.

»Wo sind Sie?«, fragte er.

»Auf dem Rückweg. Wir haben uns das Schauspiel live angesehen.«

»Tja …«, Alimantes Ton schien fast belustigt. »Auch der Zorn der Elemente ist noch über diesen Schwachkopf hereingebrochen. Besser so, mir ist lieber, ich muss mich nicht mit ihm abgeben. Trapani dagegen hätte sich das mit der Rakete nicht herausnehmen dürfen«, fügte er, wieder ernst, hinzu.

»Mir scheint, das ist kein Grund zur Beunruhigung«, sagte Ogden. »Matteo Trapani wird seinen Tod vortäuschen, für immer Lorenzo Malacrida werden und sich in Zukunft hüten, etwas Unbeherrschtes in dieser Art zu tun. Im Grunde müsste ein Ästhet wie Sie ihm dankbar sein, dass er die Brücke zerstört hat.«

»Gewiss. Ich will aber trotzdem, dass er an seine Pflichten erinnert wird. Kümmern Sie sich darum, so wie Sie es für richtig halten. Ich bin schon auf dem Flug nach Turin, ein zweiter Privatjet steht am Flughafen für Sie bereit. Gute Reise.«

Ogden und Stuart stiegen in den von Franz gelenkten BMW, und der Wagen fädelte sich in den Verkehr ein. Dank der Sonderausweise, über die sie verfügten, gelang es ihnen, die Polizeisperren ohne große Probleme hinter sich zu bringen und aus der Hafenzone herauszukommen. Als sie auf die Via Garibaldi einbogen, waren sie jedoch gezwungen, im Schritttempo zu fahren, und bald standen sie im Stau.

Ogden betrachtete zerstreut den barocken Palazzo, dem gegenüber sie zum Stehen gekommen waren, als er sah, wie eine elegante Frau aus dem Eingang gelaufen kam und sich erschrocken umschaute. Gleich darauf tauchte aus demselben Haus ein Mann auf und packte sie am Arm.

»Ist das nicht Signora Malacrida?« Ogden zeigte auf die Frau.

Stuart nickte. »Ja, und sie scheint in Schwierigkeiten zu sein. Los! Franz, halte dich bereit.«

Die Agenten stiegen aus und gingen auf die beiden zu. Sobald der Mann sie sah, schob er seine Hand unter die Jacke, doch Ogden kam ihm zuvor.

»Halt!«, befahl er ihm auf Italienisch und zog seine Pistole. »Weg von der Frau, Waffe auf den Boden! Aber schnell!«

Der Mann gehorchte, während Stuart ihn packte, seine Arme auf den Rücken bog und ihm Handschellen anlegte. Ogden steckte die Pistole wieder ein, um nicht die Aufmerksamkeit der Polizei, die an jeder Ecke der Stadt präsent war, auf sich zu ziehen.

Der Italiener versuchte sich zu befreien, doch Stuart

rammte ihm ein Knie in die Nierengegend, was ihn gleich ruhigstellte.

»Was wolltest du von der Signora?«, fragte er ihn.

»Das geht euch nichts an.«

Ogden wandte sich an Trapanis Frau: »Betta Malacrida?«

»Ja«, flüsterte sie verwirrt. »Kennen Sie mich?«

»Wir sind von der Polizei«, log er und zeigte ihr einen Ausweis des Zentralen Einsatzdienstes SCO, mit dem die Italiener jeden Agenten des Dienstes versorgt hatten. »Können wir etwas für Sie tun?«

Betta sah Ogden unsicher an. »Ich brauche ein Taxi zum Hotel. Ich muss mein Gepäck holen und zum Flughafen fahren.«

»Machen Sie sich keine Sorgen, wir bringen Sie hin. Kommen Sie«, sagte Stuart, fasste sie sanft am Ellbogen und führte sie zu ihrem BMW.

Nach einem Augenblick des Zögerns ging Betta mit ihm. Sie hatte keine große Wahl. Elvira war gegangen, nachdem Lorenzo sie ohne besondere Umstände davongejagt hatte, und sie war in der fremden Wohnung zurückgeblieben, umgeben von zwielichtigen Typen, die in besten Beziehungen zu Lorenzo zu stehen schienen, und gepeinigt von dem Verdacht, dass ihr Mann etwas mit dem Anschlag zu tun haben könnte.

Vergebens hatte sie ihn um Erklärungen gebeten. Lorenzo hatte nur gesagt, sie sei ja wohl verrückt. Nach einem heftigen Wortwechsel war es ihr gelungen, die Dachwohnung zu verlassen, doch dieser Mann war ihr gefolgt und wollte sie offensichtlich zwingen zurückzukehren.

Ogdens Stimme unterbrach ihre Gedanken.

»Du bist ein *picciotto* von Trapani, stimmt's?« Es war eine Feststellung, keine Frage.

»Das wirst du bereuen!«, zischte der andere hasserfüllt.

»Klar doch!«, rief Ogden amüsiert aus. Dann nahm er sein Handy und tippte eine Nummer ein. Als der Pate sich meldete, gab er ihm keine Zeit zu sprechen.

»Rufen Sie den Mann zurück, der Ihrer Frau gefolgt ist, wenn Sie nicht wollen, dass ich ihm ein Loch in den Kopf schieße.«

»Aber –«, rief Trapani verblüfft aus.

Ogden unterbrach ihn. »Von jetzt an steht die Signora unter unserem Schutz. Wenn ihr etwas zustößt, und sollte sie nur Kopfschmerzen bekommen, ist Lorenzo Malacrida ein toter Mann. Habe ich mich deutlich ausgedrückt?«

Trapani, der sich von der Überraschung erholt hatte, lachte gezwungen. »Für wen halten Sie mich?«

»Für einen Mafioso, ganz einfach.«

Der Pate ging nicht auf die Provokation ein. »Meine Frau kann tun, was sie will, sie kann sich auch scheiden lassen«, sagte er und bemühte sich, einen gelassenen Ton zu bewahren.

»Umso besser!«, fuhr der Agent fort. »Und jetzt rufen Sie Ihren *picciotto* zurück, ich könnte die Geduld verlieren.«

Der Mann, der einen Ohrhörer trug, erhielt aus dem Dachgeschoss den Befehl, sich zurückzuziehen. Er sah Ogden herausfordernd an. »Mach die Handschellen ab!«, zischte er und rüttelte hinter dem Rücken daran.

»Hau ab!«, sagte der Agent nur. Mit einem wütenden Grunzen gehorchte der Mann und verschwand im Inneren des Palazzo.

Ogden wartete einen Augenblick, hob dann die Pistole des Mafioso vom Boden auf und stieg wieder in den Wagen.

Betta, die die Szene verfolgt und bei geöffneten Wagenfenstern das Telefongespräch mit angehört hatte, wurde immer verwirrter und fürchtete, vom Regen in die Traufe gekommen zu sein. Waren diese Männer, die ihr halfen und die teils Englisch, teils Italienisch sprachen, wirklich von der Polizei? Wem hatten sie gedroht – Lorenzo? Glaubten sie auch, dass er etwas mit dem Anschlag zu tun hatte? Bedeutete das, was sie gesagt hatten, dass er sie auch hätte töten können? Wenn es so war, warum verhafteten sie ihn dann nicht? Sie hatte das Gefühl, ihr platze der Kopf, und ohne dass sie es selbst bemerkt hätte, liefen ihr Tränen über die Wangen.

Ogden sah es und sagte ruhig zu ihr: »Ich versichere Ihnen, Sie haben nichts mehr zu befürchten. Am wenigsten von Ihrem Mann.«

»Ich habe gehört, was Sie am Telefon gesagt haben...«, murmelte Betta, doch sie konnte den Satz nicht beenden.

Stuart, der neben Franz saß, wandte sich um und blickte sie freundlich an. »Wir bringen Sie jetzt zum Hotel und, wenn Sie wollen, zum Flughafen.«

Betta nickte, schwieg eine Weile, schaute dann erneut hoch und sah Ogden fest in die Augen. »Wer ist Trapani?«

»Ein Mafioso. Sie werden nichts mehr von ihm hören.«

»Und Lorenzo?«, hakte Betta ängstlich nach – die Wahrheit begann ihr zu dämmern.

Ogden schüttelte den Kopf, nahm ihre Hand und drückte sie. »Glauben Sie mir, Sie haben nichts mehr zu befürchten.«

Sie sah ihn lange an, sie war erschöpft, und ihr Blick wurde flehend. »Mein Mann … wie konnte er nur …«, doch ein Schluchzen hinderte sie daran weiterzusprechen, und der Satz blieb unvollendet. Betta lehnte den Kopf zurück, schloss die Augen und weinte still vor sich hin.

Ogden kannte solche Tränen. Vorsichtig zog er seine Hand von der Bettas und wählte eine Nummer auf seinem Handy. Verena meldete sich, froh, seine Stimme zu hören, und auch er fühlte sich erleichtert. Es war, als hätte sie ihm wegen dieser kleinen Geste schon alle Unannehmlichkeiten der letzten Tage und Wochen verziehen.

Bitte beachten Sie
auch die folgenden Seiten

Liaty Pisani im Diogenes Verlag

Der Spion und der Bankier

Roman. Aus dem Italienischen
von Ulrich Hartmann

Der Schweizer Bankier, der zu viel wusste, wird ermordet. Es geht um viel Geld: um nachrichtenlose Vermögen. Agent Ogden soll den Sohn des Toten aufstöbern, der mit Beweismaterial von Zürich nach Südfrankreich, aber auch aus der Gegenwart in die Vergangenheit geflohen ist – ins Reich der Katharer. Dieses Volk von Häretikern wurde im Mittelalter bekämpft – wie auch damals schon die Juden – und in den Albigenser-Kriegen vernichtet.
Aktuelles vermischt sich in diesem Roman mit Geschichte, Privates mit Politischem, nationale und zeitliche Grenzen werden verwischt – ein spannender Plot mit nahezu spielbergschem Finale.

»Die Italienerin Liaty Pisani räumt gleich mit zwei Vorurteilen auf: dass Spionage-Thriller eine Männerdomäne sind und dass nach dem Ende des kalten Krieges die guten Stoffe fehlen. Über Ogden, den sympathischen Grübler, dem die Moral mehr bedeutet als seine Mission, wollen wir mehr lesen!«
Franziska Wolfheim / Brigitte, Hamburg

Der Spion und der Schauspieler

Schweigen ist Silber

Roman. Deutsch von Ulrich Hartmann

Beim Absturz des Flugzeugs von George Kenneally vor der amerikanischen Ostküste hegt niemand den Verdacht, dass es sich um Mord handeln könnte. Außer dem Berliner Schauspieler Stephan Lange. Dafür soll er büßen. Eine Verfolgungsjagd beginnt, die von den Kykladen über Monte Carlo und Bern nach Berlin führt, wo Lange mit Ogdens Hilfe den Showdown inszeniert.

»Liaty Pisani erweist sich als Meisterin des Agententhrillers.« *Volker Hage / Der Spiegel, Hamburg*

»Gestern war Bond, heute ist Ogden. Kühn, kühl und klug – ein neuer James Bond, made in Italy.«
Juliane Lutz / Focus, München

Die Nacht der Macht

Der Spion und der Präsident

Roman. Deutsch von Ulrich Hartmann

Kampf um die Macht in Russland – Oligarchen und aufstrebende Mafiosi planen einen Staatsstreich. Agent Ogden soll ihn vereiteln, doch muss er sich dabei die Finger nicht schmutzig machen – denn Frauen werden seinen Gegnern zum Schicksal.
Liaty Pisani scheut sich nicht, die Probleme des neuen Jahrtausends beim Namen zu nennen: Machtstreben, Terror und Hass. Unerbittlich lässt sie ihre Figuren einen Kampf austragen, bei dem es am Ende nur Verlierer geben kann.

»Man sollte Liaty Pisanis ›Ogden‹-Krimis genießen, bessere Spionage-Geschichten gibt es derzeit nicht.«
Sven-Felix Kellerhoff / Die Welt, Berlin

Stille Elite

Der Spion und der Rockstar

Roman. Deutsch von Ulrich Hartmann

Ogden hat in Venedig zu tun. Da lässt er sich das Konzert seines Freundes Robert Hibbing auf der Piazza San Marco natürlich nicht entgehen. Seit Jahrzehnten singt der Rockstar unbeirrt seine Songs. Dabei weiß er genau, dass er auf der schwarzen Liste der stillen Elite steht.

»Liaty Pisani verarbeitet in ihrem Ogden-Krimi *Stille Elite* die aktuellen weltpolitischen Fragen im Nachhall des 2. Golfkrieges sowie der SARS-Epidemie, indem sie den politisch-kulturellen Gegensatz zwischen Amerika und Europa beschreibt. Das tut sie auf spannende und, im wahrsten Sinne des Wortes, doppelbödige Art.« *Berner Zeitung*

Das Tagebuch der Signora

Roman. Deutsch von Ulrich Hartmann

Der italienische Faschist von heute kleidet sich businesslike und gibt sich als Mann von Welt, der mit »damals« nichts zu tun hat. Doch die Vergangenheit lässt sich nicht leugnen. Denn es gibt noch Leute mit unverfälschten Erinnerungen.
Wie Signora Brandini. Sie hat in ihrem Tagebuch jene Ereignisse dokumentiert, die sich damals, im September 1943, in Meina am Lago Maggiore abgespielt haben – wie es zu dem Massaker an Zivilisten kam und wer daran beteiligt war. Zu der Zeit war sie 17 und musste mit ansehen, wie ihre Freunde ermordet wurden. Doch nicht nur die Erinnerung quält sie, noch viel mehr leidet sie darunter, dass die Schuldigen nie verurteilt wurden, dass sie unter falschem Namen ein angenehmes Leben führen und dass ihre Söhne das faschistische Gedankengut sogar im politischen Leben Italiens wiederaufleben lassen.
Ihr Tagebuch muss deshalb an die Öffentlichkeit gelangen. Doch die darin Genannten haben natürlich kein Interesse daran, als Verbrecher dazustehen. Mit allen Mitteln versuchen sie das Vorhaben zu vereiteln.

»Die Literaturkritik wundert sich immer wieder, dass Frauen Spionagethriller schreiben können. Sie wundert sich vor allem über Liaty Pisani. Das Besondere an ihren Büchern: Pisani recherchiert Ereignisse der Zeitgeschichte.« *Ulla Lessmann / Emma, Köln*

Arthur Conan Doyle
Sherlock Holmes Geschichten

Aus dem Englischen von Margarethe Nedem

Rätselhaft verschwundene blaue Diamanten, großangelegter Betrug an Rothaarigen, schurkische Stiefväter, die mittels indischer Giftschlangen ihren Schutzbefohlenen ans Leben wollen – das sind kleine Fische für Meisterdetektiv Sherlock Holmes und sein getreues Alter ego Dr. Watson. Wer aber kennt die intimen Geheimnisse des viktorianischen Spür-Genies und seine gefährliche Schwäche für Irene Adler, Femme fatale, die um ein Haar Böhmens Thron ins Wanken gebracht hätte? Eine Auswahl der besten Sherlock-Holmes-Geschichten für Liebhaber.

»Sherlock Holmes ist die einzige große populäre Legendenfigur, die in der modernen Welt geschaffen wurde.« *G. K. Chesterton*

»Conan Doyle ist der Erfinder des psychologischen Kriminalromans.«
Martin Levin / The New York Times Book Review

»Sherlock Holmes ist nicht totzukriegen.«
Jürgen Kesting / Stern, Hamburg

»Der unverwüstlichste Meisterdetektiv.«
Wilhelm Viola / Neue Zürcher Zeitung

Zwei ausgewählte Geschichten auch als
Diogenes Hörbuch erschienen:
Das gefleckte Band, gelesen von Claus Biederstaedt

Dick Francis im Diogenes Verlag

»Dick Francis schreibt Thriller, die sich aus der breiten Masse hervorheben. Immer wieder überrascht dieser Autor, dessen glänzende Karriere als Jockey durch einen Unfall beendet wurde, durch seine klugen und humorvollen Geschichten, seinen Sinn für Atmosphäre und für zum Teil köstliche Charaktere.«
Margarete von Schwarzkopf / Norddeutscher Rundfunk, Hamburg

»Jeden der Romane von Dick Francis liest man mit höchst angenehmer Spannung. Wenn das Buch zu Ende ist, muss sofort der nächste Dick Francis her.«
Deutschlandradio, Köln

»Dick Francis ist einer der Großen des zeitgenössischen Kriminalromans.«
Jochen Schmidt / Frankfurter Allgemeine Zeitung

Todsicher
Roman. Aus dem Englischen von Tony Westermayr

Rufmord
Roman. Deutsch von Peter Naujack

Doping
Roman. Deutsch von Malte Krutzsch

Nervensache
Ein Sid-Halley-Roman. Deutsch von Tony Westermayr

Blindflug
Roman. Deutsch von Tony Westermayr

Hilflos
Roman. Deutsch von Nikolaus Stingl

Peitsche
Roman. Deutsch von Nikolaus Stingl

Rat Race
Roman. Deutsch von Michaela Link

Knochenbruch
Roman. Deutsch von Michaela Link

Gefilmt
Roman. Deutsch von Malte Krutzsch

Zuschlag
Roman. Deutsch von Ruth Keen

Versteck
Roman. Deutsch von Malte Krutzsch

Gefälscht
Roman. Deutsch von Malte Krutzsch

Risiko
Roman. Deutsch von Michaela Link

Galopp
Roman. Deutsch von Ursula Goldschmidt und Nikolaus Stingl

Handicap
Ein Sid-Halley-Roman. Deutsch von Jobst-Christian Rojahn

Reflex
Roman. Deutsch von Monika Kamper

Fehlstart
Roman. Deutsch von Malte Krutzsch

Banker
Roman. Deutsch von Malte Krutzsch

Weinprobe
Roman. Deutsch von Malte Krutzsch

Ausgestochen
Roman. Deutsch von Malte Krutzsch

Festgenagelt
Roman. Deutsch von Malte Krutzsch

Mammon
Roman. Deutsch von Malte Krutzsch

Gegenzug
Roman. Deutsch von Malte Krutzsch

Unbestechlich
Roman. Deutsch von Jobst-Christian Rojahn

Außenseiter
Roman. Deutsch von Gerald Jung

Comeback
Roman. Deutsch von Malte Krutzsch

Sporen
Roman. Deutsch von Malte Krutzsch

Zügellos
Roman. Deutsch von Malte Krutzsch

Favorit
Ein Sid-Halley-Roman. Deutsch von Malte Krutzsch

Rivalen
Roman. Deutsch von Malte Krutzsch

Winkelzüge
Dreizehn Geschichten. Deutsch von Michaela Link
Daraus drei Geschichten auch als Diogenes Hörbuch erschienen, gelesen von Jochen Striebeck

Gambling
Ein Sid-Halley-Roman. Deutsch von Malte Krutzsch
Auch als Diogenes Hörbuch erschienen, gelesen von Jochen Striebeck

Außerdem erschienen:

Dick & Felix Francis
Abgebrüht
Roman. Deutsch von Malte Krutzsch

Schikanen
Roman. Deutsch von Malte Krutzsch

Verwettet
Roman. Deutsch von Malte Krutzsch

Kreuzfeuer
Roman. Deutsch von Malte Krutzsch